大河역사소설 고국

金夷吾 지음

8권

三韓의 대립

좋은땅

제8권 목차

1부

백제, 북위를 깨다

1. 삼국협상과 곤지

백제 아단성에서 있었던 개로왕의 안타까운 죽음에도 불구하고, 〈고구려〉의 남정南征은 끝난 게 아니었다. 고구려는 한성漢城 일대를 초토화시킨 다음, 파죽지세로 남진을 지속해 주력부대가 하남河南(아산곡교천) 근처까지 내려왔다. 그 시간 〈백제〉의 문주왕자는 상좌평으로서 언제까지 슬퍼하고 있을 수만도 없는 일이었다. 어느새 고구려군이 코앞에까지 나타나, 양측이 곡교천을 사이에 두고 대치했기 때문이다. 그가 비통함 속에서도 백제의 여러 신하들을 불러 모아 고구려군을 물리칠 방도를 논의했다.

마침 10월이 되자 비태와 벌지가 이끄는 신라의 서북로군이 인근의 감매甘買(천안풍세)평야에서 고구려군과 일전을 벌인 끝에 크게 승리했다는 소식이 들려왔다. 병관좌평 해구解仇가 병사들을 독려했다.

"신라의 지원군이 감매벌 전투에서 구려의 도적놈들을 크게 깨뜨렸다는 낭보다. 우리도 힘을 내어 도적들을 쳐부수고 대왕의 복수를 해야 할 것이다. 모두 진격하라, 북을 쳐라!"

"와아, 둥둥둥!"

이에 사기가 오른 백제군이 고구려군과 곡교천 인근에서 맞붙어 전투가 벌어졌다. 해구와 연신燕信이 이끄는 백제군이 잔뜩 독이 올라 매섭게 몰아붙인 끝에 〈하남전투〉에서도 마침내 고구려군을 깨뜨리는 데 성공했다. 〈백제〉와 〈신라〉의 나제羅濟동맹이 뒤늦게나마 그 효력을 발휘하기 시작했던 것이다. 그러나 모처럼의 승리에도 불구하고, 백제와 신라 연합군은 더 이상의 북진을 하지 못했다. 강력한 고구려의 대군이 하남 후방으로 속속 모여들고 있었기 때문이다. 이후로 곡교천을 사이에 두고 전선이 형성되었고, 양측이 대치하는 국면이 오래도록 지속되면서 해를 넘기게 되었다.

그 시간 〈고구려〉의 남정으로 비상한 시국을 맞이하게 된 신라 조정 또한 잔뜩 긴장해 있었다. 자비왕이 이때 만일의 사태에 대비해 미리 금성을 비워 둔 채로 남쪽의 명활성으로 이거할 정도였던 것이다. 그즈음에 장수제는 일찌감치 漢城을 떠나 정남장군 화덕과 함께 포로들을 이끌고, 고구려 도성으로 환궁해 있었다. 화덕華德이 태왕보다 더 위의 고령이라 온수궁溫水宮에서 연회를 베풀어 그 내외를 위로했는데, 그즈음엔 화덕의 아들 호덕好德이 원정군을 이끌고 있었다. 호덕 또한 67세의 나이로 고령이었으나, 여전히 강건한 데다 용맹해 장군의 직무를 수행하는 데 무리가 없었다. 게다가 그 아들인 양덕陽德마저 원정에 동참했으니, 한 가문에서 3代가 함께 같은 전쟁에 참전하는 진기록까지 나오게 되었다.

476년 5월이 되자, 반도의 전선에 나가 있던 호덕에게서 백제의 50여 城을 점령했다는 보고가 올라왔다. 곡교천 너머 위쪽에 있던 백제성 대부분이 고구려군에 함락된 것으로 보였다. 아울러 그 무렵 문주의 활약으로 〈신라〉의 자비왕이 지원군을 내보냈다는 소식도 함께 들어왔다. 장수제는 신라가 천조天朝(고구려)를 거역했으니, 자비慈悲마저 토벌하겠다고 했으나, 황룡태자가 이를 말리고 나섰다.

"폐하, 고정하옵소서. 멈출 줄 아는 것도 소중한 일입니다. 한꺼번에 두 마리의 사슴을 잡으려 해서는 아니 될 것입니다."

장수제가 태자의 말에 수긍해, 신라 토벌은 그만두겠노라고 했다. 그리고는 이참에 서서히 전쟁을 마무리할 것을 궁리하기 시작했다. 이번 백제 원정으로 개로왕을 잡아 참수하고 도성인 한성을 불태워 초토화시켰으며, 백제군을 하남 아래로 밀어붙여 그 위쪽 모두를 장악했으니, 그만하면 목표는 충분히 달성한 셈이었던 것이다. 무엇보다 개로왕을 참수함으로써 〈패하浿河참사〉라는 해묵은 조상의 원한을 갚고, 나라의 위엄을 한반도 전체에 떨친 것이 가장 큰 수확이었을 것이다.

결국 얼마 후 장수제가 풍옥風玉태자를 〈신라〉의 자비왕에게 보내 〈백제〉 땅을 나누는 문제를 논의하게 하는 등, 전쟁을 마무리하기 위한 작업에 나섰다. 신라의 자비왕은 평화협상자로 온 풍옥태자를 열렬히 반기며 환영해 주었다.

"오오, 어서 오시오, 풍옥태자! 전쟁 마무리를 고려하고 있다니 이렇게 반가울 수가 없소이다. 천조인 고구려 태왕께서 관대하게 처분해 주실 것으로 잔뜩 기대하고 있소이다. 하하하!"

앞에서는 그렇게 행동했지만, 한편으로 자비왕의 입장에서는 혈맹 관계인 〈백제〉를 배제한 채, 〈고구려〉와 일방적으로 전후 문제를 협상할 수도 없는 노릇이었고, 그럴 정도로 고구려를 신뢰하는 것도 아니었다. 자비왕이 서둘러 조카인 문주왕에게 사람을 보내, 전쟁 마무리 협상에 나설 것을 재촉했다. 그런 자비왕에 대해 풍옥태자는 태자대로 불만을 토로했다.

"신라왕께서는 어째서 고구려 태왕의 조서를 서둘러 이행하려 들지 않고, 쓸데없이 백제를 끌어들이려 한답니까?"

그사이 자비왕은 풍옥태자에게 자신의 두 딸을 들여 시침을 들게 하는 등 극진하게 예우하면서, 문주왕의 사자가 오기까지 시간을 끌어야 했다.

그 무렵 곡교천에서 〈고구려군〉과 〈나제羅濟연합군〉이 장기간 대치하기까지는 또 다른 사유가 있었다. 당시 시간이 흐를수록 군량이 다하다 보니 백제군의 사기도 점점 떨어져만 갔다. 고구려 장수들이 장수제에게 이틈을 타 백제군을 토멸해 버려야 한다고 간했다.

"백제는 그 속내를 알 수 없습니다. 언제든 덩굴처럼 다시 살아날 수 있으니 이참에 아예 멸망시켜 버릴 것을 청하옵니다."

그러자 태왕이 장수들을 타일렀다.

"아니 될 것이다. 백제의 뒤에 바다 건너 왜국이 있어 온 지 오래고, 역대 백제의 왕들이 그 왜왕들을 따른다는 것은 사방이 다 알고 있질 않느냐?"

이는 당시 장수제가 〈나제연합군〉과의 전쟁이 바다 건너 왜국(야마토)으로까지 확산되는 것을 우려해, 더 이상의 확전을 원하지 않았다는 이야기였다. 비록 야마토가 먼 바다에 떨어져 있다고는 해도, 이미 신라가 백제 편에 서 있는 상황에서 동쪽의 〈북위〉 등을 고려할 때 반도의 중남부 전체에 더해 〈왜국〉마저 이 전쟁터로 끌어들인다는 것에 부담을 느끼고 있었던 것이다.

그러나 장수제의 우려와는 달리 고구려의 남정으로 백제의 도성이 무너지고 왕이 처형당하는 형국에서도, 백제의 상국이나 다름없던 〈야마토〉에서는 이렇다 할 지원이나 움직임을 보이지 않았다. 가뜩이나 바다 건너 멀리 떨어진 데다, 백제가 고구려의 남침을 예견하고 신속하게 미리 지원을 요청하지 못했던 것이 그 원인이었을 것이다. 통신이 미비된 시대에 시차가 존재할 수밖에 없었던 것이다. 그렇다고 〈야마토〉가 아무것도 하지 않은 것은 결코 아니었다. 뒤늦게 백제가 당한 굴욕과 수모를 알게 된 왜왕(웅략)이 당시 야마토에 볼모로 와 있던 백제왕자 곤지에게 수천의 병사를 내준 채, 신속하게 백제로 귀국하게 했던 것이다.

　곤지昆支(여곤)라는 이름에는 '대왕'이라는 뜻이 포함되어 있었다.
비유왕이 보위에 오른 뒤 낳은 첫아들로 곤지의 모친은 야마토에서
시집온 위이랑이었으니, 외가가 야마토였다. 물론 곤지의 위로는 죽
은 개로왕 여경을 포함해 비유왕이 즉위하기 이전에 낳은 3명의 이복
형들과, 신라계 문주도 있었다. 이처럼 비유왕에게는 제각각 그 어머
니가 다른 여러 아들들이 있었고, 필연적으로 서로 간에 치열한 왕위
경쟁을 벌였는데, 上國인 야마토계의 곤지가 가장 유력했다. 다만, 곤
지가 아직 10대 초반의 어린 나이라 비유왕이 태자 책봉을 미루고 있
었던 것이다.
　그 와중에 455년경, 비유왕이 야마토 쪽으로 기우는 조짐을 보이
자 크게 불만을 가진 백제계 解씨 일족들이 끝내 일을 저지르고 말았
다. 해씨 수마왕비를 등에 업고 쿠데타를 일으켜 비유왕을 살해해 버
린 다음, 왕비의 조카인 여경을 보위에 올렸으니 개로왕이었던 것이
다. 개로왕은 왕위에 앉아서도 경쟁 선상에 올랐던 여러 형제들에 대
한 경계를 풀지 못했는데, 가장 강력한 야마토계 곤지에 대해 유독 심
하게 견제를 했다.
　결국 아직도 어린 곤지를 2인자 격인 좌현왕으로 삼아 전남 일대의
분국을 다스리게 했으나, 실제로는 중앙무대에서 내쫓아 버린 것이나
다름없었다. 그에 반해 곤지의 형인 문주文周는 가까이 두고 있다가 나
중에 최고관직인 상좌평上佐平으로 삼았는데, 현실적으로 동맹인 신라
자비왕의 조카임을 고려한 인사였다.

　그러던 461년경, 개로왕이 느닷없이 곤지를 漢城으로 불러들이는

가 싶더니, 이내 〈야마토〉로 보내려 들었다. 그 무렵인 457년경 야마토에서도 천왕이 교체되어 웅략雄略(유우랴)이 들어섰다. 개로왕이 새로 즉위한 천왕에게 채녀采女(시녀) 한 명을 보내 주었는데, 그녀가 천왕의 신하와 눈이 맞아 몸을 더럽히고 말았다. 분노한 왜왕이 이 둘 모두를 불에 태워 죽이면서 백제와의 외교문제로 비화되었다. 돌파구를 찾던 개로왕이 이때 곤지를 떠올리고는, 즉시 좌현왕을 불러들여 어려운 요구를 했다.

"사태가 이 지경이 되었으니, 앞으로 백제 여인을 야마토로 절대 보내지 않을 것이다. 대신 천왕의 위엄을 고려해 왕자를 보내고자 하는데, 마침 너의 외가가 그쪽이기도 하니 네가 야마토로 건너가 주어야겠다."

표면적으로는 곤지가 야마토계임을 내세웠겠지만, 실제로는 분국 정도가 아니라 이참에 아예 열도의 왜국에 인질로 내보내려는 속셈이었던 것이다. 형인 개로왕의 속내를 뻔히 읽고 있던 곤지도 가만히 있질 않았다. 그가 대뜸 엉뚱한 조건을 내걸었다.

"알겠습니다. 대신 연후燕后를 신에게 내려 주십시오. 그리하시면 기꺼이 대왕의 뜻에 따르겠습니다."

"무엇이라, 연비를 내달라고?"

곤지의 뜬금없는 요청에 개로왕이 놀라 할 말을 잃고 말았는데, 燕后는 개로왕의 후비 중 한 사람으로 당시 임신 중이기 때문이었다. 곤지는 설마하니 왕이 자신의 아이를 잉태한 후비를 내보내려 들지는 않을 것으로 믿고, 순간 기지를 발휘해 왕이 받아들일 수 없는 조건을 내건 것이었다. 그런데 잠시 머뭇거리던 개로왕이 이내 답을 주었다.

"좋다, 그렇게 하마. 그런데 연비가 산달이 가까워졌으니, 가는 도중에 출산이라도 하게 된다면 즉시 아이와 함께 연비를 돌려보내야 할 것이다. 그리할 수 있겠느냐?"

예상 밖의 답변에 순간 곤지 또한 크게 당황하지 않을 수 없었다. 아무리 자신이 밉다 한들, 군왕의 자리에 있는 사람이 임신한 아내를 동생에게 내줄 수는 없는 일이기 때문이었다. 그만큼 개로왕이 아우인 자신을 부담스러워한다는 생각에 곤지는 이내 승낙을 하지 않을 수 없었다.

"알겠습니다, 대왕……. 그리하겠습니다."

그리하여 배다른 두 형제간에 실로 이상야릇한 거래가 성사되고 말았는데, 사실 개로왕의 임신한 아내 연비는 원래 곤지의 아내였다. 개로왕이 제수인 연씨를 총애해 곤지가 왕에게 아내를 바쳤고, 개로왕은 그녀를 후비로 삼았던 것이다. 따라서 어쩌면 곤지가 처음부터 야마토로 내쳐지는 김에 원래 자신의 아내였던 燕씨를 데려가려 했을지도 모를 일이었다.

결국 그해 6월, 잔뜩 배가 불러 오른 연후와 함께 곤지가 〈야마토〉로 향하는 배에 올랐다. 그런데 우려했던 대로 倭의 본토를 눈앞에 두고, 연씨가 산통을 시작하는 것이었다.

"안 되겠다. 연후께서 곧 아이를 낳을 듯하니, 가까운 섬에서라도 먼저 몸을 풀게 해야겠다……"

마음이 다급해진 곤지가 축자筑紫(후쿠오카)의 북쪽에 인접한 각라도各羅島(가카라지마)라는 작은 섬에 급히 배를 대고, 연후의 해산을 도왔다. 연후가 이때 아들을 낳았기에 아이의 이름을 도군嶋君이라 지었으니, 섬에서 난 왕자라는 의미였다.

곤지가 곧바로 개로왕과의 약속대로 燕씨와 아이를 다른 배에 태워 백제로 돌려보냈는데, 풍랑을 만난 탓인지 이때 한성으로 가지 못해 〈야마토〉로 되돌아오고 말았다. 그리하여 이들 두 사람이 야마토의 도성에서 다시금 재결합했고, 사실상 백제왕의 볼모 자격으로 왜왕의 곁에서 살았다. 곤지의 외가인 가쓰라기葛城 가문은 인덕仁德 이래 3代에 걸쳐 내리 왕후를 배출한 야마토의 최대 호족이었다. 궁월군 인덕천왕을 도왔던 야왕 갈성습진언의 손녀가 바로 곤지의 생모 위이랑이었던 것이다.

곤지가 야마토에서 처음 자리 잡은 곳은 오사카 하비키노시市 아스카飛鳥 마을이었다. 그사이 하내河內(가와치) 등의 개척에 공을 들이며 사는 가운데 15년이란 세월이 흘러 버렸다. 곤지는 몇몇 부인과의 사이에서 여러 아들을 두었는데, 그중 임나계열의 모牟씨부인은 둘째 아들인 모대牟大와 셋째인 모지牟支 외에 딸인 모혜牟兮 3남매를 낳았고, 연燕씨가 가카라지마에서 낳아 데려온 도군嶋君(사마斯麻)도 이들과 어울려 함께 자랐다.

그 무렵 창하倉下에 모여 나라의 앞날을 걱정하던 〈백제〉의 종실宗室과 대신들이, 비유왕의 아들이자 개로왕의 아우요 상좌평을 맡았던 문주를 새로운 임금으로 내세웠다. 문주의 성품이 다소 우유부단하기는 했으나, 백성을 사랑하는 마음이 극진한 데다, 무엇보다 〈나제동맹〉으로 결속되어 유일하게 백제를 지원한 〈신라〉왕의 조카라는 점이 크게 작용했을 터였다. 그러나 도성인 한성이 이미 잿더미가 된 데다, 곡교천까지 고구려군에게 밀려난 상태라, 새로이 도성을 마련하고 민심을 수습하는 일이 당장의 관건이었다. 그때 누군가가 말했다.

"하남 위로 구려의 도적들이 버티고 있으니, 일단 안전한 곳을 찾아 훨씬 그 아래에서 도성을 찾아야 합니다. 마침 야마토의 부여왕실이 있던 거발성居拔城(웅진)이 방어하기 좋고 튼튼하니 일단 그곳으로 천도하심이 어떻겠습니까?"

거발성은 바로 백여 년 전, 대륙의 〈서부여〉를 떠나온 부여씨들이
처음 거점으로 삼았던 웅진(충남공주)을 말하는 것으로, 여휘왕(응
신)이 야마토로 떠나기 직전까지 옛 〈부여백제〉의 도성이었던 곳이
다. 〈야마토〉의 사서에서도 이때 웅략천왕이 사람을 보내 실의에 빠
진 문주왕에게 구마나리久麻那利(웅진)를 도읍으로 삼고, 나라를 다시
일으키게 했다고 했다. 그리하여 그해 겨울인 476년 10월, 문주왕이
종신宗臣들과 종녀宗女들을 거느린 채 웅진熊津(충남공주)으로의 천도
를 단행했고, 측근들과 함께 전후 수습에 몰두했다.

바로 그즈음에 〈야마토〉에 볼모로 가 있던 문주왕의 이복동생 곤
지가 수천의 왜병을 거느린 채 당당하게 웅진성으로 들어오게 되었
다. 강성한 고구려에 국왕을 잃고 도성까지 내준 채 밀려난 판국이라,
백제인들에게 야마토의 지원병은 그야말로 가뭄의 단비요, 천군만마
를 얻는 느낌이었을 것이다. 소식을 들은 백제의 군신들이 크게 기뻐
하며 도성 밖까지 나가, 백성들과 함께 곤지 일행을 열렬하게 환영하
며 맞이해 주었다.
"와아, 와아! 곤지왕자님 만세! 대왜 만세!"
이윽고 백성들이 보는 앞에서 말에서 내린 곤지가 이복형인 문주
왕에게 다가가 절하며, 실로 15년 만에 눈물의 상봉을 했다.
"곤지가 대왕을 뵈옵니다. 그간 강녕하셨습니까?"
"어서 오시게, 아우님. 얼마나 고생이 많으셨는가? 흑흑!"
굳이 말을 안 해도 서로의 고생을 잘 아는 두 형제가 얼싸안고 눈물
을 흘리자, 사방 여기저기에서도 우는 소리가 들렸다.

곤지의 귀국은 당시 실의에 빠져 있던 백제인들을 다시 일어서게

하고, 희망을 갖게 하는데 크게 기여했을 것이다. 바로 그럴 즈음에 신라의 자비왕으로부터 문주왕을 대신할 만한 중요 인물을 속히 금성으로 보내 달라는 전갈이 왔다. 고구려의 풍옥태자가 금성에 도착해서, 교착상태에 빠져 있는 전쟁을 마무리하기 위한 협상이 시작되었다는 것이었다.

반가운 소식에 문주왕이 곤지를 불러 명을 내렸다.

"늙은 너구리 같은 거련이 풍옥태자를 금성으로 보내 전쟁을 마무리하자고 한단다. 나라의 운명이 달린 중대사니만큼, 우리도 협상당사자로 반드시 참가해야 하는데, 이 일을 수행하기에 아우만 한 인물이 없으니 아우가 수고를 해 줘야겠다."

그리하여 곤지가 협상단 일행을 이끌고 급히 〈신라〉의 도성으로 향했다. 그해 7월경, 마침내 신라의 금성에 3국의 협상대표들이 모여, 한자리에 앉게 되었다. 이들이 몇 날이나 머리를 맞대고 전후처리 문제를 논의했으나 서로의 주장과 이해관계가 충돌하고, 자존심 싸움이 반복되면서 쉽사리 합의에 도달하지 못했다. 신라가 중간에서 전쟁 당사국인 고구려와 백제의 사이를 중재하려 노력했으나, 최종 결정은 사실 두 나라의 협상대표에게 달린 일이었다.

결국은 고구려의 풍옥태자와 백제의 곤지왕자가 마주 앉아 담판을 지어야 했을 것이다. 그 자세한 내용이 전해지지는 않았으나, 필경 三韓 간의 경계를 다시 정하고, 포로들을 맞교환하는 문제들이 주된 내용이었을 것이다. 다행히 역사적인 〈三國협상〉이 마무리되었고, 협상단은 저마다의 군주에게 결과를 보고하기 위해 총총히 금성을 떠나야 했다. 그리고는 얼마 후 실제로 고구려군이 곡교천을 떠나 후방 깊숙이 물러나는 중대한 변화가 일어나기 시작했다. 삼국협상의 결과가 가시화되면서 고구려와의 전쟁이 마무리 단계로 접어든 것이었다.

그해 11월이 되자 신라의 자비왕이 문주왕의 장인인 보신寶信을 웅진에 보내 개로왕의 죽음에 조문하게 했다. 많은 백제인들이 신라의 의리에 감격해 했다. 이듬해 477년 2월경, 해구가 이끄는 백제군이 마침내 한산漢山을 수복하는 데 성공했다는 보고가 웅진의 백제 조정으로 들어왔다. 놀라운 것은 이것이 고구려군과의 전투를 통해 얻은 결과가 아니라는 점이었다. 바로 곤지가 담판을 지었던 〈삼국협상〉에 의해, 고구려가 자발적으로 군대를 뒤로 물려 한강 너머로 철수한 결과였던 것이다. 당시 고구려는 1차 한성공략 때 한산 일대를 불바다로 만들고 백제의 개로왕을 참수하는 데 성공했을 정도로, 전세에서 절대 우위를 보이고 있었다.

비록 그 이후에 〈나제동맹〉의 결과로 신라의 1만 지원군이 가세하면서 나제연합군과 고구려군이 곡교천에서 일시적으로 교착상태를 보이긴 했으나, 이는 장수제의 환궁 이후 고구려가 전쟁에 다소 소극적으로 임한 것이 주된 이유였다. 여전히 고구려는 백제와 신라를 압도할 무력을 지녔으면서도, 서쪽의 북위를 신경 쓰느라 전쟁을 속히 마무리 지으려 했던 것이다.

그런 상황에서 고구려가 모처럼 힘들게 손에 넣은 하남 이북의 땅을 되돌려 주고, 스스로 군대를 한강 너머로 물렸다는 것은 쉽사리 납득하기 어려운 일이었다. 곤지와 풍옥 간에 무언가 그에 상응하는 커다란 거래big deal가 있었던 것이 틀림없었다. 더욱 놀라운 것은 해구가 이때 개로왕의 목을 쳤던 재증걸루를 생포해 웅진으로 압송했다는 점이었다. 실제로 전쟁 중 포로로 잡은 것이 아니라면, 〈백제〉가 협상 시 이를 요구한 결과 고구려가 걸루를 내주었을 가능성이 매우 컸던 것이다.

문주왕은 재증걸루를 보자 분노에 치를 떨었다.

"나라를 배신한 것도 모자란 터에 감히 선왕에게 위해를 가하다니, 저 배은망덕한 놈을 당장 저잣거리로 끌고 나가 모든 백성들이 보는 앞에서 가차 없이 참해 버리고, 그 목을 하늘 높이 매달아 두도록 해라!"

그렇게 걸루 역시도 동족의 손에 의해 목이 달아나고 말았으니, 사람들이 인과응보라고 했다.

문주왕은 이후 은솔恩率 연신燕信을 내보내 대두산성大豆山城(아산 일대)의 지붕을 잇게 하는 등 서둘러 보수를 하고, 한강 이북에 살던 민호民戶들을 이주시켜 살게 했다. 그러나 도성이었던 漢城이 워낙 흔적도 없이 불에 타 버려 폐허가 되었기에, 다시금 궁을 세우고 재차 천도를 할 생각은 꿈도 꾸지 못할 지경이었다. 현실적으로도 언제든지 고구려의 재침이 가능한 일이었으므로, 최악의 경우를 고려해 도성을 아래로 물리는 것이 타당할뿐더러, 오히려 동맹인 신라나 야마토와도 가까운 웅진에 머무는 것이 유리하다고 판단했을 것이다.

자신감을 회복한 문주왕이 3월에는 〈유송〉에 사신을 보내 조공을 하려 했는데, 고구려가 길을 막아 뜻을 이루지 못하고 돌아왔다. 막강한 고구려의 순시선이 멀리 산동 아래까지 해상순찰을 돌았다는 의미였다. 4월이 되니 바다 멀리 〈탐라국〉에서 방물이 올라오자 왕이 크게 기뻐했다. 원래는 고구려로 가던 중이었으나, 백제군에 잡히는 바람에 백제의 군신들에게 설득을 당한 탐라의 사자가 백제와 통하기로 한 것이었다. 문주왕이 탐라임금을 좌평에 봉해 주고, 그 사자에게는 3등급 은솔의 지위를 부여해 주었다. 당초 고구려 장수 호덕이 송宋으로 향하던 백제의 사신을 막았던 것이고, 이에 대해 문주왕의 백제 수군이 고구려로 가던 탐라의 사신을 가로챔으로써 같은 방식의 보복에 나섰던 것이다.

어쨌든 고구려는 이때의 남정으로 황해도 일원의 대방 땅을 완전히 장악하게 되었고, 한강 일대를 새로운 경계로 삼은 것으로 보였다. 이로써 후일 반도의 중남부까지 세력을 확장하는 발판을 마련했던 것이다. 서북쪽 대방을 상실한 백제는 개로왕이 의욕적으로 건설했던 도성 한성이 완전히 파괴되는 바람에 반도 중남부로 천도해야 했고, 이로써 새로운〈웅진시대〉가 열리게 되었다.

476년, 장수제가 남정에서 승리해 개로왕의 목을 치고 돌아와 화덕을 위로하던 무렵이었다. 3월경,〈북위〉로 갔던 태왕의 아우 초련楚璉태자가 귀국하여 고했다.

"풍태후가 이혁李奕과 놀아나더니 날로 심해져만 가서, 퇴위한 탁발홍과 크게 갈등을 겪는 중입니다."

그러자 태왕이 웃으며 말했다.

"허허, 홍弘이는 꾀를 부리는 사람이 못 되니 필시 풍馮이에게 잡히고 말 것이야."

이듬해 2월, 장수제가 양초梁貂라는 거사居士를 불렀더니, 그가 와서〈북위〉조정에서 벌어졌던 험악한 일들을 전해 주었다.

"홍弘이가 보다 못해 이혁李奕을 죽였는데, 풍馮이가 이에 한이 맺혀 6월에 짐독으로 홍을 죽이고는, 조정에 나가 직접 나라를 다스리고 있습니다. 풍이는 실로 야심이 대단한 여인입니다."

짐독은 독사毒蛇를 먹고 산다는 전설의 짐鴆새에게서 얻은 독으로 사람에게 치명적이라 고대 궁실에서 독살의 재료로 흔하게 사용되곤 했다. 이로써〈북위〉에서는 풍태후가 이제 10살의 어린 손자 효문제孝文帝 굉宏을 내세우고 본격적인 섭정에 나섰는데, 스스로 칭제를 했다는 소문도 있었다. 장수제가 혀를 차며 그런 풍태후를 호되게 비판했다.

"풍녀馮女는 필시 위魏를 망하게 할 악귀니라. 어찌 제 음란함을 밝히자고 자식을 죽일 수 있단 말인가? 소나 말도 함부로 죽이지 않는 법이거늘 자식을 죽이고도 부끄러운 줄을 모르는 여인이라니, 쯧쯧……"

그해 7월이 되자, 문명文明태후 풍씨의 사신이 와서 토산물을 바치며 과연 탁발홍이 병사했다고 고했다. 태왕이 그 원인을 묻자 더위로 기가 막혀 돌아갔다고 했다. 장수제가 魏황실을 외가로 둔 조다助多태자를 불러 명을 내렸다.

"태자는 魏로 가서 홍弘을 조상하고 오라!"

조다태자는 〈북위〉의 시조인 탁발규의 여동생 가란嘉蘭이 장수제에게서 얻은 아들로 탁발선비의 혈통을 지닌 인물이었다. 장수제가 이때 서신을 보내 점잖게 풍태후를 타일렀다.

"연단鉛丹(선가仙家)과 황로黃老(도가道家)에서는 만법萬法이 모두 참(진眞)이라, 우마牛馬를 함부로 살생하지 않듯이 티끌만큼의 어질지 못한 행위도 금하는 법이지요."

이는 즉, 선도仙道에서는 세상의 모든 만물이 저마다 존재 이유를 지니고 있다고 보는 것이니, 작은 살생이라도 허용되지 않는 법이라면서 풍태후의 잔인함을 넌지시 질타한 것이었다. 노련한 문명태후가 감히 그 내용을 따지는 대신, 조다를 후하게 대접하면서 능치는 소리를 했다.

"숙황叔皇(숙부황상, 장수제)께서는 춘추가 이미 높아지셨는데도, 글로써 하시는 말씀이 이토록 고매하시군요, 호호호!"

그리고는 오히려 조다태자에게 깊은 관심을 드러내기 시작했다. 조다는 관후하고 잘생긴 외모에 서른셋 한창의 나이였고, 풍태후(440~490년) 또한 그보다 고작 서너 살 연상일 뿐이었다. 그러더니 급기야 두 사람이 금세 눈이 맞아 이내 정 깊은 사이가 되고 말았다. 그야말로 죽은 이혁의 빈자리를 조다태자가 대신하는 웃지 못할 상황이 연출되고 만 것이었다. 그런데 문제는 당시의 상황이 단순한 연애사로 그친 것이 아니라는 점이었다.

얼마 후부터 풍태후가 장수제에게 수차례나 사신을 보내 청을 넣기 시작했는데, 그 내용이 엄청난 것이었다.

"황상께 감히 청하옵니다. 조다태자를 정식 후사後嗣로 책봉해 주세요. 그리되면 언젠가 황상의 아들이 고구려와 魏 모두를 갖게 되는 셈이고, 두 나라가 힘을 합치면 실로 온 세상 천하를 통일할 수 있지 않겠습니까?"

즉, 자신의 남자인 조다를 고구려의 동궁으로 책봉해 장차 태왕의 뒤를 잇게 해달라고 요청하는 것이었으나, 실상은 압력을 행사한 것이나 다름없었다. 이로써 조다를 끌어들여 자신의 정인情人으로 만든 속내를 드러낸 셈이었으니, 장수제가 이를 허락할 리가 없었다. 그러자 풍태후는 〈위〉나라 조정에 일방적으로 〈동궁부東宮府〉를 설치하고 관료까지 배치하는 등 진정성을 보이려 애쓰면서, 이 문제에 집착하는 모습을 보이기까지 했다. 실로 풍태후는 자신의 代에 세상 모두를 통일하겠다는 야심을 지닌 천하의 여걸임이 틀림없었던 것이다.

풍태후의 장수제에 대한 압력은 일회성으로 끝난 것이 아니라서, 이듬해까지 무려 5회 남짓하게 양국에서 사신이 오고 갈 정도로 집착을 보였다. 일이 이쯤 되니 뒤늦게 풍태후의 야심에 놀란 장수제도 커다란 고민에 빠지기 시작했다. 일견 그녀의 의견에도 기대되는 바가 없지 않았던 것이다. 조다태자는 그런 풍태후에게 꽉 붙잡힌 채, 〈위〉나라에 눌러앉아 좀처럼 돌아올 기미를 보이지 않았다. 조다 역시도 풍태후의 생각에 동조하고 있는 것이 틀림없어 보였다.

그러던 어느 날 위나라 풍태후의 궁실에 반가운 급보가 들어왔다.

"아뢰오, 고구려 태왕폐하께서 조다태자를 동궁에 봉하시고, 지금 그 인장과 책봉 문서를 사신을 통해 보내왔다고 하옵니다!"

"그것이 정말이더냐? 흐음, 그러면 그렇지……. 후훗!"

풍태후가 만면에 미소를 가득 지으며 크게 만족스러워했다. 마침내 장수제가 풍태후의 고집을 당하지 못했는지, 일단 조다태자를 동궁東宮으로 봉해 주었던 것이다. 조다태자가 교활하기 그지없는 풍태후에게 사실상 인질의 상태로 붙잡혀 있는 것으로 인식한 장수제가, 일단 그녀의 청을 들어준 다음 기회를 보아 태자를 귀국시키려 한 것으로 보였다.

그때까지 장수제의 장남 황駃태자(411~489년)는 육십 중반의 노인이 다 되도록 오랜 세월 부친을 섬기며 자신의 차례를 기다려 왔으나, 장수제는 무슨 생각에서인지 여전히 동궁의 자리를 비워 놓고 있었다. 어쩌면 장수제 또한 조다태자가 풍태후의 총애를 받고 있다는 사실 자체에 대해 고구려에 크게 불리할 것이 없다고 판단했거나, 그보다 더 큰 것을 기대했을지도 모르는 일이었다. 어쨌든 그 후 〈魏〉에서도 조다태자의 동궁 책봉의식을 별도로 가졌다는데, 풍태후가 자신의 외교적 성과를 과시하려 한 것으로 보였다.

그 무렵인 477년 2월, 〈백제〉의 문주왕이 웅진성의 궁실을 중수했다. 곤지가 금성에 가서 고구려 풍옥태자를 만나 담판을 짓고, 〈삼국협상〉을 마무리하고 온 후로는 온통 전후 복구에 매달렸던 것이다. 문주왕은 해구가 漢山을 수복하는 공을 세웠기에, 정식으로 그를 병관좌평으로 삼았다. 그런데 그 무렵부터 해구가 왕후이자 자신의 사촌여동생인 해씨와 상통하면서 정사를 함부로 좌우하기 시작했다. 두 사람은 해씨가 문주왕과 혼인하기 전부터 좋아했던 사이인 데다, 해구 또한 왕의 종형이라 문주왕이 이를 알면서도 딱히 말리지 못한 것이었다.

당시 백제 왕실은 크게 세 부류의 계파가 권력의 중심부에서 서로 경쟁하고 있었다. 우선 신라계의 후원을 업고 있는 문주왕계가 있었고, 해解씨, 진眞씨와 같은 전통의 한성백제계 호족들, 그리고 곤지를 중심으로 하는 야마토(왜) 서부여 계열이 그들이었다. 그런 상황에서 해구의 권력 농단에 불안을 느낀 문주왕이 곤지왕자에게 기대려 했다.

"나라의 안위가 안정되지 못했는데 해구가 함부로 설쳐 대니 큰일이다. 알다시피 신라의 자비왕이 내 외숙이다 보니 나로서는 당장 신라에 기댈 수밖에 없다. 아우의 아들 모대牟大가 자비왕의 사위가 되었으니, 아우 또한 자비왕과는 사돈지간이 되었다. 그러니 아우가 내신좌평을 맡아 가까이서 나를 도와주어야겠다."

"……."

순간 곤지가 아무런 대답도 하지 못했다. 십여 년 전에 이미 좌현왕을 지낸 자신을 그보다 못한 내신좌평으로 삼겠다는 말에 얼른 수긍이 가지 않았던 것이다. 야마토의 지원군을 이끌고 와 위기에 처한 나라를 구하는 데 앞장섰고, 금성에서의 협상을 마무리한 공에 비하면 초라한 보상이었기 때문이다. 그러나 형인 문주왕의 부탁이니 곤지왕자는 일단 이를 수용할 수밖에 별도리가 없었다.

그 무렵에 해후가 자신의 아들이자 문주왕의 장남인 12살 임걸壬乞(삼근三斤)을 태자로 책봉해 줄 것을 재촉했다. 문주왕이 딱히 이를 반대할 명분이 없어 그해 4월경 임걸을 태자로 삼아, 解后를 비롯한 백제계를 안심시키고 예우하는 모양새를 취했다. 이에 해후와 그 일족들이 더욱 당당하게 굴었다.

한편, 모대는 곤지왕자가 임나왕녀 모牟씨에게서 얻은 아들로 지난번 곤지를 따라 함께 귀국했다. 이후 곤지가 신라의 금성에서 고구려 태자 풍옥과 담판을 짓고 돌아오자, 그 이듬해인 477년 정월, 문주왕이 외숙인 자비마립간에게 고마움을 표하고자, 곤지의 아들 모대를 신라에 사은사로 보냈다. 모대가 자비왕을 만나 절하며 말했다.

"백제왕의 조카이자 여곤군餘昆君의 아들인 모대가 신라국 대왕을 뵙습니다!"

모대는 이때 13살에 불과한 나이였지만, 일찍 성숙한 데다 잘생긴 외모를 지니고 있었다. 모대를 본 자비마립간이 단번에 그를 마음에 들어 해 사위로 삼고자 했다. 마침 자비왕의 딸 중에서 나이 든 남편과 화합하지 못해 속을 태우던 준삭俊朔이 있어, 공주가 모대를 모시게 되었다. 준삭이 모대를 정성으로 대했으나, 문제는 그녀가 모대보다 열 살 정도 연상인 데다 아들까지 둔 유부녀라는 점이었다. 게다가 그녀의 늙은 남편 습당習棠이 한바탕 난리를 쳐서 왕이 그를 날기捺己로 내보낸 터였다. 고심하던 왕이 하루는 모대에게 안타까운 속내를 말했다.

"네가 내 딸을 사랑하니 네게 줌이 마땅하지만, 아들이 있는 딸이라 너를 사위로 받아들이지 못하겠구나."

그러자 모대가 진지한 표정으로 답하는 것이었다.

"신에게 큠인 아버님이 계시니, 돌아가는 대로 말씀드려 공주를 맞이할 것입니다."

모대의 믿음직한 대답에 왕이 기뻐하며, 둘의 혼인을 허락했다. 6월이 되어 모대가 귀국길에 나서게 되었는데, 이미 복중에 아이를 가

진 준식이 울면서 장차 아이를 어찌해야 되냐고 묻자, 모대가 당연하다는 듯 답했다.

"아들을 낳으면 마땅히 데려가야 하고, 딸을 낳게 되면 왕에게 바치시오."

모대는 하루빨리 자신을 데려가 달라는 준식의 목소리를 뒤로 한 채, 이별을 고하고 백제로 향했다. 얼마 후 준식이 딸을 낳았기에 자비왕이 쌀을 내려 주었다. 그렇게 해서 곤지 또한 자비왕의 딸을 며느리로 두게 되었고, 이런 인연을 들어 문주왕이 더욱 곤지의 힘을 빌리려 했던 것이다.

모대가 귀국한 지 한 달이 지난 7월이 되자, 문주왕이 금성에서 데려왔던 보류宝留비가 아들 수須를 낳았다. 사실 보류의 부친 보신宝信은 미해와 야마토의 왕녀 보미의 아들로, 자비왕과는 사촌지간이었다. 일이 이쯤 되자 문주왕의 생각이 달라지고 말았다. 문주왕이 이중 삼중으로 얽힌 신라왕실과의 혈연에 더욱 의지하고자, 갓난아이인 보류의 아들 수를 새로이 태자로 삼으려 했던 것이다.

소문을 접한 해구가 해후를 찾아 말을 전하니, 해후가 당연히 크게 반발했다.

"잘못하다간 왕에게 뒤통수를 맞게 생겼소. 특단의 대책을 세워야겠소……"

결국 이번에는 해후가 보류의 아들 수를 제거하려 한다는 소문이 파다하게 돌았다. 위기를 감지한 보류妃가 모대를 시켜 진노眞老 등으로 하여금 사병을 이끌고 궁으로 들어와 어린 아들을 지키게 했다. 진眞씨 일가는 해씨와 더불어 백제계를 대표하는 호족이었으나, 동시에 서로를 견제하는 사이였고, 마침 진노가 문주왕의 편에 있었던 것이다.

그러더니 얼마 지나지 않아 문주왕에게 날벼락 같은 보고가 들어왔다.

"아뢰오, 내신좌평이 갑작스레 세상을 떠나셨다고 하옵니다. 그런데 그것이 짐독에……"

그리고는 시자侍子가 뒷말을 잇지 못하며 우물거렸다.

"무엇이라, 대체 무슨 말이냐? 자세하게 말해 보라!"

문주왕이 크게 놀라 내용을 파악해 보니, 아우인 곤지가 짐독에 독살을 당하고 말았다는 것이었다. 후일 밝혀지기로는 이때 곤지에게 독을 쓴 사람은 다름 아닌 문주왕의 왕비 해씨였다고 한다. 곤지가 문주왕의 측근에서 보류의 아들을 감싸는 모습을 보이니, 가뜩이나 야마토 세력을 축출하지 못해 안달이던 해씨 일족들이 우선 곤지를 제거하기로 작심한 것으로 보였다.

그렇게 곤지가 허망하게 독살을 당했음에도, 문주왕은 해씨 일족들을 추궁하지 못한 채 무기력한 모습으로 일관했다. 막상 그나마 해씨 일가를 견제해 주던 곤지가 제거되고 나자, 이제 완전히 해씨들의 세상이 오기라도 한 듯 해구가 권세를 오롯이 누리게 되었고, 문주왕이 이내 고립무원의 나락으로 떨어지고 만 것이었다.

이처럼 상황이 악화일로로 치닫고 있는 가운데, 9월 어느 날 문주왕이 모처럼 신하들과 함께 궁 밖 서쪽의 노사지奴士只 벌판으로 사냥을 나갔다. 그런데 그때 누군가가 보낸 살수가 갑자기 나타나 문주왕에게 달려들었다.

"웬 놈들이냐? 어허, 크억……"

안타깝게도 문주왕이 즉석에서 시해당하고 말았는데, 바로 해구의 심복이 보낸 자객에 의해 저질러진 일이었다. 곤지왕자가 죽은 뒤 고작 2달도 지나지 않아 일어난 쿠데타였으니, 공교롭게도 곤지의 죽음이 결국 문주왕의 죽음으로 연결된 셈이 되고 말았다.

하루아침에 부친을 잃고 실의에 빠져 있던 모대를 보류가 은밀하게 찾았다.

"사안이 너무 다급하고 모두가 위험하니 슬픔을 거두거라. 그대는 즉시 신라로 가서 대왕이 피살되셨음을 알리고 구원을 청하라. 시간이 없으니, 어서 서두르도록 하라!"

그리하여 정신을 차린 모대 등이 급히 금성으로 몰래 들어가, 자비왕에게 자초지종을 고했다. 자비마립간이 크게 분노해 명을 내렸다.

"부여의 왕후가 지아비인 부여왕을 시해했다. 일모성주 효산孝山에게 즉시 군대를 이끌고 웅진으로 향하라 일러라!"

그러나 효산이 이끄는 신라軍이 백제 땅에 발을 들여놓기도 전인 그해 10월, 임걸이 왕위에 오르니 삼근왕三斤王이었다. 사실 그 무렵 문주왕을 제거하고 난 해구는 이제야말로 자신이 직접 왕위에 올라 한성백제계의 왕통을 회복하고자 했다. 그러나 그렇다고 해서 해구 자신이 당장 보위에 오를 형편도 아니었다. 임걸태자가 자신의 가장 강력한 정치적 협조자partner인 解㤑의 친자식인 데다, 아직 13살의 어린 나이라 모후인 해씨의 섭정이 예정된 일이기 때문이었다. 결국은 자신이 정사를 좌우할 수 있다는 판단에 해구도 일단은 어린 임걸태자를 보위에 올리는 데 동의했던 것이다.

대신에 해구는 재빨리 자신의 딸을 삼근왕의 왕비로 삼게 했고, 이제 왕의 장인이라는 자격을 하나 더 추가하면서 스스로의 권력을 더욱 공고하게 했다. 이로써 모든 군국의 정사는 사실상 해구가 좌우하게 되었다. 그 무렵 〈신라〉 조정에서는 삼근왕이 즉위했다는 소식에 일모성주 효산의 웅진 토벌을 취소하게 하고, 군사를 돌린 것으로 보였다. 곤지의 아들 모대가 이런 상황에 크게 좌절하여 통한의 눈물을 흘렸다.

"아아, 아버님의 복수도 못 한 채 결국 이렇게 끝나고 마는 것인가? 이럴 수는 없다. 내 살아생전 해구놈과 解女(해후)를 이대로 두고 보지는 않을 것이다. 이제 여기서는 아무런 희망이 없으니, 서둘러 야마토로 돌아가 새로운 각오로 복수를 준비해야 한다!"

분노한 모대가 이를 갈면서 서둘러 〈야마토〉로 향했다.

백제 왕실이 때아닌 쿠데타로 어수선한 가운데, 새로이 왕위에 오른 삼근왕은 어린 나이에도 불구하고 신하들을 으르고 능히 복속시킬 줄 아는 용력을 지닌 인물이었다. 마침 해구의 처이자 삼근왕의 장모가 되는 진眞씨는 그 무렵 남편인 해구가 해태후와 놀아나는 것에 넌더리가 난 상태였다. 삼근왕이 사태를 예의주시하고 있는 터에, 어느 날 그녀가 사위인 삼근왕에게 은밀하게 고했다.

"모후이신 태후께서 첩의 지아비와 상통해 언젠가는 대왕을 폐하려 들 것입니다. 대왕께서 첩의 오라비 진남眞南을 불러 함께 계획을 세우신다면, 한발 앞서 그들을 내치실 수 있을 것입니다."

상황을 잘 알고 있던 삼근왕이 이에 동조해 진남을 위사衛士좌평으로 삼고, 호위병을 2천여 명으로 늘려 훈련을 시키게 했다.

진眞씨 일가는 解씨와 더불어 기존 한성백제계를 대표하면서도 오래도록 주도권을 놓고 치열하게 다투는 경쟁 관계였다. 삼근왕이 眞씨 일족을 전면에 내세워 저항에 나서자, 다급해진 해구가 해태후에게 아들인 삼근왕을 죽이라고 재촉했다.

"에잇, 지난번에 보류宝留와 그 아들 수수須를 제거하려 할 때도 진가眞家 놈들이 우릴 방해하더니, 이번에 또다시 왕을 끼고 도는구려. 아무래도 이참에 왕을 제거하는 편이 옳을 터인데, 태후께서 결정을 하시지요!"

"뭣이라구요? 내게 친자식을 죽이라는 말입니까? 지금 그걸 말이라고 하시는 게요?"

해태후가 펄쩍 뛰며 이를 완강히 거부하면서 강고했던 두 사람의 사이에 이내 틈이 벌어지기 시작했다. 게다가 진眞씨 모녀 또한 경호에 만전을 기하니, 기회를 엿보던 해구가 차마 왕을 제거하지 못했다.

그사이 해가 바뀌어 478년 3월, 급기야 眞씨 일가의 반격에 다급해진 해구가 삼근왕에 반기를 든 채 군사를 일으키고 말았다. 그러나 성급하게 일을 꾸민 탓인지 초기에 조정을 제압하는 데 실패했고, 이에 해구가 반란군을 이끌고 자신의 근거지나 다름없는 대두산성으로 물러나 대치했다. 당시 대두산성은 은솔恩率 연신燕信이 지키고 있었는데, 그는 이미 해구의 심복이 되어 있었다. 위사좌평 진남이 2,500여 명의 호위군을 이끌고 대두산성으로 가 반란군과 전투를 벌였으나, 병력이 미미해서였는지 城이 쉽게 떨어지지 않았다.

그사이 진남의 조카 덕솔德率 진노眞老가 나섰다. 그는 1년 전 모대牟大와 함께 보류를 보호하는 데 앞장섰던 反해씨 세력의 선봉이었다. 놀랍게도 진노가 이때 날랜 병사 다섯 명과 함께 야밤을 틈타 해자인 수로를 통해, 성안으로의 잠입을 시도했다. 결국 용케 대두성 입성에 성공한 진노 일행이 은밀하게 해구의 진영에 접근, 반역자 해구解仇를 암살하는 데 성공했다. 해구는 필시 잠을 자다가 봉변을 당한 것으로 보였다.

해구가 암살당했다는 사실이 여기저기 퍼지면서 반란군 진영이 우왕좌왕하는 사이에 성 안팎으로 진압군이 호응하면서 성문이 열리고 말았다.

"마침내 성문이 열렸다. 전군은 성안으로 진군하라! 총공격하라!"

진남의 명령과 함께 정부군이 파죽지세로 성안으로 밀고 들어오자, 사기가 떨어진 반란군이 병장기를 버리고 달아나기 시작했다. 두려움에 사로잡힌 성주 연신은 재빨리 달아나, 그 길로 북쪽 고구려 진영으로 가서 투항해 버리고 말았다. 이렇게 〈해구의 난〉이 진압되면서, 여餘씨 문주왕을 제거하고 정통 한성백제계가 왕권을 회복하려던 시도 또한 좌절되고 말았다.

난亂이 성공리에 진압되었음에도, 연신이 고구려로 달아났다는 소식에 분노한 삼근왕이 명을 내렸다.

"당장 연신의 처자식을 잡아다 웅진의 저자거리에서 찢어 죽이도록 하라!"

해구의 처 진眞씨에 대해서는 자신을 도운 공을 내세워 국대國大부인으로 삼았다. 한성백제계의 온전한 부흥을 꿈꾸었던 해구의 연이은 쿠데타는 결국 이렇게 끝나고 말았다. 그 와중에 곤지는 물론, 문주왕까지 비참하게 피살되고 말았으니, 비유왕의 배다른 아들 '개로왕, 문주왕, 곤지' 3형제가 부왕의 죽음과 똑같이 피살을 당하는 참극을 겪고 만 것이었다.

그런데 2년 전, 모대가 금성을 떠나 웅진으로 돌아오고 나서 얼마 지나지 않아, 갑작스레 야인들이 〈신라〉의 동쪽 변방을 습격해 왔다는 보고가 들어왔다. 〈고구려〉와의 싸움에 신라가 온통 서북 방면에만 신경을 쓰다 보니, 경도의 방비가 허술한 것을 알고 왜병들이 쳐들어온 것이었다. 다행히 장군 덕지德智가 병사들을 이끌고 나가 왜군들에게 기습을 펼쳐 물리쳤는데, 이때 죽거나 생포된 왜병이 2백여 명이 었다니, 전투의 규모는 그리 크지 않은 듯했다. 문제는 이를 기점으로 이후 왜군들이 수시로 〈신라〉에 공격을 가하기 시작했다는 점이었다.

그러던 와중에 1년쯤 지난 뒤, 웅진에서 곤지가 백제계 해후에게 갑자기 독살을 당하고 말았던 것이다. 눈길을 끄는 것은 그러자 곧바로 왜군들이 무려 다섯 길로 나누어 〈신라〉를 공격해 왔다는 것이었다. 다행히 이때에도 신라군이 왜군을 물리쳤으나, 전과는 비교도 되지 않을 정도로 상당한 규모의 침공으로 보였다. 전쟁의 규모와 사상자 등 자세한 기록이 없는 것으로 미루어 신라군의 피해가 상당했을 것으로 보였다.

더욱 놀라운 것은 이 〈야마토〉의 〈신라〉 침공 배경에 〈고구려〉의 사주가 있었다는 사실이었다. 당시 장수제가 야마토 천왕에게 조서를 보내 〈신라〉를 평정한다면 작위를 내리겠다고 했고, 웅략천왕이 이에 성의를 보였다는 것이었다. 그렇다면 일찍이 풍옥태자와 곤지가 〈삼국협상〉에서 담판을 지었을 때, 곤지가 이 문제를 제시했을 가능성이 농후했다. 즉, 고구려가 한강 이북으로 물러나는 조건으로, 장차 〈야마토〉를 동원해 〈신라〉를 침공케 하겠다는 밀약이 성사되었고, 이것이 바로 곤지와 풍옥의 뒷거래 내용일 수 있었던 것이다. 그렇다면 실로 놀라운 반전이 아닐 수 없었다.

당시 곤지는 어찌 됐든 강성한 고구려를 물리쳐야 하는 입장에서, 고구려가 정복한 땅의 절반을 내줄 수 있을 만한 파격적인 무언가를 제시해야만 했을 것이다. 장수제는 그간 속국이나 다름없던 〈신라〉가 고구려를 배신하면서 〈나제동맹〉으로 자국에 저항하는 데 대해, 크게 분노하고 있었다. 더구나 그 동맹의 주체세력이 둘 다 대륙에서 고구려에 끝까지 저항하던 대표적 反고구려 세력인 〈서부여〉와 〈모용선비〉의 잔당들이었다는 사실이 태왕을 몹시도 자극한 듯했다. 고구려로서는 반도 남쪽의 두 나라를 제거하고 장차 반도 전체를 통일함으로써 배후를 가볍게 하려는 의도를 품지 않을 수 없었던 것이다.

이번 장수제의 남정 자체가 그것을 실천하기 위한 시도였으나, 뜻밖에도 곤지와의 협상 과정에서 〈야마토〉를 이용해 오히려 〈신라〉를 견제할 가능성을 발견할 수 있었던 것이다. 사실 신라는 나제동맹이 전부였지만, 백제의 경우는 배후에 야마토까지 있어 자칫 전선이 확대될 우려가 있었다. 따라서 그런 백제보다는 신라를 토벌하기가 상대적으로 수월한 일이었고, 곤지의 의도대로 야마토가 신라를 공격해 준다면야 더더욱 좋은 일이었다. 아울러 이 일로 야마토와 손을 잡게 된다면, 장차 그 속국이나 다름없는 백제에 대한 통제까지 기대할 수 있었으니, 곤지와의 밀약에 동의하고 선뜻 대군을 뒤로 물린 것으로 보였다.

〈백제〉의 입장에서는 처음 〈고구려〉와 〈신라〉가 단둘이 백제의 땅을 나누려던 것을 뒤집어, 반대로 〈백제〉와 〈고구려〉가 장차 신라를 나누자는 극적인 반전을 시도한 셈이었다. 곤지는 이를 위해 야마토를 이용한다는 '신神의 한 수'를 찾아낸 것이었고, 이 모든 것이 사실이라면 그는 천재적인 전략가가 틀림없었다. 곤지가 이런 해법을 생각해 내기까지는 그 자신이 야마토 출신으로 야마토 천왕의 후광을 입고 있는 데다, 누구보다도 야마토를 잘 알고 있기에 가능한 일이었을 것이다.

필시 곤지는 협상을 성사시키고 귀국하여 문주왕에게 그 내용을 보고했을 것이다. 그러나 신라계의 피가 흐르는 문주왕은 어쩌면 그의 전략을 탐탁지 않게 여긴 나머지 그를 내신좌평으로 묶어 가까이 두되, 오히려 해씨들이 곤지를 독살하는 것을 방조했을 수도 있는 일이었다. 오직 순진한 자비왕만이 이 밀약을 모른 채 백제와의 의리를 지키느라 열심이었고, 그렇다면 이것이야말로 냉혹한 외교의 뒷면을 보여 주는 전형적인 사례였던 셈이다. 물론, 이러한 내용들은 곤지와 풍옥, 백제와 고구려 사이에 극비로 이루어진 밀약密約이어야 했기에, 역사책에 소상히 기록되지 못했다. 따라서 누구도 정확히 알 수 없는 일이었으나, 그럼에도 장수제가 야마토에 조서를 보냈다는 기록만큼은 틀림없는 사실이었다.

게다가 문주왕과 곤지, 해구, 자비왕과 같은 당사자들이 모두 세상을 떠난 뒤에도, 야마토와 고구려는 마치 약속이라도 한 듯, 자비왕이 떠난 〈신라〉를 수시로 번갈아 가며 맹렬하게 공격하기 시작했다. 이러한 사실이야말로 고구려의 한수 이북 철군과 비밀투성이였던 곤지의 죽음이 서로 연결된 것이었음을 강력하게 시사해 주는 증거였다.

주목해야 할 것은 이처럼 장수제 말년에 이르러, 한반도 자체가 이제 고구려 등의 열강이 눈독을 들이는 화약고로 확실하게 변해 버렸다는 점이었다. 이미 이 시대에 당사국들만의 전쟁이 아니라, 북방의 〈고구려〉는 물론, 중원의 열강들과 열도의 〈야마토〉까지 서로 뒤엉켜, 일종의 국제분쟁적인 성격을 띠기 시작했던 것이다.

이는 마치 대륙의 古마한이자 낙랑, 대방의 땅이었던 요동이 고구려와 漢나라, 흉노와 선비 등의 사이에서 천년이 넘도록 화약고가 된 것과 비슷한 이치였다. 그야말로 이 시기부터 삼한이 병립하고 있던 한반도 전체가 제2의 화약고로 부상하고 있었고, 이제 〈고구려〉로서는 東西 앞뒤로 그런 거대한 화약고를 동시에 짊어져야 하는 부담을 안게 되었던 것이다.

그 와중에 위기의 조국〈백제〉를 구한 천재적 영웅 곤지昆支는 자신의 조국 땅에서 허망하게 희생되고 말았다. 그러나 그의 눈부신 활약은 5백 년 숙적이던 고구려와 서부여(백제) 세력이 현실적 이해를 바탕으로, 은밀한 동맹의 관계로 나아가는 극적인 대반전을 가져왔다. 백제와 고구려의 동맹이라는 곤지의 외교적 구상은 후일 그의 아들인 모대牟大로 하여금 대륙(요서)진출을 도모하게 하는 한편, 고구려와 백제, 야마토로 이어지는 또 다른〈三國밀약〉으로 발전하게 되었다.

　그 결과 이후로〈신라〉가 고립무원의 신세로 전락하게 되었고, 절망적인 분위기 속에서 위기를 극복하려던 신라가 끝내는 반도에 외세인 중원의 세력을 끌어들이는 결정적 계기가 되었던 것이다. 이런 극적인 변화가 궁극적으로 신라의 고립을 초래하면서, 三韓과 倭는 물론 중원대륙의 역사에까지 엄청난 지각변동을 가져오게 했으니, 곤지는 5세기 삼한의 역사에서 가장 주목할 만한 역사적 인물임이 틀림없었다.

　이와는 별개로 야마토를 기반으로 하던 곤지의 후손들 역시 번성하여, 후일 일본日本의〈아스카시대〉를 여는 주역이 되었다. 그 결과 곤지는 아스카베미야츠코飛鳥戶造 일족의 조상이 되었고, 오사카의〈아스카베신사神社〉에서는 오늘날까지 그를 신으로 추앙해 제를 올리고 있으니, 곤지왕 여곤餘昆이야말로 영원히 죽지 않는 삶을 누리고 있는 셈이다.

2. 동성대왕의 요서경략

진眞씨 일가의 눈부신 활약으로 〈해구의 난〉을 제압하는 데 성공한 삼근왕은 지옥 같은 두려움에서 벗어나자, 그야말로 날아갈 듯한 기분이었을 것이다. 해구뿐 아니라, 또 다른 경쟁 세력인 야마토 출신 곤지와 모대 부자를 포함해 문제의 인물들이 한순간에 모두 사라져 버렸기 때문에 더욱 그러했을 것이다.

그 이전에 고구려의 장수제는 해구가 백제의 문주왕을 시해했다는 소식을 듣고는 조다태자의 아들인 황손 라운羅雲을 불러 말했다.

"문주가 얌전하고 유약하다 보니 끝내 스스로를 죽게 한 것이다. 필시 해구가 그런 임금을 죽이는 일은 범이 노루를 잡듯 쉬웠을 것이다. 권력을 함부로 내주다가는 이처럼 세력을 잃기 쉬운 법이니, 훗날 네가 임금이 되거든 꼭 내가 한 말을 세 번씩 떠올리도록 하거라!"

이는 곧 군주가 절대 나약하게 굴어서는 아니 될 뿐 아니라, 위엄으로 나라를 다스려야 한다는 뜻이었을 것이다. 그리고는 태왕이 아끼던 경鯨공주를 황손에게 妃로 내려 주었는데, 사람들이 장차 나라를 물려줄 뜻을 내비친 것이라고도 했다. 연초에 라운은 황兊태자의 딸인 연흡淵洽으로부터 황증손 흥안興安을 얻었는데, 연흡은 라운보다 열 살도 더 연상인 사촌누이였다.

그 후 〈해구의 난〉이 진압되면서 해구의 심복이던 연신燕信이 백제로부터 망명해 오자, 장수제는 그로 하여금 해구의 잔당과 그 무리들을 거두게 했다. 장차 삼근왕을 토벌할 것을 염두에 둔 조치였다. 그 무렵 자신감을 회복한 백제의 삼근왕은 이후 다소 어긋난 행태를 보이기 시작했다. 열다섯 아직 어린 나이에도 불구하고, 죽은 해구의 처

진씨와 그의 딸을 처로 삼았고, 곤지의 처 진선眞鮮까지 첩으로 만들어
버렸다. 전쟁과 반란으로 어지러워진 민심을 수습하고, 전후의 재건
에 주력해도 모자랄 판에 벌써부터 여색을 탐하기 바빴던 것이다.

　그런 와중에 〈신라〉에서는 자비마립간이 병환에 시달리고 있었다.
전년도 10월에 금성에 커다란 지진이 일어나 수백 명이나 압사당했는
데, 그때 자비왕이 무너진 흙에 깔려 심하게 다친 이래로 병세가 호전
되지 못했던 것이다. 이미 60대 중반의 노인이 된 데다, 고구려와 야마
토의 침공에 시달려 심신이 지쳐 버린 것도 상처가 치유되는 것을 방
해했을 것이다. 478년 5월경, 왕이 태자 비처毗處를 불러 명을 내렸다.

　"내가 몸이 좋지 않으니, 태자가 감국監國을 맡아 직접 국정을 골고
루 살피도록 하라!"

　그해 가을에는 곡식이 크게 여물어 대풍이었으나, 자비왕의 병이
심해져 나라 안팎의 많은 도장道場에서 선도들이 모여 왕의 쾌유를 기
도했다. 그러나 이듬해 479년 정월이 되어서도 왕의 병세는 오히려
더욱 악화되기만 했다. 조정에서 나라 안팎의 죄수들을 조사해 일부
는 방면해 주는 한편, 태자가 직접 백관들로부터 조회를 받았다. 그러
나 그해 2월, 마침내 자비마립간이 병을 이겨 내지 못하고 상궁上宮에
서 66세의 나이로 세상을 등지고 말았다.

　관대하고 인자한 성품인 데다 백성을 지극히 아꼈고, 군사를 구휼
함에 있어 더울 때나 추울 때나 반드시 옷과 식량을 챙겨 주었다. 죽
음에 임박해서도 후궁과 종신들에게 출가를 허락하고, 그 허물을 묻
지 않겠다고 했다. 부모라도 잃은 듯 우는 백성들이 상여 근처에 모여
들었고, 이웃 나라에서까지 흰 옷을 입고 발상을 했다.

　선비 모용씨의 후예인 자비마립간은 즉위 초기부터 고구려와 야마

토 두 열강의 침공과 위협으로부터 나라를 지켜 내야 했다. 그는 비슷한 처지에 있던 이웃한 백제와의 〈나제동맹〉을 더욱 굳건히 하면서도 부지런히 외교를 펼쳐 열강을 달래는 한편, 고구려의 침공을 예견해 곳곳에 城을 쌓는 등 방어에 철저하게 주력했다. 이런 대역사를 성사시키기까지는 성실하게 나라를 다스리고, 백성들과 늘 소통하는 자세를 견지했기에 가능한 일이었을 것이다.

왕의 예상대로 과연 장수제의 남정이 시작되었을 때, 그가 과감하게 백제를 지원하고 혈맹의 의리를 이행할 수 있었던 것도, 또 고구려군이 신라의 영역으로 발을 들여놓지 못하게 한 것도, 모두 유비무환有備無患의 자세로 전쟁에 철저하게 대비한 덕분이었을 것이다. 다만, 냉혹한 국제정세를 읽지 못하고 〈백제〉에 대한 의리에 매달린 나머지 그의 후대에는 열강의 또 다른 도전에 시달리게 되었다. 그의 시대를 거치면서 선비 마립간 세력들은 완전히 신라 사회에 녹아 융합되기에 이르렀고, 이로써 안팎의 내홍으로 스러져 가던 신라 김씨 왕조를 지키고 일으켜 세웠으니, 사람들이 그를 자비성왕慈悲聖王으로 추모했다.

그해는 중원의 송宋나라에서도 세조 이래 골육 간에 살상이 반복되더니 마침내 소도성蕭道成이 황제인 유준劉準을 시해하고 말았다. 이로써 마침내 〈유송〉도 멸망의 길을 걷게 되었다. 시조인 유유劉裕가 건강의 〈동진東晉〉을 멸하고 〈남조시대〉를 연 이래로 8代 고작 59년 만에 역사 속으로 사라져 간 것이었다. 소도성이 이후 〈제齊〉를 세우고 왕을 칭했으니, 〈南齊〉의 시작을 알린 셈이었다.

그 무렵엔 〈북위〉가 새로이 〈거란〉과 상통하고 있었다. 그간 거란이 고구려에 매년 조공을 하고 여인을 바쳐 왔으나, 그즈음 위魏의 황제에게 딸을 바치더니 고구려에 대한 성의를 게을리했다. 魏의 국력이 날로 커지는 통에 거란이 슬그머니 魏 쪽으로 기울기 시작한 것이었다. 외교의 세계란 것이 그토록 냉혹한 법이었으니, 장수제가 장사長史 하세賀世를 거란으로 보내 꾸짖게 했음에도 거란은 움직이지 않을 뿐이었다.

그 무렵 〈야마토〉로 돌아갔던 곤지의 아들 모대는 즉시 웅략천왕의 신료인 대반실옥大伴室屋을 찾았다. 오오토모大伴는 웅략을 천왕으로 옹립하는 데 크게 기여한 공신으로 죽은 곤지의 후원자였다. 모대가 그간의 일과 함께 곤지왕자의 억울한 죽음을 소상히 알리니, 오오토모가 모대를 자신의 양자로 맞아들였다. 임나의 왕족 출신으로 이제 새로이 모대의 양부養父가 된 오오토모가 이때 모대에게 말다末多라는 임나 식의 새로운 이름을 붙여 주었는데, 이는 임나왕을 지칭하는 뜻이었다.

그 후 모대는 오오토모의 도움으로 웅략천왕 앞에 직접 입조해, 자신의 부친인 곤지의 복수를 허용해 달라며 강력하게 군사지원을 요청했다. 천왕은 모대가 어린 나이에도 총명한 것을 인정해 그를 불러 명하였다.

"앞으로 백제를 네가 다스리도록 하라. 축자국의 군사 5백 명으로 하여금 너를 호위토록 하고 병장기를 내줄 것이니, 이제 너는 다시 백제로 돌아가되, 부디 몸조심하거라!"

"망극하옵니다, 천왕폐하!"

모대가 자신을 믿고 지원해 준 천왕에게 큰 절로 감사를 표하고 물러났다. 일설에는 천왕이 이때 모대를 가까이 불러 격려했는데, 심지어 직접 머리를 쓰다듬어 주면서 몸을 아낄 것을 당부하는 등 각별하게 대해 주었다고 했다. 그러나 웅략천왕은 석 달 뒤 병으로 세상을 떠나고 말았다.

그해 봄, 곤지의 아들 모대가 마침내 야마토 군사 5백의 호위를 받으며 당당하게 웅진성으로 입성했다. 모대가 화려하게 야마토로부터 다시금 귀국해 돌아오자, 삼근왕은 모대를 자신의 아들로 삼겠다고 했다. 왕보다 겨우 1살 아래인 모대는 일단 속내를 숨긴 채 이를 받아들이고, 왕의 가까이에 머물고자 했다. 그때 삼근왕에게 슬픈 소식이 날아들었다.

"황송하옵니다. 진비眞妃께서 자리에 누웠는데, 이후로 일어나지 못하신다고 합니다!"

삼근왕이 놀라 뛰어가 보니, 진선眞鮮이 짐독을 먹고 스스로 자결을 한 것이었다. 4년 전 곤지가 처음 웅진에 돌아왔을 때, 解씨들을 견제하고자 반대편인 眞씨 가문의 여인을 맞이해 혼인을 했는데, 그녀가 바로 진선이었다. 〈해구의 난〉을 제압하는 데 공을 세운 대두산성의 영웅 진노眞老가 모대의 외삼촌이라 했으니, 진선과 진노는 남매일 가능성도 있었다. 당시 진노는 위사좌평이 되어 삼근왕의 최측근에서 왕의 호위를 담당하고 있었음에도, 이런 비극이 발생한 것이었다.

그즈음 진선이 삼근왕의 총애를 받고 있던 중에 전 남편 곤지의 아들 모대가 다시 모습을 나타내자, 아들뻘인 삼근왕을 모신 데 대해 죄의식을 느꼈는지 스스로 자진해 버린 것이었다. 일설에는 해구의 처가 짐독을 건네주었다고도 했다. 그런데 그 일이 있고 난 후 얼마 지나지 않은 9월이 되니, 갑작스레 삼근왕이 대두산성의 두곡斗谷으로 몸을 피하는 긴박한 사태가 발생했다. 그리고는 무슨 까닭인지 삼근왕이 홀연히 세상을 떠나고 말았다.

문주왕의 적자인 삼근왕의 죽음으로 백제 왕실에서는 이제 야마토 계열인 곤지昆支의 후손들이 유력한 왕의 후보로 부각되기에 이르렀다. 그리하여 그해 479년 11월, 마침내 곤지의 아들인 모대牟大가 자연스럽게 삼근왕의 뒤를 이어 〈백제〉의 왕위에 오르게 되었으니, 그가 바로 동성왕東城王이었다. 당시 25세 정도의 나이로 담력과 지략을 갖춘 데다 활을 잘 쏘았으며, 곤지의 여러 아들 중 가장 뛰어났다고 한다.

　동성왕은 보위에 오른 다음에야 비로소 삼근왕의 죽음을 알리는 발상을 하게 했다. 필시 그는 삼근왕 측의 저항을 우려해 처음에는 웅략천왕의 명을 숨긴 채 기회를 엿보았을 것이다. 이후 진선의 죽음을 계기로 삼근왕에게 천왕의 명을 전하고 양위를 제안했으나, 놀란 삼근왕이 두려움에 일단 대두산성으로 달아난 것으로 보였다. 별수 없이 모대가 측근들을 보내 완강히 저항하는 삼근왕을 제거했고, 이에 대한 주변의 반발을 고려해 즉위할 때까지 삼근왕의 죽음을 감추었던 것이다.

　결국 왕위에 오르기 직전에서야 웅략천왕으로부터 백제를 다스리라는 명을 받은 징표를 내보이고, 자신의 즉위에 대한 정당성을 충분히 확보한 다음, 비로소 발상을 한 것으로 보였다. 매우 신중하고 용의주도한 행동으로 왕위교체 시 발생할 수 있는 소동을 최소화시키려 했던 것이다. 동성왕은 삼근왕을 모셨던 측근들을 달래고자, 서둘러 삼근의 처였던 해구의 딸을 후비로 삼고 외삼촌인 진노를 그대로 위사좌평으로 삼아 자신을 호위하게 했다.

　그러한 때 요동의 고구려 조정으로 魏의 풍태후가 30대 후반의 나이에 조다태자의 아들을 낳았다는 놀라운 소식이 들려왔다. 그런데 바로 이듬해 480년 2월이 되니, 이번에는 반대로 청천벽력 같은 소식이 날아들었다.

"황송합니다, 태왕폐하. 지금 위나라에서 조다태자의 시신이 도착했습니다……. 흑흑!"

알고 보니, 조다助多태자가 풍태후와 사이가 좋아 아이까지 낳게 되자, 누군가 이를 시기하는 세력이 조다태자에게 몰래 자객을 보내 여러 차례 기회를 엿보았다는 것이다. 그러던 어느 날 괴한이 난입해 태자에게 독화살을 날렸고, 결국 태자가 활에 맞아 숨을 거두고 만 것이었다. 장수제가 넋이 나간 양 소리 내어 울었다.

"아이고, 아비는 동쪽의 황제고, 너는 서쪽의 황제가 된다 해서 복이 넘치는 줄 알았더니……. 너는 어찌 조심하지 않다가 이런 꼴을 당했느냐? 꺼이꺼이!"

곁에서 이 모습을 바라보던 태자妃가 울면서 간하였다.

"부황께서 설욕해 주시기만을 기다리겠습니다. 풍녀가 죽인 걸 뻔히 알면서 어찌 복수를 하지 않을 수 있겠습니까? 흑흑!"

그러나 장수제는 웬일인지 더 이상의 조치를 취하지 않았고, 황손 라운에게 명하여, 조다태자의 시신을 황산에 장사 지내게 했을 뿐이었다.

사실 풍태후는 〈북연〉의 황제 풍홍의 손녀딸로 이름이 풍유馮有였다. 그녀의 부친인 풍랑馮朗은 북연이 망하기 직전 용케 〈북위〉에 귀의했는데, 그 후 역모 사건에 휘말려 일족이 몰살당했으나, 딸인 풍유만은 법에 의해 궁중의 시녀로 살아남았다. 마침 운 좋게도 그녀의 고모가 태무제 탁발도의 총비가 되어 좌소의左昭儀에 올라 있어서, 그녀의 시중을 들며 궁에서 자랄 수 있었던 것이다. 이후 452년 환관 〈종애의 난〉으로 탁발도가 시해되고, 우여곡절 끝에 그의 손자 탁발준이

옹립되었다. 좌소의가 이때 살아남기 위해 11살 풍씨를 문성제 준濬에게 바쳤는데, 어린 나이에도 황제의 총애를 받게 되었다.

그러다가 풍씨가 14살 되던 455년 마침내 문성제의 황후로 봉해졌다. 놀라운 것은 풍씨가 이때 고의로 자식을 갖지 않았다는 점이었다. 마침 황제의 다른 처 이비李妃가 아들 홍弘을 낳았는데, 〈북위〉 특유의 '자귀모사子貴母死' 관습에 따라 그녀에게 사약을 내려 죽게 했던 것이다. 10년 후 문성제가 죽자, 12살 어린 탁발홍이 황제(헌문제)에 올랐고, 의붓어머니 자격으로 풍씨가 태후의 자리에 올랐다. 이로 미루어 풍태후가 늦은 나이에 조다태자의 아이를 낳은 것은 실제로 태자와의 정이 깊었기 때문일 수도 있었다. 장수제 또한 이를 믿었기에 별다른 조치를 취할 수 없었는지도 모를 일이었다.

그해 〈남제南齊〉의 소도성이 고구려로 사신을 보내와 능라금수綾羅錦繡와 공작 등을 바쳤다. 태왕이 답방 사절로 장사 왕진에게 명을 내려 남제로 보냈는데, 하필이면 〈북위〉의 수군에 붙잡혀 억류되고 말았다. 魏황제 탁발굉宏이 이를 따지려 들었다.

"도성은 제 임금을 죽인 도적놈이거늘 숙황叔皇께서는 어찌 이자와 통하려 하십니까?"

장수제가 답을 보냈다.

"찾아오는 자는 박대하는 것이 아니기 때문이오."

그해 11월, 장수제가 말갈에 명을 내려 〈신라〉의 비열홀(안변)을 치게 했다.

반도의 신라에서는 자비왕의 뒤를 이어 장남인 비처毗處가 보위에 올랐으니 소지炤知마립간이었다. 미해의 딸 파호巴胡부인의 아들로, 백관白官의 추대를 받아 44세의 나이에 명궁明宮에서 즉위하니 산이 떠나 갈 듯 만세 소리가 터져 나왔다. 서불감 기보期宝의 딸인 정비正妃 치군齒君을 상궁上宮으로 하고, 그녀의 아들 아지阿知를 일찌감치 태자로 삼았다. 장인인 기보를 태공으로, 비태比太를 서불감으로, 습보習宝를 병관이찬으로 삼는 등 새로이 인사를 단행하면서 또 다른 명을 내렸다.

"여러 백관의 작위를 1급씩 올려 주고, 나라에 大사면령을 내리도록 하라!"

이어 습보의 딸 원군團君을 下宮으로, 품주 내숙乃宿의 딸 선혜善兮를 난궁暖宮으로 삼았다. 내물마립간 시대부터 상, 하, 난궁의 三宮을 두고, 왕비의 서열을 정하는 것이 관례가 된 듯했다. 4월에 갈천葛川에 자비왕을 모시고 장례를 치렀는데, 태왕상궁인 파호가 따라 죽겠다는 것을 말리는 대신, 늙은 몸종 5명에게는 순사를 허락했다. 〈(대)가야〉의 찬명贊明, 〈금관(가야)〉의 치수治水, 〈백제〉에서도 왕위에 오르기 전의 모대가 조문을 하는 등 주변의 여러 나라에서도 문상을 왔다. 아울러 국상이 끝난 후에는 소지왕이 보기宝器의 딸 수기首器를 백제 삼근왕의 妃로 보내 주었다.

그해 5월 소지왕이 내궁대감內宮大監 지도로智度路의 집으로 행차했는데, 왕이 즉위 이전 전군殿君의 신분일 때 지도로와 함께 같은 궁에 살면서 각별한 사이였기 때문이다. 왕보다 한 살 아래인 지도로는 왕의 고모 국부인國夫人 조생鳥生의 아들로 왕과는 고종사촌이었다. 그런 이유로 서로 동심일체가 되어 나라를 같이 만들어 갈 것을 약속한 사이라, 왕이 각종 대소사는 물론 여러 기밀까지 맡길 정도였다. 이때 지도로의 처 연제蓮帝를 조하방朝霞房부인으로 삼았다. 그녀는 〈왜국〉 다파나 왕녀 출신인 보미寶美의 외손녀였다.

그해 11월이 되자 〈백제〉의 삼근왕이 질병으로 죽었다는 소식이 들어왔다. 소지왕이 즉시 조문사절을 보내 문상케 했다.

"아찬 아진종阿珍宗은 웅진으로 가서 부여왕을 조문하고 오라!"

이때 곤지의 아들인 모대가 왕위에 올랐는데, 이미 문주왕의 비 보류宝留와 상통한 사이였기에, 얼마 전 삼근왕의 비가 된 수기와 함께 모대왕(동성왕)의 처로 삼을 것을 허락했다. 그 무렵에 소지왕이 지도로의 딸 후황厚風을 태자비로 삼아 포사에서 길례를 행했다. 이때 백마 80필에 청우靑牛 30필을 엄선한 대음 가마와 수레에 화려하게 색칠해서 줄지어 행진하게 하니, 모처럼 연출된 장관에 구경꾼들이 감탄하며 환호했다.

이듬해인 480년, 연제가 모친의 모량궁牟梁宮에서 아들 모진慕珍을 낳자, 소지왕이 친히 행차해 쌀을 내렸다. 그 무렵에 신라의 왕이 새로 교체되어 그런지 (대)가야加耶가 말썽을 부렸다. 먼저 〈(대)가야〉에서 내쇠耐衰가 사물어취㳃勿魚醉를 남편으로 삼더니 무례하게 굴기 시작했다. 이에 소지마립간이 가야를 토벌하기로 했다.

"남로장군 지불로智弗路와, 가야장군 산호山戶는 군사를 이끌고 출정해 속히 가야를 토벌하도록 하라!"

이에 두 장군이 만나 군사를 합친 다음, 3월경에 열을 지어 가야로 향했다. 그러자 놀란 사물어취와 그 무리들이 내쇠를 데리고 바다 건너 섬으로 달아났는데, 임나가야인 대마(쓰시마)로 보였다. 소지왕은 내쇠의 딸 발혜發惠를 새로이 가야의 군주로 세우게 하고, 지불로를 감국으로 삼게 했다.

그런데 그해에 곡식이 제대로 여물지 않았다. 왕이 사벌沙伐로부터 곡식 3천 석을 급히 조달하도록 조치한 데 이어, 10월에는 아예 백성들의 진휼에 적극 나서라는 명을 내렸다.

"창곡두감倉穀頭監은 즉시 창고 12곳을 열어 노약자들을 구제토록 하라!"

그럼에도 불구하고 먹을 것이 부족한 백성들 중에 北軍으로 넘어 갈 것을 원하는 자들이 있어, 이를 허용해 주기까지 했다. 마침 그때 나라의 기근을 틈타서 말갈이 북쪽 비열홀比列忽(안변) 일대를 침범해 들어왔는데, 바로 장수제의 명에 의한 것이었다. 비열성주이자 북로 장군인 오함烏含이 이에 용감히 맞서 싸워 말갈군을 격퇴시켰다. 12월 에 소지왕이 오함의 공을 인정해 이찬으로 삼게 하면서 일부 장군들 의 인사를 겸했다.

이듬해 481년, 소지왕이 친히 비열홀로 가서 병사들의 안부도 살펴 보고, 군포를 하사하는 등 사기진작에 나섰다. 그러자 3월이 되니, 이 번에는 고구려 장수 양덕과 창栘태자가 이끄는 〈고구려〉와 〈말갈〉의 2천여 연합군이 다시금 변경을 넘어왔다. 결국 고구려군이 이때의 공 격으로 호명狐鳴 등 신라의 7개 성을 빼앗는 데 성공했고, 미질부彌秩 夫로 진격을 지속했다. 심각한 상황에서 소지왕이 장수들을 총동원해 사수에 나서게 했다.

"오함을 군주軍主(대장)로 하니, 북로장군 벌지伐智와 서로장군 덕지 德智는 즉각 출정하라!"

그런데 이때 뜻밖에도 〈백제〉와 〈가야〉에서도 신라에 지원군을 파 병했다. 그 결과 부여장군 진노眞老와 가야장군 산호山戶가 제각각 병 사들을 이끌고 나타났고, 그렇게 신라와 백제, 가야의 연합군이 함께 길을 나누어 진격한 끝에 니하泥河에서 고구려 측 연합군과 일전을 벌 였다. 전투 결과 신라 측 연합군이 고구려 연합을 깨뜨리고 니하의 서 쪽까지 추격해 패퇴시키는 데 성공했다. 신라 측이 천여 명의 목을 베 고, 무수한 인마와 병장기를 수확했다.

〈니하전투〉는 전쟁의 규모는 그리 크지 않았으나, 양측에서 다양한 나라의 연합군이 참전했다는 점에서 주목을 끄는 전쟁이었다. 〈신라〉와 〈백제〉 두 왕실이 혼인으로 더욱 단단하게 묶이면서 〈나제동맹〉이 착실히 지켜지고, 북쪽의 강호 고구려에 당당하게 맞서는 모습이 연출되었던 것이다. 그때 고구려 측에서도 자신들의 승리를 주장하면서, 오히려 신라의 서로장군 덕지가 사자를 보내 화친을 제의한 것을 거절했다고 했다. 하지만 전공에 대한 포상이 없었으므로, 병력의 규모에서 앞선 신라 측의 승리가 분명해 보였다.

다만, 고구려가 그 직전에 빼앗은 신라의 7城을 도로 내주었는지는 불분명했다. 반면 소지왕은 전쟁이 끝난 뒤, 오함과 벌지, 지불로에게 갑주甲冑 한 벌과 용마龍馬 한 필씩을 포상으로 내려 주었다. 그러나 이 전투로 말미암아 신라와 백제는 한반도 정복이라는 북쪽 〈고구려〉의 야욕을 거듭 확인하게 되었다. 이로써 비록 작은 전쟁에서는 승리했지만 이것이 시작에 불과하다는 것을 깨닫게 되면서, 나제羅濟 두 나라는 오히려 엄청난 부담이 엄습하는 것을 느꼈을 것이다.

그런데 그 무렵인 480년경, 〈백제〉 모도왕牟都王의 사신이라는 사람이 〈남제〉의 도성 건강(남경)에 나타나 조공을 바쳤다. 시조인 소도성이 제齊를 건국한 지 1년 만에 백제의 사신이 스스로 조공을 바쳐 왔다니, 크게 반겼을 것이다. 황제가 기꺼이 조서를 내려 답했다.

"보명寶命(옥새 수령)을 새로이 받드니 은택恩澤이 먼 곳까지 미치고 있도다. 모도牟都는 대대로 동쪽의 번藩으로 있으면서도, 머나먼 곳에서 자신의 직분을 다하고 있으니, 〈사지절도독백제제군사진동대장군使持節都督百濟諸軍事鎭東大將軍〉을 제수한다."

바로 관작官爵을 수수한 것이었다. 〈백제〉는 일찍이 386년 여휘왕餘

暉王이 〈동진〉으로부터, 또 430년경 비유왕毗有王 때 〈송〉의 황제로부터 비슷한 이름의 관작을 받았는데, 이들에게는 모두 백제왕의 자격이 내려졌다. 그런데 이번 모도왕에게 내린 관작명은 〈백제제군사 겸 진동대장군〉에 머물러 그를 백제왕으로 인정한 것이 아니었다. 바로 모도왕이 웅진의 〈백제〉 동성왕 모대가 아닌 제3의 인물이었던 것이다.

당초 동성왕의 조부인 비유왕(427~455년)은 여러 부인에게서 다수의 아들을 두었는데, 정비 해후가 자식을 낳지 못했기 때문이기도 했다. 그중 해수解須의 처에게서 얻은 여경(경사慶司) 개로왕이 먼저 왕위를 이었고, 이후 신라계 주周씨 소생인 여문餘文 문주왕과 야마토계 위이랑 소생의 곤지(여곤餘昆)가 있었다. 그러나 이들 외에도 왕이 되기 전에 연길燕吉의 처에게서 얻은 여기餘杞가 있었는데, 개로왕 때 우현왕이 되었다.

450년경 생전의 비유왕이 〈유송〉에 대한 외교공세를 한층 강화하던 때에, 宋태조에게 방물을 바치는 대신, 대사인 풍야부馮野夫를 西河태수로 임명해 줄 것을 요청해 허락을 받아 낸 적이 있었다. 당시 〈서하〉는 바로 대륙 요수(영정하)의 서쪽을 말하는 것이니, 풍야부가 서하태수가 되어 다스리던 땅이 후일 〈百濟郡〉이 되었고, 이것이 요서遼西 지역에 있었다는 의미였다. 이 요서 땅은 옛 낙랑이자, 中마한이요 대방이면서, 서부여에 이어 〈북연〉의 땅이기도 했다. 마지막으로 북연이 망하는 틈을 이용해 반도의 백제가 이곳에 거점을 확보한 것이 틀림없었던 것이다.

이후 개로왕이 곤지를 좌현왕으로 삼아 전남일대의 모한慕韓(마한)으로 보냈고, 여기를 우현왕으로 삼아 요서 지역의 백제군을 각각 다스리게 했었다. 특히 458년에 개로왕이 宋황제에게 11명의 대신들에 대한 관작을 받아 냈을 때, 여기는 행관군장군우현왕에, 곤지는 행정 로장군좌현왕에 제수되었는데, 이때 또 다른 여도餘都라는 인물이 행 보국장군으로 제수되었다.

이들 11명의 대신 중 여기와 여도가 바다 건너 대륙으로 넘어가서 요서의 백제郡을 다스렸던 것이다. 그 후 여기가 사망하자, 여도가 우 현왕의 지위를 계승했으니, 〈남제〉에 사신을 보냈던 모도왕이란 바로 여도餘都를 말하는 것이었다. 그런 이유로 남제의 황제는 모도왕을 백 제왕이 아닌, 〈백제제군사진동대장군〉으로만 관작을 내렸던 것이다.

특별히 여餘도를 모牟도라 부른 것으로 보아 餘씨 혈통인 동성왕을 모대牟大로 부른 것처럼, 여도 역시 그 모계가 야마토 임나 계열임이 틀림없었다. 어쨌든 반도의 백제가 놀랍게도 대륙 요서 지역에 옛 〈백제군〉을 부활시켜 지배했음이 분명한데, 〈북연〉이 망하자 갈 곳 없는 풍씨 후예들이 서부여의 잔류세력들과 연합해 반도의 〈백제〉에 귀의한 것으로 보였다. 〈백제군〉은 이후 좌우로 〈북위〉와 〈고구려〉 라는 양강兩强의 틈바구니에서 30여 년이 넘도록 용케 버텨 냈을 뿐 아니라, 오히려 아래쪽 山東으로 강역을 늘려 나갔으니 더더욱 놀라 울 따름이었다.

바로 이런 배경이 있었기에 백제의 개로왕이 472년 북위에 사신을 보내 함께 고구려를 칠 것을 제안했던 것이다. 필시 생전의 개로왕이 한반도에서 동맹관계인 〈신라〉와 함께 먼저 고구려 대방을 공략하는 것과 동시에, 요서에서 〈북위〉와 〈백제군〉이 힘을 합해 고구려의 서 쪽을 치고 들어가 동서 앞뒤로 고구려를 공략하자는 전략을 제시했 을 가능성이 농후했다. 물론 북위의 풍태후가 이때 고구려에 사신을 보내 백제를 무고함으로써, 개로왕의 제안이 무위로 끝나면서 자세한 내용 또한 덮이고 말았다. 그러나 이처럼 섬뜩하기 그지없는 개로왕의 도발에 장수제의 분노가 폭발하고 말았다. 장수제는 이후로 승려 도림을 파견하는 등 철저히 전쟁을 준비한 끝에 3년 만에 남정을 감행했고, 끝내 개로왕의 목을 벴던 것이다.

그런 〈백제郡〉에 대해 484년경, 마침내 북위의 효문제가 공격에 나섰다. 소위 〈백제〉와 〈북위〉의 1차 전쟁이 벌어진 셈이었다. 더 이상의 내용이 전해지지 않아 자세한 것을 알 수는 없지만, 이 1차 전쟁에서 백제의 우현왕 모도왕(여도)이 크게 패해 사망한 것으로 보였다. 그러나 이 전쟁 역시 이것으로 끝난 것이 아니었다. 놀랍게도 동성왕이 이끄는 한반도 중부의 작은 나라 〈백제〉는 오히려 더욱 강경하게 중원 최대 열강 〈북위〉에 맞서기 시작했고, 험한 바다를 건너 끝내 2차, 3차 전쟁을 감행하게 되었던 것이다.

장수 50년 되던 482년경, 〈남제〉의 시조인 소도성이 죽어, 그의 아들 소색蕭賾이 보위를 잇고 무武황제가 되었다는 소식이 들려왔다. 〈백제〉에서는 동성왕이 진노眞老의 딸을 둘째 처로 삼고, 이제 장인이 된 진노를 병관좌평으로 삼아 그에게 병마의 일을 전담케 했다. 〈신라〉에서는 소지왕이 정초에 해궁海宮에서 돌아왔는데, 모후인 파호巴胡부인이 63세의 나이로 졸卒하였다. 미해의 딸로 눌지왕과 자비왕 2분을 모셨고, 열 명에 이르는 자손을 두었다. 왕이 갈천궁에 모시고 장례를 치렀다.

그런데 2월이 되자, 큰바람에 나무가 뽑히고, 금성의 남문이 불에 타 버렸다. 4월에도 장마가 오래 지속되자 왕이 갑자기 두려운 생각이 들어 나랏일을 두루 살피고, 가벼운 죄수들을 석방하라 일렀다. 마침 그때 〈고자古自〉의 발치發治가 야인(임나)들을 데리고 와서 노략질을 일삼았다. 2년 전 (대)가야에서 일어났던 〈사물어취의 난〉을 제압하고, 소지왕이 발혜를 여군으로, 찬명의 동생 효덕을 그 남편으로 삼게 했었다.

그러자 〈고자〉(小加耶) 사람들이 발혜의 동생 발치가 여군의 남편이 되어야 한다며 소요를 일으켰다. 고자의 감국이던 비지比智가 나서서 이를 제압하자, 발치를 포함한 무리들이 야국野國(임나)으로 달아났는데, 이 무렵 야인들을 이끌고 노략질을 해 온 것이었다. 이번에도 비지比智가 출병해 야인들을 격퇴시켰다. 그러나 가까운 임나(왜)의 침공이 점점 잦아지는 모습에 소지왕이 이를 신경 쓰지 않을 수 없게 되었다.

그해 9월이 되자 〈고구려〉의 장수제가 전년도 〈니하전투〉의 패배를 설욕하고자 다시금 군사를 일으켰는데, 전쟁의 양상이 사뭇 전과는 다른 것이었다.

"지난번 니하에서 모대가 비처를 지원해 일을 그르치게 했다. 이번에는 반대로 동쪽으로 모대를 쳐서 비처가 똑같이 그리하는지를 알아봐야겠다. 양덕陽德은 말갈의 군사를 이끌고 출정해 한산성漢山城을 치도록 하라!"

신라가 정초부터 국상을 당하더니 잇단 자연재해와 임나의 침입에 시달렸다는 것을 알게 된 장수제가 나제동맹의 결속을 알아보려 한 듯했다. 그리하여 양덕이 말갈軍을 지휘해 이번에는 〈백제〉의 옛 도성인 한산성을 공격해 들어갔다. 웅진의 동성왕은 고구려의 침공 소식을 듣자, 즉시 대응에 나서는 한편, 금성에 사자를 보내 구원을 요청했다. 소지왕이 말했다.

"구려의 늙은이가 우리가 어려운 것을 알고 시험하려 드는구나. 모대왕이 지난번 니하에서 우리를 지원했으니 이대로 있을 수 없는 일이다. 잡판匝判 벌지伐智는 군사를 이끌고 즉시 한산으로 출발하라!"

벌지가 지원군을 이끌고 한산에 당도해 보니, 말갈병들이 한창 노략질을 하고 있었다. 벌지가 말갈군의 양도糧道(보급로)를 끊어 버리고, 불시에 말갈을 공격하자 말갈병들이 크게 혼란스러워했다. 결국 백제군과 합세하여 고구려군에 협공을 해 대니, 끝내는 양덕이 퇴각을 명했다.

"에잇, 아니 되겠다. 퇴각하라, 퇴각의 나발을 불어라!"

"뿌웅 뿌웅!"

고구려는 이때도 〈한산전투〉에서 자기네들이 승리하여 성을 빼앗고, 3백여 포로를 생포했다고 주장했으나, 이 역시 억지로 보였다. 이 듬해 2월 동성왕이 친히 한산을 찾아 10여 일이나 머물면서 백성들을 위무한 다음, 사냥까지 즐기고 돌아갔기 때문이었다. 〈나제동맹〉의 탄탄한 결속만큼이나, 전투력 또한 결코 만만한 수준이 아니었던 것이다.

소지 5년이던 483년, 신라에서는 병관이찬 등흔登欣이 죽었다. 난궁暖宮 해량海梁의 부친이고, 충신 박제상朴堤上의 딸 청아靑我부인의 장자였는데, 체구가 굳세고 명리名利에 담담했다. 등흔의 또 다른 딸인 연제蓮帝는 지도로智度路의 처로 모진慕珍을 낳았으니, 그가 죽은 뒤로 사위(지도로)와 외손(모진)이 차례대로 신라의 왕위에 오르게 되는 인물이었다. 두 딸의 덕으로 벼슬이 높아지니 사람들이 말하길 충신 제상公의 음덕이라고 했다. 왕이 태공太公의 예로 장사 지내 주었다.

그런데 그해 4월이 되자 신라에 큰 홍수가 났다. 백성들이 수해로 크게 어려움을 겪는 가운데, 백제로부터 아무런 구호나 지원이 없었던 모양이었다. 오히려 그 무렵 〈백제〉의 동성왕이 웅진의 북쪽으로 사냥을 나갔다가 신록을 잡았는데, 이를 〈삼한일통三韓一統〉의 징조로 여기고 그때부터 군사를 양성하고 군마를 크게 늘렸다고 한다. 소문을 들은 덕지가 소지왕에게 간했다.

"부여왕 모대가 대왕께 상의도 없이 제멋대로 군대를 늘리고 있다니, 그 죄를 물어 토벌에 나설 것을 청합니다."

그러나 소지왕은 배반을 입증하는 장계狀啓가 없음을 들어 이를 허락하지 않았다. 그 무렵 이런 소문이 〈고구려〉 장수제에게도 들어가니 태왕이 이렇게 말했다고 한다.

"모대는 비처에게 의지하면서도 비처가 화(홍수)를 당했을 때 찾아보기는커녕 자신의 행락만을 탐했으니, 머지않아 둘은 갈라서고 말 것이다."

7월이 되어 신라에서 또다시 홍수가 연달아 났다. 10월이 되자 소지왕이 그간 수해가 가장 극심했던 일선주(구미)로 나가, 길가에 늘어선 이재민들을 친히 위로하고 차등을 두어 곡식을 나누어 주는 등 구휼에 힘썼다. 일선이 백제의 도성인 웅진에서 그리 멀지 않은 곳이었음에도, 과연 동성왕은 아무런 안부조차 묻지 않았다고 한다. 그러나 사실 백제는 이때 〈북위〉가 요서백제군을 잔뜩 노리고 있던 때라, 동쪽의 신라에 신경 쓸 겨를이 없었을 것이다.

11월이 되자 지독한 홍수 끝에 신라의 도성에서부터 돌림병이 만연하더니, 죽은 자들이 마치 파리 떼처럼 늘었다고 한다. 이때 태자 아지阿知도 21살의 나이에 사망해, 소지왕이 실어증에 시달릴 정도로 비통해했다. 소지왕의 모친 파호巴胡부인이 지도로와의 사이에서 낳은 준등俊登을 태자로 삼고, 아씨阿氏를 태자비로 했다.

그런데 이렇게 신라에서 시작된 돌림병이 어느새 백제에까지 이르렀고, 급기야 남쪽으로까지 무섭게 번져 나갔다. 장수제가 명을 내려 동쪽의 반도에 사는 주민들에게 극구 조심하라 이르고, 동시에 약을 비치하되 멀리 나다니지 말 것을 주문했다. 그해 장수제가 〈고구려〉 황실의 《종실록宗室錄》을 고쳐 만들게 했는데, 이름을 올린 인물이 52人이었다고 했다.

이듬해 484년이 되자 〈북위〉로부터 동성혼同姓婚을 금한다는 소식이 들려왔다. 장수제가 어이없는 짓이라며 비웃었다.

"위아래도 가리지 않고 덤비는 놈이 어찌 사람들을 훈계하겠다는 게냐?"

그러자 풍옥태자가 조심스럽게 아뢰었다.

"사람들에게 명분과 실제가 서로 다른 것은 욕심과 마음에 차이가 있기 때문입니다. 실제로는 위아래를 가리지 않는다 하더라도 명분상 동혼同婚(가족혼)을 금하게 한다면, 오래도록 세월이 지난 뒤에는 필시 풍속으로 자리 잡게 될 것입니다. 그러니 실제를 이유로 명분을 가벼이 여길 수는 없을 것입니다."

"……."

장수제가 태자의 말에 당황한 듯이 아무런 말도 못 하고 있더니, 후회스럽다는 듯 말했다.

"지난겨울 내가 옥호를 后로 세웠거늘 돌이켜보니 색두索頭만도 못한 처사였구나, 부끄러운 일이로다……"

옥호勗好는 바로 태왕이 호好씨 부인에게서 얻은 자신의 친딸이었던 것이다. 이처럼 고구려에서는 5세기가 다 가도록 북방민족의 족혼族婚 풍습이 여전히 남아 있었던 것이고, 태왕 스스로 유도에 크게 기울어 있었으면서도 정작 자신의 여인 문제에 있어서는 이런 악습을 과감하게 끊어 내지 못했던 것이다. 중원의 제도를 본받으려는 〈북위〉 조정의 개혁을 지지하던 풍옥태자가 부친의 과오를 지적하면서 넌지시 개혁을 유도하려 했음에도, 장수제는 딱히 위魏를 따라 개혁조치에 나서지는 않았다.

그러한 때 〈북위〉 조정에서는 풍태후가 14년간의 섭정을 마치고, 이제 스무 살이 다 된 효문제에게 친정을 허락했다. 북위는 이즈음 낙후된 북방민족의 습성을 버리고 대대적으로 중원화(漢化)를 지향하는 개혁에 몰두하기 시작했다. 비록 효문제의 개혁조치라고는 해도 실상은 배후에서 漢族 출신인 풍馮태후가 설계한 것이나 다름없었다. 당장 그해 일종의 급여제인 〈반록제班祿制〉를 도입해 관료들의 전횡을 차단하는 개혁조치를 단행했다. 갑자기 수입이 크게 줄어들게 된 데 대해 백관들의 저항이 대단해 40여 명을 처단하는 강수를 동원해야 했는데, 고려高閭 등과 같이 명망 있는 신하들의 지지에 힘입어 점차 자리 잡게 되었다.

이듬해에도 이안세李安世의 건의로 유명한 〈균전제均田制〉를 실시했다. 이는 버려진 땅들을 15세 이상의 남성들에게 균등한 기준으로 배분해 주고, 농사 등을 짓도록 장려하기 위한 것이었다. 초원을 따라 이동하는 북방 유목민족의 특성상 여전히 땅을 소중히 여기지 않는 분위기가 남아 있던 탓에, 백성들의 정착 생활을 유도하고 농민들을 양성하기 위한 토지제도였고, 후대의 〈당唐〉나라 시대까지 이후 3백년을 지속하게 되었다.

뿐만 아니라, 지방의 교육을 강화하기 위해 〈향학鄕學〉을 세우고, 기타 미신을 타파하기 위해 각종 주술이나 미래예언서 등의 서적들을 불태워 버렸으며, 참위讖緯(예언) 자체를 금지시켰다. 이처럼 풍태후는 그 누구도 실천하지 못했던 제도개혁에 박차를 가했고, 이를 친정에 나서게 된 손자 효문제의 이름으로 과감히 이행하게 했다. 이러한 영향 때문이었는지 후일 풍태후 사후에도 효문제는 더욱 혁명적인 개혁조치에 몰입하는 등, 개혁군주로서의 모습을 유감없이 발휘하기도 했다. 다만, 여인이 정국을 주도하다 보니, 세련된 문치文治에 치중하는 대신 상대적으로 국방과 관련된 병무는 소홀해진 듯했다.

어느덧 90이 넘는 고령의 장수제가 다스리는 〈고구려〉는 이웃 경쟁국인 〈북위〉의 개혁조치들을 의혹의 눈으로 지켜보았을 것이다. 이제 막 불교와 유교가 자리 잡기 시작한 데다 장수제의 오랜 치세로 정국이 안정되다 보니, 북위 수준의 개혁을 요구하는 목소리가 높지 않았던 것이다. 그 배경에는 당시 유일하게 5백 년이 넘는 황통을 고수해 옴에 따라, 수시로 주인이 바뀌는 漢族이나 鮮卑 등의 이민족에 대한 문화적 우월감이 크게 작용한 듯했다. 기본적으로는 중원과 달리 고구려 전역이 큰 산과 강으로 구분되는 지리적 환경에다가, 여전히 농경 외에도 수렵을 중시하는 문화 등 5부 호족 중심의 분권주의가 강한 것이 주요 원인으로 보였다. 또 뿌리 깊은 선도仙道가 오래도록 전통철학 또는 민족종교의 역할을 해 온 것도 변화를 저해하는 요인이었을 것이다.

그즈음 양덕이 입조해 태왕에게 상주했다.

"신라가 이벌찬 오함을 시켜 백제에 대비할 계책을 세웠다고 합니다. 그러니 이제 두 나라의 수장들이 저절로 혼란에 빠지게 될 것입니다. 청컨대 기회를 엿보아 그들을 토벌하소서!"

이에 장수제가 풍옥과 호용好勇에게 명을 내려 양덕과 함께 반도 토벌에 나설 것을 명했다.

3월 어느 날, 장수제가 라운羅雲에게 말했다.

"나이가 90을 넘고 나니 먹고, 즐기는 것이 예전만 못하구나. 인생이란 게 한바탕 꿈이거늘, 내 언제까지 이리 구구하게 정사에 매달려야 하는 것이냐?"

그리고는 황손에게 명을 내려 감국監國을 맡으라고 했는데, 급히 황晃태자가 들어와 말려도 들으려 하지 않았다. 그리고는 매일같이 노래하고 춤추는 것을 낙으로 여기며 지냈다.

그해 7월경, 양덕이 〈고구려〉군을 이끌고 〈신라〉의 북변을 치고 내려온 끝에 모산성母山城(관산卌山, 충북진천)까지 이르렀다. 당시 정황으로 보아 꽤나 깊숙이 진격해 들어온 셈이었다. 고구려군이 덕지가 이끄는 신라군을 상대하는 동안 주변의 의심과는 달리, 이번에도 변함없이 백제의 지원군이 나타나 신라군과 연합해 고구려에 맞섰다. 양덕이 모산성 아래에서 〈나제연합군〉에 패해 성을 빼앗지 못한 채, 또다시 퇴각해야 했다.

그 무렵 발해만을 지키던 〈고구려〉 수군들이 〈백제〉의 내법內法좌평 사약사沙若思를 체포해 고구려 도성으로 압송하는 사건이 벌어졌다. 사약사는 자신이 동성왕의 사신 자격으로 〈남제〉로 조공하러 가던 길에, 바다 한가운데서 고구려 군병이 길을 막아 잡힌 것이라고 주장했다. 장수제가 사약사에게 모대의 다스림이 어떠냐고 묻자 시원치 않다는 듯 답했다.

"아왕我王이 똑똑해 보이기는 하지만, 위세가 없어서 권신들이 업신여기는 편입니다."

그 밖에도 이것저것을 물으니, 사람들이 해구의 처를 폐할 것을 청해 진노眞老의 딸이 上妃이고, 연돌燕突의 딸이 부비副妃가 되었음을 알려 주었다. 장수제가 웃으며 주위에 말했다.

"허허, 모대가 자신이 없다 보니 위세가 없는 게로구나. 필시 모대
는 다른 이에게 잡히고 말 것이다."

그보다 중요한 것은 당시 백제인들이 〈남제〉와의 통교를 비롯해
여러 가지 일로 바다 건너 대륙과 분주히 오가고 있었고, 고구려가 해
상에서 이를 철저하게 감시, 견제하고 있었다는 점이었다. 당시 요서
의 백제군百濟郡을 반도의 〈백제〉가 지배하고 있었기 때문이었다. 사약사도
실제로는 남제가 아니라 요서의 백제군과 관련된 일을 위해 배를 타
고 가다가 포로가 되자, 기지를 발휘해 일부러 남제로 가는 사신이라
고 둘러댔던 것이다.

그가 자신의 왕인 동성왕에 대해서 폄훼한 것도 일부러 장수제의
비위를 맞추고, 경계심을 떨구기 위한 것으로 보였다. 실제로 그해
〈북위〉가 〈백제〉의 요서백제군을 공격함으로써 소위 1차 〈제위濟魏
전쟁〉이 발발했고, 이 전투에서 백제가 패배하면서 우현왕 모도왕(여
도)이 사망했던 것이다. 대륙 요서에서 북위와 백제 간에 있었던 전
쟁은 철저하게 은폐되고 가려져, 그 내용이 오늘날까지도 비밀스러운
것이 되고 말았다. 사약사는 이 전쟁을 전후해 무엇인가 긴급한 일로
백제군으로 향했을 가능성이 컸던 만큼, 사약사의 체포 사건 자체가
북위와 백제 간의 충돌을 강력하게 시사해 주는 것이었다.

이듬해 485년이 되자 〈신라〉에서는 선혜善兮가 왕의 딸 보도保道를
낳자마자, 대원大元부인 보미寶美가 82세로 세상을 떠나 미해릉에 장사
지냈다. 다파나의 왕녀로 일찍이 미해美海가 〈야마토〉에 볼모로 있을
때 얻은 처였는데, 나중에 홀로 미해를 따라 들어왔다. 생전의 눌지왕
으로부터 총애를 받은 덕에, 모두 12명의 자식을 두는 외에 외손녀인
연제와 해량이 존귀해지니, 그 후손들이 대대로 대원족大元族이 되었

고, 따라서 보미부인은 후일 〈대원신통大元神通〉의 시조나 다름없었다. 당시 사람들이 말하길 바다 한가운데 섬에서 임금이 나올 조짐이 있다고 했는데, 백 년도 지나지 않아 사실이 된 셈이었다.

그해 2월, 소지왕이 구벌성仇伐城(경북대구)을 쌓았다. 고구려의 잦은 공격에 대비하기 위한 것이었다. 오함을 이벌찬에, 선혜의 부친인 내숙乃宿을 병관이찬으로 삼았다. 5궁宮을 9宮으로 늘리게 하고, 원군圓君을 제일 위인 天宮으로 하되, 선혜, 연제, 해량 등을 地宮, 人宮, 月宮으로 삼았다.

그런데 그 무렵, 북쪽의 〈말갈〉이 은밀하게 사신을 보내 양마良馬와 보옥寶玉을 바치며 화친을 청했다. 고구려와 흠이 생겼다는 이유를 들었으나, 소지왕이 이를 허락하지 않았다. 오함이 간하였다.

"북쪽 오랑캐는 믿을 수 없으나 스스로 찾아와 부족함을 말하니 떨쳐 버릴 것까지는 없을 것입니다. 단지 순하게 응대해 물리치시는 것이 옳을 것입니다."

소지왕이 수긍하여 이들을 후하게 대접해 돌려보낸 다음, 북천에서 활쏘기 대회를 관람하고 장사들에게 상을 내렸다. 그런데 5월이 되자 〈백제〉의 동성왕이 백가苩加, 상문象文 등을 보내 특산품을 바치고, 함께 〈말갈〉을 토벌할 것을 청했다. 그러나 소지왕이 이때 이를 허락하지 않았으니, 이웃한 소국들 간에 외교전이 치열하게 전개되고 있었던 것이다.

소지왕 8년이던 486년, 마립간이 장군 실죽實竹을 이찬으로 삼고, 일선一善(경북구미)에서 3천의 장정들을 징발해 삼년산성(충북보은)과 굴산성屈山城(충북옥천) 두 곳을 고쳐 쌓게 했다. 그해 8월, 서불감 습보공習宝公이 66세의 나이로 죽었다. 公은 힘이 장사인 데다 활을 잘 쏘아 북쪽 오랑캐를 정벌한 공이 있었다. 딸 원군圓君은 천궁이요, 아들 내숙과 지도로가 모두 소지왕의 총신이라 두루 존경을 받았기에 태공의 예로 장사 지냈다.

그해 〈고구려〉에서는 연흡后가 장수제에게 걱정스레 간했다.

"황손(라운)이 감국을 하는 것에 대해 아비 황이 마음에 들어 하지 않습니다. 만일의 사태에 대비하셔야 합니다……"

죽은 조다태자의 아들인 라운이 대행代行이나 다름없는 감국을 맡은 것에 대해 황태자가 탐탁지 않게 여긴다는 뜻이었다. 그러자 장수제가 답했다.

"황兒은 효심이 깊어 내가 살아생전에 기필코 그런 일은 없을 것이다. 단지 兒이 국정을 오래 틀어쥐고 있다 보니, 그 수하나 복심들이 하루아침에 세력을 잃을까 두려워하기는 할 것이다. 네가 라운의 정비로 간다면, 라운이 兒을 아비처럼 생각해 모든 일을 서로 의논하게 될 테니 황도 안심할 것이다."

얼마 후 장수제가 연흡후를 라운의 妃로 내려 주었고, 그러자 과연 황손이 兒태자를 친아비처럼 여기고 주국柱國, 상노上老로 예우하니, 兒태자도 점차 안심하는 모습이었다.

〈백제〉의 동성왕은 그해 백가苩加를 위사좌평으로 삼고, 〈남제〉의 무武황제 소색蕭賾과 부지런히 연통했다. 그리고는 궁실을 고치더니, 우두산성을 쌓게 했는데, 이는 필시 대륙의 백제郡과 관련된 것으로 추정되는 곳이었다. 10월에는 동성왕이 웅진성 남쪽에서 대규모 사열을 거행하고, 군기를 점검했다.

〈신라〉의 소지왕도 오함을 대각간에, 내숙을 이벌찬으로, 지도로를 병관이찬으로 삼았다. 그런데 4월이 되자, 또다시 임나의 야인들과 고자古自의 무리들이 쳐들어와 노략질을 시작했다. 아진종과 지세로智

世路, 산호 등이 출병해 야인 무리를 격파했는데, 이들의 추장 사문四文 등을 경도 인근에서 사로잡았다. 소지왕이 이들의 무리 중 준수한 자들을 따로 뽑아 병관에 속하게 하고 무예를 익히게 했다. 이와는 별도로 왕의 아우인 비라毗羅가 남해의 해적들을 토벌해 그 무리들을 가야로 이주시켰다. 남해바다를 끼고 있는 가야 쪽이 임나야인들과 더불어 이처럼 늘 어수선하게 굴었던 것이다.

그 무렵 소지왕이 보기를 불러 새로운 명을 내렸다.
"영묘靈廟를 신궁神宮이라 바꿔 부르되, 이를 나을정奈乙井에 크게 새로 지어 운영할 것이다. 보기는 신궁의 공사를 단단히 하도록 하라!"
神宮은 시조의 탄생지를 일컫는 것이었으니, 이 시기에 소지왕이 새롭게 〈나을신궁〉을 조성해 선비 내물계 金씨들의 영혼이 깃든 성지로 삼고자 한 듯했다. 8월에는 낭산의 남쪽에서 소지왕이 친히 참석해 대규모로 병사들의 사열과 함께 특별히 전차戰車부대의 열병을 참관했다. 이듬해에는 관용도로인 관도官道를 수리하게 하고, 파발마를 관리하는 우역郵驛과 관용 여인숙인 숙장宿場 등을 점검하게 했다. 신라와 백제 모두가 전쟁준비로 한창 열을 올리는 모습이었다.

이듬해 〈고구려〉에서는 장수제가 황손 라운을 새로이 〈감국소황監國小皇〉으로, 경후鯨后를 감국황후로 올리도록 하고, 모든 것을 태왕에 준하게 예우하라 일렀다. 그러던 488년이 되자, 어느 날 장수제가 감국황제를 부르더니 충격적인 고백을 하고 말았다.
"너는 실상 내 아들이다. 네 어미가 그것을 알고 있다."
모두들 라운은 찬가비讚加妃가 조다태자에게서 얻은 아들로 여겼으나, 그것도 아닌 모양이었다. 늙은 황皇태자를 마냥 기다리게 한 이유가 여기에 있었나 싶을 정도였다.

그 무렵, 〈백제〉의 동성왕이 〈북위〉와 단교하고, 위魏의 악행을 〈남제〉에 일일이 고했다. 그런데 놀랍게도 이때 동성왕이 〈고구려〉의 감국황제(라운)에게도 글을 올려 장중한 문구로 하소연했다.

"신의 조상 온조는 동명의 친아들이고, 유리의 의붓아들로 한남汗南과 구다국勾茶國에 봉해졌습니다. 세월이 흘러 점점 사이가 소원해졌는데, 두 분 태왕께서 생각하신 것과는 달리 경계를 다투게 되었습니다. 패하浿河참사는 실로 황구한 일이었으나, 선신先臣 개로가 머리를 바쳐 설욕을 씻었으니 형제국끼리 오래도록 흠결로 삼아서는 아니 될 것입니다."

처음 온조가 소서노와 달리 친고구려 정책을 폈기에, 후대의 고구려 역사에서는 온조를 분명하게 주몽의 아들로 설정했던 것이다. 또한 유리명제로부터 한남과 구다국을 얻었다 했는데, 오늘날 일본에서는 〈백제〉라 써 놓고 〈구다라〉(く だら, 勾茶那)라 읽으니 그 어원을 밝혀 준 셈이었다. 글은 계속 이어졌다.

"생각건대 감국황제께서는 지극히 어질고 널리 의로우시니, 위로는 조종들께서 (백제에) 베풀어 주셨던 은덕을 한 번 생각해 주시고, 아래로는 대국이 자식을 기르는 은택으로 〈한남〉땅을 돌려주셔서 이 골육이 (그 땅에) 발붙이고 근본께 보답할 수 있게 해 주십시오. 그리해 주신다면, 신臣이 우익羽翼(날개)이 되어 東明의 큰 꿈을 좇아 서쪽 中原으로 들어가 무도한 모든 자들을 주살하고 참하려 하니, 천손의 후예에게는 참으로 행운일 것입니다."

온갖 미사여구를 동원했지만, 핵심은 한남 땅을 다시금 〈백제〉에게 돌려만 준다면, 대신 중원으로 쳐들어가 적(북위)들을 요절내고 말

60

겠다는 것으로, 요서의 〈백제군〉을 백제 땅으로 인정해 달라는 부탁이었다. 표문을 본 감국(라운)이 웃으며 말했다.

"후후, 비처가 삼모성三牟城(삼년산성)을 고쳐 쌓고, 月城으로 이사했다니, 모대가 웅진에서 편안히 지낼 수는 없을 것이오. 기회를 엿보다 유인해서 잡아도 늦지 않으니, 잠시 모대가 원하는 대로 하게 내버려 둡시다."

동성왕쯤이야 언제든지 일망타진할 수 있으니, 잠시 두고 보자는 얘기였으나, 다분히 안일한 판단임이 틀림없었다. 이후 감국황제는 장수제의 마음을 위로한답시고, 악공들을 불러들여 잔치를 베푸는 것이 일상처럼 되었고, 결국 정사를 태만히 하게 되었다. 그저 장수제의 비위를 잘 맞춰 주다가 태왕 사후에 무난히 보위를 이어받는 것에 초점을 맞춘 듯한 행보였다.

그러나 그런 고구려에 비해 주변국에서는 여러 가지 긴박한 움직임으로 분주했다. 〈북위〉는 본격적으로 친정에 나선 효문제 탁발굉이 한창 개혁에 박차를 가하고 있었고, 〈신라〉의 소지왕 또한 그해 7월에도 더욱 북쪽으로 이동해 개성 인근에 도라성刀那城(도라산성)을 쌓는 등 고구려의 침공에 대비했다. 바로 그 무렵 백제의 동성왕은 대륙 최강의 북위北魏를 상대로 어마어마한 일을 꾸미고 있었다.

당시 백제는 대륙에 기존 〈요서(백제)군〉뿐 아니라, 어느 새 〈진평군晉平郡〉을 추가해 2개의 분국分國을 다스리고 있었는데, 일설에는 이미 〈(東)진晉〉나라 때부터의 일이라고도 했다. 이로 미루어 동성왕이 고구려 태왕에게 표문으로 한남 땅을 돌려달라고 하소연한 것은, 사실상 이미 실효적으로 지배하고 있는 한남 땅을 백제의 강역으로 인정해 주고, 그곳을 건드리지 말아달라는 부탁에 다름 아니었다. 그리해 주면, 그 대가로 자신이 고구려를 대신해서 직접 북위를 공격하겠다는 뜻이었던 것이다.

동성왕은 4년 전인 484년 〈북위〉의 〈요서백제군〉 공략으로 모도왕을 잃은 데 대해, 호시탐탐 보복할 기회를 찾고 있었던 것이다. 그러나 백제郡이 東西로 〈고구려〉와 〈북위〉의 사이에 끼어 있던 만큼, 오래도록 화친의 관계를 유지해 온 두 열강이 양쪽에서 협공을 해 오는 상황이 가장 우려되는 일이었을 것이다. 따라서 백제郡의 배후에 있는 고구려를 설득해 장차 〈북위〉와의 전쟁에 가담하지 않겠다는 약속을 받아 둘 필요가 있었기에, 고구려 태왕에게 읍소에 가까운 표문을 보냈던 것이다. 이에 대해 감국황제가 어디 한번 두고 보겠다는 식으로 동성왕에게 불간섭을 허락한 것이 틀림없었다.

〈고구려〉로부터 불가침 약속을 받아 낸 동성왕이 기어코 그해 488년, 과감하게 〈북위〉를 상대로 도발에 나섰다. 놀랍게도 이때 동성왕이 바다를 건너와 산동 일대까지 사냥을 하러 왔다고 했다. 〈북위〉의 등주登州(산동봉래蓬萊)를 지키던 장수 이연李延이 정보를 접하고는 군사를 동원해 섬 안에 있다가 동성왕을 사로잡고자 했는데, 왕이 이를 알아차리고 군병을 보내 전투가 벌어졌다. 초기에 사냥 운운한 것은 어디까지나 핑계였을 뿐, 곧바로 〈북위〉와 〈백제〉 간의 대규모 전면전으로 확산되면서, 484년에 이어 소위 2차 〈제위濟魏전쟁〉이 발발한 것이었다.

아쉽게도 2차 〈제위전쟁〉의 기록 또한 워낙 철저하게 가려져 있어 이후 전쟁의 자세한 양상은 알 수 없었다. 그러나 끝내 이연이 지휘하던 북위군軍이 동성왕이 이끄는 백제군軍에 패해 퇴각해야 했고, 이후 백제군이 북진을 지속할 수 있었다고 한다. 한반도의 백제군이 황해바다를 건너 강호 〈북위〉를 격파했다는 것은 그야말로 믿기 어려울 정도로 대단한 일이었다. 북위와의 전쟁을 위해 동성왕은 기존 대륙 요서와 진평 2郡의 군사들을 동원한 것은 물론, 자신의 부친인 곤지昆支가 좌현왕으로 다스렸던 반도 전남 일대 古마한(모한)의 군병들을 이끌고 해상원정을 감행했던 것이다.

정황으로 보아 당시 요수(영정하) 서쪽에 있던 요서와 진평 2군에 서진西進 명령을 내림과 동시에, 동성왕 자신도 친히 반도의 백제군을 이끌고 해상의 선박을 이용해 바다를 건넌 것이 틀림없었다. 그런 다음 발해의 황하 하구를 거슬러 올라가 산동의 북쪽으로 진입했을 가능성이 커보였다. 등주를 지키던 〈북위〉의 이연이 깜짝 놀라 출병해 동성왕에 맞섰으나, 워낙 철저하게 전쟁준비를 해 온 백제군에 패퇴했던 것이다. 이로써 백제는 산동의 서북부에서 요수 사이, 즉 옛 북연의 북쪽 땅을 새롭게 분국의 형태로 다스리게 된 것이었다.

얼마 후 고구려 조정으로 이 놀라운 소식이 전해졌다.

"속보요. 부여의 모대가 장수 이연이 이끄는 魏軍을 격파하고, 대승을 거두었다고 합니다!"

"무엇이라, 모대가 대승을 했다고? 믿을 수 없구나. 모대가 무모한 짓을 일삼는가 싶었는데, 대체 어떻게 했기에 강성한 魏를 패퇴시킨 것이냐? 허어, 놀랍도다……"

감국 라운이 소스라치게 놀라면서도, 장수제가 이를 알게 되면 노심초사할 것 같아 일절 불문에 부치게 했다.

중원의 강호 〈북위〉가 반도를 기반으로 하고 있는 〈백제〉의 원정군에 대패했다는 것은 그야말로 경이로운 역대급 사건이 아닐 수 없었다. 당시 풍태후가 십여 년이나 魏를 다스리면서 유교 기반의 소위

한족화漢族化를 위한 문민개혁에 치중하다 보니, 병사兵事와 국방을 소홀히 했을 가능성이 충분했고, 실제로 그사이에 커다란 전쟁기록이 없었다. 어린 황제 탁발굉이 친정을 시작했어도 이때에 이르러 22세에 불과했으니, 너른 대륙을 다스림에 있어 얼마든지 소홀함이 있을 수 있었다. 흥안령을 넘나들며 사납기 그지없던 선비의 전사들이 어느새 싸우는 법을 잊은 채 순한 양이 되어 있었고, 그 결과 백제의 기습공격에 참패했던 것이다.

〈고구려〉가 조다태자를 보내는 등 〈북위〉와의 통혼과 화친으로 달콤한 평화를 누리는 사이, 〈백제〉의 동성왕은 오히려 요서와 진평의 백제 2郡을 통해 부지런히 첩보를 모으는 한편, 군마를 훈련시키고 수많은 선박들을 건조하는 등 철저하게 전쟁준비를 해 나갔다. 왕의 집착과 전략이 결코 하루 이틀에 이루어진 것이 아니었던 것이다. 또 벼락같은 해상원정을 위해 그때까지의 연안 항해가 아닌 황해를 관통하는 직항로를 택하는 모험을 강행한 것으로 보였다. 오랜 해상무역을 통해 당시 백제인의 선박 및 항해기술이 상당한 수준에 이르렀던 것이다. 이런 배경 아래 동성왕의 남다른 노력이 더해져 끝내 백제가 2차 〈제위전쟁〉을 승리로 이끌 수 있었던 것이다.

뿐만 아니라 〈남제〉와 〈고구려〉에 수시로 사절을 보내 전쟁에 간섭하지 않도록 미리 외교공세를 펼치는 용의주도함까지 보였으니, 북위 공략을 위한 해상원정에서 빛나는 승리를 거두고 4년 전의 패배를 설욕할 수 있었던 것이다. 자신감으로 가득 찬 동성왕은 이듬해인 489년부터는 스스로를 본국의 〈백제大王〉으로 칭하고, 각 지역별로 小王과 후侯를 두어 다스리게 했다.

2차 〈제위전쟁〉에서 백제가 승리했다는 또 다른 증거는 2년 후 〈남제〉의 기록에서 찾을 수 있었다. 12년째 되던 490년, 동성대왕이 남제에 사신을 보내 2차 제위전쟁에서 공을 세운 백제장수들의 관작을 요청했던 것이다. 이때 〈남제〉의 무제武帝 소색이 모두 7명의 백제 장수들에게 관작을 부여했는데, 3명은 대륙 하북河北 일대 백제군郡의 인물들이었고, 4명은 반도 백제의 장수들이었다.

우선 광양태수 고달高達을 대방태수로, 조선태수 양무楊茂를 광릉태수로, 회매會邁를 산동의 청하淸河태수로 삼았다. 아울러 반도 백제 전남 일대의 장수 저근姐瑾을 도한왕, 여고餘古를 아착왕, 여력餘歷을 매로왕, 여고餘固를 불사후로 삼았던 것이다.

그보다 1년 전인 489년 3월, 동성왕이 자신의 여동생 진화眞花를 〈고구려〉의 감국황제에게 바쳤는데, 전년도의 〈제위전쟁〉을 승리로 이끌 수 있도록 불간섭 약속을 이행해 준 데 따른 감사의 표시였을 것이다. 그러나 반도의 〈백제〉가 턱밑에서 다시금 똬리를 틀 듯 자리를 잡아 가는 데다, 자기네들도 두려워하는 〈북위〉를 깨뜨린 채 승승장구하는 모습을 감국황제가 반가워할 리가 없었다. 감국이 대수롭지 않다는 듯 주위에 명했다.

"부여의 공주를 상황(장수제)의 침비로 삼게 하라!"

젊고 아름다운 진화의 입장에서 내일 모레면 백세가 될 장수제의 침비枕妃가 된다는 것은 그야말로 모욕 그 자체였을 것이다. 그것으로도 분이 풀리지 않았는지 감국황제가 엉뚱한 데다 화풀이를 하듯, 한반도 공략을 개시했다. 우선 그해 7월에 장수 호용好勇을 내보내 임진강변의 〈백제〉 칠중성七重城을 치게 해 빼앗았다. 이어 9월에는 양덕을 출정시켜 반대편 동해안 쪽으로 〈신라〉의 호산성狐山城을 함락시켰다. 놀란 소지왕이 실죽實竹의 군대를 내보내니 양측이 오래도록 대치했다. 그러나 얼마 후 소지왕이 〈고구려〉로 사신을 보내 보옥을 바치고 화친을 청했다.

"부디 신臣의 나라가 그 옛날처럼 上國에 공물을 바치고 영원토록 사위 또는 아들의 나라로 돌아가게 해 줄 것을 청하옵니다."

감국이 이를 들어주기로 하고, 상황의 의견을 물으니 장수제가 짜증을 내듯 답했다.

"이미 세상사 모두를 네게 맡겼거늘 무엇 하러 내게 묻는 것이냐? 나는 네 어미를 끌어안고 죽고만 싶구나!"

감국이 놀라는 표정으로 천년만년 복을 누리셔야지 어찌 죽겠다는 말씀이냐며 황송해하자, 장수제가 힘없이 말을 덧붙였다.

"네 애비 나이가 백 살을 넘었더니 이제 와 죽는 것이 편안하고, 사는 것이 고역임을 알겠구나. 눈만 뜨면 (음식 담은) 대나무 바구니들이 늘어서는데, 눈감으면 한꺼번에 사라지니 편안하더구나……"

"태왕폐하……"

그 말에 감국이 아무 말도 못 한 채 눈물만을 비 오듯 흘렸다. 그해는 대풍으로 벼 이삭이 온 마당에 가득했으나, 장수제의 장남인 황晃태자 또한 노환으로 병이 들어 있었다. 감국이 농민들을 순방하며 노고를 살피고 돌아와, 이내 晃태자의 딸인 연흡妃와 함께 장인인 晃태자를 찾았다. 그러나 황태자가 이때 79세의 나이로 끝내 숨지고 말았다. 학문을 좋아한 데다 부지런히 정사를 돌보았으나, 장수제의 보위를 기다리며 30여 년을 보필해 오고도 끝내 부친에 앞서 세상을 떠나고 만 것이었다. 감국이 晃태자의 죽음을 장수제에게는 알리지 않은 채, 태왕의 예로 장사 지냈다.

그해 11월이 되자 〈백제〉의 동성왕이 또다시 연희燕喜를 고구려에 사신으로 보내 공물을 바쳤다. 〈나제동맹〉의 당사국 왕들이 고구려의 눈치를 살피느라 여념이 없었던 것이다. 백제 또한 대풍이 들었는데, 남쪽 바닷가에 사는 한 농민이 이삭이 합쳐져 있는 벼를 바쳐 왔다. 동성왕이 크게 마음을 놓았는지, 모처럼 남당에서 군신들 모두가 모여 잔치를 벌이고 마음껏 즐겼다.

이듬해 490년이 되자, 〈신라〉의 소지왕이 도라성都那城을 중수했는데, 여전히 고구려를 신경 쓰느라 불편한 모습이었다. 신라는 그해 처음으로 월성에 저자(시장)를 열고, (남)齊와 魏나라의 화폐를 받았다고 한다. 7월경 백제의 동성왕 또한 북부 지역의 15세 이상 백성들을 징발하더니, 사현沙峴과 이산耳山의 두 城을 쌓게 했다.

9월에도 동성왕이 또다시 12살짜리 어린 딸을 보내 감국에게 바쳤다. 그야말로 감국의 마음을 얻느라 열과 성의를 다하는 모습이더니, 과연 그럴 만한 이유가 있었다. 얼마 후 감국황제에게 보고가 들어왔다.

"모대가 연돌燕突을 달솔로 삼게 하고 군병들 훈련에 열중이라고 합니다."

연돌이 일전에 고구려 군대의 병술을 살피고 돌아갔는데, 그에 대응하기 위한 훈련이라는 것이었다.

그런데 그 前月에 감국은 〈북위〉의 도성 평성枰城까지 가서 풍태후의 딸인 하양河陽공주와 혼인을 하고 돌아왔었다. 필시 그 무렵 풍태후가 위중한 상태였는데, 9월이 되자 끝내 숨을 거두는 바람에 태후의 발상까지 마치고 귀국한 것이었다. 그때 50세의 나이였던 풍태후는 비상한 머리를 지닌 여걸로 파란만장한 삶을 살았다. 어린 나이에 권력에 집착해 헌문제 탁발홍을 독살하는 포악한 모습을 보이기도 했으나, 오랜 섭정에도 불구하고 정치를 전횡하지는 않았다.

또 유학자들을 등용해 북방의 거친 선비족들을 문명인으로 개화시키고자 본격적으로 한족화漢族化를 시도했다. 그 과정에서 효문제의 이름으로 역대 누구도 실행하지 못한 기념비적인 개혁조치에 나섬으로써, 고대 중원의 정치 및 행정체계를 크게 발전시켰다. 그 결과 후대의 선비왕조들 대다수가 한결같이 중원화를 추구하는 전통인 소위 '인심사한人心思漢'을 따르게 되었다. 자신의 핏줄도 아닌 어린 효문제 탁발굉을 엄격하게 키운 것으로 유명했으나, 정작 효문제는 의붓 조모인 풍태후가 죽자 그녀를 평성의 거대한 영고릉永固陵에 모시고, 5일 동안이나 물 한 모금 마시지 않는 등 효성스러운 모습을 보였다.

무엇보다 중원의 화북을 통일한 최강 〈북위〉가 〈고구려〉와 충돌하지 않고 오래도록 화친의 관계를 유지할 수 있었던 데는, 장수제의 문치文治나 현란한 외교에 못지않게 5백 년 역사를 지닌 고구려의 높은 문명을 존숭한 풍태후의 정치적 안목도 크게 기여했을 것이다. 풍태후는 실로 고대 아시아의 역사를 통틀어 지적으로 가장 뛰어난 여걸의 하나임이 틀림없었고, 사람들이 그런 풍태후의 정치적 공을 높이 사 문명文明태후라는 영예로운 시호를 붙여 주었다.

그러나 공교롭게도 그런 풍태후의 사망 소식은 곧바로 어두운 전쟁의 광풍을 몰고 왔다. 그 무렵 〈북위〉와 〈백제〉가 서로 기다렸다는 듯이 이내 3차 〈제위전쟁〉에 돌입했던 것이다. 중원 최강이라던 〈북위〉가 반도의 작은 나라 〈백제〉에 참패당하고 권위가 추락하니, 효문제는 자존심이 있는 대로 상해 있었을 것이다. 복수를 별러 오던 효문제가 풍태후의 국상을 마치기 무섭게 대규모 병력을 동원해 동쪽의 백제군郡에 대한 총공세에 나섰다.

물론 〈백제〉의 동성왕 또한 진작부터 그런 분위기를 감지하고 있었기에, 배후의 〈고구려〉에 두 딸과 공물을 연거푸 바치면서 감국의 비위를 맞추려 노력했던 것이다. 또 달솔 연돌을 시켜 부지런히 병사들을 훈련시키는 등, 장차 다가올 위魏로부터의 복수전에 철저하게 대비코자 했다. 아쉽게도 이 3차 전쟁에 대한 내용 또한 자세히 전해지지 않아, 전투의 규모나 참전 장수, 전투 과정과 결과 등을 알 수는 없었다. 다만, 〈북위〉와 적대관계인 〈남제〉의 사서에서 북위가 이때 수십만의 대군을 동원했다고 했으니, 일부 과장이 있다손 치더라도 상당한 병력이 동원된 것은 틀림없었다.

전쟁이 터지자 〈북위〉의 대규모 기병 부대가 대륙 요서의 백제 영역 깊숙이 쳐들어왔고, 이에 사법명沙法名을 위시한 여러 맹장들이 지휘하는 백제군이 한밤중의 기습과 역습으로 북위군을 격퇴시키는 데 성공했다고 했다. 이때 쓰러진 시신들이 너무 많아 온 들판을 붉게 물들였다고 했으니, 동원된 병사들의 규모와 함께 그 처절함과 참혹함을 짐작하게 해 주었다.

이처럼 효문제가 엄청난 大軍을 동원하고도 연거푸 〈백제〉에 대패했다는 사실은 크게 시사하는 바가 있었다. 즉 〈북위〉가 풍태후의 섭정 이래 한화漢化를 위한 정치개혁에 몰두하느라, 아무래도 국방의 일을 소홀히 했을 가능성이 컸다는 것이다. 병력 면에서 비교가 되지 않을 정도로 크게 앞섰더라도, 유능한 장수를 키우지 못해 군대의 조직이 허술하고 훈련 등을 태만히 했다면, 〈비수대전〉에서 보듯이 백만 대군일지라도 얼마든지 전쟁에 패할 수 있었던 것이다.

반면 〈북위〉와의 전쟁에 철저하게 대비했던 동성왕은 연거푸 〈백제〉의 대승을 일구어 낼 수 있었고, 이로써 정복군주의 반열에 오르는 데 전혀 손색없는 영웅으로 거듭 태어날 수 있었다. 이러한 쾌거는 북방의 강호 고구려조차도 이루지 못한 일이었으니, 고대 韓민족의 역사에서 가장 빛나는 성과 중의 하나였다. 다만, 아쉽게도 이 위대한 전쟁이 많은 역사기록에서 누락된 채 흐릿한 흔적만을 남기고 말았다. 후일 수당隋唐처럼 북위를 계승한 선비의 나라들이 중원을 통일하다 보니 조상들의 흑역사를 구태여 남기려 들지 않은 데다, 결정적으로 7세기 말 三韓의 통일 과정에서 백제가 멸망해 버린 데 기인했을 것이다.

3차 〈제위전쟁〉 이후 495년경, 동성왕은 다시금 〈南齊〉에 사신을 보내 승리의 주역들에 대한 관작 수여를 요청했다. 이때도 모두 8명의 장수들이 새로 관작을 받았는데, 반도 백제의 본국과 대륙의 분국 장수들이 절반씩 나누어 가졌다. 대륙의 백제郡에서는 모유慕遺가 낙랑태수(천진), 왕무王茂가 성양태수(청도), 장새張塞가 조선태수로 모두 태수의 관작을 받았고, 양무장군 진명陳明도 포함되었다.

본국의 장수들로는 사법명沙法名이 매라왕(전북옥구), 찬수류贊首流가 벽중왕(전북김제), 해례곤解禮昆이 불중후侯(전남보성), 목간나木干那가 면중후侯(전남광주)의 작위를 받았는데, 王이나 侯에 봉해졌다. 그중에는 2년 전 관작을 받은 장수가 한 명도 없었는데, 관작을 받을 기회가 귀하다 보니 1인 1회로 골고루 나누었기 때문으로 보였다. 말도 많고 탈도 많은 3차에 걸친 〈제위전쟁〉은 이렇게 〈백제〉의 대승으로 끝나고 말았으나, 워낙 큰 전쟁이라 양쪽 모두가 심각하게 후유증을 겪게 되었다.

우선 거듭 전투에 패한 〈북위〉는 3년 뒤인 493년, 자신들의 본거지이자 성지와 같은 평성을 떠나 내륙 깊숙이 중원의 〈낙양〉으로 천도를 단행하게 되었다. 풍태후의 죽음에 이은 〈제위전쟁〉 참패의 후유증에서 벗어나, 분위기를 일신할 필요를 느끼던 효문제의 결단이 있었던 것이다. 강북의 최강국 〈북위〉가 천도를 해야 할 정도로 사회 전반적으로 패전에 대한 충격이 심각했던 것이고, 효문제는 이후 더욱 과감한 한화漢化 정책에 매달리게 되었다.

　대륙의 〈백제郡〉 또한 10년쯤 지난 502년경, 그 치소들이 차례로 함락되기에 이르렀는데, 이번에는 〈북위〉가 아니라 역시나 뒤쪽 〈고구려〉의 침공에 의한 것이었다. 전년에 있었던 동성왕의 사망을 계기로 백제군에서 〈고구려〉로 조공을 바치지 않는다는 이유를 들어 문자명왕(라운)이 군대를 보내 마침내 요서와 진평 2郡을 공격했고, 끝내 〈백제郡〉을 와해시켜 버렸던 것이다. 이로써 대륙의 백제군은 독자적인 자치 기능을 상실한 채 명목만을 유지한 채 한 세기를 이어 가다가, 중원 전체를 새로이 통일하는 〈수隋〉나라가 등장하던 시기에 최종 소멸된 것으로 보였다.

　이처럼 5~6세기에 걸쳐, 하북 지방의 옛 낙랑과 대방 일대, 즉 옛 〈북연〉의 일부를 반도의 〈백제〉가 다스렸음은 분명한 사실이 틀림없었다. 이로 인해 〈5호 16국〉 시대를 대표하던 최강 〈북위〉가 반도 〈백제〉와의 3차에 걸친 〈제위전쟁〉에서 두 차례나 연거푸 패함으로써 낙양으로 천도하고, 끝내 東西로 분열되는 운명을 맞이해야 했던 것이다. 한반도와 중국 전체의 역사가 이처럼 고대로부터 톱니바퀴처럼 서로 밀접하게 연결되어 있었던 것이다.

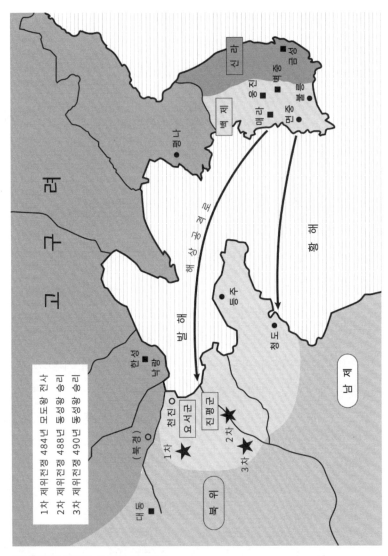

제위전쟁과 백제의 요서공략도(추정)

그 무렵 장수 59년 되던 491년, 고구려 도성(험독한성)에서는 평양대궁 정전의 큰 돌기둥이 부러져 나갔다. 이제 나이가 98세에 이른 장수제는 완전히 정사에서 멀어진 채, 여러 后妃들의 보살핌 속에서 나날을 지냈다. 그때쯤에는 정신이 오락가락하고, 수시로 아이와 같은 행동을 하면서 흡사 노망이 든 모습을 보여 주위 사람들을 혼란스럽고 안타깝게 했다.

일찍이 영락제 22년 되던 412년, 백산白山 사람이 불로초를 바쳐 왔는데, 생김새가 마치 동자童子 모양을 했다고 한다. 백산후白山后(평양후平陽后)가 이를 쪄서 거련巨璉태자에게 맛을 보였는데, 이를 먹은 거련이 열이 나서 혼절을 하고 말았다. 영락제가 혹시 먹은 것에 독이 든 게 아닌가 의심해 불로초를 바친 이를 옥에 가두게 하니, 그가 애써 설명하려 들었다.

"에구, 잠깐만입쇼. 지금 영약靈藥의 조짐이 나타나는 중입니다. 만일 진짜 독이 들었다면 신이 나머지를 먹더라도 곧장 죽게 되겠지요. 신이 먹어 보겠습니다……"

이에 그가 나머지 불로초를 먹게 했는데, 그 또한 열이 나더니 꼬박 하루 동안을 죽었다가 깨어났다. 영락제가 기이하다 여겨 불로초를 다시 구해 오라 명했으나, 끝내 더 이상 구해 오지 못했다고 하는데 필시 귀한 산삼山蔘이었을 것이다. 어쩌면 장수제가 이토록 오래도록 수명을 이어 갈 수 있었던 힘이 이 불로초 산삼을 먹은 효험 때문이었는지도 모를 일이었다.

그해 9월, 장수제가 하양과 욱호 두 妃를 데리고 황산으로 가서 모후의 능인 평양릉에 들러 곡을 하고는 말했다.

"내가 죽거든 여기에다 장사 지내고 어머니와 합골合骨하여 주시게……"

장수대제가 이후로 황산의 행궁에 머물다가 12월 초, 침소에서 눈을 감았다. 백 세에서 2년이 빠지는 98세의 나이였다. 마침 큰 눈이 닷새나 내려서 길이 모두 끊어지는 바람에 주변 사람들이 태왕이 붕한 줄도 몰랐다고 한다. 욱호비昱好妃가 일찍 일어나 이를 발견하고는, 서둘러 감국을 불러 발상했다. 일주일 후 감국황제 라운羅雲이 黃山의 행궁에서 태왕에 즉위하니, 고구려의 21대 문자명제文咨明帝(명치대제明治大帝)였다. 새로운 태왕의 즉위식에는 큰 눈 때문에 길이 막혀, 공경들의 태반이 참석하지 못했다.

　　이로써 414년부터 무려 79년이라는 역대 최장 재위 기간을 기록한 장수제의 치세가 막을 내리고 말았다. 〈북위〉의 효문제가 장수대제가 붕했다는 소식에 주위에 명을 내렸다.

　　"고구려 태왕께서 붕하셨다니, 북쪽 변경으로 나가 애도해야 할 것이다."

　　효문제가 이때 흰색의 위모관委貌冠과 베로 만든 심의深衣를 지어 입고, 평성枰城의 동쪽 교외까지 나와 친히 애도의 의식을 거행했다. 이어 알자복야謁者僕射 이안상李安上을 조문사절로 보내 장수대제에게 〈거기대장군태부요동군개국공고구려왕車騎大將軍太傅遼東郡開國公高句麗王〉으로 추증하고 시호를 최고 수준인 〈강康〉이라 했다.

민족	나라(왕조)	건국(시조)	도성
흉노匈奴	**전조前趙(漢)** : 324~329년	유연	좌국 → 평양(임분) → 장안
	하夏 : 407~431년	혁련발발	통만
	북량北涼 : 397~439년	저거몽손	장액 → 고장
선비鮮卑	**전연前燕** : 307~370년	모용황	극성 → 용성 → 계 → 업
	후연後燕 : 384~409년	모용수	중산→용성
	▷서연西燕 : 384~394년	모용충	장자
	남연南燕 : 398~410년	모용덕	광고
	▷**북위北魏(代)** : 315~534년	탁발의로	성낙 → 평성 → 낙양
	서진西秦 : 385~431년	걸복국인	원천 → 금성 → 원천
	남량南涼 : 397~414년	독발오고	염천 → 낙도 → 서평→ 낙도
갈족羯族	**후조後趙** : 319~351년	석륵	양국 → 업
저족氐族	**전진前秦** : 351~394년	부건	장안
	성한成漢 : 304~347년	이특	성도
	후량後涼 : 386~403년	여광	고장
강족羌族	**후진後秦** : 384~417년	요장	장안
한족漢族	전량前涼 : 317~376년	장궤	고장
	▷염위冉魏 : 350~352년	염민	업
	서량西涼 : 400~421년	이고	돈황 → 주천
	북연北燕 : 409~436년	풍발(고운)	용성

5호 16국의 탄생과 멸망(▷는 예외)

　　장수대제(414~491년)는 정복 군주 영락대제로부터 광대한 고구려를 물려받았다. 서쪽으로 풍씨 〈북연〉과 탁발씨 〈북위〉가 일어나고, 장강 아래 漢族의 〈동진〉을 대신해 〈유송劉宋〉이 일어나면서 소위 〈남북조시대〉가 열리던 시절이었다. 한반도 또한 대륙으로부터의 이주세력, 즉 선비모慕씨(신라)와 부여씨(백제)가 권좌를 차지하게 되면서 새로운 시대를 맞이하게 되었다. 〈신라〉의 눌지마립간과 〈백제〉의 비유왕이 강고한 〈나제동맹〉으로 고구려에 저항하기 시작했고, 남쪽 바다 건너 倭열도에서는 〈야마토〉의 인덕천왕(궁월군)이 새로운 왕조를 열어젖힌 때였다.

문화적으로도 三韓에서 불교와 유교가 자리 잡기 시작했는데, 장수제가 특히 유교에 기울면서 중원의 문화를 적극 도입했다. 그는 정복 군주였던 선제 영락제와 달리 재위 기간 내내 온건한 평화정책으로 일관했고, 다행히 영명하기 그지없는 〈북위〉의 풍태후가 이에 적극 호응했다. 이로 인해 〈5호 16국〉 시대를 거치며 북방민족들이 굴기하는 과정에서 참혹한 전쟁터로 돌변했던 중국대륙 전체가, 모처럼 평화로운 시절을 보내면서 숨 고르기를 하는 데 결정적으로 기여했다.

　장수제의 온건한 정치적 기조가 있어 풍태후는 거친 북방 鮮卑의 나라에 세련된 漢族문화를 접목하기 위한 개혁에 나설 수 있었을 것이다. 그녀의 과감한 노력은 전투적인 북방문화와 농경위주의 漢族문화가 혼합되는 효과는 물론, 인종적으로도 북방민족과 漢族의 혼혈민족을 낳는 결과를 초래했다. 혈통적으로 어느 한쪽에 치우칠 필요가 없던 이들이야말로 대륙의 양대 문명 모두를 수용하는 유연한 자세를 견지했던 것이다. 그 결과 1세기가 지나기도 전에 문화적으로 무한한 포용력을 지닌 이들의 후예들이, 끝내는 중원대륙 전체를 통일하고 위대한 〈수당隋唐시대〉를 열게 하는 밑바탕이 되었을 것이다.

　이와 달리 장수제의 〈고구려〉는 〈5호 16국〉의 잦은 부침과 멸망 속에서도 꿋꿋하게 왕조를 이어 간 결과, 어느 순간부터 5백 년의 역사를 유지해 온 아시아 유일의 독보적인 나라, 그야말로 천조天朝(天子의 나라)라는 최고의 영예를 누리게 되었다. 장수제는 그런 위상을 최대한 활용해 대륙 중원의 나라들을 상대로 노련하게 외교 공세를 펼쳤고, 특히 당대 최강 〈북위〉의 풍태후는 그런 고구려를 존숭하여 황실 간의 혼인을 통해 끝끝내 화친의 관계를 유지하는 데 일조했다.

　그 와중에도 장수제는 바로 아래 모용선비를 계승한 〈북연〉의 도전을 무난히 수습할 수 있었다. 다만 한반도에 대해서는 〈패하참사〉의 구원舊怨이 있던 〈백제〉의 도발로 인해, 끝내 개로왕을 참수하는 등 강경한 태도로 일관했다. 덕분에 고구려의 강역이 한강 아래 아산과 남한강 일대까지 내려가기도 했으니, 고구려의 역사 전체가 한반도 깊숙이 들어오는 계기가 되었다. 영락제와 함께 장수제가 다스리던 5세기 1백 년 동안 〈고구려〉는 韓민족의 역사에 있어 고조선 붕괴 이후 가장 빛나던 최고의 전성기를 맞이한 셈이었고, 장수제는 그토록 찬란한 시기에 최장기간 태왕의 자리를 고수하며 최고의 영예를 누렸던 것이다.

누구보다 강성했던 영락제永樂帝와 노련한 장수제長壽帝의 1백 년 전성시대가 있었기에 고구려는 나머지 2백 년을 더 오래 지속할 수 있었을 것이다. 무엇보다 장수제는 무려 80년 가까이 고구려를 다스렸으니, 이는 상고시대를 제외하고는 세계 역사상 가장 오랜 재위 기간을 자랑하는 진기록이었다. 그토록 오랜 기간 나라와 주변을 평화롭게 다스리고, 그 스스로가 장수하며 역대 제왕 누구도 경험하지 못한 하늘 같은 권위를 만끽했으니, 그 모두가 태왕 자신과 천조국이 된 고구려의 만복萬福이었다.

3. 나제동맹

소지왕 9년이던 487년 2월, 〈신라〉에서는 〈나을신궁奈乙神宮〉이 완성되어 대제大祭를 지냈다. 기존의 朴, 昔, 金씨 왕조와 달리, 마립간 시대를 연 鮮卑 계열 金씨들의 시조를 모시는 신성한 장소를 새로이 마련한 셈이었다. 왕이 소가야〈고자古自〉의 새로운 女主(여왕) 발호發 好와 그 남편 효덕孝德을 불러 신궁에서 알현하게 했다. 전년도에〈倭 國〉에서 사신을 보내 화친을 청한 일이 있었으나 소지왕이 이를 허락 하지 않았는데, 남해의 소국들과 얽혀 수시로 침공을 해 오니 野人(임 나)들을 더욱 신뢰하지 못한 것이었다.

3월이 되자 소지왕이 각 州에 명을 내렸다.

"사방의 성곽에 역驛을 설치하고, 관리들에게 관도官道를 대대적으 로 보수하게 하라!"

이처럼 각 성곽마다 파발마를 두는 역을 설치한 것은 신라에서도 처음 있는 일이었다. 모두가 전시에 대비하기 위함이었다.

그런데 그 무렵 왕이 지도로의 딸 새궁璽宮(후황厚凰)을 총애하다 보 니, 구궁에 행차하는 일이 뜸하게 되었다. 그사이 선혜善兮가 도인道人 묘심妙心과 사통해 딸을 낳게 되었고, 궁중의 사람들이 쉬쉬하면서도 이를 걱정했다. 묘심은 선혜의 모친 조생鳥生의 신하로 궁에 들어와 벼 슬까지 했으나, 골품도 없는 데다 행실이 좋지 못해 사람들이 경계하 던 인물이었다.

7월에는 소지왕이 月城을 보수하게 했다. 마침 일선日仙을 맡은 이 가 죽어 묘심을 일선으로 삼게 했는데, 그가 사사로이 군마軍馬를 비 치하려 들었기에 지도로가 이를 금지시켰다. 그해 12월이 되자, 멀리 〈구모국狗毛國〉사람들이 찾아와서 방물을 바쳤다. 이 나라는〈옥저〉의 북쪽에서도 일만여 리나 떨어진 곳에 있는데, 여름에는 고기와 풀을 먹고, 겨울에는 짐승을 잡아먹는다고 했다. 눈으로 집을 짓고 사는데, 개를 처妻로 여길 정도로 귀하게 여겼다. 소지왕이 비단과 곡식의 종 자를 주어 보냈는데, 시베리아에 사는 에스키모의 선대先代로 보였다.

이듬해 488년 정월, 소지왕이 새궁과 연제를 대동한 채 명궁에서 조하를 받았다. 왕이 천천정天泉亭에 행차했는데, 그때 연못가에서 어느 노인이 다가와 봉투를 건네주었다. 봉투를 펴 보니 이상한 글이 나왔다.

"금갑琴匣을 쏘시오!"

이에 왕이 서둘러 궁으로 돌아와 거문고 상자를 화살로 쏘았다. 그때 사람 소리가 들려 상자를 열어 보니 자객이 쓰러져 죽어 있었다. 신하를 시켜 진상을 조사케 하니 묘심妙心이 모반을 꾸민 것이 드러났다. 자객이 궁실까지 들어온 데 대해 왕이 크게 분노해 관련자 모두를 엄하게 처벌하라는 명을 내렸다.

"역적 묘심에게 사약을 내려라. 난릉蘭陵과 영릉英陵은 출궁시켜 죄를 기다리게 하고, 天宮과 地宮을 폐하여 궁 밖으로 내치고 신궁神宮에 살도록 하라!"

이 〈묘심의 옥사獄事〉 사건으로 1, 2왕후인 원군과 선혜가 모두 폐위되었으나, 묘심과 연인 사이였던 선혜는 용케 목숨을 구할 수 있었다. 그래도 궁중 안에 연루된 자들이 크게 상하고 흉흉해진 인심이 가라앉질 않자, 지도로 등이 분위기 일신을 위해 고했다.

"차라리 월성으로 이궁하심이 좋을 듯합니다."

왕이 이를 허락해 즉시 월성으로 이거했다. 소지왕이 이때 일선日仙과 월선月仙까지도 모두 폐하는 바람에, 전통축제인 월가회 등을 추진하는 데도 크게 애를 먹었다. 3월이 되자 소지왕이 월성의 〈진궁眞宮〉에서 친정을 하고, 지도로에게 서불감의 작위를 더해 주었다. 4월에는 결국 지도로의 딸인 새궁(후황)을 제1왕후인 天宮으로 올려 주었는데, 연말이 되니 그녀가 왕자 분종芬種을 낳았다. 왕이 크게 기뻐해 사면령을 내리고, 5일 동안이나 잔치를 열어 술을 내렸다.

결국 〈묘심의 옥사〉가 지도로와 그 딸 후황厚凰에게는 커다란 복이 되고 만 셈이었다. 소지왕이 구궁九宮을 다시금 五宮으로 줄이고, 군신들에게 일체 황음하지 말 것을 지시했다. 그 무렵 서쪽의 〈백제〉 동성왕은 대륙 〈북위〉와의 2차 〈제위전쟁〉에서 큰 승리를 거두면서 주변국들을 놀라게 했고, 나라의 위상을 크게 드높이던 때였다.

이듬해 489년, 소지왕이 어느 날 천궁으로 지도로를 은밀하게 불러 논의를 했다.

"준등俊登은 君의 아들이고, 분종은 군의 손자인데 누구를 더 사랑하시는가?"

"……."

지도로가 즉답을 못 하다가 이내 왕의 뜻을 헤아리고, 준등을 태자의 자리에서 물러나게 했다. 소지왕의 딸이자 태자비인 아씨阿氏가 거칠게 항의하면서 왕의 심기를 불편하게 했다. 결국 왕이 백관을 모아 태자 교체 문제를 논의에 부치면서 말했다.

"적자嫡子를 세우는 것이 당연한 도리일 것이다!"

군신들 대다수가 천궁을 두려워해 태자를 분종으로 교체하기로 했고, 도로 왕자의 신분으로 내려가게 된 준등에 대해서는 새로이 전군殿君이라는 칭호를 내려 주었다. 이로써 소지왕 재위 11년 만에 태자가 무려 3번이나 교체되는 일이 벌어지고 말았다. 4월, 왕의 생일에 맞춰 분종의 태자 즉위식을 거행했는데, 왕과 천궁이 이제 겨우 2살에 불과한 태자를 안고 조회를 받았다.

그해 8월, 동성왕 모대가 오경五經박사 찰인씨察印氏를 월성으로 보내와 준등에게 《효경孝經》을 바쳤다는데, 그 의도가 참으로 얄궂은 것이었다. 이때 태자에서 밀려난 준등은 5년 뒤 36살의 나이로 일찍 사망했는데, 사실 천궁에 오른 후황厚凰은 원래는 준등의 태자비였다.

그러던 9월, 들판에 곡식이 크게 여물었는데, 〈고구려〉 장수 맹불孟弗이 군병들과 유민들을 이끌고 와 〈신라〉의 과현戈峴에 기습공격을 가했다. 그 와중에 과현을 지키던 장수 산진山珍이 전사했는데, 이때 맹불이 산진의 처 회래回來의 미모를 좋아해 그녀를 취하고 말았다. 그러나 회래는 용맹한 열녀였다. 맹불이 자는 틈을 타 그의 목을 벤 다음, 그 목을 들고 신라의 군영으로 달아났다. 날이 밝은 뒤 부하들이 맹불의 막사로 들어갔다가 목이 떨어져 나간 맹불의 시신을 보고 기겁했다.

"우왓! 놀래라……. 으으흐, 장군이 피살당했다. 장군이 죽었다!"

장수를 잃은 고구려 진영이 크게 혼란스러워하는 사이에 신라군이 들이닥치니, 고구려군이 대패해 물러나야 했다.

그러나 다음 달이 되자, 고구려 군대가 맹불의 원수를 갚겠다며, 이번에는 호산성狐山城을 치고 들어왔다. 맹불과 달리 성을 지키던 신라 장수 시설柴舌이 순순히 고구려군에 항복하고 성을 내주었다. 지불로가 성산城山, 가두賈頭 등에게 명을 내려 호산성을 되찾게 했다. 이에 성산 등이 출정해 호산성을 매섭게 공격하니, 고구려군이 성에 불을 놓아 태우고 달아나 버렸다.

이처럼 갈수록 고구려와 신라의 충돌이 잦아지던 그즈음, 중원 제일의 강호 〈북위〉를 제압한 〈백제〉의 동성왕이 천지天地에 제를 올리고, 스스로를 大王이라 칭했다. 그해 11월, 소지왕이 神宮에서 대제를 올리고, 백관들에게 잔치를 열어, 고구려군을 퇴치시킨 노고를 위로했다. 산진의 처 회래回來와 용장 성산城山 등에게 공에 따라 차등을 두어 상을 내렸다. 회래는 나중에 그녀의 의기를 높이 평가한 지불로의 첩이 되었다. 그즈음 경도에 다시금 백성이 넘치기 시작했고, 노랫소리가 城에 가득해졌다고 한다.

이듬해 신라에서는 해궁海宮을 용궁龍宮으로 고쳐 부르게 했다. 天宮의 생모인 라황懶凰을 國부인으로, 부친인 지도로를 국공國公으로 삼고, 구석九錫(고운 삼베)을 하사했다. 《효경孝經》이 널리 익히면서 효도가 강조되던 때였다. 그해 군신들이 왕을 소지명왕炤知明王으로 높이고 천궁을 소명천궁炤明天宮으로 높이기로 해, 신궁에서 길례를 행하고 백관들에게 잔치를 열어 주었다. 동성왕이 대왕이라 부르며 스스로를 높임에 따라 〈신라〉에서도 군주의 위상을 높이고자 상응하는 조치를 취한 것이었다.

그해 마침 가야의 여왕 아리阿利(431~491년)가 병사해 성국誠國(491~505년)이 〈대가야〉의 17대 왕위에 올랐다. 신라에서는 포석사鮑石祠를 크게 수선하고, 〈정당正堂〉을 새로 지었다. 그해 491년 3월에는 제2 왕후인 地宮의 자리에 있던 연제蓮帝의 생모 모량牟梁을 國부인으로 삼았는데, 보미와 눌지왕의 딸이었다. 이와 함께 연제의 아들 12살 모진慕珍에게는 나마奈麻 직위를, 5살 산종山宗에게는 대사大舍의 직위를 내려 주었다. 모진은 지도로의 아들이고, 산종은 소지왕의 아들이었다.

그해 6월, 〈백제〉의 웅천주에서 큰 홍수가 나서 민가 2백여 호가 물에 떠내려갔다. 9월이 되자 결국 기근이 들어 6백여 호의 백제인들이 〈신라〉 땅으로 망명했다. 소지명왕이 이들을 주현州縣에 분산 배치하게 하고, 각자에게 개인에 맞는 직책을 주라고 명했다. 그 무렵 속보 하나가 들어왔다.

"아뢰오, 고구려왕 거련이 죽었다 하옵니다!"

신라의 군신들이 장수제의 사망 소식을 기뻐하면서 그에 대해 혹평을 늘어놓기를 오소리 같은 마음과 이리 같은 욕심을 지녔고, 곰이나 큰 범과 같이 뚱뚱한 몸집에 한 끼에 양 한 마리를 먹어 치웠다고 했다. 전쟁과 여자를 좋아하여 자식이 백 명에 이른다고도 했다. 막내아들 조다가 찬가讚加씨에게 장가들어 아들 라운을 낳았는데, 찬가의 미모가 빼어나 거련이 라운을 의자宜子(자식)로 삼고, 그녀를 빼앗아 첩으로 삼았다고도 했다.

조다가 이에 화가 나 병들어 죽었고, 거련이 이를 후회해 라운을 후사로 삼은 것이며, 찬가 또한 총애에 힘입어 내정을 장악했다고 했다. 무엇보다 충격적인 것은 이후 거련이 늙어 의심과 시기로 화를 자주 내니, 라운이 변고가 있을까 봐 두려워 거련을 궁중에 가두었는데, 몇 달 후에 죽었다는 것이었다. 이웃한 왕인 데다, 신라를 늘 두려움에 떨게 했으니, 없는 허물을 지어낸다 한들 탓할 일은 아니었을 것이다.

그런데 실제로 라운이 거련의 신하들을 모두 내쫓고 즉위하자, 거련의 신하들이 신라로 도피해 와 라운(문자명왕)을 헐뜯으며 벌해 줄 것을 청원하는 일이 발생했다. 신라의 장수들이 이에 덩달아 흥분해 고구려 정벌에 나설 것을 간하니 國公(지도로)이 나서서 말했다.

"남의 불행을 즐길 것이 아니라, 남의 허술함에 대비해야 합니다."

듣고 있던 소지왕이 명을 내렸다.

"즉시 三年山에 창고를 증축하라!"

492년경, 〈백제〉 동성대왕의 아들 수수가 월성에 들어와 입조했기에, 소지명왕이 지황智黃을 처로 내주었다. 사실 수수는 476년 문주文周와 보류宝留가 낳은 아들이었는데, 보류가 이후 모대의 처가 되면서 그

83

아들이 된 셈이었다. 〈해구의 난〉 때 곤지의 아들인 모대牟大(동성왕)가 사병을 동원해 목숨을 구해 주었고, 그렇게 용케 살아남아 그의 아들이 된 것이었다.

그해 6월, 금관에서는 질지왕銍知王(428~492년)이 죽어 겸지鉗知(492~520년)가 〈금관가야〉의 9대 王으로 즉위했다. 8월, 남도南桃에서 월가를 행했는데, 〈말갈〉이 흰매 10마리를 바쳐 와서 응사鷹師에게 길들이게 했다. 9월이 되자 동성대왕의 왕후 수기首器가 29세로 사망했다는 소식이 들어왔다. 원래 삼근왕의 妃였으나, 동성왕이 거두었는데 이때 일찍 세상을 떠난 것이었다. 동성대왕이 애도가 끝나자, 〈신라〉에 사신을 보내 다시 청혼을 했고, 이에 소지왕이 이찬 비지比智의 딸 요황瑤黃을 〈백제〉로 보내 대왕의 계비繼妃로 삼게 했다.

그해 천궁이 서제庶弟인 모진慕珍을 전상대나마殿上大奈麻로 삼고 소경사小經士 직을 더해 《진경眞經》을 해석하게 했다. 소지왕이 어느 날 낮잠을 자다가 일어나 천궁과 함께 전각을 거닐던 중, 문득 모진을 불러 〈경經〉에 대해 담화를 나누었다.

"너는 삼진을 아느냐?"

모진이 알고 있다며 답했다.

"天王, 天宮, 승전勝殿이 곧 삼진三眞입니다. 만백성은 만물의 진眞이요, 천왕은 만백성의 眞입니다. 천궁과 천왕을 합한 것이 승전이니 실로 그 합진合眞이야말로 天地人이며 곧 三眞입니다."

천궁이 이에 모진을 안아 주며 크게 기뻐했다.

소지명왕 16년 되던 494년 7월경, 실죽實竹이 살수薩水(충북괴산)의 들판까지 나가, 〈고구려〉군에 공격을 가했다. 그런데 그곳에는 한 무리의 고구려 복병들이 신라군이 지나치기만을 기다리고 있었다. 처음 신라 군병들이 말갈의 군마들을 약탈했는데, 이들이 허술한 듯 약점을 보이며 신라군을 유인한 것이었다. 이를 승세로 여긴 약호藥好 등이 적진 한복판으로 너무 깊숙이 진격했다가, 갑작스레 앞뒤에서 화살세례를 받게 되었다. 실죽이 후회하며 급히 퇴각을 명했다.

"아뿔싸, 매복이 있었구나. 당황하지 말라! 방패를 높이 들고 서로 붙어서, 서서히 퇴각하라!"

결국 앞뒤로 포위당한 신라군이 전투에 패해 쫓기는 신세가 되어 견아성犬牙城(경북문경)에 당도하니, 고구려군들이 이내 성을 포위해 버렸다. 실죽과 그 군사들이 외부와 단절된 채 꼼짝없이 견아성에 갇히는 신세가 되고 말았는데, 며칠 후 갑자기 성루에서 환호성이 터져 나왔다.

"우와, 부여군의 깃발이다. 부여군이 왔다. 와아, 와아!"

동성대왕이 이때 3천여 〈백제〉 군병을 보내 〈신라〉 지원에 나섰던 것이다. 백제군이 성 밖을 에워싸고 있던 고구려軍을 공격해 대자, 고구려군이 혼비백산해 급하게 포위를 풀고, 이내 퇴각하기 바빴다. 다시 한번 〈나제동맹〉의 위력이 발휘되는 순간이었다.

얼마 후 〈신라〉 경도에서는 고구려군을 물리쳤다는 소식에 백성들이 뛰어나와 환호했고, 자발적으로 시문市門에서 시제市祭를 크게 올리기까지 했다. 소지명왕 또한 크게 기뻐하면서 백성들 모두가 개선 병사들을 크게 환영해 주라는 명을 내렸다.

"병사들에게 칠성七圼을 옷에 달고 시가를 행진하라고 일러라!"

이어서 백제군이 견아성에서 포위되어 있던 신라군을 구원해 주었다는 소식에 크게 감동한 소지왕이 서둘러 명을 내렸다.

"이번 견아성전투에서 부여의 모대왕이 보여 준 의리와 성의에 감동하지 않을 수 없다. 이흔伊欣을 사은사謝恩使로 삼을 테니, 모대왕에게 내가 보내는 보마寶馬와 옥대玉帶를 전하도록 하라!"

그런데 동성대왕이 이렇게 신라를 지원하기까지는 또 다른 이유가 있었다. 490년 3차 〈제위전쟁〉 승리 후 요서의 백제郡은 특히 산동을 중심으로 다소 강역이 늘어났고, 이에 여러 태수들이 최소한 예닐곱 이상의 읍군을 나누어 다스렸다. 이들 행정단위를 〈담로〉라고 불렀는데, 이는 '城 또는 땅'이라는 뜻을 가진 부여(백제)어 '다라'(담)에서 나온 말로, 〈백제〉가 반도 안팎으로 대략 22개 내외의 담로를 두었다고 했다. 그때까지 요서백제군에 속한 담로 중에는 동성대왕의 요청으로 남제南齊 황제로부터 태수의 관작을 받은 곳으로 낙랑, 성양, 조선, 광양, 대방, 광릉, 청하 등의 익숙한 지명들이 등장했는데, 그 이상의 자세한 내용은 알 수 없었다.

그 와중에 〈견아성전투〉가 있기 전인 그해 2월, 요서백제군에 속한 어느 담로의 태수(小王)가 처자식과 함께 성을 바치고 고구려에 투항하는 일이 발생했다. 고구려와 국경을 나누고 있던 지역(담로)의 태수가 벌인 일이었으니, 필시 고구려군의 공격으로 성을 빼앗긴 것이 틀림없었다. 당시 즉위 3년째를 맞이했던 문자명제가 느닷없이 요서백제군을 공격했고, 이때 성을 지켜 내지 못한 어느 태수가 고구려에 투항을 한 것이었다.

이는 문자명제가 북위를 패퇴시킨 요서백제군에 대해 잔뜩 경계해 오던 중, 1년 전 북위 정권이 단행한 낙양 천도를 계기로 백제와 일종의 선 긋기에 나섰다는 의미였다. 〈제위전쟁〉이 종료되기까지 백제와의 약속에 따라 후방에서 불간섭원칙을 고수해 오던 고구려 조정이었으나, 동성대왕의 야심을 간파한 뒤로 북위 정권이 남쪽으로 떠나자마자 백제에 대한 총공세로 방침을 크게 바꾸었던 것이다.

이 사건을 무마하기 위해 백제에서 고구려에 빼앗긴 담로의 반환 등을 요구했을 테지만 협상이 무위로 끝났고, 이에 대해 동성대왕이 크게 분노한 것이 틀림없었다. 마침 고구려가 신라를 침공했다는 소식에 동성왕이 지원군을 파견함으로써, 고구려에 대한 자신의 불만과 저항 의지를 분명히 한 것으로 보였다.

공교롭게도 그해에 〈남제〉의 황제가 문자명제에게 〈사지절산기상시도독영평이주정동대장군낙랑공營平二州征東大將軍樂浪公〉이라는 관작을 보내왔다. 이는 북위의 효문제가 문자명제 즉위 초에 보냈던 〈…요동군개국공고구려왕〉과 차이가 있는 것으로, 문자명제를 새로이 영평 2州의 주인인 낙랑공으로 인정한다는 의미였다. 당시 고구려가 백제로부터 빼앗은 담로가 바로 하북의 옛 창해국이자 낙랑에 속했던 영주營州와 평주平州 2개 州였는데, 오늘날 대성大成 일대로 추정되며 악명 높은 개펄 요택이 있던 곳으로 상당 부분 쓸모없는 땅이었다. 문자명제가 요서백제군의 일부를 차지한 다음, 친백제 왕조인 〈남제〉에 손을 써서 그 땅의 주인임을 확인받은 셈이었다.

이에 질세라 동성대왕도 이듬해 495년 〈남제〉로 사신을 보내, 〈제위전쟁〉 때 승리의 주역이었던 8명의 장수에게 관작을 내려 줄 것을 요청했다. 백제는 이미 5년 전에 남제로부터 1차로 관작을 수수했음에도, 이때 추가로 관작 경쟁을 일으켜 뜻을 관철시켰던 것이니, 요서백제군을 사수하려는 동성대왕의 의지를 짐작할 수 있게 해 주는 사건임이 틀림없었다.

한편, 신라의 금성에서는 〈견아성전투〉 승리의 기쁨도 잠깐, 막강한 고구려의 또 다른 침입이 예상되었기에 조정이 이내 어수선한 분위기에 휩싸이고 말았다. 소지명왕이 명장 덕지德智를 총서북군사總西

北軍事로 삼는 외에, 기타 조정의 인사를 단행하면서 전쟁에 대비코자 했다. 이제 신라의 방어를 총책임지게 된 덕지 또한 北軍에 크게 음식을 내려 위로하는 등 병사들의 사기를 북돋우는 데도 일일이 신경을 썼다.

사실 소지왕 또한 재위 기간 중 선왕先王인 자비마립간 이상으로 곳곳에 부지런히 축성을 하면서, 고구려의 남침에 대비한 임금이었다. 485년 구벌성(대구)을 새로 쌓았고, 486년에는 삼년산성(충북보은)과 굴산성(충북옥천) 2성을 고쳐 쌓았다. 488년 정월이 되자 소지왕이 월성으로 이거했는데, 그 익월에는 일선군一善郡(선산)에 행차해 홀아비(환鰥), 과부(과寡), 고아(고孤), 독거노인(독獨) 등 소위 4궁窮을 위로하고, 차등을 두어 곡식을 내렸다.

그해 7월에 도라성(황해개성)을, 490년에는 비라鄙羅성을 쌓았다. 이로써 주로 황해도에서 충북과 경북 일원에 이르는 군사적 요충지에 성을 쌓아 거점별 방어망을 착실하게 구축했던 것이다. 그 밖에도 493년에는 성은 아니지만 임해진臨海鎭과 장령진長嶺鎭을 공고하게 쌓았다.

〈나제동맹〉의 결속과 함께 신라와 백제의 강고한 저항 의지를 확인한 고구려의 문자명제는 반도의 두 나라에 대해 지속적으로 군사를 보내 공격을 가했다. 다만 수도를 지키던 정예 본대를 본격적으로 출병시키기보다는 주로 한반도 내의 말갈병들을 동원하는 편이라, 그나마 매번 전쟁의 규모가 그리 큰 것은 아니었다. 동쪽보다는 아무래도 〈북위〉 등 서쪽 중원의 나라를 견제해야 했고, 특히 그 무렵엔 요서의 백제郡과 이미 한 차례 충돌한 직후였기에 함부로 전격적인 반도 원정을 감행하기도 곤란한 상황이었던 것이다.

그런 점에서도 대륙 백제郡의 전략적 가치는 반도 내 본국의 백제 본대本隊만큼이나 지대한 것이었고, 그것이 또한 〈나제동맹〉을 더욱 단단히 하는 데 커다란 도움이 되었을 것이다. 그해 11월에도 〈고구려〉군이 〈신라〉 쪽을 공격해 왔으나, 덕지가 이를 물리쳤다.

그런데 그해 12월 신라에서는 國公 지도로의 침전까지 도적이 몰래 잠입해, 암살을 시도하려다 미수에 그친 사건이 터졌다. 한밤중 살수殺手의 침입에 용케 국공이 눈치를 채고, 은밀하게 연제蓮帝를 깨워 밀실로 피해 화를 면했던 것이다. 이튿날 조정이 발칵 뒤집혔고, 소지왕이 아진종에게 각별히 명을 내려 진상조사에 나섰다. 그 결과 도적이 잡혔는데 놀랍게도 비기毗己의 사신私臣이었다. 천궁이 노해 말했다.

"제공弟公(비기)이 내 아버지를 위태롭게 함은 승전勝殿(태자)에게도 이롭지 못한 일이다!"

비기는 소지왕의 이부동모제異父同母弟로 서른 살이나 아래였으나, 왕의 조카인 지도로가 사실상 2인자의 지위에 있는데 대해 일찍부터 질투와 불만을 품고 있었다. 소지왕이 즉시 비기를 파면하고 군사를 보내 감시케 하는 한편, 지도로의 딸인 天宮 앞에서 대죄하는 것으로 사태를 마무리했다.

해가 바뀌어 495년 정월, 왕이 천궁과 함께 월성의 진궁眞宮에서 조회를 받았다. 그때 천궁이 오함과 벌지를 따로 불러 말했다.

"아무래도 승전勝殿(분종)이 어려서 앞날에 대비코자 합니다. 국공을 부군副君으로 삼고자 하는데, 公들의 생각은 어떠하시오?"

이에 벌지가 대뜸 찬성을 했고, 오함 또한 이를 거부할 수 없다 싶어 동의했다. 마침내 소지명왕이 국공을 부군으로 삼는다는 조칙을 내렸다.

"부군과 나는 한 몸이다. 모든 정사를 맡길 것이니, 대소 신료들은 복종하고 잘못을 범하지 말라!"

당시 소지왕이 이미 환갑의 나이에 달한 반면 태자인 분종이 8살이었으니, 이제 서른 한창의 나이인 천궁 후황厚風이 조바심을 낼 만도 했던 것이다. 부군 지도로가 비기의 죄를 면해 주고 오히려 이찬으로 올려 주는 아량을 베풀었다.

그런데 그해 8월이 되자, 〈고구려〉가 이번에는 〈백제〉 쪽으로 치양성(황해개성)을 공격해 왔다. 동성왕이 다급히 〈신라〉에 사자를 보내 구원을 요청했고, 이에 소지왕이 장군 덕지를 내보내 백제를 지원하게 했다. 결국 이번에도 고구려가 성을 빼앗지 못하고 물러나야 했다. 이로 미루어 〈나제동맹〉은 어느 한쪽이 지원을 요청하면 다른 쪽이 즉각 지원에 나설 것을 맹약한 것이 틀림없었다. 전쟁의 규모나 사안별 효과를 일일이 따지기보다는, 이렇게 함으로써 제3자의 눈에 둘이 하나가 되는 효과를 극대화시킬 수 있기 때문이었을 것이다. 북방의 강호 고구려를 상대하기 위해서는 이 정도로 강고한 혈맹의 관계가 필요했던 것이다.

고구려는 그 후로도 지속적으로 거의 매년 연례행사처럼 〈신라〉를 공격해 왔다. 496년 7월경 우산성牛山城을 공격해 와 실죽이 니하(강릉 북쪽)에서 격퇴했는데, 한 달 뒤에 재차 침공해 왔다. 이번에는 성을 지키던 장수 지열只裂이 전사하는 바람에 성이 함락되었고, 이에 성산城山 등을 출정시켜 탈환에 나섰으나 끝내 이기지 못했다. 소식을 들은 소지왕이 다시 추상같은 명령을 내렸다.

"호함好含, 윤생尹生, 철부哲夫 등은 북로군을 이끌고 출병해 우산성을 반드시 탈환하도록 하라!"

결국 신라 북로군이 대규모로 출정해 성을 공격한 끝에 마침내 탈환에 성공했다. 그해 11월에는 野人(임나왜인)들이 〈고자古自〉를 침공해 장수 지등智登이 나가 이를 격파했다. 이처럼 잦은 전투에 소지왕은 편할 날이 없었을 것이다. 이듬해 497년 4월이 되니, 野人들이 다시 쳐들어왔다. 지불로가 야인들의 계획을 알아차리고, 백 리에 이르도록 길게 복병을 깔아 놓는 매복전을 펼친 끝에 그 추장을 사로잡아 목을 베고, 투항한 자들을 양산陽山으로 이주시켜 살게 했다.

그 와중에 8월에는 고구려군이 대거 몰려와 재차 우산성을 빼앗았다. 10월, 〈신라〉의 용장 성산이 다시 출정해 우산성에서 일대 혈전이 벌어졌고, 결국 고구려를 격퇴시켰다. 그야말로 우산성을 사이에 놓고 서로가 뺏고 빼앗기는 격전을 반복했으니, 우산성 탈환이 이제는 양측 군주들의 자존심 대결로 비화되고 말았다. 이듬해 498년 고구려군이 또 한 차례 공격을 해 왔으나, 장군 덕지가 이를 격파했고 그제야 비로소 고구려의 남침이 수그러들기에 이르렀다. 서로 간에 실로 집요하고 지루한 공방전이 아닐 수 없었다.

그런데 그 무렵에 이제 한창의 나이인 부군의 아들 모진慕珍이 여기저기 여러 골녀骨女들과 어울리기 시작했다. 이미 3년 전 16살 때부터 신궁神宮을 드나들다 당시 37살의 선혜善兮와 눈이 맞았으니, 어지간히도 성숙하고 훌륭한 외모를 지닌 모양이었다. 이후에도 모진의 여성 편력이 누구보다 왕성해 따를 자가 없을 정도였고, 어린 나이에 벌써부터 자식을 두기 시작했다.

그해 소지왕이 백성들에게 부처를 섬기는 것을 금하게 했다. 신라는 더더욱 반도의 동남부에 치우쳐 있다 보니, 전통 신앙에 가까운 仙道가 널리 자리 잡아 불도나 유도와 같은 새로운 철학과 학문이 쉽사리 스며들지 못했던 것이다. 11월에 野人(임나왜)이 청혼을 해 왔으나, 전과 같이 허락하지 않았다. 소지명왕이 부군을 王으로 칭하라고 명을 내렸다.

그러던 499년, 천궁 후황이 34세 이른 나이에 병으로 세상을 떠나고 말았다. 비통에 빠진 소지명왕이 모든 정사를 부군에게 맡겨 버렸다. 살아서 한결같은 왕의 총애를 받았으니, 천궁은 어찌 보면 행복한 여인이었다. 부군 지도로의 딸 연제蓮帝가 천궁의 자리를 대신했다. 그러던 소지왕 22년 되던 500년 11월, 마침내 왕이 난궁暖宮에서 65세의 나이로 붕어했다.

자비마립간으로부터 왕위를 이어받아, 북방의 강호〈고구려〉의 위협으로부터 나라를 지켜 내느라 재위 기간 내내 맘고생을 했다. 고구려는 소지왕 재위 22년 중, 모두 10여 차례나 신라를 침공했으나, 소지왕이 대부분 이를 막아 냈으며, 그중 3회에 걸쳐 동성왕의 지원을 받았다. 바다 건너〈임나〉(왜) 또한 4차례나 신라를 침공했음에도, 소지왕은 가야의 소국들을 지켜 내고자〈임나〉에 대해 강경한 입장을 고수했다. 무엇보다 특히〈백제〉와의〈나제동맹〉을 철저하게 유지하는 정책으로, 장수제 사후 문자명제의 잦은 침공에도 꿋꿋하게 버텨 낼 수 있었다.

대륙에 장수제와 풍태후의 혼인동맹이 있었다면, 한반도에는 그보다 더욱 강고한 소지왕과 동성왕의〈나제동맹〉이 있었던 것이다. 이들이 다 같은 대륙 출신의 反고구려 세력이었다는 동류의식이야말로, 북방의 강호〈고구려〉의 집요한 공세를 차단하고, 서로를 뭉치게 하는 원동력이었을 것이다. 특히 소지왕은 자비왕에 이은 2代에 걸쳐 부지런히 축성에 열을 올려 거점별 방어망을 촘촘히 구축했고, 가야 소국들의 왕위계승에도 일일이 개입하면서 상국으로서의 우위를 확실히 했다.

눌지, 자비, 소지 3代에 걸친 피나는 노력이 있어 鮮卑 金씨 '마립간 시대'가 완전히 안정권에 들어서게 되었던 것이다. 내물계 김씨들의 성소聖所인 〈나을신궁〉의 출현이 그런 증거였다. 소지명왕이 역대 가장 많은 전쟁을 치르고, 축성에 매진할 수 있기까지는 지도로를 비롯해 유능한 왕족과 장수들의 협조가 전제되어야 했으니, 그는 지도력에 있어서도 탁월한 임금이 틀림없었다.

또한 그의 시기에 강호 고구려나 왜국(임나)과의 끊임없는 경쟁을 통해 남성 마립간을 중심으로 하는 강력한 중앙권력을 확립한 것도, 바로 후대에 '신라 중흥'의 시기를 맞게 한 원동력이 되었을 것이다. 아울러 이 시기를 지나면서 비로소 한반도가 서서히 고구려와 백제, 신라의 三韓 위주로 재편되는 모습을 보이기 시작했던 것이다.

그해 〈백제〉에서도 동성대왕의 별궁인 보류비宝留妃가 48세로 사망했다. 신라 보신공宝信公의 딸로 문주왕에 이어 모대 동성왕 두 분의 왕을 모셨고, 그들 사이에서 일곱의 자녀를 두었다. 〈나제동맹〉의 강고한 관계를 유지하는 데는, 그녀의 존재가 크게 기여했을 것이다. 〈신라〉에서도 보신의 아들인 보기宝器를 조문 사절로 보내 동성대왕을 위로했다.

그런데 그 2년 전인 498년, 동성왕이 친히 군사를 이끌고 무진주武珍州까지 나간 일이 있었다. 탐라(제주)가 공부貢賦(공물과 세금)를 바치지 않자, 원정에 나서고자 했던 것이다. 다행히 탐라왕이 소식을 듣고 사신을 보내 죄를 빌었기에, 대왕이 원정을 중단했다. 〈북위〉와의 3차 전쟁에서 최종 승리한 이후라 동성대왕의 위세가 그야말로 하늘을 찌를 정도였던 것이다.

그 후 AD 500년 봄이 되자, 동성왕이 궁궐 동쪽에 높이가 다섯 길이나 되는 멋들어진 전각을 세우게 하고 〈임류각臨流閣〉이라 이름 붙였다. 그러더니 앞으로 금강이 굽이굽이 흐르는 훌륭한 풍광이건만, 구태여 정자 앞에 깊은 연못을 파게 한 다음, 진기한 새들을 기르게 하고는, 측근들을 불러 잔치를 벌이기 시작했다. 갑작스레 왕이 호사스러운 사치에 빠져드는 모습에 신하들이 이를 말리려 들었지만, 대왕이 이를 들으려고도 하지 않았을뿐더러 아예 궁궐 문을 닫아 버리기까지 했다.

그런데 사실 그 1년 전부터 백제에서는 심한 가뭄이 들어, 백성들이 기아에 고통을 받고 있었다. 급기야는 나라 안에 도적이 들끓고, 굶주린 사람들이 서로를 잡아먹는 일까지 생길 지경이었다. 보다 못한 신료들이 왕에게 간했다.

"이제야말로 창고를 풀어 굶주린 백성들의 구휼에 나설 때입니다."

그러나 웬일인지 동성왕이 신하들을 외면한 채 건의를 무시해 버렸고, 이로써 군신 간에 무언지 모를 팽팽한 긴장감이 조성되기 시작했다.

그러다 동성대왕 23년 되던 501년, 갑작스레 동성왕이 최측근에서 호위를 담당했던 위사衛士좌평 백가苩加를 내치는 사건이 벌어졌다. 원래 백가는 아첨에 능해 대왕에게 아내와 딸을 모두 바치고 그 덕에 좌평까지 오르긴 했으나, 군신들이 그럴 재목은 아니라 여겨 따르는 이가 많지 않았다. 그 와중에 사사로이 미녀들을 모은다는 소문이 나돌았고, 이것이 백가에게 미녀로 소문난 딸이 있다는 식으로 대왕의 귀에까지 들어갔다. 남들 보기에 수양딸이라고 했지만 실제로 그녀는 백가의 애첩일 가능성이 농후했다.

하루는 왕이 백가에게 그 미인이라는 딸을 좀 만나 보자고 했다. 그러자 수양딸을 왕에게 바치고 싶지 않았던 백가가 고심 끝에 엉뚱한 생각을 해내고는 그 딸을 불러 말했다.

"조만간 대왕이 너를 보러 행차할 것이다. 그러니 너는 얼굴에 진흙을 바르고, 온몸에 냄새가 나게 해서 대왕이 널 포기하도록 해야 할 것이다."

그날 밤 대왕이 백가의 집까지 왕림해 미녀라 소문났다는 딸을 불러 만나 보니, 진흙투성이에 입에서 냄새까지 나는 것이었다. 이상하게 생각한 대왕이 백가에게 이 아이가 맞는지를 묻자 백가가 난감한 듯 답했다.

"신을 헐뜯는 자들이 대왕을 속였나 봅니다……"

"그런가? 흐음……"

동성왕이 의심을 하면서도 이내 같이 데려갔던 비첩을 끌어안고 술판을 벌였다. 그리고는 백가의 딸에게 술을 따르게 했는데, 그때 대왕이 눈앞에서 다른 여인을 데리고 노는 모습에 자존심도 상하고 한편으로 시새움이 났던지, 백가의 딸이 눈처럼 뽀얀 자신의 팔뚝을 슬그머니 드러내고 말았다. 왕이 백가에게 속은 줄 알면서도 이미 취기가 올랐던지 개의치 않고, 결국 그녀를 취하고 말았다. 그 후로 대왕의 총애가 더욱 심해지자, 질투에 눈이 먼 백가가 그 수양딸을 죽이려 들었다는데, 그쯤 되자 그녀가 차라리 대왕의 여인이 되기로 생각을 바꾼 듯했다.

어느 날 백가를 두려워하던 그 딸이 동성대왕에게 하소연을 하자, 대왕이 백가를 가림加林(충남임천)의 성주로 내보내기에 이르렀다. 자존심이 상한 백가는 병을 핑계로 대면서 사직으로 맞섰으나, 대왕이 그의 사직을 받아 주지 않았다. 그렇다고 백가를 처벌하지도 않았는데, 자신에게 충성하던 심복이 총애하는 수양딸을 빼앗은 데 대한 미안함 때문이었을 것이다.

그해 11월, 동성대왕이 웅천(공주)의 북쪽 벌판을 거쳐, 사비泗□
(부여)의 서쪽 벌판까지 나가 사냥을 했다. 그때 마침 큰 눈이 내리기
시작했는데 순식간에 길이 막히는 바람에, 왕이 부득이 마포촌馬浦村
에서 묵어야 했다. 바로 그날 밤 대왕이 묵는 숙소에 몰래 자객이 숨
어들더니 이내 대왕에게 달려들었다.

"웬 놈이냐? 크흑, 이놈이 감히 나를⋯⋯"

자객이 이때 무자비하게 동성대왕을 칼로 찔렀는데, 그는 왕에게
원한을 품고 있던 백가가 보낸 살수殺手였다. 다행히 동성대왕이 칼을
맞고도 현장에서 즉사한 것이 아니어서, 도성으로 옮겨져 치료에 나
섰다. 그러나 상처가 깊었던지 다음 달인 12월에 끝내 허망하게 세상
을 떠나고 말았는데, 한창인 사십 대 후반의 나이였다.

그런데 사실 동성대왕의 죽음에는 몇 가지 석연치 않은 내용들이
숨어 있었다. 정확한 시기는 몰라도 당시 〈백가의 난〉이 있기 직전에
웅진에는 동성왕 모대의 배다른 형인 사마斯摩, 여융餘隆이 들어와 있
었다. 사마는 일찍이 461년 개로왕에 의해 곤지왕이 〈야마토〉로 볼모
로 보내졌을 때, 곤지와 동행했던 만삭의 연비燕妃가 섬에서 낳은 개로
왕의 아들이었다. 그때 곤지가 다시 연비를 아이와 함께 웅진으로 돌
려보냈지만, 마음이 돌아선 연비가 풍랑을 만났다며 결국 곤지에게
돌아갔고, 이후 야마토에서 곤지왕의 처로 살면서, 사마는 곤지의 아
들로 자라게 되었다.

곤지왕은 이후 야마토에서 여러 명의 처들로부터 제각각 자식을
얻었는데, 모대는 사마보다 5살 정도 아래였음에도 곤지의 친아들인
데다 임나 왕족의 혈통이라 먼저 두각을 나타냈다. 따라서 개로왕 사

망 직후 곤지가 〈백제〉로 귀국할 때도 아들인 모대를 데리고 들어왔던 것이다. 모대가 이후 여러 혁혁한 활동과 함께 공을 세운 끝에 문주의 아들인 삼근왕을 제거하고 보위에 오르니 동성왕이었다. 이후 동성왕이 3차에 걸친 〈북위〉와의 전쟁을 승리로 이끌면서 새로운 영웅으로 부각되기 시작했던 것이다.

동성왕이 이때부터 大王을 칭하고, 자신감을 드러내면서 임류각을 짓는 등 호사 생활에 빠지기 시작했다고 했으나, 필시 이 무렵엔 상국인 〈야마토〉에도 고분고분하게 굴지 않아, 긴장이 고조되었을 가능성이 높았다. 당시 야마토는 무열武烈(부레츠)천왕(498~507년)이 다스리기 시작했는데, 그는 폭군으로 악명 높을 정도로 강경한 성격의 소유자였다. 바로 그 무렵에 무열천왕이 사마를 불러 특명을 내린 다음, 웅진으로 보낸 것으로 보였다.

동성대왕의 가족이긴 했지만 친형제도 아니었던 사마(여융餘隆)의 등장은 〈백제〉 조정에 새로운 긴장감을 조성했을 가능성이 높았다. 동성왕의 입장에서 그 모계가 한성백제 혈통인 사마는 강력한 경쟁자에 가까운 존재인 데다, 사마가 야마토의 무열천왕이 파견한 감국監國의 임무를 띠고 왕을 견제하려 들었을 가능성이 컸기 때문이었다. 바로 그럴 즈음에 동성왕이 소위 백가의 딸을 취하면서 사태가 악화 일로를 걷기 시작한 것이었다.

자신이 온몸으로 충성했던 동성왕으로부터 총애하던 수양딸을 빼앗기고 가림성주로 내쳐지자, 속 좁은 백가가 잔뜩 심사가 뒤틀린 끝에 앙심을 품게 되었다. 바로 이때 동성왕의 반대편에 있던 인물이 상국의 위치에 있던 야마토 천왕의 지원을 받는 사마였던 것이다. 더욱 놀라운 것은 백가의 처 연燕씨가 바로 사마의 모친 연비燕妃와 형제지간으로, 사실 백가는 사마의 이모부였다. 이런 이유로 사마와 백가가 서로 야합을 했는지는 몰라도, 적어도 백가가 왕을 살해하겠다는 결심을 하기까지는 분명 사마에게 기대하는 바가 충분히 컸을 법했다.

그런 상황에서 백가가 보낸 자객이 동성왕을 찌르고 나자 조정이 발칵 뒤집혔다. 상처를 입고 실신한 동성왕이 환궁했으나 오래 버티지 못해 끝내 붕어했고, 그사이 범행을 사주한 인물로 백가에 대한 수사망이 좁혀지고 있었다. 그러자 사태의 추이를 보며 숨죽이고 있던 백가가 두려움으로 정변을 일으키고 말았다. 그런데 그가 의지하려 했을 사마가 오히려 우두牛頭의 병사들을 일으킨 다음, 해명解明을 시켜 백가를 토벌하라는 명을 내렸다. 갑자기 상황이 반전된 채 급박하게 돌아가자, 백가의 아들 백율苩率이 사태를 해결해 보겠다며 나섰다.

"아버님, 사마와 저는 종형제지간이 아닙니까? 소자가 사마를 만나 설득해 보겠습니다."

이에 백가가 반색하며 답했다.

"그렇고말고, 네가 사마를 만나 반드시 오해를 풀어 보려무나……"

이에 백율이 사마를 찾아가 단호하게 말했다.

"내 아버지는 죄가 없습니다. 형제들끼리 서로를 곤란하게 하면 되겠습니까?"

그러자 사마가 당연하다는 듯 답했다.

"만일 죄가 없다면 어찌하여 서둘러 투항하지 않는 것이냐? 내가 이모를 보아서라도 너희 부자를 사면해 줄 것이 아니겠느냐?"

"그렇지요, 잘 알겠습니다!"

백율이 돌아가 백가에게 사마의 말을 전하니, 백가가 그 말을 믿고 이내 투항했다. 사마가 정변을 일으킨 백가를 일단 가두게 하고, 집에 돌아오니 모친인 연비가 사마를 추궁했다.

"너는 어찌하여 네 아우(모대)를 찌른 원수에게 보복하려 들지 않는 것이냐? 장차 지하에 가서 어찌 네 아우를 만나려는 것이냐?"

사마가 크게 깨달은 바가 있어 즉시 사건을 다시 조사케 하고 사마를 심문한 결과, 동성왕 암살사건의 전모가 밝혀지고 말았다. 사마가 단호하게 명을 내렸다.

"백가의 목을 베어 백강白江에 던져 버려라!"

대신 백가의 자녀들에게는 죄를 묻지 않았는데, 그런 연유로 사람들이 사마를 공정하고 현명하다며 칭송했다. 이대로라면 사전에 백가와 사마 사이에 아무런 일도 일어나지 않았던 것으로 보였겠으나, 정황상 누구도 알 수 없는 일이었다. 사실 개로왕의 아들로 모대보다도 5살이나 위였던 사마의 입장에서는 백제왕의 자리가 원래 자기의 자리라 생각했을 법도 했다. 게다가 당초 모대 동성왕이 귀국했을 때처럼, 〈야마토〉의 무열천왕으로부터 별도의 임무를 부여받았을지도 모르는 일이었던 것이다.

동성대왕은 죽은 곤지의 아들 중 가장 빼어났다는 모대牟大였다. 어려서부터 활 솜씨가 탁월해 백발백중이었던 데다, 남달리 용맹하고 영민했기에 〈해구의 난〉 때도 살아남아 〈신라〉를 오가며 눈부신 활약상을 보였다. 야마토로 돌아가서는 웅략雄略천왕으로부터 단박에 신임을 얻어 사실상 백제의 왕으로 내정된 상태에서, 천왕이 보내 준 5백의 친위대를 이끌고 당당히 귀국했고, 결국 삼근왕을 제거하면서 왕위에 올랐다.

동성왕의 즉위와 함께 비로소 비유왕毗留王 이래로 20여 년간 크게 흔들리던 〈백제〉 왕조가 빠르게 안정되기 시작했고, 〈신라〉와의 〈나제동맹〉을 더욱 공고히 하면서 3차례 이상 지원병을 파병시켰다. 마

침 대륙의 열강 〈고구려〉의 장수제와 〈북위〉의 풍태후가 온건한 평화
정책을 유지해 준 덕분에, 옛 북연北燕 일대의 요서와 진평 2郡에 〈백
제郡〉이 다시 일어나게 되었다. 그러나 484년 〈북위〉의 선제공격으로
백제郡의 모도왕이 죽고, 郡 자체가 와해되다시피 하자, 동성왕은 다
시금 백제郡을 되살리기로 결심한 듯했다.

당시 장수제는 서쪽 中原에 대해서는 온건하게 대했지만, 유독 동
쪽 한반도의 백제와 신라 두 나라에 대해서는 강경책으로 일관했다.
그런데 사실 동성왕은 〈신라〉는 물론 〈야마토〉와도 밀착 관계를 유지
했으니, 누구보다 탁월한 국제 감각과 너른 시야를 지닌 인물이었다.
그런 상황에서 동성왕은 東西 간의 문제를 한꺼번에 해결해 줄 획기
적인 방법을 궁리해 냈다.

그는 고령의 장수제를 대신하던 감국소황 라운羅雲을 설득해, 〈요
서백제군〉을 활용해 북위에 공세를 펼치겠다는 어마어마한 카드를
꺼내 들었는데, 사실상 이는 비유왕에서 개로왕에 이르기까지 선대
왕들이 그려 오던 꿈이기도 했다. 그 무렵 동성왕이 〈고구려〉 외에도
〈남제〉 및 〈북위〉를 상대로 외교전을 펼치며 부지런히 정보를 수집한
끝에, 〈북위〉가 정치개혁으로 몸살을 앓느라 국방과 병무를 소홀히
한다는 사실을 간파한 것이 틀림없었다.

동성왕은 이때부터 〈북위〉에 대한 보복을 결심한 듯, 선박을 건조
하고, 대륙 백제군의 요충지에 성을 축조하는 등 본격적으로 전쟁 준
비에 박차를 가했다. 또한 〈고구려〉에 대해서는 조공과 딸을 바치는
적극적인 외교 공세로 불간섭 약속을 받아 내면서 배후를 단단히 해
두는 치밀함을 보였다. 결국 동성왕은 488년과 490년에 걸친 2차, 3차
〈제위濟魏전쟁〉에서 〈북위〉에 대해 기적 같은 대승을 거두면서 온 천
하를 놀라게 했다.

반도의 소국에 불과한 〈백제〉가 제아무리 기존 요서의 백제군을 동원했다 하더라도, 중원 최강의 〈북위〉를 도발해 전쟁을 벌이고 완승을 거두었다는 것은 세계 전사戰史에서도 주목할 만한 일이 아닐 수 없었다. 더구나 반도에서 산동까지 병력을 실어 나르는 해상작전까지 전개했으니, 어지간한 담력과 지도력, 용의주도한 전략이 아니고서는 성취해 내기 어려운 일이었을 것이다. 다만 이후 〈요서백제군〉이 소멸해 버렸고 후일 백제 자체가 멸망하면서, 그런 빛나는 전쟁기록이 소상히 전해지지 않은 것이 아쉬울 뿐이었다.

그런 점에서 동성대왕은 타의 추종을 불허하는 불같은 실행능력의 소유자가 틀림없었다. 그때까지 韓민족의 역사에서 중원 최강의 나라를 상대로 벌인 전쟁 중에서 동성대왕의 승리가 사실상 가장 큰 규모의 완승이었으니, 이러한 위업은 고구려의 태조황제나 영락대제조차도 이루지 못한 역사였던 것이다. 더구나 〈북위〉의 완패는 결국 효문제의 낙양 천도로 이어져 한족화漢族化를 가속화시켰는데, 이는 상호 이질적인 남북조南北朝 문화의 통합을 앞당기는 데 기여한 셈이 되었다. 당시 동성왕이 이런 결과를 내다보았을 리는 없겠지만, 그의 의지와 무관하게 대왕이 대륙 아시아 전체에 끼친 영향은 이처럼 상상 이상의 의미를 지닌 것이었다.

그런 위대한 영웅을 몰라보고 소인배 백가가 사소한 욕심으로 동성대왕을 찔렀다는 것은 참으로 허망한 일이 아닐 수 없었다. 동성왕이 〈북위〉에 대한 완승으로 자만한 데다, 마침 대륙의 양대 기둥 풍태후와 장수제가 사라지면서 긴장을 풀고 방심한 듯했다. 동성왕의 폭넓은 정치 감각과 전략적이고도 유연한 사고로 미루어 그는 틀림없이 장차 대륙을 경영할 원대한 꿈을 품었을 테지만, 아쉽게도 그의 허망한 죽음과 함께 모든 것이 정지되고 말았다.

동성대왕이 죽자 왕에게 충성했던 〈요서백제군〉의 태수들은 〈야마토〉에서 온 사마를 의심하고, 반도의 백제 본국과 대립한 것이 틀림없었다. 그 틈을 노리던 〈고구려〉의 문자명제가 이듬해 오히려 요서의 〈백제군〉을 밀고 들어가 끝내 함락시켜 버렸고, 이것으로 소위 백제의 '요서경략遼西經略'은 말 그대로 전설로 남고 말았던 것이다.

일찍이 483년, 동성왕이 웅진의 들판에서 신록神鹿을 잡은 것을 계기로, 〈三韓통합〉이라는 야망을 품기 시작했다고 한다. 아마도 그때까지 한반도를 다스렸던 수많은 군주들 가운데, 대왕이 처음으로 이런 원대한 꿈vision을 제시한 인물일 가능성이 높았다. 〈제위전쟁〉에서 개선한 동성왕이 스스로를 大王이라 칭했는데, 대륙과 한반도, 일본열도를 종횡무진 넘나들며 사방을 호령했던 당대 유일의 군주였기에, 그는 죽어서도 진정한 〈백제〉의 대왕임이 틀림없었다. 한 시대를 풍미했던 대륙의 장수제와 풍태후에 이어, 한반도의 소지명왕과 동성대왕이 연달아 사망한 가운데, 아시아의 한 세기가 그렇게 저물고 새로운 6세기가 열리고 있었다.

4. 무령왕의 南先정책

491년, 이미 4년 전부터 장수대제를 대신해 나라를 다스려 온 감국소황監國小皇 라운羅雲이 31세의 나이로 22대 고구려의 태왕에 즉위하니, 명치대제明治大帝(문자명제文咨明帝)였다. 공식적으로는 풍馮태후의 연인으로 〈북위〉 평성에서 사망한 조다태자의 아들이라 했으나, 일설에는 장수제의 아들이라고도 했으니 장수제의 손자인지, 아들인지 알 수 없는 일이었다. 그 2년 전에 장수제의 장남인 황躬태자가 평생을 바쳐 부친을 보좌하고도 옥좌에 앉아 보지도 못한 채, 79세의 나이로 먼저 세상을 떠났다. 그것이 황실의 안정을 위해서 한 일이었다면, 그 또한 장수제의 안목에 의해 빚어진 일일 수도 있었다.

이듬해 정월이 되니, 〈북위〉의 효문제가 조문 사절을 통해 〈사지절도독요해遼海제군사정동征東장군영호領護동이중랑장요동군개국공고구려왕〉이라는 명칭도 긴 관작을 보내왔다. 기타 의관, 복물服物, 거기車旗 등의 의물儀物(의례용품)을 보내오고, 태왕에게 태자를 보내 입조시켜 줄 것을 요청했다. 문자명제가 태자가 병이 들었다며, 당숙인 승천升干을 위魏로 보냈다.

그런데 그 이듬해인 493년경, 풍태후 사후 효문제 탁발굉이 친정親政으로 다스리던 〈北魏〉에 일대 변화가 일어났다. 그사이 〈북위〉는 반녹제, 균전제 외에도 호적 및 세금징수 관리를 따로 두는 삼장제三長制 등등 개혁에 박차를 가하고 있었다. 그러나 488년과 특히 490년 두 차례의 〈제위전쟁〉에서 백제에 대패하면서 국력이 크게 소진되었고, 황제의 위신도 더없이 실추되고 말았다. 분위기 반전을 위해 고심하던 효문제가 이때 도성을 옮기는 천도에 집착하기 시작했다.

〈북위〉의 천도는 풍태후 시절부터도 꾸준히 제기된 것으로 낙양 외에도 업성鄴城과 태원太原도 후보지로 거론되었다. 그러나 그때마다 황실 귀족들과 고관들의 반대에 부딪혔기에, 효문제가 이를 은밀하게 추진키로 했다. 어느 날 문제가 신료들을 모아 놓고 대군을 동원해 남정南征에 나서겠노라고 발표했다. 임성왕 탁발징澄을 위시한 백관들이 강력하게 반대하고 나서자, 화가 난 문제가 말했다.

"이 나라는 짐의 것이오. 임성왕이라 하더라도 짐의 출정을 막아선 다면 용서치 않을 것이오!"

그러자 임성왕도 이에 굴하지 않고 당당하게 맞섰다.

"황상, 이 나라는 폐하의 것이지만, 저 역시 이 나라의 대신입니다. 그러니 폐하께서 군사를 출동시켜 나라를 위태롭게 하신다면 가만히 있을 수는 없는 일입니다. 부디 통촉하옵소서!"

"황상, 통촉하옵소서!"

일방적인 분위기에 문제가 일단 조정 회의를 파하고는 은밀하게 숙부인 임성왕을 불러 속마음을 털어놓았다.

"평성平城은 군마를 조달하고 군사들을 집결시켜 싸움을 벌이기에 는 더없이 적합한 곳입니다. 그러나 북쪽에 치우쳐 문화의 중심지가 될 수도 없고, 강남과 대치하면서 북방을 지키기 위해서는 중원의 힘을 빌리지 않을 수 없으니, 차라리 낙양洛陽을 도읍으로 삼는 것이 상책일 것입니다. 해서 남방을 원정한다는 것은 명목일 뿐, 실은 낙양으로 천도를 하려는 것입니다. 어떻습니까?"

황제의 속 깊은 고심을 헤아리게 된 임성왕이 이에 동의했고, 천도를 지지하는 쪽으로 돌아섰다. 그리하여 그해 효문제가 친히 보기병 30만의 대군을 거느리고 황하를 건너 낙양으로 향했다. 마침 을씨년 스럽게 가을비가 내리는 가운데, 황제가 진정 남정을 감행할 것인가에 대해 반신반의하면서 대신들이 따랐다.

그렇게 낙양에 진주해 있던 9월 어느 날, 황제가 갑옷으로 중무장을 한 모습으로 나타나 말에 올라 三軍에 출정 명령을 내렸다. 장강 아래 〈남제〉 원정에 나서려는 것이었다. 그러자 문무백관들이 황제의 말 앞에 엎드려 남방원정에 대한 취소를 간하였다. 분노한 문제가 얼굴을 붉히며 재차 출격 명령을 내렸음에도, 탁발휴拓跋가 눈물로 호소하며 황제를 말리려 들었다. 그러자 황제가 부드럽고도 단호한 어조로 슬쩍 말을 바꿨다.

"이번 원정은 군신 상하가 노력해서 진행해 온 일이라, 아무런 성과가 없다면 곤란하다. 짐이 백번 양보해서 원정을 취소할 바에야 차라리 이번 기회에 천도라도 해야 할 듯하니, 대신들의 의견을 들어 보겠다. 천도에 찬성하는 자는 왼쪽으로, 반대하는 자는 오른쪽으로 서도록 하라!"

원래 대부분의 백관들이 천도에 반대했으나, 당장 원정이냐, 천도냐를 택일하라는 압박에 그래도 전쟁보다는 천도가 낫다고 생각해 대부분 왼쪽으로 가서 서게 되었다. 이렇게 해서 30만 대군이 그대로 낙양에 머무르기로 하는 대신, 낙양으로의 천도가 결정되었다. 이때 평성에서 낙양으로 이주한 사람들이 무려 1백만 명에 달할 정도였는데, 대도代都(평성)에서 이주해 온 사람들이라는 뜻에서 이들을 대천호代遷戶라 불렀다.

이때부터 효문제가 선보인 개혁과 漢族化 정책은 가히 혁명적인 것이었다. 대천호들에게는 북방 선비풍의 옷을 모두 벗어 버리고 漢族 풍의 옷을 입게 했고, 鮮卑 말(語) 대신 낙양의 한어漢語를 사용하게 했으며, 심지어 선비족의 성씨姓氏조차 버린 채 모두 漢족의 성씨로 개명할 것을 요구했다. 황실에서도 탁발拓跋씨를 버리고 〈원元〉씨로 고치게 하여, 효문제 스스로 원굉元宏이라는 이름으로 개명했다.

이와 함께 선비 귀족과 漢족 귀족들 간의 통혼을 권장하는 등 북방과 남방의 혈통 및 문화통합에 박차를 가했다. 황제가 솔선하는 의미에서 최崔, 노盧, 정鄭, 왕王의 漢족 4大 성씨 가문의 딸들을 후비로 삼고, 자신의 동생 5명을 漢족 호족의 사위로 삼게 했으며, 선비족 황녀들도 漢족 가문으로 시집보냈다.

이처럼 요란한 효문제의 개혁은 선비족鮮卑族을 한족화漢族化시키는 것이 핵심이었으나, 그 이면에는 강력한 중앙집권화를 시도하려는 노림수가 숨어 있었다. 북방민족의 경우에는 여전히 부락 단위의 뿌리 깊은 분권分權 및 소왕제小王制를 중시해, 황제의 중앙권력 구축에 한계가 있었던 것이다. 〈춘추전국〉 이래로 황제 중심의 강력한 중앙집권이 부국강병의 핵심 가치였으니, 중원 통일을 위해 효문제는 漢족화를 명분으로 내세워 개혁을 추진하려 했던 것이고, 그것이 바로 풍태후의 통치철학이었던 것이다.

그러나 혁신이란, 말 그대로 가죽을 벗기는 듯한 고통이 따르기 마련이었다. 선비 호족들의 상당수는 황제의 뜻에 순응했지만, 많은 이들은 '북방 기마민족'이라는 고유의 정체성을 송두리째 뒤엎는 황제의 과격한 조치에 크게 반발했다. 3년 뒤인 496년에는 목태穆泰, 육예陸叡와 같은 귀족들이 평성에 별도의 정권을 세운 다음 낙양에 본격적으로 대항하기 시작했고, 심지어 황태자 탁발순恂마저 구舊세력의 사주를 받아 평성으로 달아나 반란에 가담할 정도였다.

그러나 문명의 대세는 이미 낙양에 있었고, 변화를 거부하던 구세력은 그 바람을 이겨 내지 못해 반란에 실패하고 말았다. 아직 어린 나이의 탁발순 또한 자결하라는 황제의 지엄한 명에 따라 속절없이 사라져야 했다. 개혁의 화신, 漢족화의 상징 그 자체였던 효문제는 이후 499년경 실제로 남방원정에 나섰다. 그러나 도중에 병이 들어 낙양으로 환궁하던 도중 끝내 사망했는데, 여전히 33살의 창창한 나이였고, 천도 후 고작 6년 만의 일이었다.

효문제 원굉은 죽었으나, 그의 과격한 혁신은 북방민족과 漢族의 혼혈을 양산하기 시작했고, 북방민족들로 하여금 커다란 정체성의 혼란에 빠지게 했다. 그럼에도 불구하고 선비 출신의 군주로서 중원통일을 꿈꾸던 그의 통치이념은 이민족 간의 혼합과 南北문명의 통합이라는 대명제로 발전했고, 이후 대륙 전체가 통일되던 수당隋唐에 이르기까지 북방 선비 출신 군주들의 뿌리 깊은 통치이념으로 자리 잡게 되었다. 이것이야말로 북방 기마민족의 종주국으로서 그 정체성을 고수하던 〈고구려〉와 구별되는 뚜렷한 차이였다.

이처럼 서쪽의 〈북위〉가 〈백제〉에 연패한 뒤로 낙양 천도라는 회오리바람에 휩싸여 있는 모습을 바라보면서도, 동쪽의 〈고구려〉에서는 이렇다 할 변화의 조짐이 없어 보였다. 다만, 고구려는 장수제 말년부터 신라와 국경분쟁을 벌이기 시작했는데, 문자명제가 들어선 이후로는 남쪽에 대한 공세를 부쩍 강화하면서 수시로 전쟁을 일삼게 되었다. 특히 견아성 등을 놓고 서로가 뺏고 빼앗기기를 반복했지만, 〈나제동맹〉으로 동성왕이 다스리는 백제와의 결속이 굳건한 데다, 신라의 선방으로 끝내는 별 소득 없이 10여 년에 걸친 분쟁을 마무리해야 했다.

그런 와중에도 고구려는 변함없이 장강 아래 〈남제南齊〉와 사신을 주고받았다. 북위가 낙양 천도로 바짝 가까이 내려오다 보니, 남제가 이를 경계하여 고구려에 더욱 밀접하게 다가섰을 가능성이 커 보였다. 498년에는 황퇴태자의 딸인 연흅淵洽태후의 아들 22세 흥안興安을 태자로 책봉해 후사를 다졌다.

그로부터 4년쯤 지난 502년 가을, 갑자기 〈백제〉가 〈고구려〉의 국경을 침범했다. 그러나 당시 백제 본국은 동성왕의 피살로 정국이 어수선한 때라, 북쪽으로 고구려를 침공할 수 있는 형편이 아니었다. 이것은 대륙 요서에 있던 분국 〈백제郡〉과의 싸움을 의미하는 것으로, 사실은 고구려 측이 오히려 백제郡을 공격한 것이었다. 웅진의 본국이 혼란스러운 틈을 타, 조공이 소홀하다는 이유를 들어 고구려가 서쪽의 백제군에 대해 침공을 개시한 것이었다. 동성대왕에 충성했던 〈요서백제군〉의 태수들이 대왕의 피살로 본국과 대립하던 틈을 타, 고구려가 불시에 밀고 들어온 것이었다.

그 바람에 끝내는 〈백제郡〉이 함락되면서 와해된 것으로 알려졌는데, 동성대왕의 죽음이 대륙에까지도 악영향을 끼친 것이었다. 그해 12월에 문자명제가 〈북위〉의 선무제宣武帝 원각元恪에게 사신을 보내 조공했는데, 아마도 〈요서백제군〉을 병합한데 대해 해명했을 가능성이 높았다. 그럼에도 불구하고 이 일로 〈고구려〉와 〈북위〉가 서로 신뢰하지 못해, 양국 간에 긴장감이 고조된 듯했다. 504년 문자명제가 사신 예실불芮悉弗을 보냈는데, 이때 선무제가 조공이 부실하다고 트집을 잡으면서 예실불을 추궁했던 것이다.

〈백제〉에서는 501년 모대 동성대왕이 심복이던 〈백가의 난〉으로 허망하게 피살되고 나서, 결국 그의 의붓형인 사마斯摩 여융餘隆이 보위에 올랐으니 무령왕武寧王이었다. 개로왕의 아들이자 곤지의 의붓아들로 8척이나 되는 큰 키에, 인자하고 관대했다고 한다. 당시 동성대왕에게는 여러 아들은 물론, 모지牟支와 같은 친동생들도 있어 사실상 여융은 왕위 서열에서 한참 밀려나 있었다.

그럼에도 군신들이 사마 융隆에게 〈백가의 난〉을 진압할 것을 요구했고, 사마가 이를 원만하게 해결하니 결국 이들의 추대로 사마가 보위에 오를 수 있었다. 그러나 실제로는 배후에서 〈야마토〉 무열천왕의 실질적인 지지가 무령왕의 등극을 결정적으로 뒷받침했을 가능성이 높아 보였다. 후일 야마토의 사서에는 이 일과 관련해 이렇게 기록했다.

"백제의 말다왕末多王(모대)이 백성들에게 포악무도하게 굴어 국인國人들이 마침내 왕을 제거하고 도왕嶋王(사마)을 세웠는데, 그가 무령왕이다."

그런데 무령왕은 즉위하자마자 그해 11월에 북쪽으로 고구려를 치라는 명을 내렸다.

"달솔 우영優永은 즉각 군사 5천을 거느리고 고구려의 수곡을 치도록 하라!"

그리하여 우영이 북쪽 최전방 깊숙이 침투해 수곡성(황해신계)을 공격했으나, 이렇다 할 성과 없이 퇴각해야 했다. 무령왕이 자신의 즉위 사실은 물론 반고구려 정책 기조를 대내외에 드러내기 위해 벌인 의도적인 도발일 수 있었다. 그러나 바로 이 무령왕의 공격이 고구려의 문자명제를 자극했고, 이에 이듬해 고구려가 요서의 〈백제군〉을 밀어내고 함락시키는 빌미를 제공한 것으로 보였다. 그다음 해 11월에도 무령왕은 다시금 〈고구려〉의 반도 남쪽 변경을 치게 했는데, 그때는 〈요서백제군〉을 상실한 데 대한 분풀이였을 것이다.

이후로 고구려는 2년에 걸쳐 말갈로 하여금 두 차례나 더 반도의 백제를 공격하게 했다. 이에 대해 무령왕은 고목성高木城(경기연천) 남쪽에 두 개의 책柵을 세우거나, 장령성長領城(황해서흥)을 쌓아 말갈에 대적케 했다. 백제는 이때쯤에 30년 전 장수제의 남정南征으로 빼앗긴 대방의 옛 땅을 대부분 되찾은 것으로 보였다.

그 후 5년쯤 지난 512년경, 고구려가 재차 백제를 침공해 가불加弗
과 원산圓山 2개 城을 연이어 깨뜨렸는데, 모두 한강 위쪽으로 보였다.
고구려군이 이때 약탈을 자행해 백성들의 피해가 극심했다는 소식에
무령왕이 분개했다.

"에잇, 아무래도 내가 나서야겠다. 즉시 날랜 기병 3천을 뽑아 대기
토록 하라!"

결국 무령왕이 친히 3천 기병을 이끌고 북상해, 위천葦川 북쪽에서
고구려군과 맞붙어 일전을 벌였다. 이때 고구려 장수가 무령왕의 병
력수가 미미하다고 얕보고 진陣을 펼치는 것을 소홀히 했다. 무령왕이
이를 놓치지 않고 유인전을 펼친 끝에 고구려군을 대파시켰다. 반면,
고구려 측에서는 이때도 2城을 공략해 남녀 1천여 명을 포로로 잡았다
며 자신들의 승리라고 주장했다. 그러나 이 〈위천전투〉가 문자명제의
마지막 전쟁이 된 것으로 보아, 고구려의 승리가 아님이 틀림없었다.

한편, 중원대륙의 남조南朝에서는 무령왕이 즉위할 즈음인 502년
경, 소蕭씨 〈남제南齊〉(479~502년)가 고작 3代 23년 만에 망하고, 소蕭
씨 〈양梁〉나라가 들어섰다. 이후 백제와 고구려 두 나라 모두가 〈소량
蕭梁〉과 조공을 주고받았다. 그러던 519년 문자명제가 재위 28년 만에
황극전皇極殿에서 58세의 나이로 붕하였다. 비교적 오래도록 나라를
다스렸으나, 재위기간 중 이렇다 할 두드러진 공과를 드러내지는 못
했다. 〈북위〉에서는 10살의 나이로 아직은 어린 효명제孝明帝를 대신
해 그 생모인 영靈태후(호胡태후)가 섭정을 하고 있었다. 북위 조정으
로 문자명제의 부음이 당도하자, 그녀가 동당東堂에 나가 조상하고, 조
문 사절을 보내 태왕을 거기대장군으로 추증했다.

그런데 〈위천전투〉가 있던 그해 12월, 〈백제〉의 무령왕이 열도의 〈야마토〉에 사신을 보내 조공을 바쳤다. 야마토에서도 어린 나이에 천왕에 올라 포악무도한 짓을 일삼던 무열武烈천왕이 507년경 겨우 18세의 나이에 후사 없이 사망함으로써, 인덕仁德천왕 계열의 왕조가 10代 만에 끝나고 말았다. 그의 후임으로 여휘 응신應神천왕의 5세손孫이라고 알려진 계체繼体(케타이)천왕이 뒤를 이어 즉위해 있었다. 북위를 제압했던 동성대왕이 가뜩이나 야마토로부터의 불간섭을 꿈꾸던 터에 철없고 나어린 무열천왕을 예우하지 않았던지, 야마토에서는 백제의 조공에 불만을 제기하는 등 그동안 양측의 관계가 크게 악화되어 있었다.

이에 계체천왕이 먼저 고구려와 전쟁을 치르던 무령왕을 위해 수적신압산穗積臣押山을 파견해 축자국의 말 40필을 보내 주었고, 이에 대해 무령왕이 답례를 한 것이었다. 놀랍게도 무령왕이 이참에 계체천왕에게 따로 표문을 올려 요청을 했는데, 대마도의 〈임나任那〉에 속한 상다리上多唎, 下다리, 사타娑陀, 모루牟婁라는 4개 현縣을 백제가 다스릴 수 있도록 허락해 달라는 것이었다. 천왕이 백제에 사신으로 보냈던 다리의 지방관 수적신압산에게 물으니, 그가 긍정적으로 아뢰었다.

"이 4현은 백제와 인접해 조석朝夕으로 다니기 쉬운 반면, 임나와는 멀리 떨어져 있습니다. 닭과 개가 울어도 어디서 나는 소리인지 구별조차 어려울 정도니 백제에 합쳐주면 굳게 지킬 수 있을 것입니다."

대마도는 백 년 전 영락제의 원정 이래로 대체로 3분 되어 북쪽은 신라(좌호가라) 측에, 그 아래 중간 지역은 친고구려(인위, 안라가라) 세력에, 남쪽(계지가라)은 백제 측에 속해 있었으나, 이때쯤에는 야마토가 섬의 많은 부분을 장악한 채 속국으로 삼았고 이를 〈임나任那〉라 부른 듯했다. 다만, 임나 외에도 다수의 일부 縣들을 반도의 백제와 신라를 비롯해 안라安羅(쿠마모토熊本) 등 인근 열도의 소국들까지 여기저기 나누어 점유한 것으로 보였다. 즉 반도나 열도의 큰 나라들이 상호무역이나 조공 등을 위한 거점용으로 대마도 내에 저마다의 기지를 둔 채 서로가 공존하고 있었던 것이다.

따라서 당시 수적신압산의 답변은 이들 4현이 대마 북쪽에 있던 임나의 치소와는 멀리 떨어진 반면, 남쪽으로 옛 계지가라와는 닭과 개 소리가 들릴 정도로 지극히 가깝다는 뜻이었으니, 이들 4현 정도는 백제가 다스려도 무방하다는 의미였다. 필시 대마 중앙부의 인위가라 지역으로 보이는 이들 4현은 대마의 남북섬이 만나는 아소만 일대로 대형선박들이 정박할 수 있는 포구가 있어, 백제가 야마토를 오가는 중간 기착지를 더욱 확대하고자 한 듯했다. 이 무렵 〈백제〉가 섬진강으로 이어지는 전남 동쪽의 해안 일대까지 진출하면서, 현실적으로 선박을 이용해 열도로 오가는 교통이나 무역량이 크게 증가했을 법했던 것이다.

이후 일부의 반대에 부딪히는 등 우여곡절이 있었음에도, 수적신압산 등의 협조로 백제가 〈임나 4현〉을 얻는 데 성공했다. 그 와중에 이를 성사시키는 데 큰 도움이 되어 준 오오토모大伴오무라지大連와 수적신압산이 백제로부터 큰 뇌물을 수수했다는 소문까지 나돌았다. 그럼에도 백제는 이것으로 만족하지 않았다. 이듬해 513년 여름이 되자, 무령왕이 저미문귀姐彌文貴와 주리즉이州利卽爾 두 장수를 〈야마토〉로 보냈는데, 특별히 이번에는 오경五經 박사 단양이段楊爾를 천왕에 바치게 했다. 얼마 후 야마토 조정에 나타난 백제 사신단이 천왕을 알현하고 고했다.

"반파국이 백제 기문의 땅을 빼앗았습니다. 청하건대 천은을 베푸시어 본래 속했던 나라로 되돌려 주게 하옵소서!"

반파伴跛는 〈대가야〉의 다른 이름이었는데, 이들이 섬진강 하구의 하동 일대로 보이는 백제의 기문己汶을 빼앗았다며, 이를 되돌려 주도록 천왕이 영향력을 행사해 달라는 또 다른 요청이었다.

원래 반도 남동부의 가야권을 대표하던 나라는 〈구야국〉(가락)을 계승한 김해 일대의 〈금관가야〉였다. 정확히 그 시기를 구분하기는 어렵지만, 금관가야의 전성기에는 황산강 동쪽으로 진출해 부산과 울산 등지까지 활동했고, 특히 남쪽 바다 건너 대마도까지 영역을 넓히면서 임나가야까지도 진출한 것으로 보였다. 임나라는 말은 '맡긴 땅, 의부가라'라는 뜻을 지녔으니, 언제부터인가 대마도 내의 수장에게 대마도를 다스릴 권한을 부여하면서 부르기 시작한 명칭이라는 것이었다. 그 결과 금관가야가 곧 김해가야이자 임나가야를 뜻하는 것으로 통칭해서 불렀다는 해석도 있다.

그러나 황산강(낙동) 하구 일원의 철鐵 무역을 놓고 벌어진 〈포상8국 전쟁〉 이래로, 신라의 간섭 아래 놓이게 되면서 금관가야는 그 세력이 조금씩 위축되기 시작했다. 결정적으로 4세기 들어 부여백제의 〈대마원정〉과 열도진출로 야기된 부여백제 유민들의 대거 유입이 금관가야가 처한 상황을 급변시켰다. 급기야는 400년경 전격적으로 이루어진 광개토대왕의 대마(임나)토벌로, 한때 고구려가 대마 전역을 장악하기도 했다.

다만, 고구려군이 우호 세력인 안라安羅에 의지한 채 이내 철수해 버림으로써 신라와 백제, 야마토 등의 여러 나라들이 각축전을 벌였고, 열도 내 야마토大和 세력이 점점 커지면서 5세기 말에는 임나가 사실상 야마토의 속국이 되어 가장 큰 세력을 이룬 것으로 보였다. 이 무렵부터 〈임나〉는 사실상 대마도(쓰시마)를 의미하기 시작했고,

신라에서는 열도의 야마토(倭)와 구분하여 〈야국野國〉이라 불렀던 것이다.

이처럼 금관金官이 크게 쇠퇴하는 틈을 타 금관의 바로 위쪽, 경북 내륙의 고령을 근거로 하던 〈대가야大伽倻〉가 가야권의 맹주로 부상하고 있었다. 〈금관가야〉가 황산강 물길을 중심으로 그 하구인 김해 일대에 기반을 두었다면, 새롭게 대체 세력으로 떠오르던 〈대가야〉는 황산강 서쪽의 섬진강을 중심으로 전남 동쪽 해안 일대에 거점을 마련하려 들었다. 이러한 가야 중심세력의 변화가 자연스럽게 가야의 서쪽 경계까지 바짝 다가온 〈백제〉와의 충돌을 야기하면서, 섬진강 하구 일대의 기문(하동 추정)을 반파(대가야)가 점거하는 사건이 벌어진 것이었다.

이처럼 황산강의 김해 일대를 대신해 새롭게 떠오르던 섬진강 하구는 당시 倭열도 나라들과의 무역을 위한 또 다른 거점이었다. 동시에 백제와 대가야는 물론, 동쪽의 금관과 배후의 신라, 나아가 임나 및 야마토까지 주변국 모두가 눈독을 들이는 새로운 분쟁 지역이기도 했다. 백제의 무령왕이 야마토의 계체천왕에게 문제 해결을 의뢰한 것은 사실상 야마토가 당시 열도의 무역 등을 총괄하는 최종 당사자인 데다, 백제와는 뿌리가 같은 동맹이기 때문이었을 것이다.

결국 그해 513년 11월, 백제와 반파 사이의 영토분쟁 해결을 위해 〈야마토〉 조정에 관련 당사국의 주요 인사들이 모두 모여들었다. 〈백제〉의 저미문귀와 〈사라斯羅(신라)〉의 문득지汶得至, 〈안라安羅〉의 신이해辛已奚와 분파위좌賁巴委佐, 그리고 〈반파(대가야)〉의 기전해旣殿奚와 죽문지竹汶至가 각각 자기 나라를 대표해 협상에 나섰다. 논의 끝에 계체천왕이 조칙으로 선포했다.

"기문과 대사를 백제의 땅으로 하겠노라!"

이를 계기로 〈백제〉가 전쟁을 치르지 않고도 섬진강 하구의 기문己汶과 대사帶沙의 땅을 추가로 확보하게 되었다. 이로써 백제가 가야와 경계를 이루던 남해안 중부 일대까지 석권하게 되었으니, 무령왕이 야마토를 상대로 벌인 조공외교의 승리였다. 이처럼 야마토 조정이 백제로 기우는 모습을 보이자, 당장 그달에 반파국(대가야)이 사신 즙지戢支를 급히 야마토로 보내 진기한 보물을 바치고, 기문의 땅을 되돌려 줄 것을 요청했으나 천왕은 끝내 이를 들어주지 않았다.

그렇다고 반파가 이대로 물러난 것만은 아니었다. 이듬해 514년 3월, 반파는 결국 자탄子呑과 대사帶沙에 城을 쌓고, 만해滿奚와 연결되는 봉수대와 군창軍倉을 곳곳에 설치해 임나(야마토)에 대비했다. 또한 이열비爾列比와 마수비麻須比에도 城을 쌓아 마차해麻且奚와 추봉推封을 연결했다. 반파는 또 사졸과 병장기를 모으고, 종종 〈신라〉의 변방을 쳐서 약탈을 하는 등 사나운 기세를 드러냈는데, 당시 신라 측에서도 백제 편에 섰기 때문으로 보였다.

그러던 중에 515년이 되자, 백제 사신 문귀文貴장군이 귀국을 청해, 천왕이 물부지지련物部至至連(모노노베노치치)으로 하여금 문귀를 호위해 귀국길을 돕게 했다. 모노노베가 이때 야마토 수병 5백 명을 이끌고 바다로 나가 사도도沙都嶋(거제도)에 도착했는데, 그곳에서 〈반파〉가 독을 품고 주변국에 사납기 그지없이 대한다고 들었다. 이윽고 임무를 마친 모노노베가 작별을 고하니, 문귀가 고마워했다.

"그동안 여기까지 호위해 주시느라 고마웠소. 부디 무사히 귀국하길 바라겠소."

모모노베가 이끄는 야마토軍은 곧장 대사강帶沙江(섬진강)으로 나아갔고, 문귀는 따로 신라를 경유해 백제로 돌아갔다. 이때 모노노베가 대사강에서 6일 정도를 머물렀는데, 과연 반파의 병사들이 나타나 야마토군을 급습했다. 이들이 야마토군을 생포해 약탈을 일삼고 막사를 불태워 버렸는데, 모노노베 등이 용케 달아나 문모라汶慕羅 섬으로 숨어들었다. 그로부터 모노노베 일행이 백제軍에 의해 구조되기까지는 꼬박 1년의 시간이 흘러야 했다.

516년 5월, 백제의 무령왕이 왕경 전부前部의 군병들을 보내 기문에서 모노노베 일행을 맞이해 웅진으로 데려오게 했다. 무령왕이 이들을 위로하고 크게 포상했다.

"그간 얼마나 고생이 많았겠는가? 두려움 속에서도 용케 견뎌 냈으니, 참으로 대단한 일이다!"

그해 가을이 되자, 이번에는 반대로 무령왕이 장군 주리즉차州利卽次로 하여금 모노노베를 호송해 야마토까지 안전하게 귀국할 수 있도록 조치했다. 아울러 이때 또 다른 오경박사 한고안무漢高安茂를 데리고 가서, 그간 야마토에서 활약했던 단양이段楊爾와 교대하도록 했다. 이처럼 백제와 야마토 간의 협조와 교류가 상당히 긴밀하게 이루어진 것은, 고구려로 인해 반도의 북쪽 진출은 물론, 〈요서백제〉의 경영마저 막히게 된 무령왕이 반대로 동남쪽의 가야 및 열도에서 돌파구를 찾고자 하는 남선南先정책으로 돌아선 탓이었을 것이다.

무령왕 21년 되던 521년 11월, 왕이 〈남제〉의 뒤를 이은 신흥왕조 〈양梁〉나라에 사신을 보내 조공했다. 무령왕이 이때 梁을 건국한 시조 소연蕭衍(고조)에게 따로 다음과 같은 내용의 표문을 올렸다.

"아국我國(백제)이 여러 번 고구려를 격파함으로써 비로소 그들과 우호 관계를 맺고 다시 강국이 되었습니다!"

고구려는 〈양〉나라의 원수인 하북의 〈북위〉와 동맹관계였으니, 백제가 고구려와 전쟁을 마다하지 않은 것을 공으로 내세웠던 것이다. 이에 양梁의 고조高祖(502~549년)가 무령왕에게 〈사지절도독백제제군사영동寧東대장군〉이라는 관작을 주었는데, 이는 선왕先王인 동성왕이 490년 〈남제〉로부터 받은 〈진동대장군백제왕百濟王〉에 또 하나의 관작을 더해 준 셈이었다. 이때 梁나라 고조의 아들 소역蕭繹이 당시 양나라로 조공을 온 외국 사신들의 모습을 그림으로 그려 《양직공도梁職工圖》라는 유명한 화첩을 남겼다. 바로 이 그림에 고구려, 백제, 신라 三國은 물론 倭국 사신의 모습이 그려져 오늘날까지 전해졌다. 특히 그림의 한쪽에 백제 사신에 대한 설명 〈백제국사百濟國使〉를 곁들여 기록했는데 백제의 역사 및 풍습 등에 대한 간략한 설명이지만, 매우 중요한 내용을 담고 있었다.

"백제百濟는 옛날 〈래이來夷〉로 〈(중)마한馬韓〉의 속국이다. 〈(동)진晉〉 말년에 고구려가 요동과 낙랑을 취해 다스리자, 백제도 요서遼西 진평현晉平縣을 취했는데, 진晉 이래로 늘 조공했다. 의회 연간에 여전餘腆(전지왕)이, 송宋 원가 연간에 여비餘毗(비유왕)가, (남)제齊 영명 연간에 여태餘太(동성왕)가 모두 중국으로부터 관작을 받았다. 양梁초에 여태를 정동征東장군으로 삼았는데 고구려를 침공해 무찔렀다. 보통 2년에 여융餘隆(무령왕)이 사신을 보내 표表를 올려 말하길 고구려를 누차 무찔렀다고 했다.

치성治城을 고마固麻라 하고, 소위 읍邑을 〈담로檐魯〉라 하는데 이는 중국의 군현郡縣과 같다. 22개 담로가 있어 왕의 자제 등 존속들에게 나누어 다스렸다. 주변의 소국인 반파叛波, 탁卓, 다라多羅, 전라前羅, 사라斯羅, 지미止迷, 마련麻連, 상사문上巳文, 하침라下枕羅 등이 부용하고 있다.

언어와 의복은 대체로 고구려와 같으나, 거동할 때 양손을 맞잡고

절할 때 다리를 펴지 않는다. 모자를 관冠, 저고리를 복삼複衫, 바지를 곤褌이라 한다. 그 말에는 중국말도 있는데 진한秦韓의 습속에서 유래한 것이다."

우선, 〈백제〉가 산동 일대 〈래이來夷〉의 후예라 한 것은 시사하는 바가 매우 크다. 일찍이 BC 7세기 춘추시대 때 제齊환공에 의해 멸망했던 래이의 후예들이 이후 북상해 후일 요동의 낙랑 지역, 즉 中마한 馬韓의 주체가 된 것으로 해석되기 때문이었다. 아울러 발해만을 낀 옛 창해(예맥조선) 지역에 있던 〈요서백제〉의 존재와 더불어, 한반도로 이주해 간 〈서부여〉 출신 여餘씨 왕들의 이름이 줄줄이 등장함으로써, 후기 〈백제〉의 왕통이 전기 온조溫祚 계열의 해解씨 왕조와 다르다는 것을 분명히 나타내고 있었다.

그러나, 이 가운데 백제에 부용하는 나라들을 소개한 부분은 대단히 과장된 것이었다. 특히 〈신라(사라)〉는 물론, 반파, 탁, 다라, 전라는 오히려 백제가 아닌 신라의 부용국에 가까웠다. 당시 〈나제동맹〉이 유지되고 있어 〈신라〉의 법흥왕도 이때 백제의 사신을 따라 신라의 사신을 〈양梁〉나라에 보냈다. 그런데 신라의 사신이 중국어를 구사할 줄 모르는 데다, 중원과의 외교에 낯설다 보니 백제 사신에 크게 의존할 수밖에 없었다. 일설에는 이때 신라를 대신해 통역을 해 주던 백제의 사신이 한반도 내 백제의 위세를 과장하기 위해, 신라를 포함한 주변국 모두가 자신들의 속국인 양 거짓을 늘어놓은 탓에 그런 기록이 남게 되었다고도 했다. 충분히 가능한 얘기였다.

그 후 523년 2월, 무령왕이 친히 한성漢城까지 나가, 좌평 인우因友, 달솔 사오沙烏 등에게 명하였다.

"漢水 이북에 있는 주군의 백성 중에서 15세 이상에 해당하는 사람들을 징발해 쌍현성雙峴城을 쌓도록 하라!"

그렇게 무령왕이 고구려에 대한 경계를 강화하는 조치를 취한 다음, 3월에 환궁했는데 5월에 이르러 갑작스레 붕하고 말았다. 재위 23년 만이었고, 62세의 나이였다.

무령왕의 시대에 백제는 북쪽으로 고구려에 대항해 맞서 싸움으로써 대방의 옛 땅을 수복하고, 남으로는 〈야마토〉에 힘입어 대마의 임나 4현과 〈대가야〉가 장악하고 있던 남해안 일대의 섬진강 하구 일부를 편입시키는 데도 성공했다. 이처럼 열도로 향하는 해상교통로 등을 확장한 것이야말로 백제와 열도의 교류를 크게 확대시키는 계기가 되었고, 이 또한 야마토가 원하는 바였을 것이다. 이로 미루어 분명히 그의 시대는 북방이나 대륙보다는, 남방의 친야마토 정책으로 선회한 것이 틀림없었다.

한편으로 석연치 않았던 그의 즉위와 함께 선왕인 동성대왕이 혼신을 다해 확보했던 요서의 백제군을 지켜 내지 못하고, 쉽사리 〈고구려〉에 내주고 만 것은 무령왕의 뼈아픈 과오이자 왕이 지닌 통치 능력의 한계였을 것이다. 어쩌면 선대에 대륙을 오가는 대규모 전쟁에 지친 나머지, 많은 백제의 신민들이 대국과의 충돌을 피하려는 무령왕을 더욱 지지했을 가능성도 커 보였다.

대륙에서의 무한경쟁과 요서백제의 경영에 자신이 없던 무령왕으로서는 남방으로 시야를 돌리는 남선南先정책을 통해, 선대에 악화되었던 야마토와의 관계를 정상화시키고 내치에 주력함으로써 왕실의 안정을 도모하려 했던 것이다. 어쨌든 선대와 달리 그의 재위 시에는 가능한 전쟁을 피하고 내실을 기하는 작은 정치를 통해, 그 어느 때보다도 안정된 나라를 후대 왕에게 물려줄 수 있게 되었다. 이로써 〈백제〉 왕실에서 실로 오랜만에 부자父子간 왕위계승이 정상적으로 이루어질 것으로 기대되고 있었다.

동쪽의 〈신라〉에서도 500년 11월, 소지마립간의 뒤를 이어 부군副君인 지도로智度路가 왕위를 이어받았으니 지증智證마립간이었다. 부친은 습보習宝 갈문왕이고, 모친은 눌지왕의 딸 조생鳥生부인이었다. 삼궁三宮을 두었고, 모량牟梁의 딸인 연제蓮帝를 上宮으로 하였으니, 임나왕녀 보미寶美 계열이었다. 소지왕이 전군殿君이던 시절부터 두 사람이 궁 안에서 늘 붙어 다녔고, 딸인 후황厚凰이 왕의 총애를 독차지했던 天宮이었기에 왕의 장인으로서 소지왕의 유지를 받들어 왕위에 오른 것이었다.

지증왕은 큰 신체에 과묵한 데다 의지가 굳고 담력이 뛰어났다고 했다. 그래서인지 눌지왕의 손녀인 연제后 또한 7척 5촌의 큰 키였다. 이듬해 3월 소지왕을 후황의 능묘인 이동천궁릉伊同天宮陵에 장사 지내주었는데, 소지왕의 유지에 따라 이후로 순장殉葬을 금하게 했다. 종전에는 국왕이 상을 당하면 남녀 5명씩을 순장했으나, 이때 이르러 비로소 이를 금지시킨 것이었으니 의미 있는 변화였다. 그해 4월 연제후가 모진을 태자로 삼을 것을 논하게 했으나 왕이 이를 거부했다.

"불가하다. 내 딸과의 약속을 어기는 것이다."

당시 이미 죽은 후황의 아들 분종芬宗이 소지왕의 태자로 있었기에, 지증왕이 자신의 외손이기도 한 분종을 구태여 바꾸려 들지 않았던 것이다. 그러자 연제후가 분노해 왕을 추궁하며 악담을 늘어놓았다.

"대왕의 사위인 분종이 장차 대왕의 제사를 지내게 할 것입니까?"

왕과 연제후의 딸인 보인普仁이 분종의 태자비였기에 친아들인 모진을 굳이 제치려는 이유가 무엇이냐고 따진 것이었다. 지증왕이 할 말이 없어 전전긍긍하다가 끝내 분종을 폐했고, 그러자 이번에는 딸인 보인이 울면서 모후인 연제后를 찾아 하소연했다.

"제 남편이 무슨 죄가 있어 폐하려 하시는 것입니까? 흑흑……"

그러자 연후가 의미 가득한 미소를 지어 보이며 답했다.

"네 남편이 어찌 분종 하나여야만 하겠느냐?"

"……."

결국 신하들의 청원으로 모진慕珍을 일찌감치 태자로 올리고, 분종을 전군殿君으로 삼았다. 모진의 나이 22세였다.

그해 아라군阿羅君 소뇌인小磊人이 병으로 죽자, 팔해八海가 女君이 되어 성명聖明을 남편으로 삼았다. 지증왕이 〈고자古自〉(소가야)를 수문水門으로 삼아 순도順都를 고자君으로 올리고, 발호發胡를 그 처로 삼게 했다. 감국을 폐지하고, 고자의 군사는 君의 소속으로 두게 했다. 이로써 〈아라가야〉와 〈소가야〉가 사실상 신라에 병합된 셈이었다. 그 무렵에 지증왕이 용궁龍宮을 보수한 다음, 다시금 〈해궁海宮〉으로 부르게 했다. 그해 501년 부여(백제)에서는 모대牟大 동성대왕이 신하에게 살해되어 사마(무령왕)가 왕위를 이었는데, 아진종을 백제로 보내 조문하게 했다.

이듬해 502년, 지증왕이 후도厚都를 불러 명하였다.

"주군州郡을 두루 돌아보도록 하고, 각 주군의 主에게 칙령을 내려 농잠農蠶과 우경牛耕을 장려토록 하라!"

당시 신라의 풍속에 어미 소(牛)를 중요시 여겨 농사일을 시키지 않았다. 그런데 이때 이르러 어미 소에게도 일을 시키면서 소를 밭 가는 데 이용하게 하니, 신라에서도 이즈음부터 본격적으로 우경이 시작된 셈이었다.

그해 4월이 되자, 대신들이 진골정통眞骨正統을 태자비로 삼을 것을 논하여, 궁인 보도保道를 태자비로 삼고 도산桃山에서 길례를 갖게 했다. 보도는 소지왕의 딸로 어머니는 바로 조생의 딸 선혜善兮였다. 선혜가 묘심과 사통해 죄를 짓고 대묘大廟에 유폐되었는데, 모진 태자와 다시 사통해 아들 부군浮君을 낳고는 태자비의 어미 신분으로 화려하게 돌아온 것이었다.

8월이 되자, 지증왕이 태자의 사신私臣인 위화에게 명을 내려 태자 모진을 위해 남도南桃에서 가배제嘉俳祭를 지내게 했다. 이때 우림군羽林軍이 보무도 당당히 행진하며 나아가게 하니, 그 의장 행렬이 자못 성대해 구경꾼이 일만 명이나 되었다.

"우와, 우림군이 멋있다. 행진이 정말 볼만하네!"

이어서 남도에서 다시 월가를 행하는 한편, 10월에는 선도仙徒들이 벽화碧花를 원화源花로 받드는 가운데 명활산에서 〈백양대제白羊大祭〉를 지냈다. 모진태자가 이때 16세의 미소년인 위화魏花를 '화랑花郎'으로 삼았는데, 신라 최초의 일이었다. 그날 꽃잎이 바람에 흩날리고, 누런 고니가 울며 날아왔다고 한다.

〈금관〉에서는 숙희淑姬가 겸지鉗知의 아들 구해仇亥를 낳았는데, 후일 이 아이가 금관가야의 마지막 王이 되었다. 이듬해 503년 여름이 되자 마침 부여(백제)에서 무령왕의 사신이 입조해, 명주明珠와 보마寶馬를 공물로 바쳐왔다. 그 전에 무령왕의 즉위를 축하하기 위해 비황翡鳳의 딸 요황瑤鳳을 백제로 보냈는데, 이때 요황이 사마(무령왕)의 아들을 낳았다는 낭보를 전해 온 것이었다. 지증왕이 주위에 명을 내렸다.

"사마에게 흰 구슬 7쌍을 보내도록 하고, 비황이 손주를 보고 싶어 한다니 부여로 들어갈 것을 허락하노라."

8월에는 〈천대天臺〉를 신설했는데, 필시 천문관측을 담당하는 관청으로 보였다. 10월이 되자 여러 신하들이 왕에게 간했다.

"시조께서 개국하신 이래 국명國名이 일정치 않아 사라斯羅라고도 하고, 혹은 사로斯盧, 또는 신라新羅라고도 했습니다. 신들이 생각하건대 〈新〉은 덕업이 날로 새로워지라는 뜻이요, 〈羅〉는 사방을 망라하라는 뜻이니 〈신라新羅〉를 나라 이름으로 삼는 것이 마땅합니다."

그러나 이는 후대에 〈신라〉라는 국호에 보다 좋은 의미를 부여하기 위해 소위 '덕업일신德業日新, 망라사방網羅四方'이라는 통일된 개념을 덧붙인 것으로 보였다. 실제로는 그다음 달 남쪽 교외에서 대장大場을 열었는데, 이때 천대박사博士 등이 말했다고 한다.

"우리나라는 신방神邦에 자리하고 있으니, 新羅라고 국호를 정한 것이 마땅하며, 왕과 왕후 또한 신제神帝와 신후神后로 불러야 할 것입니다."

이 말을 들은 이흔伊欣이 옳다고 생각해 왕에게 상주했고, 그리하여 10월에 알천 위에 단壇을 쌓고, 그 위에서 〈제帝〉의 호號를 받는 의식을 거행했다. 이로써 〈신라〉도 지증왕 4년째 되던 503년부터 비로소 칭제를 하기 시작했으니, 지증대제智證大帝였다.

〈신라〉의 칭제는 대내외적으로 여러 가지 큰 의미를 지닌 것이었다. 그때까지 대륙 북방의 강자 고구려의 속국이기도 했고, 한때는 야마토까지 上國으로 대우하며 인질을 보내던 시절도 있었다. 그러나 이제 지증왕이 칭제를 함으로써 고구려와 야마토大倭에 당당하게 맞서서, 그 어느 나라에도 굴종하지 않는 자주독립국임을 대내외에 선포한 셈이었다. 북방의 전투적 기질을 지닌 내물마립간이 등장한 이래 5代째에 이르러 가능해진 일이었다.

지증대제가 이를 기념하고 주변에 널리 알리고자 잔치를 열어 술을 내리는 한편, 나라의 죄수들을 풀어 주는 大사면령을 내렸다. 또한

帝와 神后가 나라 안을 두루 순행하며 백성들을 구휼했다. 그해 11월 이 되자 帝의 장모인 모량牟梁부인이 사망해 后의 예로 장사 지냈는데, 대원신통의 원조元祖 격인 보미寶美부인과 눌지마립간의 딸이었다. 모진 태자의 여동생인 보현普賢공주를 제주祭主로 삼고, 모량宮을 세워 〈대원신통大元神統〉을 잇게 했다. 后가 태자에게 명하여 감국監國의 일을 맡아보게 했다.

신라에서는 그 후 이듬해 504년에도 〈상복법喪服法〉을 제정해 널리 시행되도록 했다. 뿐만 아니라, 9월부터는 역부役夫들을 징발해서 파리波里(강원삼척), 미실彌實(경북흥해), 진덕珍德, 골화骨火(경북영천) 등 주로 동해안 일대에 무려 12개의 城을 쌓게 했으니, 지증제 또한 축성작업에 엄청난 공을 들인 셈이었다. 그 와중에 신라에 강성한 무풍武風을 일으키고 젊은 시절 각종 전장에서 눈부신 활약을 펼치며 시대를 풍미했던 신라의 영웅들이 나이가 들어 차례대로 세상을 떠나갔다. 덕지德智와 벌지伐智 형제에 이어, 帝를 질시했다가 帝의 바다와 같은 포용력으로 각간에 중용되었던 비기毗己가 바로 그들이었다.

지증 6년째 되던 505년, 帝가 아우인 아진종에게 명을 하나 내렸다.

"네가 주군현州郡縣의 경계를 정하도록 하라!"

이에 아진종이 명을 받들자, 帝가 친히 각 州, 郡, 縣의 이름을 지었으니, 지방행정 체제를 개편한 것이었다. 당시 '군사軍事는 이사부, 정사政事는 아진종'이라는 말이 나돌 정도로 지증제는 두 사람에게 크게 의지했다.

이 밖에도 관리들을 시켜 처음으로 석빙고石氷庫(얼음창고)를 만들게 하고, 선박을 이용함에 있어서도 노(주즙舟楫)의 이로움을 널리 알려 강이나 바다에서 도움이 되게 했다. 509년에도 경도에 동시東市를 열어 물건들을 교환하고 판매가 이루어지도록 했다. 이처럼 지증대제 재위 초기에 여러 개혁조치들이 한꺼번에 시행된 것으로 미루어, 이는 先王 때부터 부군으로 오래 정사를 보면서 느꼈던 점을 스스로 왕위에 올라 이행한 것으로 보였다.

그 무렵 지증제가 수로장군 박이종朴伊宗을 실직군사로 삼고 동시에 동북로東北路군사를 총괄하도록 했다. 이종은 내물왕의 후손으로 모친은 백제 혈통이었다. 뛰어난 지략을 지닌 데다 공로가 많았기에 태자가 특별히 작위를 더해 주었고, 이종이 직접 입궐해 부절符節을 받아 갔다. 506년 여름에는 〈대가야〉의 성국誠國이 병을 앓다가 죽어, 청엽靑鱲여왕이 대가야의 18대 왕위에 올랐다.

이듬해 507년에는 20명의 택사宅師들이 모여 〈별동선원別洞仙院〉과 〈구요궁九曜宮〉을 짓는 것을 감독했다. 구요궁은 해와 달, 북두칠성을 상징하는 궁궐로 저마다 색깔이 다른 9개의 전각으로 이루어져 화려함과 장엄함을 뽐냈다. 帝가 즉위한 이래로 전쟁이 사라지면서, 더욱 풍요로운 시대를 맞이하는 모습이었다. 508년에는 지증제가 새로운 명을 내렸으니 후사를 튼튼히 하기 위함이었다.

"이제부터는 태자를 부군副君으로 삼을 것이니, 태자는 직접 군국대정軍國大政을 맡아 보라!"

그해 〈운제수궁雲梯水宮〉과 〈삼성전三聖殿〉이, 이듬해에는 〈별동선원〉과 〈고왕궁皐王宮〉이 완공되었다. 그 무렵 4곳의 산에 우리를 놓아 50마리의 범을 잡은 다음 그 가죽을 여러 선원仙院에 나누어 주었으니, 신라에서는 여전히 전통신앙인 仙道가 생활의 중심에 뿌리 깊게 자리했음을 알 수 있었다.

511년 무렵이 되자, 제의 아우들인 지불로智弗路, 지세로智世路에 이어 아진종阿珍宗이 차례로 나이가 들어 죽었고, 이찬 보기宝器도 죽어 모두 각간의 예로 장사 지내 주었다. 특별히 위화魏花에게 아찬阿飡의 작위를 더해 주었는데, 연제后의 행신倖臣(총신)이 되어 帝와 태자의 총애를 받다 보니 왕궁을 드나들고 기거하는 것이 王公의 수준과 같을 지경이었다.

마침 그해 고구려에서 화친을 청해 왔는데, 호함好舍에게 명하여 후하게 사신들을 대우해 주기는 했어도 끝내 받아들이지는 못했다. 지증 13년 되던 512년 정월, 모진慕珍태자와 보도비保道妃가 진궁眞宮에서 조하朝賀를 받았다. 그해 3월, 〈옥장궁玉帳宮〉이 완성되었는데, 별동 선원의 선도들이 수년간 부역하여 지은 것이라 后와 위화가 선도들을 크게 대접하고 위로했다.

당시 宮을 평할 때 첫째가 구요궁이요, 다음이 운제수궁, 셋째가 고왕궁, 넷째를 옥장궁이라 했다고 한다. 그럼에도 옥장궁을 지을 때 물을 끌어들이고 산을 깎았으며, 규범을 크게 새겨 玉으로 메우고 金으로 정교하게 새겼다. 나라가 생긴 이래로 초유의 궁실이라 했다. 진귀한 새와 기이한 꽃들, 아름다운 풀들을 모아 놓은 정원이 조성되어 사람들이 마냥 즐거워했다. 신라 역사상 궁정을 짓고 꾸미는 기술이 최고조에 달한 모양이었으니, 평화로운 시대임이 틀림없었다.

그해 6월경, 아슬라주(강릉) 정동쪽 앞바다에서 순풍으로 이틀 걸리는 곳에 위치한 〈우산국于山國〉(울릉도)이 귀순해 오면서, 매년 토산물과 공물을 바치기로 했다. 우산은 사방 둘레가 1백 리 정도 되는 작은 섬나라인데, 뭍에서 멀리 떨어진 데다 지세가 험한 것을 믿고 교만하게 굴면서 조공을 거부해 왔다. 이에 帝가 아슬라 郡主 이찬 박이종에게 명해 군사를 거느리고 가서 우산국을 토벌하게 했다.

"우산인들이 우둔하면서도 사납기 그지없어 위세로 다루기는 어려울 것이다. 아무래도 특단의 계략을 써서 항복시켜야겠다……"

노련한 장수 이종이 궁리 끝에 나무로 커다란 허수아비 사자 여러 개를 만든 다음, 병선에 나누어 싣고 우산의 해안가에 당도했다. 얼마 후 이종이 목우사자木偶獅子들을 배 위에 올려놓고는 우산 사람들에게 위협을 가했다.

"모두들 항복하라! 만일 항복하지 않는다면 즉시 이 사나운 맹수들을 풀어 너희들을 밟아 죽이게 할 것이다."

과연 처음 보는 낯선 광경에 우산인들이 두려워하더니, 결국 스스로 항복을 했다. 당시 별동別洞의 선도들이 궁 짓는 일에 부역하면서 우산국에서 나는 기이한 재료를 필요로 했는데, 우산국이 이를 제공하기를 거부했고 이에 帝가 이종伊宗을 시켜 우산국을 토벌케 했던 것이다. 지증대제 시절, 이처럼 궁궐을 짓는 일에 크게 공을 들였다는 증거였다.

이듬해 513년, 선도들이 帝를 태상노제太上老帝 지증천왕智證天王으로 높이기로 하고, 태자와 신후에게 제호帝號를 올렸다. 그해 12월에는 분종을 백제로 보내 무령왕에게 《진경眞經》을 전수해 주도록 했다. 지증 15년이던 514년 정월, 신라 조정에서 중요한 발표가 있었다.

"아라阿羅(아라가야)를 소경小京으로 삼는다!"

전년도에 아륜阿崙과 팔국八國이 다툰다는 보고에 帝가 철부哲夫로 하여금 병사들을 거느리고 아라로 들어가게 했다. 그때 아륜과 팔명八明을 폐했는데, 이때 〈아라가야〉를 전격적으로 〈신라〉의 소경으로 편입시켜 버린 셈이었다. 7월에는 六部 및 남쪽 지방에 넉넉히 살고 있는 가문을 골라, 아라국阿羅國을 채우게 하고 도시의 면모를 갖추게 했다.

그런데 그 와중에 고령의 지증대제가 더위와 병으로 〈양궁凉宮〉에서 붕崩하고 말았다. 도량이 큰 데다 관대하고 인자했는데, 재위 초기에 많은 개혁조치는 물론, 축성에 공을 들인 부지런한 군주였다. 이제 큰 짐을 내려놓고 무위無爲로 돌아가니 사람들이 모두 애석하게 여겼다. 여러 제후들과 7國의 선도仙徒들이 모여 애도하니 일만 명이 넘을 정도였고, 춘추 78세였다.

단짝이던 소지왕보다 한 살 아래로 64세의 늦은 나이에 마립간에 올랐으나, 先王보다 14년을 더 살면서 천수를 누리고, 전쟁 없이 화평한 생활을 영위했으니 복이 많은 군주였다. 〈신라〉에서 처음으로 시호를 사용하고 당당하게 황제를 칭한 것은 물론, 궁실과 여러 전각을 지어 황제의 위상에 걸맞는 궁궐의 위용을 자랑함으로써 조정의 안녕을 굳건하게 했다.

태자 모진이 신후神后(연제)와 함께 즉시 즉위하여 나라 안에 사면령을 내리고, 백관들의 작위를 1급씩 올려 주었다. 새로이 지증릉을 조성해 지증대제의 장례를 치렀고, 여러 전군殿君(왕자)과 공주를 받들면서 벽화碧花를 天后로 보도保道를 地后로 삼았다. 주목되는 것은 마립간 시대에 이르러 왕들의 능陵을 거대하게 지었는데, 지증릉 이후로 거대 봉분을 만드는 능역 조성이 중단되었다. 어느덧 550년의 장구한 역사를 이어 온 신라 왕조에 또 다른 개혁의 바람이 불고 있었던 것이다.

5. 남북조의 쇠퇴

514년 3월 〈신라〉 구요궁에서는 태자이자 副君인 모진慕珍(원종原宗)이 지증천왕으로부터 선위를 받았다. 팔백전八白殿에 모인 선도仙徒들이 제호를 올려 금천대제金天大帝 법흥진왕法興眞王이라 했다. 연제천후蓮帝天后에게서 나라의 옥새를 전해 받으니, 여러 신하들이 산호만세를 불렀다. 帝의 나이 34세였는데, 그 후 7월에 지증대제가 붕하여 양궁凉宮에서 다시 의식을 행하고 진궁眞宮에서 즉위했다.

모후인 연제천후가 꿈에 백대마白大馬를 보고 帝를 낳았다는데, 지혜롭고 관후한 성격이라 사람들을 좋아했다. 특히 천문지리와 음양오행, 《진서眞書》와 《원경元經》에 능했고, 7척의 큰 키에 활쏘기와 말타기 등에도 통달했다. 중국에서는 법흥제의 성姓을 모慕씨라 한 것으로 보아, 帝는 선비 모용씨의 후예이자 金씨 마립간의 혈통임이 틀림없었다. 법흥제는 즉위하자마자 조칙을 내리고 인사를 단행했다.

"전군殿君 분종은 크나큰 인仁으로 내게 나라를 양보했기에 마땅히 정사를 돌보고 마음대로 명할 수 있는 임무를 맡기지 않을 수 없다."

이에 분종을 품주로 보인普仁을 조주로 삼고 철부哲夫를 호성장군으로 삼았다. 이어 벽화를 좌황후로 보도保道를 우황후로 하고, 삼부三夫전군을 태자로 삼은 다음, 위화랑魏花郎에게 대아찬의 작위를 내렸다. 그러나 얼마 지나지 않아 분종이 스스로 사직을 하여 수지守知와 보현普賢이 대신했다.

이듬해 515년 봄, 진궁眞宮을 중수重修했는데, 보도후가 구요궁에서 帝의 딸 지소只召공주를 낳았다. 516년에는 나라에 처음으로 〈병부령

兵部令〉을 설치해 중앙에서 국방 전체를 총괄하도록 지휘체계를 일원화했고, 철부와 패연沛淵을 병부령으로 삼았다. 7월에 이찬 실죽을 각간의 자리에 올려 군정을 집정토록하고, 아시阿時와 오도吾道를 품주와 조주祖主로 했다. 그해 11월, 〈백제〉가 조공을 바치며 아뢰었다.

"고구려가 양梁과 통교하여 남하하려 합니다."

이에 帝가 북로와 남로에 명하여 수륙으로 방어토록 하고 군복을 내렸다. 이듬해 묘왕妙王(연제)과 위화가 州郡의 선원仙院을 순찰하고 사냥을 했다.

법흥 5년째인 518년, 백종白宗에게 명을 내려 주산성株山城을 쌓게 했다. 그런데 10월이 되자 소지왕의 폐후廢后였던 선혜善兮궁주가 죽어 后의 예로 장례를 치렀다. 궁주의 어머니는 눌지왕의 딸 조생鳥生태후로 내숙乃宿과 사통해 낳았다. 궁주는 아름다웠으나 난을 일으켰던 묘심의 유혹에 빠져 끝내 궁에서 쫓겨나야 했다. 그래도 지도로가 포매胞妹인 선혜를 위해 애써준 덕에 소지왕이 그녀를 신궁神宮에 수감케 함으로써 목숨을 부지할 수 있었다.

그런데 帝가 태자 시절 모진궁에 있었을 때 궁주와 사통해, 아들 부군浮君을 낳고, 帝가 되어서는 일품 권처로 봉해 궁실과 노비를 내렸다. 또 帝가 궁주와 소지왕의 딸 보도를 右황후로 삼아 총애를 내리고는, 궁주로 하여금 황후의 직위를 회복시켜 주고자 했으나 궁주가 이를 수긍하지 않으며 말했다.

"첩은 폐하의 총첩寵妾으로 만족합니다. 어찌 다시 곤제坤帝로 돌아가겠습니까?"

그즈음 궁주의 나이 60세였는데, 마립간 시대 이래로 북방계 색채가 더욱 강해지면서 자신들만의 혈통 보존을 위한 족내혼族內婚의 풍습이 강화되는 가운데 일어난 일탈이었다. 선혜궁주 자신은 소지왕의 딸 보도를 통해 〈진골眞骨정통〉의 대를 잇게 한 여인이면서도, 그녀의 또 다른 딸 오도吾道와 외손녀인 옥진玉珍이 〈대원大圓신통〉을 잇게 되었으니, 그녀야말로 신라 황실 양대 혈통의 중심에 자리해 있던 절대 귀인이었다.

다음 해 519년 4월경, 〈(대)가야〉군주 성명聖明이 죽었다는 소식에 마대馬大를 보내 조위弔慰케 했다. 이후로 성명의 아우인 이뇌異腦가 나라를 독단으로 다스린다는 소문이 파다했다. 다음 달인 5월, 〈고구려〉에서는 태왕 라운(문자명제)이 사망해, 장자인 흥안興安(안장대제)이 23대 태왕의 보위에 올랐다. 안장제가 등골과 근육에 힘이 있는 데다, 능히 사람과 그 가족을 제어할 줄 알아 모두가 두려워했다. 이에 제가 고구려로 조문 사절을 보내 귀한 말馬을 바치고 화친을 청하게 했다.

그 무렵에 실죽實竹의 아들 주진朱珍을 병부랑으로 삼았는데, 굳세고 용맹한 데다 활을 잘 쏘았다. 그가 帝의 아우 입종立宗을 따라 남로를 순시하다가, 해상에서 큰바람을 만났음에도 능히 배를 안전하게 할 줄 알았다. 이에 입종이 주진을 추천하면서 말했다.

"바다와 육상 양쪽에 재주가 있는 인물이다. 오직 이 사람만을 크게 등용함이 옳다."

그해 9월에는 골문 47가문에 연곡年穀을 보내 주는 외에 황실 자녀에게 녹을 내리고 그 문중 땅을 보존토록 하여, 골품의 세업世業이 무너지지 않게 했다. 그 외 여러 집안은 진골眞骨은 〈宮〉이라 칭하고 선골仙骨은 〈종宗〉이라 했다. 47가문에는 가문마다 선원仙院의 신하를 두어 받들게 하니, 이들을 '택상宅相'이라 했다. 12월에는 별동선원에 〈진경재眞經齋〉를 설치했다. 그 무렵에 청명靑明이 〈대가야〉의 여왕인 청렴靑鑨을 토벌했다는 보고가 들어오자 법흥제가 태종苔宗 이사부異斯夫

에게 명을 내렸다.

"가야의 여군을 제압했다니, 태종은 지금 곧 가야로 들어가 청명에게 토벌활동을 중단하라 이르라!"

황족인 金이사부는 아진종의 아들로 법흥제와는 사촌지간이었다.

법흥 7년째 되던 520년 정월, 帝와 옥진이 海宮에서 조하朝賀를 받았는데, 이와는 별도로 묘왕(연제천후)과 진후眞后가 별동선원에서 조하를 받았다. 이렇게 양쪽에서 동시에 조하를 받다 보니 입장이 곤란해진 공경들 중에서 많은 이들이 신년 하례에 불참했고, 그 결과 뒷말이 무성하게 나왔다.

"위화와 옥진은 각각 帝와 后에게 배필인데, 왕의 骨과 法이 느슨하다!"

이 소문을 들은 옥진이 분노해 말했다.

"음양의 덕은 하나이다. 내 아버지는 모후에게 양陽의 배필이고 나는 帝에게 음陰의 배필이다. 그 공이 큰데 너희 신하들이 어찌 이를 업신여기는가?"

오도와 위화랑의 딸로 황실의 직계도 아닌 데다, 이제 겨우 16살에 불과한 옥진이 얼마나 당찬 여인인지를 알게 해 주는 대목이었다. 법흥제가 자극을 받았는지 위엄을 드러내면서 엄하게 명을 내렸다.

"선신仙臣을 다스리는 주요 인사들이 마음대로 전횡을 일삼는다는 증거다. 이번 신년 하례에 불참한 자들을 조사해, 전원 선원에서 죄를 기다리게 하라!"

그리고는 아시阿時와 천홍天紅을 품주와 조주로 삼았다. 아시가 각별하게 옥진에게 아첨을 잘해 모든 것을 옥진의 공으로 돌리니, 옥진이 기뻐하며 그에게 벼슬을 내렸기 때문이다. 그때 이르러 묘왕(연제태후)이 선신仙臣 47인을 발탁해 골문 47가家의 택상宅相으로 삼고 선정仙政을 주관토록 했는데, 오히려 선신의 발호가 이때부터 점점 심해졌다고 했다. 신라의 황실과 조정을 포함한 모든 지배층이 철저하게 仙道 중심으로 움직이던 시대로, 선도의 영향력이 그 절정에 달한 모습이었다.

그해 2월 새로운 율령을 제정하여 삼문三門에 반포하면서, 6部 사람의 복색과 장식을 정해 신분과 계급이 한눈에 구별되게 했다. 〈三門〉이란 '선문仙門과 골문骨門 및 6部'를 말함이니, 황실은 물론 조정대신들과 종교계 등 지도층 전체의 규율을 다잡고 기강을 세워 서로 월권하는 일이 없게끔 하려는 조치가 틀림없었다.

처음에 〈仙〉과 〈骨〉의 품계品階를 정하고, 다음으로 백관들로 하여금 붉은색과 자주색으로 규칙을 정해 만든 관복을 갖춰 입게 하니, 그야말로 장엄한 모습이 연출되었고, 이에 帝가 남도南桃에서 잔치를 열게 하고 술을 내렸다. 신하들 모두가 경하하며 말했다.

"삼대 이래 그야말로 처음 보는 훌륭한 광경입니다!"

三代란 '자비성왕, 소지명왕, 지증천왕'을 말하는 것이었으니, 모두가 마립간 시대를 일컫는 것이었다.

521년 4월, 〈(금관)가야〉군주 겸지鉗知가 죽어 삼흔森欣을 보내 조문케 했다. 5월에는 〈부여〉(백제)에 홍수가 나서 보융宝隆으로 하여금 웅진으로 가서 위로토록 명했다. 그런데 익월 6월이 되자, 법흥제가 모두가 깜짝 놀랄 만한 명령을 내렸다.

"우리가 오래도록 중원 등 대륙과의 교류가 없다 보니, 우물 안의 개구리 신세가 된 듯하다. 이에 선진 중원의 풍속과 문무文武제도를 두루 알아볼 필요가 있어 양梁나라와의 교류를 추진하려 한다. 수지守知, 마대馬大, 사충沙忠을 梁나라 사신으로 삼고자 하니, 사절단을 꾸려

133

출발을 서두르도록 하라!"

그러나 신라가 결정적으로 양梁과의 교류가 없던 데다 중국어도 잘 통하지 않았기에, 부득이 동맹인 백제에 의지해 그 사신을 따라 들어 가기로 했다. 신라 조정에서 이때 무려 56인이나 되는 대규모 사절단 을 꾸려 양梁나라로 향하게 했는데, 중원의 제도를 두루 알아 오는 한 편, 토산물을 바꾸어 들여오게 했다. 법흥제가 仙道를 기반으로 하는 三門의 기강이 크게 흐트러졌음을 깨닫고, 중원의 새로운 문물을 연 구해 개혁을 시도하려 한 것이었다.

바로 〈양〉나라 소역蕭繹이 각국에서 온 외교사절들의 모습을 《양직 공도》에 묘사했던 것이 이때의 일이었다. 당연히 사절단 파견에는 엄 청난 비용이 들었을 것이다. 따라서 그해 사신단 일원의 대부분은 귀 국했고, 다만 수지 외 1인은 〈양〉나라에 계속 남아서 중국어와 함께 중원의 문물과 제도를 더욱 익힌 다음, 2년 후에나 귀국했다. 문제는 그런 신라 사절들의 높은 기대를 저버린 채, 〈신라〉와 인근의 소국 모 두를 〈백제〉의 속국이라며 〈양梁〉나라를 속인 백제 사신의 어이없는 행동이었다. 그의 이런 치기 어린 외교적 결례는 결코 대수롭지 않은 일처럼 지나갈 리가 없었으니, 틀림없이 후일 〈나제동맹〉의 균열에도 일조했을 것이다.

그 무렵에 법흥제가 융취肜吹와 장군 이등伊登에게 명을 내렸다.
"그대들은 즉시 금관으로 들어가 구형을 군주로 세우도록 하라."
융취 등이 금관으로 들어가 구형仇衡을 군주로 세우게 하니, 금관 사람들은 구형의 서숙庶叔(배다른 숙부)을 세우려고 모의했다. 마침 같은 해 7월, 〈대가야〉에서도 여왕 청염이 그 왕위를 이뇌異腦에게 전 하고, 스스로 노왕老王이라 칭했다. 법흥제가 아산阿山에게 명하여 〈대가야〉로 가서 이뇌를 군주로 세우고, 작위를 더해 옷을 내려 주라 했다. 공교롭게도 이 해에 〈금관가야〉와 〈대가야〉 두 나라의 군주가 모두 교체되었던 것이다.

이때가 〈북위北魏〉는 숙종 원후元珝 7년, 〈양梁〉은 무제 소연蕭衍 20년, 〈고구려〉는 안장대제 흥안興安 3년, 〈백제〉는 무령대왕 21년, 〈금관가야〉는 구형왕 원년, 〈대가야〉는 이뇌왕 원년, 〈왜(야마토)〉는 계체천왕 13년의 일이었다.

그 무렵 계화桂花가 뒤늦게 죽은 금관가야왕 겸지鉗知의 아들 세종世宗을 낳았다. 법흥제가 계화로 하여금 금관으로 가서 구형의 妃가 되게 하고, 이등을 금관장군으로 삼았다. 이때 금관의 仙과 骨을 크게 혁신해 금관의 자주색 관복을 입는 자리에 신라인이 많이 등용되었다. 이로 미루어 아마도 신라 조정에서는 이때 이미 조만간 금관을 병합할 뜻을 지닌 듯했다.

마침 그즈음에 서쪽 백제와의 변경에서 보고가 들어왔다.

"아뢰오, 부여에 황충이 일어 그 피해가 극심하다고 합니다. 마침 부여의 백성 9백여 가家가 남녀를 인솔해 우리나라 국경으로 들어왔습니다."

이에 帝가 백흥苩興에게 명해 이들을 맞이하라 이르고, 나라 안의 빈 땅에 살도록 했다.

얼마 후, 보옥宝玉 공주가 죽어 일품 권처의 예로 장례를 치르게 했는데, 공주는 개로왕의 딸로 비처(소지)와 지증에 이어 帝까지도 섬겼고 모두에게 총애가 있었다. 보옥이 帝의 아우 아진종과의 사이에서 얻은 아들 태종苔宗(이사부)이 밖에서는 장수요, 안에서는 재상이니 나라의 기둥이 되었다. 帝가 친히 그 장례에 왕림해 옷을 벗어 무덤구

덩이에 넣어 주는 의식을 통해 그녀를 보내 주었다.

북방의 〈고구려〉에서는 519년 정월, 태왕(문자명제)이 위중해 하
례를 취소했다. 황태자 흥안이 용산에서 신명께 태왕의 호전을 빌었
으나, 전위를 해야 한다는 명에 급히 (험독)평양으로 환궁해, 백웅궁白
熊宮 신단루神壇樓에서 즉위식을 거행했다. 모후인 연흡황후淵洽皇后가
황태자에게 무릎을 꿇고 새보璽寶를 바치며 말했다.
"조종祖宗의 대업을 이어 나라와 백성들을 편안하게 하고, 수황壽皇
의 정목政目들을 어기지 마소서!"
수황의 정목이란 8가지 주요정사 즉, "식食, 화貨, 사祀, 사공司空, 사
도司徒, 사구司寇, 빈賓, 사師"를 돌봄에 있어 지켜야 할 항목으로, 장수대
제가 후대를 위해 정해 놓은 사항들이었다. 이에 황태자가 엎드려 새
보를 받았고, 하늘에 맹세했다.
"삼가 마땅히 가르치신 것과 같이 따르겠습니다."
이렇게 라운의 장남인 흥안興安이 23대 태왕의 자리에 올랐으니, 안
장대제安藏大帝였다. 부황을 태상황으로, 모후 연후를 태상황후로 높이
고, 배다른 아우 보연宝延을 황태자로, 덕양德陽공주를 황태자비로 삼
았다. 2월 초하루 상황인 라운羅雲 문자명제文咨明帝(명치대제明治大帝)
가 황극전皇極殿 침소에서 58세의 나이로 숨을 거두었고, 다음 달 장수
대제의 능으로 보이는 黃山의 장릉長陵 곁에 장사 지냈다. 이때부터 연
淵태후가 음식을 끊고 태왕이 말려도 듣지 않더니 끝내 문자명제를 따
라 죽어 帝의 광혈에 장사 지냈는데, 춘추 일흔이었다.
안장제는 황릇태자의 딸인 모친 연태후로부터 엄하게 교육을 받고
자라 예의를 익혔고, 학문을 좋아했다. 그런 연유로 욱호旭好태후가 자
신의 아들 음陰태자로 동궁을 바꾸려 애썼지만 뜻을 이루지 못했다.

이미 중년의 나이인 43살에 보위에 오른 것이었고, 연호를 〈안장安藏〉으로 바꾸었다. 28인의 후궁들을 내보내 선제의 곁을 지키게 했고, 애모하던 하양궁河陽宮을 이때 비로소 거두었다.

당시 〈북위〉에서도 조문 사절이 다녀갔는데, 명제 원후元詡가 이제 열 살이라 모후인 호胡태후가 섭정을 하고 있었으나, 여러 총신들을 거느리고 음란한 데다 실정까지 일삼다 보니 조정이 어지러웠다. 안장제가 장수대제의 존호를 고조효무황제高祖孝武皇帝로 하는 등 몇몇 조상들에게 중국식 시호를 추존했는데, 유도의 영향이 점점 커지는 듯했다. 〈수경원修鏡院〉에 태학사太學士를 두고 《대경代鏡》과 《유기留記》 및 《비명碑銘》을 찬수케 하여 선제들의 공덕을 드러내게 했는데, 특별히 그림에 뛰어났던 태왕이 친히 추모경을 그리기까지 했다.

초운楚雲공주를 황후로 삼고, 이미 아우 보연을 황태자로 삼았기에 장남인 황자皇子 각恪은 漢王에 봉했다. 좌보 호용好勇이 〈3后 5妃〉를 두어 후사를 널리 퍼뜨리는 광사지계廣嗣之計를 따를 것을 간하자 사양하며 답했다.

"내가 타고난 체질이 좀 약하니 여색이 반갑지 않소. 잠시 수년을 기다렸다가 편안해지거든 갖출 것이오."

7월에 〈남제〉를 멸망시키고 〈양梁〉나라를 건국한 태조 소연蕭衍이 사신을 보내와 부의와 의약, 복서卜筮(점책), 악기 등을 바쳐왔다. 태왕이 명을 내렸다.

"복서와 악기는 내 알 바가 아니나, 의약만은 약원藥院으로 내려보내 그 효험을 가려 보게 하라."

다음 달, 융隆태자 등을 〈양梁〉으로 보내 답례하고 명의를 구해 오라 했더니, 과연 梁태조가 사람을 보내 주었다. 공교롭게도 그때 양나라 사신이 북위의 水군에 잡혀 낙양으로 보내졌다는 소식에, 태왕이 북위의 숙종 탁발후詡에게 사람을 보내 석방토록 했다. 일설에는 그때 〈양〉과 〈북위〉가 안장대제에게 각각 다른 명칭의 관작을 보내왔다니, 그렇다면 새로 즉위한 고구려 태왕에게 남북조의 양대 황실에서 관작 수여 경쟁을 한 것이나 다름없는 일이었다.

520년, 태왕이 홀본에 가서 조상에 제를 올리러 가는 길에 황태자에게 명하여 정사를 대행하게 했다. 그런데 이때 황태자 보연이 동관궁肜管宮 학사學士 양梁씨를 동궁사인東宮舍人으로 삼고는 정무를 보게 했다. 양씨는 수경원修鏡院 학사 연학淵學의 처였는데, 미모를 갖추고 영민한 데다 문장과 셈법에 능해 동궁이 누차 그녀를 불러들여 즐기다가 아이까지 갖게 되었다.

7월에는, 관箱태자에게 명을 내려 〈장수〉와 〈명치〉 양 代의 《성경聖鏡》 7백 권을 찬수토록 했는데, 태왕이 친히 권두의 그림을 그려 넣었다. 그해 10월, 선황先皇의 명에 따라 〈9경卿 5관館〉을 두는 행정개혁을 단행했다. 9경은 〈대부大府(창고, 재정), 소부小府(영선), 비부祕府(새보, 옥책), 태상太常(제향), 사재司宰(연회), 위위衛慰(호위, 소금), 태복太僕(사냥), 홍로鴻臚(예빈), 사농司農(권농)〉으로 주로 궁정의 여러 일들을 담당하며, 경卿 아래로 소경小卿 2인씩을 두었다. 5관에는 〈효현孝賢(효 교육), 한림翰林(문장), 국사國射(무술), 사역司譯(통역), 군기軍器(병기, 조선)〉로 각 관館마다 대부大夫 아래 2인의 낭중郎中을 두었다. 이역시 대부분의 관직명을 중국식으로 교체한 것으로 보였다.

그 무렵에 〈북위〉의 서쪽에 위치한 〈유연柔然〉왕 욱구려아나괴郁久閭阿那瓌가 시발示發에게 패해 북위로 달아났다. 명제 원후가 기병 2천을 내주어 아나괴를 보호하는 한편, 이후로도 1만 5천의 군병을 아나괴에게 딸려 보내 국경까지 보내 주었다. 그러나 이듬해 521년, 〈유연〉에서는 아나괴의 종형인 파라문婆羅門이 시발을 무너뜨리고 스스로 보위에 올랐다. 아나괴는 별수 없이 나라 밖에서 떠도는 신세가 되어야 했다.

그해 8월 〈유연〉이 그 서쪽 금산金山(알타이산) 일대의 〈고차高車〉와 서로 전쟁을 했는데, 아나괴는 적석산磧石山 동쪽에, 파라문은 서쪽 청해青海 일대에 자리했다. 아나괴가 이때 〈북위〉에 다시금 군병을 요청하자, 명제가 해천奚川 땅에 자리 잡게 도와주었다. 522년 〈고차〉왕 이복伊匐이 〈유연〉에 패하자, 이복의 아우 흉거가 이복을 죽이고 보위에 올랐다. 12월이 되자 〈유연〉의 파라문이 〈북위〉와의 전쟁에서 패해 사로잡혔고, 끝내 낙양으로 보내졌다.

안장 3년이던 521년에는 〈해奚〉왕 두출枑出이 사신을 보내 토산물을 바치고 청혼을 해 왔다. 그는 우문宇文씨 광공廣公의 후예였다. 경총대부 관瓘태자에게 일을 맡기자, 태왕의 동모(연후)형 발원공跋元公의 딸 호죽好竹을 공주로 봉해 보내 주었다. 7월에는 동궁의 사인舍人(비서) 양梁씨를 4품 동궁대부로 삼고, 의신義臣이라는 이름을 내려 주었다. 양의신은 〈내한원內翰院〉 제교提教로 있다가 동궁의 총애를 받아 사인이 되더니, 끝내 태왕의 총애까지 얻어 내 대부의 자리에까지 오른 입지전적인 여인이 되었다. 태왕이 양의신에 대해 동궁에게 말했다.

"의신은 후일 여자 시중侍中으로 삼을 만하니, 자네는 마땅히 크게 써야 할 것이야."

그해 〈백제〉에서는 큰 홍수가 진 데 이어 가을엔 황충이 일어 천여 호에 이르는 굶주린 백성들이 〈신라〉로 들어갔다. 〈금관가야〉에서는 겸지왕이 죽어 그 아들 구형이 즉위했다.

523년 2월 〈백제〉의 무령왕이 친히 한성漢城으로 올라가더니 한수 북쪽의 백성들을 동원해 쌍현성雙峴城을 쌓게 했는데, 장차 〈고구려〉의 침공에 대비하기 위한 것이었다. 무령왕이 이때 사오의 처 백씁씨를 거둔 다음 3월경 환도했는데, 왕후인 연후燕后가 백씨를 투기하기 시작했다. 그 와중에 5월이 되자 연후가 끝내 무령왕을 독살하는 황망한 일이 벌어지고 말았는데, 재위 23년 만의 일이었다. 무령왕의 서자로 태자의 자리에 있던 명농明穠이 왕위에 올랐는데, 부친이 독살된 사실을 끝내 밝히지 않았으니 그가 바로 성왕聖王이었다. 고구려 조정으로 속보가 날아들었다.

"아뢰오, 백제의 사마왕이 죽어 그 아들 명농이 들어섰다 하옵니다!"

보고를 받은 안장대제가 기회를 놓치지 않고, 장군 고노高老와 복정卜正에게 명을 내려 〈백제〉를 치게 했다. 이에 백제의 죄를 묻겠다는 명분으로 고구려軍이 한수를 넘어 남쪽으로 침공해, 백제가 얼마 전에 쌓은 쌍현성을 무너뜨렸다. 〈백제〉에서도 장군 지충志忠이 출정해 금천金川에서 일전을 벌였으나, 고구려군에 대패했고 남녀 1만 명이나 포로가 되고 말았다.

〈금천전투〉에서 패했다는 소식에 〈백제〉의 성왕이 재빨리 연희燕喜를 고구려로 보내, 명마와 미녀를 바치면서 신하의 도리를 저버린 것을 사죄했다. 이에 대해 고구려 조정에서는 성왕에게 입조할 것을 요구했으나, 그 무렵 고구려에서도 큰 가뭄이 덮쳐 기우제를 지낼 정도였기에 전쟁을 마무리하기로 했다. 포로로 잡은 여인네들은 군사들에게 나누어 주어 첩으로 삼게 했고, 남정네들은 개마蓋馬(한반도 북부)로 이주시켜 여러 수守자리에 배치케 했다. 10월에는 곡식이 영글지 않아 결국 관리들을 내보내 창고를 열고, 가축이 없는 백성들을 구휼하게 했다.

같은 해에 〈북위〉 조정에서도 사달이 났다. 〈유연〉에도 2년에 걸쳐 연달아 큰 기근이 들이닥쳤는데, 그 전년도에 위魏로부터 좁쌀 1만 석을 이미 지원받았다. 유연王 아나괴가 그해에 또다시 1만 석을 구하고자 사자를 魏로 보냈다. 그런데 그 무렵 원차元叉가 胡태후와 놀아났던 원역을 제거한 다음, 호태후를 옥에 가둔 채로 정사에 이용하고 있었다.

소식을 들은 아나괴가 이때다 싶어 원차를 토벌해 주겠노라는 핑계로, 30만 병력을 이끌고 남하해 魏의 옛 도성 평성平城에 다다랐다. 아나괴는 위의 백성들에게 실컷 약탈을 자행한 다음, 수십만에 이르는 소와 양을 빼앗아 유유히 유연으로 되돌아갔다. 화들짝 놀란 〈북위〉에서 이숭李崇을 내보내 아나괴를 추격케 했으나, 발 빠른 유연軍을 놓쳐 빈손으로 회군해야 했다.

524년 2월, 〈고구려〉의 순恂태자가 〈북위〉로 가서 화양華陽공주와 혼인을 하고 돌아왔는데, 그녀는 선무제 원각元恪과 유폐된 胡태후의 딸이었다. 순태자가 그때 장모인 호태후가 유폐된 궁으로 찾아가 그녀를 만났으나, 도통 말이 통하질 않았다. 그 순간 태후가 품속에서 깨알같이 작은 글이 쓰인 천 조각을 태자의 옷소매로 던져 넣는 것이었다. 순태자가 나와서 보니 이런 내용이었다.

"십만 군병을 보내 원차를 쳐 죽이고, 다시 나를 세워 주시오!"

순태자가 귀국해 사실을 보고하니 안장제가 〈북위〉를 치려 했으나, 사덕師德이 이를 말리는 바람에 그만두었다. 그해 3월, 안장제가 3품들의 딸 다섯 명을 뽑았다. 양의신이 연학淵學과의 사이에서 얻은 딸 연화淵華를 궁인으로 삼았다가 곧 妃로 올려 주었는데, 14살이지만 조숙했다. 〈내한원內翰院〉에서 유학하던 그녀가 이미 문장文藏태자와 어울려 사통하는 사이였으나, 안장제가 이를 모르고 연화를 총애하기 시작했다.

어떤 이는 연화를 요녀妖女라 한 반면에, 화득和得 같은 이는 훌륭하
다며 그녀를 힘써 도왔다. 이로 인해 〈내한원〉 안에 두 부류의 무리가
생겨났는데, 연화를 칭찬하는 이들을 〈활도滑徒〉(좋게만 지내려는 자
들)라 했고, 연화를 성토하려는 자들을 〈삽도澁徒〉(시비를 가리려는
자들)라 했다.

그 무렵에 〈북위〉에서도 胡태후의 유폐 사실이 널리 퍼지게 되었
고, 그러자 북쪽 변방을 지키던 옥야진沃野鎭을 시작으로 회삭진懷朔鎭,
무천진武川鎭 등 6진鎭의 선비족들이 봉기하면서 서로 왕을 칭하는 소
위 〈육진六鎭의 난〉이 일어났다. 이들은 효문제가 평성을 버린 채 낙
양으로 천도한 이후로도 오래도록 한화漢化정책이 더욱 강화된 데 대
해 불만이 고조되어 있었다. 나이 어린 명제 원후는 어찌할 바를 모르
고 쩔쩔맸다.

그때 선비 출신 고환高歡이 수용秀容의 흉노 추장 이주영爾朱榮을 설
득해 세를 결집시켰다. 동시에 이주영이 고환을 〈고구려〉 안장제에게
보내 호초피, 수정, 옥석 등을 바치며 번신藩臣이 되겠다고 청하니, 안
장제가 이를 받아들여 책력과 율령을 나눠 주게 했다. 마침 〈해奚〉왕
두출楗出로부터도 고구려 출신 왕비가 아들 호두귀好豆歸를 낳았다며
사절을 보내 토산물을 바쳐왔는데, 회懷와 삭朔의 북쪽 땅이 크게 어지
럽다며 〈육진의 난〉을 알려 왔다.

그 무렵 두출의 조카 우문굉宇文宏 또한 군사를 일으켰는데, 그는 일
두귀逸豆歸의 현손 우문태宇文泰의 부친이었다. 같은 해 〈백제〉의 성왕
또한 〈양梁〉나라 시조 소연과 통교했는데, 그 사신이 탄 큰 배가 황해
상에서 해사海司에게 나포되는 일도 있었다.

안장 7년 되던 525년 2월, 안장제가 황산에서 크게 사열을 하고 돌아와 친히 땅을 가는 한편, 3명의 后에게도 누에를 치고 삼베와 양털로 실을 짜도록 했다. 마침 〈거란契丹〉이 찾아와 토산물을 바쳐 왔는데, 원래 〈오환〉의 별종으로 월해月海 서쪽에서 살았으나, 그 무렵 세력이 날로 커져 회懷와 삭朔 땅을 어지럽히면서 우마牛馬를 약탈하고 사람들을 납치해 갔다. 당시 추도推都가한이 그 왕이었는데, 신하가 되어 변방을 지키겠노라며 이를 허락해 줄 것을 청해 왔다.

그 무렵 반대쪽 〈신라〉에서는 법흥제(원종)가 대아찬 거등居흥을 사벌군주로 삼았다. 이와는 별개로 〈백제〉의 성왕은 법흥제에게 딸을 보내 동맹의 관계를 강화했다. 3월이 되자 〈북위〉에서는 명제 원후가 胡태후와 화해하여 사면을 행했다. 그러나 복수를 별러오던 호태후가 얼마 지나지 않아 원차元乂를 죽여 없앰으로써, 그간의 수모를 피로써 앙갚음하고 말았다. 그사이에 〈유연〉의 아나괴가 10만의 병력으로 〈북위〉를 대신해 육한六韓과 발릉拔陵을 격파하니, 명제가 공로를 위로했다. 세력을 키운 아나괴가 이때부터 스스로를 '두병頭兵가한'이라 칭하기 시작했는데, 그는 장차 모두를 장악할 야심을 지니고 있었다.

8월, 유현진柔玄鎭의 수장 두락주杜洛周가 상곡에서 고환高歡을 영입하자, 〈북위〉의 명제가 유주幽州 도독 원담元譚을 시켜 두락주를 치게 했다. 원담이 거용관居庸關에 둔을 치고, 노룡새盧龍塞로부터 군도관軍都關에 이르기까지 병사를 배치하고 험지를 지키게 했다. 그즈음 두락주가 칙륵勅勒(철륵鐵勒, 돌궐)의 추장 곡률금斛律金을 치자, 곡률금이 이주영의 진영으로 들어가 합류했다.

이듬해 526년이 되자, 습왕霫王 거민巨敏이 〈유연〉의 두병, 오리吳利 등을 데리고 함께 〈고구려〉 조정으로 찾아와 배알하고 신년 하례물인 세폐歲幣를 바쳤다. 그즈음 두락주가 석현石峴 등을 빼앗고, 2만의 병력으로 거용관을 치니, 원담이 패주하였다. 안장제에게도 이런 서북 변방의 소식이 들어왔다.

"두락주와 이주영 사이에서 고환이 재력이 부족해 힘을 쓰지 못한다는 보고이옵니다."

"그렇다면 즉시 고환에게 사람을 보내 황금 일천 근을 지원케 하라!"

이에 고환이 크게 기뻐하며 입조했는데, 안장제가 이처럼 고환을 특별하게 대우한 데는 나름의 이유가 있었다.

527년 춘정월, 안장제가 서도西都〈란대鸞臺〉의 온전溫殿에서 신년 조례를 받았다. 〈습霫〉, 〈해奚〉, 〈유연〉, 〈산호山胡〉와 같은 나라들을 비롯해, 두락주, 이주영, 고환 등 북방의 영웅호걸들까지 비단과 말을 공물로 바치고, 책력을 받아 갔다. 그 무렵〈고구려〉황실의 호족 가문과 그 인물을 기록한《보척보록宝戚宝錄》이 완성되었는데, 수록된 자가 215인에 王으로 봉해진 자가 30인이었다. 종실宗室의 29가문을 종주宗主로 삼고, 모든 종실 사람들은 종주들에 소속된 채 서로 수양 자녀나 형제의 연을 맺게 하니, 종실 사람들이 이를 더욱 중시하게 되었다.

11월, 양梁나라 황제 소연의 사신이 토산물을 바치고 황실 간 청혼을 요청해 왔으나, 태왕이 허락하지 않았다.

"소연이 불법을 좋아하지만 변덕이 많으니 내키지 않는다."

안장 10년인 528년, 태왕이 조서를 내려 제방을 고치고 운구運溝(운하)를 준설하게 했다. 또 선비들에게 시험을 보게 하고, 우수한 인재를 선발해 올려 보내라고 했다. 그 무렵〈북위〉에서는 마침내 황제인 원후元詡가 모후인 胡태후에게 독살당하는 미증유의 사건이 터지고 말았다. 고환이〈육진의 난〉을 평정한 이주영에게 군사를 이끌고 남하할 것을 권유하자, 호태후가 이를 걱정하다가 자신과 대립하던 친

144

아들 명제를 선제적으로 제거한 것이었다.

황실에서 일어난 엽기적인 사건을 빙자해 마침내 이주영이 낙양으로 입성했는데, 그는 곧장 胡태후는 물론 그녀가 내세우려던 어린 후계자를 죽여 그 시신을 황하에 던져 버리게 했다. 그리고는 자유子攸를 새 황제로 내세우니 효장제孝莊帝였다. 호태후의 섭정 자체가 이미 시발점이었겠지만, 그녀의 죽음으로 중원의 최강 〈북위〉 정권이 뿌리째 흔들리기 시작했다. 그즈음 우문태도 이주영에게 귀부했다.

이듬해 529년 9월, 고구려 안장제가 갑자기 군병을 일으켰는데, 친히 정예기병 2만을 이끌고 黃山에서 출발해 한반도 수곡성을 향해 진격했다. 6년 전인 523년 성왕이 즉위하던 해, 〈금천전투〉에서 백제가 패하여, 사오沙烏를 고구려 진영으로 보내 무릎을 꿇은 일이 있었다. 그 후 성왕이 절치부심하면서 군병을 모아 훈련을 강화하고 고구려에 대한 복수를 노려 왔다. 그러나 이즈음 안장제가 한발 앞서 백제에 선제공격을 가해 성왕의 뜻을 꺾으려 한 것이었다.

안장제가 이때 복福태자에게도 1만의 기병을 이끌게 했는데, 먼저 백제의 혈성穴城(강화)을 빼앗는 데 성공했다. 백제의 웅진성으로 전장에 대한 속보가 날아들었다.

"아뢰오, 구려군의 강력한 공격에 우리 측 혈성이 함락되었습니다!"

"무엇이라? 혈성이 떨어졌다고? 큰일이로구나, 이대로 좌시할 순 없는 일이다. 내가 직접 나서야겠다……"

이에 성왕도 좌평 연모燕謨를 장군으로 삼아 보기병 3만을 이끌고 출정해 고구려軍을 저지하려 했다. 결국 양측이 오곡五谷(서울강서) 벌판에서 맞붙어 일전을 벌였으나, 중과부적이었는지 백제軍이 대패하고 말았다. 고구려군이 〈오곡전투〉의 승리로 남녀 2천여 포로를 잡아 올라갔다. 순할 것만 같던 안장대제가 결정적인 순간에 누구보다 과감한 결단을 내리고, 앞에서 솔선해 군대를 지휘하는 지도력을 유감없이 발휘한 셈이었다. 이 일로 백제의 성왕은 큰 타격을 입게 되었고, 모든 일이 어그러지게 되었다. 다만, 이때도 고구려는 더 이상 백제를 몰아붙이지 않은 채 남진을 그치고 철군했다.

530년, 안장제가 〈북위〉의 화폐인 오수전五銖錢의 사용을 금지시켰는데, 이는 漢무제 때부터 이용해 온 철전鐵錢으로 650년의 오랜 역사를 지닌 것이었다. 이때 이르러 고구려의 동전인 〈안장원보安藏元宝〉를 주조해 유통시켰는데, 구리로 만든 데다 크기가 너무 커서 사용이 불편했다. 결국 백성들이 안장원보를 다시 오수전으로 바꾸어 사용했으니, 그 손실이 적지 않았다. 국정이 안정되어 나라의 위상이 크게 높아졌을지라도, 그렇다고 인구와 국력, 경제 규모에 있어서 〈북위〉를 능가하기는 여전히 힘에 부쳤던 것이다.

그해 9월, 위魏 효장제는 이주영의 딸인 황후가 자신의 아들을 낳았다고 거짓으로 속이고, 이주영에게 궁으로 들어오라 일렀다. 이주영이 낙양에 입성해 명광전에 발을 들여놓는 순간, 사방에서 칼을 든 사내들이 나타났다.

"웬 놈들이냐? 크윽……"

황제가 숨겨 놓은 종자들이 이주영을 어지러이 찔러 댔다. 남편의 피살 소식을 들은 이주영의 처가 재빨리 고환에게로 달아나 사건의 전말을 알렸다. 12월, 이주영의 사촌동생 이세륭爾世隆과 조카 이주조爾朱兆가 낙양으로 들어가 효장제와 그 일당을 제압해 제거한 다음, 원엽元曄을 내세우니 효경제孝敬帝였다. 고환高歡이 이때 이주조와 함께 반대 세력을 토벌한 다음, 서로 형제가 되기로 약속하고 6진鎭을 다스렸다. 그러나 이주조는 끝내 고환의 신뢰를 얻지 못했고, 이에 고환은 과감하게 군병을 나누어 山東으로 들어갔다.

이듬해 531년이 되자, 안장제가 황태자 보연에게 긴급하게 명을 내렸다.

"동궁은 10만 병을 이끌고 출정해 개마(하북)에 진을 치고 요동을 대비하되, 멀리서나마 언제든지 고환을 지원할 수 있도록 하라!"

2월이 되자, 위魏에서는 이세륭이 효경제를 폐하고, 원공元恭을 다시 세우니 북위의 마지막 황제 절민제節閔帝였다. 그러나 이 일로 이세륭과 이주조가 뜻이 달라 서로 반목하기 시작했다. 고환은 이때 상주相州에서 군량을 빼앗아 신도信都로 들어갔는데, 절민제가 그를 발해왕渤海王에 봉하고는 입조할 것을 명했다.

3월이 되자, 안장제가 친히 병무 상황을 점검하기 위해 개마로 나갔다. 그런데 그 무렵 뜻하지 않은 사건이 벌어지고 말았다. 사실 안장제(흥안)는 즉위할 당시 황태자인 보연의 모후 경鯨태후와 사통한 사이였다. 욱호勖好태후가 자신의 아들을 동궁으로 밀어붙이려 했으나, 이때 경태후가 안장제의 모후인 연淵태후와 힘을 합쳐 흥안을 옹립하는 데 힘을 보탰고, 그 대가로 경태후의 아들인 보연을 곧바로 황태자로 삼았던 것이다.

그러나 세월이 흐르고 경태후의 색이 쇠하자, 안장제가 고준高峻의 딸을 맞아들여 총애하게 되면서 황태자인 보연을 폐하려 들었다. 사실 안장제와 보연은 2살밖에 차이가 나지 않아 어려서부터 형제처럼 친하게 지낸 사이였기에, 이를 눈치챈 황태자 보연이 서운하지 않을 수 없었을 것이다. 마침내 보연이 반격에 나서기로 작심하고, 이번에는 반대로 안장제의 처인 고준의 딸을 유혹해 사통한 다음, 이렇게 말했다.

"내 형이 더 늙었거늘, 그대는 어찌해서 나를 세우려 들지 않는 것이오?"

결국 고준의 딸이 이때 보연과 내통해 안장제를 유폐시킨 다음, 5월에 황산의 행궁에서 끝내 태왕을 살해하고 말았다. 안장대제가 고작 치정癡情으로 인해 절친했던 이복 아우이자 황태자였던 보연에게 배신을 당하고, 재위 13년 만에 55세의 나이로 생을 마감했던 것이다.

2부 가야, 스러지다

6. 법흥제의 개혁

법흥 9년이던 522년, 1년 전 왕위에 오른 대가야왕 이뇌異腦가 여동 생 자뇌紫腦를 청명靑明의 처로 삼게 하여, 경도에 들어와 포사에서 길 례를 치렀다. 그런데 이때 법흥제가 동시에 자신의 처인 우화雨花를 이 뇌의 처로 내주기로 했다. 법흥제가 우화의 오라버니 이찬 비조부比助 夫에게 명을 내려 거마를 준비해서 우화를 대가야로 보내게 하니, 그 녀가 울면서 하소연했다.

"첩이 총애를 잃었으나 스스로 정조를 지키고 어린 농화濃花를 보호 하려 했건만, 어찌 외국의 신하가 되라고 하십니까?"

그러자 帝가 궁색하게 답했다.

"옥진의 명이니 어찌하겠는가?"

우화는 선혜의 딸이었고, 옥진은 선혜의 외손녀로 이모인 우화보 다 1살 어렸으나, 부친인 위화랑의 권위에다 대원신통의 핏줄이라 그 위세가 비할 바가 아니었다. 전년도에 우화가 帝의 딸 농화를 낳자, 옥진의 질투가 심해져 우화宮을 폐한 것은 물론, 아예 이 기회에 대 가야왕 이뇌에게 시집을 보내려 한 것이었다. 우화가 거마를 타고 울 면서 나가니, 하늘에서 비가 내려 부득이 성문 밖에서 숙박을 해야 했 다. 이때 법흥제가 나타나 우화를 위해 갓난아이 농화를 안고 함께 국 경까지 동행한 다음 마침내 이별을 고하니, 사람들이 노래를 지어 이 들의 이별을 슬퍼했다.

그런데 이 일이 있기 전에, 〈백제〉의 무령왕이 하다리의 지방관 수 적압산穗積押山(호즈미노오시야마)신臣(오미)에게 말했다.

"야마토로 조공하는 사신들이 해안의 곶을 떠날 때마다 풍파에 시달리고 있소. 그 때문에 뱃짐이 물에 젖어 손해가 크니, 가라국의 다사진多沙津을 조공 길의 해로로 얻었으면 싶소."

이에 오시야마가 이를 천왕에게 주청했고, 그러자 계체천왕이 길사로吉士老(키시노오키나) 등을 칙사로 삼아 가라국(대가야)으로 보내, 다사진을 무령왕에게 넘겨줄 것을 요구했다. 그러자 가라국의 이뇌왕이 천왕의 칙사에게 부당함을 따졌다.

"다사진은 관가(미야케)가 설치된 이래로 내가 조공 길에 기항지로 쓰던 곳이거늘, 그토록 쉽사리 이웃 나라에 내준다면 곤란할 것이오. 이것은 처음 정해졌던 경계를 허무는 것이란 말이오."

여기서 관가官家란, 야마토 조정에서 대가야의 허락 아래 대가야 도성에 둔 일종의 연락관 같은 곳으로, 양측 사이의 외교는 물론, 교역 등의 잡무를 본 것으로 보였다. 이뇌왕의 만만치 않은 저항에 부딪힌 천왕의 칙사들은 그 자리에서 일을 마무리하는 것이 어려울 것이라 판단하고, 일단 오시마大島(임나)로 물러났다. 그리고는 따로 기록관을 보내 다사진을 백제에 넘겼음을 일방적으로 통보했다. 그러나 백제가 이처럼 번번이 야마토 천왕의 입김을 빌려 실리를 챙기려던 행태는 결국 〈대가야〉와 〈신라〉로부터 강한 반감을 사는 것이었고, 그토록 견고했던 〈나제동맹〉의 관계에도 흠집을 내는 행위였다.

나중에 이 사실을 알게 된 이뇌왕이 크게 분노한 나머지, 끝내는 이때부터 신라에 기울어 양국의 동맹을 강화코자 신라 왕실과의 혼인을 요청했다. 바로 그런 와중에 법흥제와 우화가 생이별을 하게 된 것이었다.

신라의 법흥제가 이때 우화를 대가야로 보내면서도 그녀를 위해 호사스럽게 백여 명의 종자를 딸려 보냈다. 그러나 이뇌왕이 이를 탐탁지 않게 여긴 나머지 이들을 여러 縣에 분산배치토록 했는데, 이때 특별한 수문을 하나 더 추가했다.

"이번에 우화를 따라 신라에서 온 여인들은 신라의 의관을 그대로 입고 다니게 하라!"

신라의 하녀들 중에 대가야의 정보를 빼내는 첩자들이 있을 것으로 의심해, 우선 남들 눈에 잘 띄는 옷을 입게 함으로써 간첩 활동을 원천적으로 차단하려는 의도였던 것이다.

당시 임나왕 아리사등阿利斯等은 〈대가야〉가 〈백제〉로부터 등을 돌리고 〈신라〉로 기우는 데 대해 크게 우려하고 있었다. 그런데 얼마 후 아리사등이 보니, 임나에 배속된 신라 하녀들이 신라복이 아닌 대가야의 옷으로 갈아입고 다니는 것을 알게 되었다. 아리사등이 본국本國 (신라)의 의관을 무시했다고 트집을 잡아, 이들 모두를 신라로 돌려보내게 했다. 그러자 화가 난 법흥제가 체면을 구겼다며, 가라 이뇌왕에게 우화를 다시 돌려보내 줄 것을 요구했다. 그런데 이미 우화는 이뇌왕의 아들 월광月光을 낳은 뒤였기에, 난처해진 이뇌왕이 억울함을 하소연했다.

"이미 짝을 이루어 부부가 되었고, 자식까지 생겼는데 어떻게 갈라 놓을 수 있다는 말인가?"

이처럼 소위 〈신라하녀변복〉 사건으로 말미암아 신라와 대가야 양국의 혼인동맹이 엉뚱한 방향으로 변질되기 시작했다. 이뇌왕이 우화를 돌려보내 주지 않자, 분노한 신라의 법흥제가 즉시 병력을 출정시켜 도가刀伽, 고파古跛, 포나모라布那牟羅의 3개 城을 함락시킨 데 이어, 대가야 북쪽 경계의 5개 城마저 공격해 다짜고짜로 빼앗아 버렸다. 신라가 이 일로 대가야는 물론이고, 야마토를 크게 자극한 셈이 되어 전에 없이 커다란 긴장 관계가 형성되고 말았다.

그러던 523년 5월, 〈백제〉에서는 사마 무령왕이 붕해 명농明禮 성
왕聖王이 보위를 이었다. 그러자 다음 달인 6월 보과宝果공주가 〈신라〉
로 도망을 와서 귀의했는데, 백제 조정이 어수선했다는 증거였다. 보
과는 동성왕 모대의 딸이었으므로, 법흥제가 양궁凉宮에서 보과를 접
대하고 위로해 주었다. 무령왕이 연燕왕후에게 독살되고 왕의 서자인
성왕이 즉위하자, 두려움을 느낀 보과가 급히 외가인 신라로 귀국해
버린 것이었다. 8월, 법흥제가 보과에게 명하여 가배를 행했다.

그사이에 양梁나라 사절로 갔던 수지守知 등이 梁의 사신 소명蕭明과
함께 귀국하니 2년 만의 일이었다. 법흥제가 삼원三院에서 잔치를 열고
이들을 환영해 주었는데, 이때 소명이 법흥제와 묘왕(연제)에게 황제
소연이 보내 준 황금상을 바쳤다. 帝가 매우 기뻐했는데 틀림없는 불
상佛像으로 보였다. 그런데 그 무렵 신라 조정으로 속보가 날아들었다.

"아뢰오, 구려가 부여를 크게 침공해 왔는데 좌장군 지충志忠이 이
를 물리쳤다는 소식입니다."

실은 백제 왕위가 어지러이 교체되었다는 소식에 고구려의 안장제
가 기회를 놓치지 않고 벼락같이 공격 명령을 내린 것이었다. 고노 등
이 이끄는 고구려군이 단박에 쌍현성을 쳐서 함락시키고, 금천까지
내려가 백제의 남녀 포로 1만 명을 끌고 납치해 갔던 것이다. 정통성
에서 시비가 컸을 성왕이 고구려군의 기습을 막아 내지 못했고, 이에
연희燕喜를 보내 공물을 바치고 사죄하여 겨우 휴전을 성사시켰다. 백
제와의 갈등을 원치 않은 법흥제가 새로이 명을 내렸다.

"내거乃車와 연흥蓮興은 부여로 들어가 사마왕의 장례에 조문하도록
하라!"

이듬해 524년 정월, 법흥제가 해궁에서 조하를 받았다. 얼마 후 각간 박이종朴伊宗이 칠십의 나이로 죽었는데, 그다음 날 그의 부인 백白씨 역시 따라 죽어, 태공의 예로 장례를 치르게 했다. 박이종은 아라阿羅를 평정해 남쪽을 다스리고 우산국을 정벌한 공이 있는 영웅이었으나, 종신토록 자만하지 않았고 늙어서 남산 아래 한곳에 거주하며 고기를 기르는 것을 즐거움으로 삼았다. 특별히 묘왕(연제태후)이 그의 능력을 크게 신뢰해 시종 대임大任을 맡겨 왔기에, 초상이 났다는 소식에 밥상을 거두었다.

얼마 후 양나라 사신 소명 등이 비로소 자기들 나라로 돌아갔다. 법흥제가 이때 〈양〉에서 수학했던 수지 등에게 나라 안팎의 모든 제도를 새로운 제도로 바꾸라는 명을 내리면서, 그동안 별러 왔던 개혁에 박차를 가하기 시작했다. 법흥제는 이런 자신의 뜻을 三門 모두에 알리게 하고, 사충沙忠에게 명해 특별히 백성들에게도 이를 읽게 하라는 조칙을 내렸다.

"문장文章(율령)은 신분의 높고 낮음과 귀하고 천함을 나타내는 것이다. 우리나라는 검소함을 숭상하는 법도를 제정해 다스려 왔다. 내가 등극해 나라가 태평하고 백성들이 편안해지면서 사치가 날로 심해졌음에도 나라가 병들지 않음은, 모두 우리 조상의 덕이 있기 때문이다. 이에 대서大書와 박사博士에게 명하여 옛 제도를 따서 백관의 공복公服으로 정하니 붉은색의 옷과 자주색의 옷의 질서가 제도화되었다. 마땅히 너희 신민臣民은 신분에 어울리지 않게 법을 어김이 없어야 한다는 것이 내 뜻이다. 왕자, 전군殿君, 태공은 선원仙院의 제도를 나라의 장章(율령)에 맞추도록 하고, 모두가 이를 따르게 하라!"

이어 구체적으로 각 직위에 맞는 명칭과 복식을 일일이 정했다. 예를 들어 태대각간, 대각간은 상대등의 직위로, 이벌찬, 이시찬은 대등의 직위로 하되, 모두 금자의金紫衣, 은어銀魚, 대아홀大牙笏(상아홀), 금관錦冠, 주영珠纓(구슬 꿴 갓끈), 백마白馬, 단거檀車를 사용하는 식이었다. 그 밖에 서민들은 마땅히 이방理方의 제도를 따르고, 신분에 어울리지 않게 법을 뛰어넘지 못하도록 했다. 이처럼 신민들의 위계질서를 바로잡는 것부터 개혁의 시발점으로 삼았으니, 신분질서를 강조하는 유학의 이념을 적극 받아들인 셈이었다.

그뿐이 아니었다. 2월에는 대서령大書令 수지로 하여금 선원령과 천대령을 겸해 관장토록 하고, 〈선원仙院〉과 〈천대天臺〉의 제도를 개정해 그 규칙을 새로 하나로 묶어 박사에게 올리게 했다. 종교적 집단과 다름없는 선도 전체를 관장하는 〈선원〉이나 별자리를 연구하는 〈천대〉야말로 仙道사상을 대표하는 양대 기관이었음에도, 이 두 기관을 경영하는 규칙을 유학자나 다름없는 수지가 재해석하게 하고 관리토록 한 것이니, 굉장한 파격적 조치였을 것이고 많은 반발에 부딪혔을 것이다.

이와 함께 조정의 관료들 모두가 梁나라의 문서를 배우도록 하고 이를 시험 보게 했다. 이처럼 과감한 법흥제의 개혁조치는 조정과 선원仙院 등의 위계질서를 바로잡아 나라의 기강을 세우게 하고, 궁극적으로는 군주인 자신의 권위를 드높이려는 데 그 목적이 있었을 것이다. 그 과정에서 유학을 배경으로 하는 중국식, 특히 중원 남조南朝를 대표하는 〈양〉나라의 제도와 문물을 대거 표방했다는 점이 특징이었다.

당시 북방민족을 대표하는 고구려조차도 漢族 중원의 제도를 따라하기 바빴으니, 이는 유학의 이론이 1인 군주를 중심으로 하는 중앙집권제에 초점을 맞춘 데다, 형식에 있어서 정교한 이론을 갖추었기 때문이었을 것이다. 법흥제의 입장에서는 왕권을 능가하는 仙院 중심의 신라 사회를 개혁할 필요성을 강하게 느꼈기에, 뒤늦게 유학에 기초한 중국식 제도에 주목한 것이었다.

그해 7월, 〈대가야〉의 청명이 사신을 보내 공물을 바쳐 왔는데, 이때 이뇌가 땅을 바치는 약속을 지키지 않는다고 고하면서, 태종과 함께 이뇌를 칠 것을 청했다. 그러나 옥진의 권유로 帝가 이를 허락하지 않았다. 9월, 법흥제가 가야의 前여왕 청렴을 국경에서 만나 잠자리 시중을 들게 했다. 청렴은 권처로 삼아 주기를 원하며, 종신토록 帝를 섬기고자 했다. 법흥제가 이를 허락하고 대가야를 이때 남북으로 나누었다. 청명을 〈북가야〉의 왕으로, 이뇌를 〈남가야〉왕으로 봉했으니, 가야를 쪼개 버림으로써 양쪽 모두의 힘이 빠지게 만든 셈이었다.

10월, 계화桂花가 〈금관가야〉 구형왕의 아들 무력武力을 낳았는데, 후일 김유신金庾信의 할아버지였다. 마침 남가야왕 이뇌가 내조해, 태자인 11살 호뇌虎腦를 폐하고 갓 태어난 월광月光을 새로이 태자로 삼기를 청했다. 법흥제가 이를 허락하고 신궁에서 월광을 낳았음을 고했는데, 옥진의 질투로 이뇌에게 억지로 시집갔던 선혜의 딸 우화(양화兩花)가 낳은 아들이었다. 궁지에 몰린 이뇌왕이 태자 교체라는 강수까지 동원해 가면서, 법흥제의 비위를 맞추기 급급했던 것이다.

그즈음 옥진玉珍도 자신의 3살짜리 아들 비대比臺를 태자로 세울 것을 청했다. 벽화碧花의 아들인 22살 삼부三夫가 이미 태자의 자리에 있었으므로 법흥제가 난감하게 여길 수밖에 없었다.

"삼부에게 죄가 없거늘 어찌 폐할 수 있단 말이냐?"

그러나 옥진의 성화에 못 이겨 결국 이듬해인 525년, 제가 해궁에서 돌아와 삼부를 폐하고 말았다. 옥진의 어린 아들 비대比臺를 태자로 삼았을 뿐 아니라, 帝의 아우 입종立宗을 태자의 사부로, 덕취德吹를 태자의 병관으로 하고, 태자를 지키는 위군衛軍까지 별도로 설치할 것을 명했다. 옥진을 제1황후인 天宮황후로 하고, 그녀의 부친 위화랑에게 서불감의 작위를 더해 國公과 仙王의 일을 함께 행하게 함은 물론, 나라 안팎으로 선군두상仙軍頭上을 통솔토록 했다.

법흥제의 온갖 개혁조치에도 불구하고 선도의 수장인 위화랑이 사실상 나라의 정사를 좌우하게 되었으니, 법흥제의 개혁이 한풀 꺾이는 모습이었다. 그사이 선도仙徒 무리의 반발이 최고조에 달했던 것이고, 그 중심에 위화랑과 옥진 부녀의 위세가 크게 작용한 것으로 보였다. 그즈음 뒤늦게 〈백제〉에서 해융解融을 보내 보과宝果를 돌려보내 줄 것을 청했으나, 법흥제가 이를 허락할 리가 없었다.

525년 3월, 삼엽三葉이 아시阿時의 아들 미진부未珍夫를 낳았다. 이 아이가 자라서 신라의 2대 풍월주가 되었는데, 미실美室의 아버지이기도 했다. 일설에는 흰 닭이 둥우리에서 나오니 남쪽 사람들 모두가 이를 기이하게 여겼다고 한다. 법흥제가 삼엽에게 잠자리 시중을 들게 하려다가, 옥진후의 질투가 두려워 몰래 사람을 보내 옷을 내려 주었다.

그해 5월, 옥진후도 딸 묘도妙道를 낳았는데 영실英失의 딸이었다. 법흥제가 영실에게 아기를 씻으라고 명했으나, 옥진이 노하는 바람에 하는 수 없이 帝가 직접 와서 아기를 씻겨 주었는데 그사이 아무런 말도 하지 않았다. 바로 이 옥진의 딸 묘도가 대원신통을 이어 받았고, 후일 미실을 낳았던 것이다.

9월, 법흥제의 모후인 묘왕妙王(연제)이 날기 신산에서 붕崩하였다. 춘추 63세로 지증릉에 반장返葬하고 평립궁平立宮에서 대제를 지냈다. 법흥제가 염광선원에 행차해 仙王 위화를 위로하며 말했다.

"너와 나는 동체였음에도 묘왕이 하늘로 올라감을 막지 못했구나.

네가 묘왕을 위해 기도하느라 이처럼 몸을 망친 덕에, 나의 천하가 편안한 것이니 너를 天宮태자로 함이 옳다."

그러나 위화가 사례하며 오히려 묘왕을 따라 순사하기를 원했는데, 제가 허락하지 않았다. 법흥제가 보도후保道后에게 명하여, 나가서 선왕(위화랑)의 妃가 되도록 하고 그를 선엄仙嚴으로 높여 주었다.

이듬해 법흥 13년인 526년 2월, 보과宝果가 帝의 아들 모랑毛郎을 해궁에서 낳아 帝가 아기를 씻었다. 기이한 향이 산실에 가득하고 상서로운 빛이 계속 이어지니, 궁인들 모두가 이를 기이하게 여겼다. 이아이가 자라 신라 화랑의 3代 풍월주가 되었다.

그해 5월, 법흥제가 보융을 〈백제〉로 보내 성왕(명농明禮)이 신하의 직분을 지키지 않는다고 다그쳤다. 보과뿐 아니라 후일 국경을 넘어온 명화明華까지 유민流民으로 거두어들인 것임을 분명히 했다. 그 일이 있고 난 후 10월이 되자, 백제가 웅진성을 수리하고 사정책沙井柵을 세웠다는 소식이 들어왔다. 그러더니 느닷없이 백제군이 〈(대)가야〉를 침공해 약탈을 일삼았는데, 대가야가 신라로 기울어 버린 데 대한 보복의 성격이 짙은 것이었다. 결국 이 일로 신라와 백제 양국의 사이도 크게 벌어지고 말았다.

528년 법흥제가 골문의 준재俊才 12명을 골라 뽑도록 명하니, 황종荒宗(거칠부)은 나이 17세로 文에서 으뜸이었고, 철부의 아들인 서력부西力夫는 武에서, 또 위화랑의 아들인 이차돈異次頓은 仙에서 으뜸이었다. 모두에게 사인舍人의 직을 주고, 옷과 말, 사내종을 내려 주어 학문에 힘쓰는 풍속을 나라 안팎에 권장했다.

그런데 그해 3월 이차돈이 스스로를 대일여래大日如來라 이르고 《진경貞經》을 강론하면서 이전과는 전혀 다른 주장을 하기 시작했다.

"세상의 모든 나라는 마땅히 서역의 불법佛法을 시행해야 합니다!"

갑작스러운 사태에 법흥제가 양문兩門(선문, 골문)에 명하여 이를 논의토록 했으나, 仙門에서는 바로 다음 달에 이차돈을 이단異端으로 여기고, 마땅히 목을 베어야 한다고 했다. 그러자 놀란 법흥제가 이를 허락하지 않는 대신, 호위부대인 우림군에 서둘러 명을 내렸다.

"각 원院마다 선도 5천여 명을 즉시 해산시키도록 하라!"

그런데 사실 이차돈의 이단 사건이 불거지기 훨씬 전부터, 불법은 이미 신라에 들어와 있었다. 눌지왕 때에 묵호자墨胡子라는 중이 고구려에서 들어와 일선군(경북선산)에 이르렀는데, 모례毛禮란 자가 자기집에 토굴을 짓고 중을 모셔 두었다. 마침 그 무렵 〈양〉나라에서 온 사신이 의복과 향을 주고 갔다. 사신들이 떠난 후 조정에서는 그 향의 이름과 효용을 알지 못해 사람을 시켜 이를 갖고 나가 사람들에게 물어보게 했다. 묵호자가 이를 보고 답을 내려 주었다.

"이것을 사르면 좋은 향기가 퍼져 신성神聖에 통할 수 있소. 신성이란 삼보三寶에서 더 나아갈 것이 없는 경지니, 첫째가 불타佛陀(Buddha, 부처)요, 둘째가 달마達摩(Dharma, 만법), 셋째가 승가僧伽(Samgha, 승려)올시다. 그러니 이를 살라서 축원을 드리면 반드시 영험이 있을 것이오."

마침 한 왕녀가 갑작스레 병이 들어 위독해지자, 눌지왕이 호자를 불러 향을 사르고 건강을 기원하게 했더니, 과연 병이 곧 낫게 되었다. 이를 크게 기뻐한 왕이 묵호자에게 예물을 후하게 주었는데, 그는 이를 모례에게 건네주고는 갈 곳이 있다며 작별을 고하고 사라져 버렸다. 소지왕 시절에도 아도阿道라는 화상和尙이 그를 따르는 3명의 종자와 함께 모례의 집에 머물렀는데, 그 모습이 묵호자와 비슷했고 몇

년을 머물다 앓는 일도 없이 죽어 버렸다. 남은 그의 종자 3명이 경률
經律을 강독하니 왕왕 불교佛敎 신자가 생겨나곤 했다고 한다.

　이차돈의 이단 사태 이후, 별동선원에서 진경대회眞經大會를 열
어, 법흥제와 천궁이 친히 仙王(위화)에게서 진언眞言을 받았다. 이
어 나라 안팎 대소인민에게 이교異敎를 행하지 말 것을 명했다. 그러
나 그즈음 사인舍人 각덕覺德과 이차돈이 자주 만나면서, 안으로는 불
도佛道를 받들고 밖으로는 수왕樹王을 숭배하니, 유진柳眞이 이를 책망
하며 각덕에게 따졌다.
　"당신이 나의 남편이 되어 우리 아버지의 도를 믿지 않고, 어찌 서
방의 금상金像을 숭배하라 하십니까?"
　그러자 각덕이 답했다.
　"봄에는 마땅히 꽃이 피고 가을에는 낙엽이 지는 법이니 어찌하겠
습니까?"
　유진이 다시 다그쳤다.
　"소나무와 국화는 서리를 이겨 내고 의로운 선비는 절개를 지키는
법이거늘, 그토록 믿음이 수시로 바뀐다면 어찌 골문의 기둥이 될 수
있겠습니까?"
　각덕이 말했다.
　"仙과 佛은 하나이니 바뀐 것이 아닙니다. 大日은 火이고 수왕樹王
은 木으로 부자父子가 서로 전하는 것과 같은 이치니, 공주님은 이를
의심치 마십시오."
　이에 유진이 그 말을 법흥제에게 고했는데, 帝 또한 불법에 대한 이
야기를 이미 들은 바 있었는지 지대한 관심을 보였다. 帝가 위화를 불
러 의견을 물어보니 위화가 답했다.

"바야흐로 지금은 금기金氣가 크게 성해 서학西學이 중토中土에 널리 가득합니다. 조만간 그 조류가 닥쳐오겠지만, 이 무리들 모두는 총명한 자들이니 특별히 먼저 귀담아듣고 죄를 주어서는 아니 됩니다."

이에 법흥제가 기왕에 잡아들였던 불도佛徒들을 풀어 주게 했다.

그러자 6월이 되니, 우림 선군仙軍이 위화정圍花亭에서 난을 일으켜, 이차돈을 참하기를 청했다. 매우 다급한 상황이라 법흥제가 낡고 해진 어의御衣를 이차돈에게 입히고, 난군亂軍 무리들을 꾸짖었다.

"근본적으로 다 같이 道를 일으키자는 것이거늘 무고한 사람을 죽일 수는 없는 것이 아니냐?"

그럼에도 상황이 더욱 악화되자 이차돈이 스스로 나서서 이렇게 말했다.

"신이 폐하의 성은을 입어 보호를 받았으니, 오늘 죽음으로써 보답코자 하는데 무슨 여한이 있겠습니까? 신은 마땅히 부처로 순사해 신교를 세우고자 합니다. 폐하께서는 금신金神의 해에 내려오셔서 서방 미륵의 신이 되셨습니다. 만일 신이 죽으면 불교가 크게 일어나게 될 것입니다."

법흥제가 이에 군신들을 불러 뜻을 물으니 이들이 답했다.

"중들은 머리를 깎고 이상한 옷을 입고 다니는 데다, 언론言論이 기괴하고 거짓말 같은 말들을 늘어놓고 다니니 보통의 道는 아닙니다. 지금 이대로 두었다간 후회할지도 모르니 臣들은 중죄를 받더라도 감히 어명을 받들 수가 없습니다."

그러자 이차돈이 말했다.

"비상한 사람이 나타난 연후에 비상한 일이 생기는 법입니다. 불교는 그 뜻이 깊다 하니 신은 불가불 이를 믿을 것입니다. 비록 臣은 불법을 위해 형刑을 받지만, 만일 佛에 신령神靈이 있다면 臣이 죽은 뒤에 반드시 범상치 않은 일이 일어날 것입니다!"

그리고는 이내 엎드려 절한 다음 난군들에게 자신의 목을 자르게 했다. 난군늘이 성급하게 칼을 휘둘렀더니, 기어코 이차돈의 머리가 떨어져 땅바닥을 뒹굴었다. 그런데 그때 머리가 떨어져 나간 이차돈의 목에서 갑자기 흰 피가 한 장 넘게 뿜어져 나오는 것이었다.

"으아악, 대체 하얀 피라니 무슨 일이오?"

난군들 모두가 소스라치게 놀라는 가운데 칼을 휘두른 자가 먼저 뒤로 나자빠져 죽으니, 나머지 모두가 혼비백산했다. 다분히 믿기 어려운 전설처럼 내려오는 이 이야기가 바로 〈이차돈의 순교〉라 불리는 사건이었다.

그 일이 있고 난 뒤로 법흥제가 각덕에게 명을 내려 이차돈의 시신을 수습해 장례토록 했는데, 금빛 색이 그 몸에 가득하고 얼굴과 눈은 마치 살아 있는 것 같았다고 했다. 이에 법흥제가 조칙으로 부처를 숭상하는 선도仙徒에게 이를 금지할 것을 강요하지 못하게 하고, 각자가 선호하는 대로 그 진眞을 수행하도록 했다. 이때부터 비로소 신라 사회에서도 불법佛法을 믿는 것이 허용되기 시작했다.

그해 7월, 염광선원剡光仙院에서 이차돈異次頓의 재재齋를 지냈다. 그즈음 〈양梁〉의 사신이 도착했는데, 법흥제가 각덕을 시켜 이차돈의 가사袈裟를 바치도록 했다. 서역단西域檀에 분향하니 신비롭고 기이한 새가 날아와 울었다고 했다.

그런데 그 무렵 보도保道황후가 더위로 병을 얻어 사망했다. 죽은 선혜의 딸로서 질투하거나 음란하지 않았고, 仙을 받드는 것을 즐거움으로 여겼다. 법흥제가 仙門에 后가 없어, 보도后를 仙王(위화)의 妃로 명했는데, 이후로 위화를 마치 帝를 섬기듯 했다. 법흥제가 그

너의 죽음을 애통해하며 天宮의 예로 장례를 치르고 무덤 속에 옷을 넣어 주었다.

이듬해 529년 3월, 법흥제가 해궁에서 돌아왔는데 몸이 불편해졌다. 소식을 들은 각덕이 천궁에서 상주하길, 이것이 살생을 받들기 때문이라며 이를 금지시킬 것을 청했다. 이에 조칙으로 명을 내렸다.

"살생은 옛 가르침이 아니니 지금부터 대제大祭와 대정大政이 아니면 함부로 가축을 잡지 말 것이며, 조종祖宗의 두터운 정으로 다스리고자 하니 비록 선골仙骨일지라도 이를 범하지 말라."

이로써 함부로 살생을 금하게 하니, 실로 하루아침에 불법이 일상 생활에 널리 영향을 미치게 되었다.

그해 10월, 백제의 좌평 연모燕謨 등이 고구려와 전쟁을 벌였으나 대패했다는 소식이 들려왔다. 모처럼 안장제가 친히 2만의 정예기병을 동원해 남진해 왔는데, 이때 혈성을 빼앗고 오곡에서 백제군을 크게 패퇴시켰던 것이다. 이 일로 성왕은 지도력에 커다란 타격을 입고 말았다. 법흥제가 백성睝盛에게 명하여 백제로 넘어가 위문토록 하고, 곡식 2백 석과 우마牛馬 각 백 필을 보내 주었다. 530년에는 융죽肜竹을 원화源花로 삼고, 죽은 보도后의 딸인 16세 지소只召를 帝의 아우 입종立宗의 처로 맞이하게 했다.

이듬해 531년 4월, 법흥제와 벽화후碧花后가 남도南桃에 행차해 선골仙骨 노인들을 불렀다. 그리곤 스스로 실정失政과 황음을 자책한 다음, 이어 신하들 각자에게 국정의 위급한 업무를 바르게 할 방도를 말해 보라고 했다. 이에 신하들이 논의 끝에 이찬 철부哲夫를 처음으로 상대등上大等이란 최고관직의 자리에 앉게 해 나랏일을 모두 맡게 했다. 법흥제가 이때 조정의 인사를 크게 단행했다.

5월이 되자, 고구려 태왕 흥안(안장제)이 병으로 죽어 총애하는 동생 보연이 섰다고 했다. 안장제가 고준高峻의 젊은 딸을 총애한 나머지 보연을 태자에서 끌어내리려 하자, 이를 눈치챈 보연이 먼저 선수를 쳐 안장제를 유폐한 다음, 죽게 했다는 것이었다. 8월에는 〈금관〉에서 계화桂花와 구형仇衡이 입조했다.

그런데 그 무렵 신라에서는 대서령大書令 사충沙忠이 죽었다. 그는 사선沙洗공주가 가노家奴인 가아加兒와의 사이에서 낳은 아들로, 어릴 적부터 총명해 학문을 좋아하고 박식하기로는 당대 제일이었다. 수지守知와 호지好知 등 모두가 그의 학문을 따랐으나, 사충의 골품이 미천해 늘 수지의 가신家臣으로 있었다. 그러나 수지는 그를 가신으로 대하지 않고 아형阿兄으로 부르며, 법흥제에게 그의 재능을 힘써 천거해 대서령으로 뽑히게 하니, 비밀스러운 상주서上奏書가 그 門에서 많이 나왔다고 했다.

당시 백제로 보냈던 5명의 사신과 梁나라에 보낸 2명의 사신이 수지와 함께 새로운 제도를 개혁해 큰 공을 세웠던 배경에는 이처럼 사충의 학문이 있었던 것이다. 그해 10월, 〈금관가야〉의 금원金元 등이 난을 일으켰다는 소식에 이등伊登을 병부령으로 삼아 난을 평정하게 했다. 그러나 금관은 이미 쇠할 대로 쇠해 사태를 수습할 여력이 없었다. 어느 날 구형왕이 주변의 대신들에게 비장하게 말했다.

"나는 사람을 기르는 자로서 사람들을 해치는 일을 원치 않는다. 그렇다고 종사가 나로부터 없어지는 것 또한 차마 볼 수가 없다. 해서 나의 자리를 아우인 구해仇亥에게 물려주고자 한다……"

"대왕, 흑흑흑!"

구형왕이 전위를 발표하자 힘없는 신하들이 자책하며 눈물을 흘렸다. 이후 구해가 쓰러져 가는 〈금관가야〉의 마지막 왕위에 올랐는데, 구형왕은 그 길로 방장산方丈山(지리산) 자락으로 들어가 나오지 않았고 끝내 그곳에서 세상을 떠났다. 구형왕의 무덤은 특이하게도 육중한 돌무덤을 계단식으로 굳세게 쌓아 올린 피라미드 모양을 하고 있는데, 오늘날까지도 그 모습(경남산청)을 그대로 유지하고 있어 보는 이들의 마음을 짠하게 한다.

이듬해인 532년 3월이 되자, 결국 예상했던 소식이 들어왔다.
"금관 군주 구해仇亥가 마침내 나라를 바칠 것을 청해 왔습니다!"
이에 법흥제가 이를 수락했는데, 구형왕 즉위 후 10년 만의 일이었다. 〈금관가야〉는 시조인 김수로부터 따지면 무려 5백 년의 역사요, 거등왕부터 따진다 해도 대략 4백 년에 이르는 오랜 역사였다. 탈해왕의 〈사로국〉을 능가하며 가야의 맹주로 그 세력을 자랑하던 시절도 있었으나, 〈서나벌〉과 통합한 이후의 〈신라〉가 날이 갈수록 강성해짐에 따라 특히 〈포상8국의 난〉 이후로는 사실상 신라의 속국으로 추락하고 말았다.

그 후 4세기 말엽에 고구려 영락제에게 패한 〈부여백제〉 여휘왕의 열도이주를 계기로, 더욱 국운이 쇠하고 말았다. 자세한 기록은 없지만 필시 그 후로 대마도 내의 임나가야를 놓고 벌인 야마토 정권과의 경쟁에서도 밀린 것이 틀림없었다. 그렇게 〈신라〉의 속국처럼 명맥을 유지해 오던 끝에, 이때서야 아예 〈신라〉에 의탁해 그 아래로 병합되는 망국의 길을 택했던 것이다.

이미 가야의 맹주는 고령의 〈대가야〉로 넘어간 지 오래였으나, 고령 또한 흔들리기는 마찬가지여서 524년경 8城을 신라에 빼앗기면서 남북으로 쪼개져 있었다. 따라서 대가야 또한 사실상 신라의 속국이나 다름없는 신세였다. 이런 암울한 상황에서 도저히 벗어나기 어렵다고 판단한 금관의 구해왕이 오랜 고심 끝에 결단을 내린 것이었다.

〈금관가야〉의 마지막 왕 김구해金仇亥가 이때 국고에 있던 보물들을 〈신라〉에 바치고, 노종奴宗, 무력武力, 무덕武德 세 아들을 데리고 찾아와 귀부를 청하니, 법흥제가 구해에게 상등上等의 직위를 내리고 〈금관〉을 식읍으로 삼아 계속 다스리게 했다. 구해의 세 아들에게는 녹봉을 차등 있게 내리고 노비와 함께 논밭과 저택을 내렸는데, 특히 둘째 아들 무력은 신라 조정에서 벼슬을 하고 각간에까지 올랐다. 다만, 무력과 무덕이 구형왕의 아들이라는 기록도 있으니, 어쩌면 구해왕이 조카들을 위해 자신의 아들로 삼았을 수도 있었다.

그런데 그즈음 〈신라〉에서는 법흥제의 위화魏花에 대한 총애가 쇠약해지면서, 선도仙徒들은 어려움이 많았고 불도佛徒들이 점점 번성하기 시작했다. 12월에 帝와 지소궁只召宮이 불법회佛法會를 행한 데 이어, 이듬해 534년 정월에는 진궁眞宮에서 조하朝賀를 받았다. 이제는 지궁地宮의 신분으로 내려간 옥진이 영실英失의 딸 사도思道를 낳았는데, 마침 석 달 뒤인 4월이 되자 지소가 帝의 아들 삼모진彡慕珍을 낳았다.

아이가 법흥제를 닮아 이름을 삼모진으로 하고 옛 모진궁을 주었다. 혹자는 말하기를 입종立宗공이 꿈에 푸른 용이 하늘로 오르는 것을 보고, 지소와 합궁해 태어났다고도 했는데, 자부심으로 가득한 지소가 말했다.

"진골정통眞骨正統이 바로 이 아기에게 있다."

후에 과연 삼모진이 증흥대제中興大帝가 되었다. 그런데 그해 11월이 되자, 법흥제가 〈천주사天柱寺〉에 행차해 불상에 예불을 드리고 재齋를 베풀었다. 帝가 꿈을 꾸었는데 금신金神(부처)이 서방西方에서 와서 帝에게 금척金尺을 주고 이렇게 말했다고 한다.

"마땅히 동방東方을 재단하라."

그런 연유로 법흥제가 불도를 얻어 도탑게 믿도록 하고, 각덕 등에게 명하여 6部에 불법佛法을 설하고 불경佛經을 강론하도록 했다. 뿐만 아니라 이듬해 535년 2월에는 천경림天鏡林을 벌목해 〈흥륜사興輪寺〉 창건에 들어갔다. 地宮 또한 천주사에 행차해 불상 앞에서 예불을 드렸다.

법흥제는 그 이듬해인 536년에도 택사宅師에게 명을 내려 〈영흥사永興寺〉를 창건토록 했다. 신하들이 帝의 칭호를 높여 신국금천대제神國金天大帝라 하고, 처음으로 〈건원建元〉이라는 나라의 연호를 만들어 원년으로 삼았다. 신라 개국 이래로 연호를 쓴 것은 법흥대제 때 처음 있던 일이었다. 나라 안에 대사면을 하고 80세 이상 노인들에게 옷과 술을 내렸다.

그 무렵에 태자는 병이 많았는데, 불사佛事를 좋아하는 대신 정사政事에는 별 뜻이 없었다. 법흥제 역시 정사에 권태를 느껴 입종 전군殿君을 副君으로 삼고 정무를 일임했다. 7월, 영흥사가 완공되어 地宮과 人宮이 선도들을 접대했다.

538년 지방관리들이 가속을 데리고 부임할 수 있도록 허용하는 조치를 내렸다. 그런데 3월이 되자 백제로부터 새로운 소식이 들어왔다.

"명농(성왕)이 남쪽 소부리所夫里(사비, 부여)로 천도했다고 합니다."

4월에는 금진金珍이 부군 입종의 아들 숙흘종肅訖宗을 낳았는데, 후일 이 아이의 외손이 바로 김유신이었다. 5월, 문화文華가 비조부比助夫의 아들 문노文弩를 낳았다. 비조부는 신라 진골정통 선혜의 아들이고, 문화는 대가야 왕족 찬실과 〈왜〉 왕녀의 딸이었다.

539년 2월, 오도吾道궁주가 죽어 后의 예로 장례를 치렀는데, 묘심妙心의 딸로 地宮(옥진)을 낳고 帝의 총애를 얻었다. 벽원碧院의 서남쪽에 궁실을 두고 그곳에서 기거했으나, 대원신통을 이었기에 后의 지위로 예우하니 정사政事가 그 門에서 많이 나왔다. 이 무렵 지궁에 대한 帝의 총애가 조금 쇠하였음에도 지궁의 노여움을 두려워해 후의 예로 존중해 주었다.

그해 4월, 부군과 지궁, 금진金珍이 해궁으로 들어갔다. 이때 帝는 지궁에게 권태를 느껴 부군에게 명하여 나가서 유람하게 하고, 帝는 지소, 영실 부부와 함께 〈영홍사〉를 유람하며 부처를 섬겼다. 5월, 帝가 몸이 편치 않았는데, 부군 입종立宗이 익월 먼저 해궁에서 죽었다. 帝 역시 병이 완전히 치유되지 않아 아시阿時와 수지, 사명思明을 불러 명하였다.

"지소를 천궁황후로 세워 부군의 일을 하도록 하고, 삼모진을 태자로 하라!"

아니나 다를까, 地宮(옥진)이 소식을 듣고 해궁에서 돌아와 약속을 어긴 것을 책망하니, 법흥제가 노하여 지궁을 폐한 다음 벽원으로 내보내 버렸다. 이때 옥진의 아들 비대는 장성해 18세였고, 삼모진은 겨우 6세의 어린아이였다. 지소후와 벽화후가 힘써 간했으나 帝가 듣지 않았고, 옥진이 눈물을 흘리며 궁에서 나가니 하늘에서는 큰비가 내렸다.

그해 8월, 법흥제가 남도南桃에 행차해 신하들에게 잔치를 열어 술을 내렸는데, 이때 다시 옥진을 地宮으로 복위시켜 주었다. 사도궁思道宮을 태자비로 하여 帝와 天宮(지소)의 주관 아래 신궁에서 길례를 행했다. 6살 어린 태자가 능히 동갑내기 妃를 안고 춤을 추니, 帝가 크게 기뻐하며 말했다.

"진정 내 아들이로다. 껄껄껄!"

이듬해 법흥 27년 되던 540년 정월, 帝와 天宮, 태자와 태자비가 남도에서 조하를 받고, 선골仙骨 상노上老에게 술을 내린 뒤에 진궁에서 금신제金神祭를 지냈다. 이어 법흥제가 天宮에게 양위하니, 군신들이 帝에게 금천태상金天太上의 호를 올리고, 천궁에게는 진천대제眞天大帝의 호를 올렸다.

7월, 태상太上(법흥제)이 다시 천궁과 함께 문천蚊川을 유람하고 돌아온 뒤로 오랫동안 병이 들더니, 춘추 61세로 붕하였다. 죽음에 임해 칠성복신七星腹臣을 모아 놓고 다음과 같이 유조遺詔를 남겼다.

"짐의 아들이 많지만 진골정통眞骨正統이라 한들 태자만 못하고, 딸이 많지만 대원신통大元神統이라 한들 태자비만 못한 법이다. 그러니 너희들은 신통神統과 정윤을 받들어 모시고 짐의 때와 같도록 하라. 만약 반역하는 자가 있으면 이를 토벌하라. 천궁을 大帝로 영실과 옥진을 좌우 새신壐臣으로 하여 짐이 있을 때와 같이하라!"

진골정통과 대원신통이 득세하니, 죽음을 목전에 두고도 이를 경계하기 위해 남긴 말이었다. 천궁이 눈물을 흘리며 조칙을 받드니 신하들이 말했다.

"태자가 비록 어리나 보위를 비울 수 없으니, 천궁께서 대위大位에 즉위함이 옳습니다."

이에 천궁 지소只召가 7살 어린 태자를 안고 즉위하니, 신하들이 산호만세를 불렀다. 천하에 대사면령을 내리니 신궁神宮에 서기가 어렸다고 했다. 형식적이라 해도 사실상 신라 최초로 여제女帝가 탄생하는 순간이었다.

법흥대제는 27년의 재위 기간 중 전쟁을 거의 치르지 않은 참으로 운이 좋은 임금이었다. 이와 같은 평화의 시대에는 늘 그렇듯이 여인들이 일어서게 마련이었다. 북방계 마립간 계열의 군주로 처음으로 칭제를 하고 연호를 사용했음에도, 진골정통과 대원신통 양대 골문의 여인들이 권력의 한자리를 파고드는 것을 허용해야 했다. 특히 그의 총신이었던 위화랑이 仙道의 최고 지도자인 仙王의 자리에 오르고, 그의 딸인 옥진이 제1황후인 천궁天宮이 되면서부터는 법흥제가 仙道 중심의 소위 〈三門〉에 포위된 채 군주의 위상이 흔들리는 지경을 맞기도 했다.

법흥제가 개혁군주의 길을 걷기 시작한 배경에는, 이처럼 철저하게 仙道 중심으로 짜인 신라 사회를 변화시킴으로써, 나라의 기강을 바로 세우고 중앙군주의 권력을 강화시킬 필요성을 느꼈기 때문이었을 것이다. 이를 위해 1차적으로는 유학에 기반을 둔 중원(梁)의 제도를 답습하려 했고, 나중에는 〈이차돈의 순교〉를 계기로 불교마저 수용하는 포용적 입장을 취했던 것이다. 법흥제가 발탁했던 위화는 선도를 국교 수준으로 끌어올리고 수장으로서 최고의 권력을 누렸지만, 말년에 이르러서는 공교롭게도 자신의 아들인 이차돈에 의해 불도에 밀리고 말았으니 역사의 힘이 이런 것이었다. 어쨌든 법흥제의 의도와는 상관없이 철저하게 仙道 중심이었던 신라 사회는 이후 유학과 불법을 받아들이면서 보다 다양하고 개방적인 모습으로 진화하는 전기를 맞이하게 되었다.

7. 사비 천도와 남부여

AD 523년, 〈백제〉에서는 무령왕이 왕후 연비燕妃에게 독살당한 뒤로 태자인 명농明穠 성왕聖王이 즉위했다. 지혜롭고 식견이 뛰어난 데다 결단력을 지닌 임금이었으나, 즉위 과정이 의혹투성이였다. 그때까지도 백제의 왕은 여전히 上國과도 같은 야마토(대왜) 天王의 인정과 후원 아래 즉위해 왔으나, 성왕에겐 그런 흔적이 없었으니 시작부터 정통성 시비에 휘말렸을 가능성이 농후했다.

그런 와중에 8월이 되자, 고구려의 대대적인 남침으로 순식간에 쌍현성雙峴城을 내주고 말았다. 이어서 벌어진 〈금천전투〉에서도 1만의 보기병을 이끌던 좌장左將 지충志忠이 대패해 남녀 1만의 포로가 끌려가야 했다. 성왕이 고구려군에 명마와 미녀들을 바치고 사죄한 연후에 비로소 휴전이 성사되어 고구려군이 철수했으나, 한강 일대를 잃게 된 성왕은 즉위 첫해부터 지도력에 큰 타격을 입고 말았다.

원래 죽은 무령왕에게는 순타淳陀라는 아들이 있어, 처음 야마토에서 귀국할 때 함께 들어왔다. 이후 무령왕이 즉위하자마자 순타를 태자로 삼았으나, 이내 야마토로 인질로 보내진 것으로 보였다. 이후 무령왕이 자신의 즉위에 공을 세운 백제 귀족의 딸을 후비로 받아들여 낳은 아들이 명농이었다. 그런데 513년경, 순타태자가 병약했던지 야마토에서 덜컥 사망하게 되었고, 이에 명농이 어린 나이에도 무령왕의 태자가 될 수 있었던 것이다.

그런 배경 아래 이듬해 524년이 되자 양梁나라 시조 소연이 조서를 보내와 성왕에게 관작을 수여했는데, 〈수동綏東장군백제왕〉이라는 칭호를 내려 주었다. 성왕이 정통성 시비를 가라앉히기 위해 〈양〉나라에 각별히 공을 들인 것으로 보였다. 525년에는 늦게나마 〈신라〉에 즉위 사실을 알리고 사신을 교환했는데, 그 무렵 아들인 여창餘昌을 얻었다. 526년이 되자 성왕이 주위에 명하였다.

"웅진성을 수리하고, 사정책沙井柵을 세우도록 하라!"

이는 장차 고구려 등 외부의 침공에 대비한 것이 틀림없었다. 그즈음 정치가 안정을 찾으면서, 성왕이 군병과 병장기를 늘리고 병사들을 훈련시키는 등 고구려에 당한 패배를 설욕하기 위해 전쟁 준비를 강화하는 모습이었다. 다른 한편으로는 보과 등을 돌려보내지 않은 신라와의 사이에서도 긴장이 고조되고 있었다.

그 무렵인 527년경, 야마토 조정에서는 사실상 신라가 점유하고 있던 대마도 내의 남가라南加羅와 탁기탄啄(록喙)己呑을 다시 일으켜 〈임나〉로 합쳐야 한다는 주장이 일고 있었다. 이에 당시 계체천왕이 근강모야신近江毛野臣(오미게나노오미)에게 일부 군사를 내주고 임나로 향하게 했다. 고대에는 도성에 대규모의 상비군을 주둔시킨 나라가 흔치 않았기에, 천왕이 근강모야에게 가는 길목에 군사를 동원할 수 있는 권한을 부여한 듯했다. 그렇게 모야오미가 북큐슈 지역에 이르렀을 때, 〈축자국〉의 지방관인 반정磐井(이와이)이란 인물이 다른 마음을 먹고 모야오미를 도와주지 않았다. 그런 탓에 일이 꼬여 군대를 동원하지 못한 채 해를 넘기고 말았다. 정보를 입수한 〈신라〉가 이때 은밀하게 반정의 처소에 뇌물을 보내, 근강모야의 군대를 막아달라고 미리 손을 쓴 것이었다.

신라와 내통한 반정이 재빨리 비肥(히)와 풍豊(후) 두 소국을 점거한 다음 영향력을 행사해 근강모야를 돕지 못하게 하는 한편, 밖으로 한반도와 임나 등에서 매년 야마토로 오고 가는 선박들을 축자筑紫(쓰쿠시)로 유인했다. 심지어 나중에는 임나로 가야 할 근강모야의 군대를 가로막고 출정을 노골적으로 방해하기까지 했다. 이때 반정이 모야오미에게 기세등등하게 말했다.

"전에는 나와 같은 동료로서 한솥밥을 먹던 사이가 아니었느냐? 그런데 이제 네가 사신이랍시고 나를 무릎 꿇게 하려는 것이냐?"

이처럼 반정이 근강모야를 향해 교전도 불사하겠다는 식으로 나오는 바람에, 우물쭈물하던 모야오미가 중도에 발이 묶이고 말았다. 물론, 원래 계획했던 군사동원에도 실패한 것이 틀림없었다. 소식을 들은 천왕이 크게 대노하여 대반금촌大伴金村 등에게 대책을 서두르게 했다. 결국 용감한 데다 병법에 통달했다는 물부대련物部大連이 추가로 토벌에 나서기로 했고, 이에 천왕이 명을 내렸다.

"축자의 수괴 이와이가 반란을 일으켰으니, 그대가 가서 반드시 토벌하도록 하라!"

그해 11월, 대장군 모노노베物部오무라지는 축자로 들어가, 삼정군三井郡(미이노코리)에서 반정磐井이 이끄는 반란군과 일전을 벌였다. 양쪽의 깃발이 나부끼고 북소리가 진동하는 가운데, 전쟁터에는 병사들이 일으키는 먼지가 자욱했다. 서로 먼저 승기를 잡으려고 필사적인 전투가 벌어졌고, 한 치도 양보하려 들지 않는 치열한 접전이었다. 그러나 마침내 모노노베가 이끄는 정부군이 반정(이와이)을 베고 반란군을 제압하고 나서야, 비로소 〈반정의 난〉이 마무리될 수 있었다.

그렇다고 모야오미가 곧바로 다음 단계의 일을 진행시킨 것도 아니었는데, 어수선한 난리 뒤의 사후 수습 때문으로 보였다. 결국 얼마 지나지 않아 계체천왕이 계획을 바꾸어 모야오미를 대마도 내의 〈안라安羅〉에 사신으로 보내되, 장차 신라를 움직여 남가라와 북가라를 다시 일으켜 줄 것을 권고하라는 명을 내렸다. 즉 〈반정의 난〉으로 인해 임나 세력의 확장을 위한 무력 동원에 한계를 느낀 계체천왕이 생각을 바꾸었는데, 이번에는 안라를 움직여 신라에 외교 공세를 펼쳐 보기로 한 것이었다. 그러나 현실적으로 신라가 이미 두 소국을 병합한 상황이라, 사실상 전쟁을 해서 빼앗기 전에는 실현 불가능한 일이었다.

따라서 당시 근강모야의 임무는 일단 〈안라〉를 통해서, 신라의 강제 병합을 두려워하던 여타 대마도 내 주변의 소국들과 함께 〈백제〉까지 끌어들인 다음, '안라, 백제, 임나소국'의 연합을 구성하는 것이었다. 이후로 이들 연합이 신라를 상대로 압력을 넣어 남가라와 탁기탄을 부활시키고, 끝내는 이 두 소국을 〈임나〉에 돌려줄 것을 요구하라는 것으로 보였다. 결국 안라군주가 서둘러 백제와 신라에 사람을 보내 청을 넣게 했다.

"안라군에서 야마토천왕의 조칙을 받드는 회의가 있으니, 대왕께서도 고위 대신을 저희 안라로 보내 달라는 군주의 청이옵니다!"

이에 백제에서는 장군 군윤귀君尹貴와 마나갑배麻那甲背, 마로麻鹵 등을 〈안라〉로 보내왔지만, 이미 두 소국(藩國)의 관가官家를 없애 버린 신라에서는 이를 무시한 채, 고위직 대신 11등급 수준인 나마奈麻 직의 부지夫智와 해奚 등을 보내왔다. 안라에서는 이 회의를 위해 특별히 〈고당高堂〉을 세워서 칙사인 근강모야가 먼저 오르게 하고, 안라군주가 그 뒤를 따라 계단을 올라갔다. 나머지 사자들은 고당 아래 뜰에 서서 조칙을 들어야 했는데, 백제의 君장군이 여러 번 고당 위로 오르려 했지만 주위의 제지로 이루지 못했다. 이에 백제의 사신들이 이를 매우 한스럽게 여겼다고 하니, 야마토와 백제의 사신들 사이에 벌써부터 회의의 주도권을 놓고 알력이 있었던 것이다.

174

어찌 됐든 이때 소위 〈안라 고당회의〉의 결과는 먼저 남가라와 탁기탄 두 소국을 부활시켜 달라는 천왕의 뜻을 신라에 전달하는 것으로 그친 듯했다. 신라로서는 자기들이 이미 병합시킨 소국들을 독립시켜 주라는 요구에 참으로 어이가 없었을 것이다. 그것도 사신을 금성으로 보내 정식으로 요청한 것도 아닌 데다, 천왕의 명이라는 명분 하에 멀리 대마도의 안라까지 사람을 불러 놓고 여러 나라들을 동원해 압력을 넣으려 했으니 그 저의를 크게 의심했을 것이다.

그 뒤 4월이 되자, 임나왕 기능말다리能末多(아리사등阿利斯等)가 야마토 조정에 입조했는데, 이때 오토모大伴大連를 만나 청하였다.

"바다 밖의 여러 번국들은 태중胎中천왕(응신)이 내관가內官家를 두었을 때부터 본토를 저버리지 않아, 천왕께서 그 땅을 봉해 주었던 것입니다. 그런데 지금 신라가 원래의 경계를 어기고 자주 침략해 오니, 청컨대 천왕께 아뢰어 신의 나라를 구해 주십시오!"

야마토 천왕이 대마도 내의 임나를 확장하려 한다는 소식에 임나왕도 직접 행동에 나선 것이었다. 이에 오토모가 이를 천왕에게 전하니, 천왕이 임나에 머무는 모야오미에게 명을 내렸다.

"임나왕이 청해 온 내용을 알아보고, 서로 간에 의심하는 것이 없게 하라!"

당시 모야오미가 임나(대마)에 와 있었음에도, 임나왕이 급히 조정까지 찾아온 이유는 장차 대마도 내의 임나 확장(재건)을 위해서는 무력으로 신라를 밀어내는 것만이 답이라는 사실을 환기시키려는 것이었다. 즉 순진하게 외교로 해결될 문제가 아니라는 주장을 피력하려 했던 것이다. 이에 반해 이미 무력 동원을 포기했던 계체천왕은 임나왕의 무리한 요구에, 근강모야로 하여금 천왕의 뜻을 제대로 전달해

서로 간에 오해가 없도록 하라는 것이었다.

그러나 사실 근강모야의 입장에서도 대마도 내의 반反신라 세력을 규합해 신라에 외교 공세를 펼쳐 보라는 것은 실현 가능성이 떨어지는, 지극히 난감하기 짝이 없는 명령이었을 것이다. 멀리 궐 안에 앉아 있는 천왕이 병력지원도 없이 대신들에게 말로만 문제를 해결하라는 뜻이었으니, 그야말로 손도 안 대고 코를 풀려는 것이나 다름없는 것이었다.

이처럼 당시 야마토가 유사시에 병력을 동원해 임나로 파병을 할 처지가 아니었기에, 근강모야는 그저 야마토의 위세를 이용한 외교력으로 신라를 자극하지 않는 선에서 문제를 해결해야 하는 난제를 떠맡게 되었다. 실제로 야마토 조정에서는 신라를 상대할 만한 백제가 적극 나서 주기를 바랐겠지만, 백제 또한 신라와는 〈나제동맹〉으로 얽혀 있어 그럴 명분이 없기는 마찬가지였을 것이다.

어쨌든 이때 모야오미가 대마도 내로 추정되는 웅천熊川에 들어와 머물면서 신라와 백제 양국에 연락해 두 왕을 웅천으로 모이게 했으나, 두 나라가 이를 받아들일 리가 없었다. 〈신라〉의 법흥제는 거칠부居柒夫를 보냈고, 백제의 성왕은 은솔恩率 미등리彌騰利를 대신 웅천으로 보내왔다. 근강모야가 왕들이 나타나지 않은 것에 불같이 화를 내며 두 나라 사신을 책망했다.

"작은 나라가 큰 나라를 섬기는 것이 하늘의 도道다. 어찌해서 왕이 몸소 나타나 천왕의 명령을 받지 않고 가벼이 사신을 보낼 수 있단 말인가?"

그러면서 이제 와서 왕들이 온다 한들 조칙을 선포하지도 않을 것이고, 반드시 쫓아가서 격멸시키겠노라고 큰소리를 쳤다. 계체천왕의 사신에 불과한 근강모야의 허세가 그야말로 하늘을 찌를 정도였던 것이다. 이에 양국의 사신들이 다시 돌아가 왕을 부르겠다며 급히 각자의 나라로 돌아갔다.

얼마 후 〈신라〉는 장군 이사부異斯夫(태종笞宗)를 다시 보내왔는데, 본국에서 배를 타고 임나까지 들어온 것으로 보였다. 그런데 이번에는 신라의 대응이 전과 달라서, 오히려 이사부가 군사 3천을 거느리고 나타나 천왕의 조칙을 듣겠노라고 했다. 소위 임나 확장(재건)을 노리는 야마토의 속셈을 간파한 신라가 필요시 전쟁도 불사하겠다는 강력한 의지를 드러낸 셈이었다.

"앗, 신라군의 깃발이다. 신라군이 나타났다!"

멀리서 수천 명의 신라 병사들이 무리 지어 나타나자 모야오미의 병사들이 두려움에 기겁하자, 근강모야는 인근의 기질기리성己利城으로 급히 자리를 옮겨 갔다. 이사부 또한 인근의 다다라원多多羅原에 진영을 꾸린 채 이후 석 달이나 머물며 조칙을 기다렸으나, 모야오미는 끝내 움직이질 않았다. 그 와중에 양측의 경계에서 병사들끼리 벌인 사소한 충돌이 폭력 사태로 번지고 말았고, 이에 분노한 이사부가 인근의 4고을에 무차별 공격과 함께 노략질을 감행한 다음, 비로소 본국으로 철수해 버렸다.

1년이 지난 뒤, 임나왕의 사신이 야마토에 입조했는데, 엉뚱하게도 천왕에게 근강모야의 잘못된 행실에 대해 고하는 것이었다.

"모야오미가 구사모라久斯牟羅에 집을 짓고 2년을 머물렀으면서도, 인민들을 괴롭히면서 끝내 나라 간의 이해관계를 조정하고 화해시키는 일조차 성사시키지 못했습니다."

이에 천왕이 사람을 보내 모야오미를 불러들이려 했으나, 그는 변명으로 일관하며 귀국하지 않았다.

"왕명을 이룬 다음 돌아가 사죄할 것이니, 부디 기다려 달라고 전해 주시게!"

임나왕 아리사등은 모야오미가 사소한 일에 매달린 채 본래의 임무를 소홀히 하는 데다 천왕의 소환에도 불응하자, 자주 본토 귀국을 권했으나 근강모야가 듣지 않았다. 결국 모야오미가 배반의 길을 걷고 있다고 의심한 임나왕은 이제는 골칫거리가 된 모야오미를 제거할 방법을 찾기 시작했다.

'본국의 천왕은 결코 임나에 병력을 지원하실 마음이 없다. 자기가 덫에 걸리고 만 것을 안 모야오미도 천왕의 소환에 불응하고 있으니, 그는 이미 천왕의 눈 밖에 난 것이다. 그렇다면 모야오미가 이곳에서 신라와 백제를 자극해 자칫 분란만 야기할 뿐이니, 이참에 그를 제거하는 것이 상책일 것이다……'

고심을 거듭하던 임나왕이 어느 날 은밀하게 측근의 사람들을 부르더니, 인근의 신라와 백제 양측에 밀사로 보냈다. 얼마 후 근강모야의 수하들이 뛰어 들어와 그에게 급박한 보고를 했다.

"오오미, 갑작스레 백제 군사들이 쳐들어왔습니다!"

"무어라, 백제군이 우리를 공격한다고?"

모야오미가 놀라 나가 보니 과연 성 밖에 백제군의 깃발이 나부끼고 있었다. 그러나 그 병력의 규모를 살피고는 붙어 볼 만하다고 생각했던지, 모야오미가 병사들을 이끌고 나가 배평背評에서 백제군을 상대로 전투를 벌였다. 그러나 전투 결과 부상당하거나 죽어 나간 자가 절반이나 되었는데, 뒤늦게 신라군이 나타나 백제군에 가세한 것이 틀림없었다. 전투에 참패한 모야오미가 잔병들을 이끌고 서둘러 임나왕의 도성으로 피해 들어온 듯했다. 끝내는 백제와 신라 양국의 군대가 함께 성을 포위한 채 임나왕에게 요구했다.

"근강모야를 내줄 수 있겠는가?"

그러나 모야오미는 전혀 아랑곳하지 않고 성을 단단히 지킨 채 버텼다. 양국의 군대도 더 이상 손을 쓸 수가 없자 한 달을 머물다 城만 쌓고 철군하기에 이르렀는데, 이때도 돌아가는 길목에 있던 5개 城을 함락시켜 버렸다. 이처럼 당시 신라는 물론, 백제까지 나서서 모야오미에 대해 협공을 가한 것은 〈나제동맹〉으로 엮여 있던 양측이 임나 확장을 꾀하려던 야마토 천왕의 의도를 함께 좌절시키려 든 것이었다. 놀랍게도 그 이면에는 임나왕 아리사등의 밀사가, 나제 양국을 상대로 모야오미를 공격하라는 사주가 있었던 것이다.

그해 겨울, 모야오미를 소환하기 위해 임나로 갔던 천왕의 사신이 돌아와 보고했다.

"근강모야는 사람됨이 거만하고 거칠기 그지없어 가라加羅를 화해시키기는커녕, 끝내 소란만을 야기했습니다. 사람들을 다스릴 줄도 모른 채 제멋대로 굴기만 하니 환란을 막을 수 없을 것입니다."

이에 천왕이 다시금 임나로 목협자目頬子를 보내 모야오미를 불러들었다. 결국 거듭된 소환명령에 근강모야가 더 이상 버티지 못하고 귀경하려 했으나, 심적 스트레스가 컸던지, 그만 대마에서 병에 걸려 죽고 말았다. 처음 모야오미의 임무는 임나로 들어가 신라가 지배하고 있던 남가라와 탁기탄를 다시 일으켜 임나로 합치라는 것이었다. 그러나 〈반정의 난〉 등으로 시작부터 일이 꼬이게 되더니, 천왕으로부터 무력이 아닌 외교전으로 대신하라는 전혀 다른 명령을 받고 말았다.

근강모야가 안라군주로 하여금 〈고당회의〉를 열게 했음에도, 천왕의 위엄에 기대 분에 넘치는 위세를 부리며 백제와 신라 두 나라를 자극한 탓에 당사자인 신라에게 임나 확장을 노리던 야마토 정권의 속셈만을 들키고 말았다. 결국 이사부의 출정에 제대로 대응 한 번도 못한 근강모야가 천왕의 소환에 응하지도 못한 채 오도 가도 못하는 곤경에 처했으나, 신라의 강경한 입장을 확인한 임나왕은 모야오미의 계획이 실패한 것으로 여기고, 모야오미를 제거해 자칫 임나 지역에 불어닥칠 전쟁의 화를 방지하려 했던 것이다.

결정적으로 임나왕이 이때 밀사들을 보내 백제와 신라에 청병을 요청한 것이었는데, 그만큼 야마토 천왕의 힘을 신뢰하지 못했던 것이다. 끝내는 양측이 출정해 근강모야가 이끄는 병력과 전투를 벌인 끝에 모야오미가 참패당하고 말았으니, 그가 병으로 죽었다는 말도 의혹투성이일 수밖에 없었다. 처음부터 이룰 수 없는 임무를 부여받은 근강모야는 덫에 걸린 짐승인 양 이래저래 죽을 운명이나 다를 바 없었으니, 모든 것이 그의 불운이었다. 530년경의 일이었다.

이처럼 〈반정의 난〉과 안라安羅 〈고당高堂회의〉로 이어진 근강모야 近江毛野(오미게나노) 사건은 결과적으로 야마토 天王의 힘이 한반도의 三韓은커녕, 대마도 내 임나가야의 정치를 좌우할 정도도 되지 못했음을 입증해 주는 사례였다. 그리고 그 시작은 한반도 남부의 가야권이 해체되는 과정에서 신라의 독주를 막으려는 백제의 남선南先정책과, 어떻게든 반도로 향하려던 계체천왕의 임나부흥전략이 어우러지면서 비롯된 것이었으나 결과적으로는 실패로 끝나고 말았다.

여기서 안라安羅는 대마도 내의 임나(왕)에 속한 일개 郡으로, 한반도 남단 함안의 〈아라阿羅가야〉와는 발음만 비슷할 뿐 아무런 관련이 없었다. 그런데도 훨씬 후대에 일제의 식민사학자들이 대마의 안라가 곧 반도 6가야의 하나였던 아라가야라고 날조하기 시작했고, 이를 근거로 야마토가 반도 남단을 다스렸다는 소위 〈임나일본부설〉의 근거로 악용했다. 그러나 명백히 安羅는 阿羅와 달리 나라도 아니었고, 따라서 당시 야마토가 한반도 남단을 다스린 것은 더더욱 아니었다.

공교롭게도 이듬해 531년이 되자, 야마토 조정에서 정변이 일어났는지 계체천왕과 함께 그 태자 등 천왕 일가가 모두 세상을 떠났는데, 한동안 일체 비밀에 부쳐졌다. 고구려에서도 황태자 보연寶延이 안장제를 유폐시켜 죽인 다음 보위에 올랐다. 고구려와 백제, 야마토 등 한반도를 둘러싼 여러 나라에서 황위 계승이 원만하게 이루어지지 않아, 반란과 그에 의한 혼란이 가중되던 시기였다. 일설에는 죽은 계체천왕이 응신천왕(여휘)의 5세손으로 백제 무령왕이 그를 아우라 부르는 사이였다고도 했다.

그 무렵에 백제의 성왕은 남조南朝의 양나라를 통해 중원의 문물을 적극 받아들이고, 특히 불교를 두루 전파시키는 데도 앞장섰다. 526년에는 겸익謙益을 〈인도〉에 파견해 불교의 율律을 구해 오게 할 정도였다. 아울러 불교를 열도의 야마토에 전파하는 일에도 적극적이었다. 이듬해인 527년에는 도성인 웅진에 백제 최초의 불교사찰인 〈대통사大通寺〉를 지었는데, 梁의 황제 소연을 위한 것이라고 했다. 신라에서도 이듬해 528년에 〈이차돈의 순교〉가 일어나게 되었으니, 붓다가 불교를 창시한 이래로 천 년이 지나서야 비로소 한반도와 일본 열도에 뒤늦게 불법이 일어나기 시작했던 것이다.

그러나 그런 와중에 529년 10월, 성왕이 전쟁을 준비한다는 정보에 고구려의 안장제가 2만의 대병을 일으켜 친히 백제에 타격을 가했던 것이다. 이때 고구려군의 공격에 혈성穴城이 떨어진 것은 물론, 연모燕謨가 지휘하던 3만 백제군이 〈오곡五谷전투〉에서 참패함으로써 백제 조정이 패전의 후유증을 심하게 앓아야 했다. 웅진의 호족들은 그동안의 전쟁 준비는 물론, 대통사 창건 등으로 많은 물자와 비용을 들이고도 모두가 허사로 돌아간 데 대해 크게 실망했다. 결국은 성왕에 대한 불만을 토로하기 시작했고, 왕권이 크게 흔들리는 지경에 처하고 말았다.

이에 새로운 돌파구를 찾아 고심하던 성왕이 선제적으로 천도를 생각하기 시작했다. 당시 야마토 조정은 수시로 천도를 반복해 왔고, 한 세기 전에 백제에게 패한 북위가 낙양으로 천도했던 일들이 참고가 되었을 법했다. 성왕이 이내 은밀하게 장소를 물색한 결과, 가까운 웅진 서남쪽의 사비泗沘(충남부여) 땅을 택하기로 했다. 사비(소부리所夫里) 또한 외곽에 백마강 물줄기가 흐르는 비교적 습한 지역이라 농사에 적합하지 않아, 사람이 적고 대부분 버려진 땅이었다. 성왕은 새로이 사비 지역의 호족인 사沙씨(사택沙宅) 가문과 손을 잡고, 그 대표격인 사택기루沙宅己婁를 상좌평에 임명해 천도 등에 관한 일체의 업무를 맡겼다. 주로 사비에 궁궐터를 조성하고, 실제로 궁궐을 짓는 것이 주된 일이었을 것이다.

〈오곡전투〉가 끝나고 대략 10년이 지난 538년 봄, 마침내 성왕이 조정 안팎에 중대한 내용을 선포했다.

"그동안 공들여 마련한 사비성이 완성되었기에 이제 도성을 그곳으로 옮기는 천도를 단행할 것이다. 대소신료들은 한 치의 오차가 없도록 천도에 적극 협조해 주기 바란다. 아울러 이미 예고한 바와 같이 나라 전체를 새롭게 일으킨다는 의미에서 기존 백제라 부르던 국호를 버리고 새로이 남부여南扶餘로 바꿀 것이다!"

이로써 결국 〈사비〉로의 천도와 동시에 국호를 〈남부여〉로 변경했으니 매우 파격적인 조치였다. 이는 대륙 〈서부여〉에서 한반도로 이주해 온 소위 백가제해 세력, 즉 〈부여백제〉 출신들이 북쪽의 〈한성백제〉 온조 계열의 국호를 포기함으로써, 자신들의 정체성을 더욱 선명하게 드러내려는 뜻을 반영한 것이었다. 한마디로 성왕은 〈부여〉의 부활과 재건을 기치로 내건 셈이었다.

〈한성〉에서 〈웅진〉으로의 천도는 장수제의 공격으로 한성漢城이 붕괴되었기에 불가피하게 이루어진 측면이 있었지만, 〈사비〉로의 천도는 내부의 필요성에 의해 자발적으로 이루어진 천도라는 점에서 분명 차이가 있었다. 따라서 이미 웅진을 기반으로 하던 호족들의 상당한 반발과 저항에 부딪쳤을 테지만, 이들 호족들의 힘을 빼는 것이야말로 성왕이 노리던 것이라 천도를 강행했던 것이다.

성왕은 사비천도 후 분위기 쇄신을 위해 전국의 행정조직과 관등官等을 대대적으로 정비하는 행정개혁에 착수했다. 우선 고이왕 이래로 지켜 오던 중앙정부의 〈16관등제〉를 고치는 일에 나섰다.

"이제부터는 그동안의 관등제를 해체하는 대신, 전내부 등 내관內官 12部와 사군부 등 외관外官 12部를 합쳐, 총 22부제로 개편할 것이다!"

이는 귀족중심의 회의체 운영방식을 개선해 철저하게 王을 중심으로 하는 회의체로 전환하는 것이었다.

특별히 수도인 사비성은 〈上, 下, 前, 後, 中〉의 5部로 나누고, 각각의 5부 아래 5항巷을 두는 〈5부 5항제〉를 실시해 수도방어를 더욱 촘촘하게 했다. 지방 또한 종전의 〈담로제〉를 개편해 전국을 〈동, 서, 남, 북, 중〉의 5방方으로 나누고, 각 방 밑에 7~10개의 郡과, 다시 그 아래 縣에 해당하는 城을 두는 〈5방군성제五方郡城制〉로 바꾸었다. 이로써 백제에서도 중앙집권 강화를 위한 행정개혁이 이루어진 셈이었는데, 정치적으로도 십여 년 전 신라의 법흥제에 버금갈 정도로 과감한 대변혁이었다.

그러나 성왕이 대륙 (서)부여의 부활을 꿈꾸면서 국호를 〈남부여〉로 개칭했음에도, 이후 대부분의 주변국들은 여전히 〈백제〉라는 명칭을 그대로 사용하고 기록함으로써, 국호 변경에 대한 그의 의지를 무색하게 했다. 5백 년 넘게 사용하며 모두에게 친숙해 있던 〈백제〉라는 국호를 하루아침에 변경하기란, 생각만큼 그렇게 단순한 일이 아니었던 것이다.

새로운 〈사비성〉은 대략 10년의 세월에 걸쳐 철저하게 준비하고 계획된 고대도시였다. 사비는 남조의 梁나라 도성 건강建康(남경)을 표본model으로 삼은 것으로, 야트막한 부소산扶蘇山 남쪽에 왕궁을 배치하고, 그 아래 남북으로 길게 늘어뜨린 대로와 좌우로 소로를 두어, 마치 바둑판 같은 구획 안에 관가와 가옥들을 들어서게 하는 구조였다.

이처럼 도시의 기능을 세련되게 극대화시킨 고대도시 사비의 모습은 이후 야마토大倭에도 커다란 영향을 주어, 후일 나라奈良나 교토의 성들을 짓는 데 표본이 되기도 했다. 이와 함께 성왕 시대에 사비성 한가운데에 불교사찰인 〈정림사定林寺〉를 창건함으로써, 웅진熊津에서처럼 부처님이 주관하시는 용화龍華세상을 구현하려 했던 것으로 보였다.

8. 북방의 맹주 고구려

531년경 고구려에서는 안장대제의 이복동생인 보연寶延이 형인 태왕을 유폐시켰다가 제거한 다음, 고구려의 24대 태왕에 올랐으니 문자명제(명치대제)의 차남이자 경경鯨태후의 아들인 안원대제安原大帝였다. 7척 5촌의 큰 키에 기사騎射 등 무술이 뛰어났으며, 도량이 크고 웃어른을 잘 받들었다고 한다. 그러나 끝내 안장제가 젊은 여인에 빠져 동궁인 보연을 폐위시키려는 조짐이 보이자, 보연이 과감하게 선수를 친 것이었다. 그해 5월, 황산 행궁에 마련된 빈전殯殿(빈소)에서 안장제의 황후였던 초운楚雲황후가 동궁인 보연 앞에 무릎을 꿇고 새보를 바치는 가운데 태왕의 즉위식이 거행되었다.

이때 안원제의 춘추 53세였는데, 연호를 새로이 〈대장大藏〉으로 바꾸었다. 안원제가 이때 초운을 그대로 황후로 삼으려 했으나, 이미 환갑의 나이인 그녀가 스스로 노인이라며 황후의 자리를 고사했다. 대신 자신과 안장제의 딸인 32세의 덕양德陽공주를 내세우는 동시에, 아들이자 덕양의 친오빠인 35세 각惛태자를 일찌감치 동궁의 자리에 올리는 데 성공했다. 필시 초운이 안원제의 즉위를 도운 것이 틀림없어 보였는데, 이는 흡사 선대의 경경鯨태후를 흉내 낸 것이나 다름없었다.

안원제는 자신과 욱勗태후 소생의 은銀공주를 동궁의 정비로 삼게 했다. 아울러 순恂태자비 화양華陽공주를 자신의 부황후로 삼았는데, 21세의 그녀는 북위 선무제 원각元恪의 딸이자 호태후 소생이었다. 이와 함께 여성인 양의신을 중외대부, 그녀의 남편인 연학淵學을 사농경에, 선정宣蜓을 女승상으로 삼는 등 조정 대신들의 인사를 단행했다. 선제 때보다도 더욱 두드러진 여인들의 요직 진출이었으니 실로 보기

드문 일이었다.

그해 6월이 되자 〈북위〉의 절문제 원공元恭이 사신을 보내와 부의를 바쳐 와서, 태왕이 화양后와 함께 서쪽의 전각에서 사신을 만나 보았다. 이때 魏의 사신으로부터 북위의 어지러운 정세에 대해 소상히 들을 수 있었다.

"지금 이주세륭이 집정을 하고 있기는 한데, 중원仲遠이 서주徐州 땅에 진을 쳤고, 이주조는 병주幷州와 분주汾州에 머물러 있으며 천광天光은 장안에 있습니다. 그러나 저마다 탐욕스럽고 포악해 약탈을 자행하고 있는 데다, 령이 제대로 통하질 않아 조세도 걷히지 않으니 천하가 온통 난리라 생각하고 있습니다……"

이에 태왕이 안쓰럽다는 표정으로 말했다.

"이주爾朱가 세인들의 마음을 잃었음을 알 만하구나."

한편, 그때 고환高歡은 이주조에게 군병을 빌려 〈신도信都〉로 나아갔는데, 재빨리 태도를 바꿔 원랑元朗을 새 임금으로 내세우고 이주씨를 크게 성토하기 시작했다. 10월이 되자 고환과 이주조가 끝내 광아廣阿에서 맞붙어 일전을 벌였는데, 이때 이주조를 크게 깨뜨리고 업鄴 땅으로 진격해 세력을 널리 떨치게 되었다.

이듬해 532년이 되자, 고구려 조정으로 신라와 금관에 대한 소식이 들어왔다.

"아뢰오, 원종原宗(법흥제)이 구형仇衡을 폐하고 그의 아우 구해仇亥를 세웠으나, 결국 금관을 빼앗아 신라의 郡縣으로 삼았다고 합니다. 그러나 가야의 여러 족속들이 이에 불복해 화가 그칠 날이 없다고 합니다."

이는 곧 〈금관가야〉가 신라에 복속되었음을 이르는 말이었다.

한편, 중원에서는 〈광아전투〉의 승리로 한껏 기세가 오른 고환이 이내 업성을 공격했다. 이때 성안의 수비가 견고해 성이 쉽사리 함락될 기미가 없자, 성 밖에서 땅을 파고 나무 기둥을 박으면서 굴을 파고 들어간 다음, 기둥에 불을 질러 성벽을 무너뜨렸다. 그렇게 업성을 차지한 다음, 자신이 세운 군주인 원랑을 업鄴으로 옮기고, 스스로는 승상 겸 주국柱國, 대장군에 올랐다.

당시 고환의 나이가 37세였는데, 고구려 대신 루사덕婁師德의 피붙이인 그의 처 루씨 역시 근력이 엄청나 능히 고환을 도왔다. 그녀는 여성이었음에도 진을 치거나 말 타고 달리는 것이 나는 것과 같을 정도의 여장부였다. 또한 그녀의 11살 아들 징澄을 표기대장군으로 삼았는데, 어린 나이에도 기꺼이 싸움에 임할 정도로 용맹했다.

그때 이세륭은 이주조, 이주천광天光, 이주탁률度律 등과 함께 장차 군주를 새로 바꾸기로 약속하고 서로 친목을 두텁게 했다. 이들이 여러 세력들과 연합해 고환을 내치기로 밀통했는데, 이주조는 진양晉陽에서, 탁률은 낙양, 이주중원仲遠은 동군東郡에서 각자 업鄴으로 모여드니 순식간에 20만 대군이 되었고, 원수洹水 강변에 차례대로 군진을 꾸렸다. 그러나 이를 본 고환이 고오조高敖曹와 함께 선제적으로 군대를 몰고 질풍처럼 나아가, 이들 연합세력에 맹공을 가한 끝에 대파시키고 말았다. 이주조는 재빨리 진양으로 달아나야 했다.

그런데 그해 4월이 되자, 곡사춘斛斯椿 등이 세륭은 물론, 천광과 탁률 등의 목을 베어 〈업〉의 고환에게 보내오는 놀라운 일이 벌어졌다. 결국 고환이 낙양에 입성해 절민제를 유폐시키고, 새롭게 원수元脩를 황제로 내세웠다. 이어 고환이 절민제를 짐독으로 죽이니 몇몇 관리들이 그 시신을 거두어 묻어 주었는데, 효문제 원굉의 조카이기 때문이었다.

석 달 후 7월이 되자, 다시 고환이 이주조를 공격해 진양을 빼앗았고, 이에 조兆는 산서 북쪽의 수용秀容으로 패주해 〈해奚〉왕 두출竇出에게 도움을 청했다. 그 무렵 고환이 장남 고징을 고구려로 보내 안원제에게 입조케 했는데, 귀한 보물과 공물을 바치며, 자신이 고루高婁태자의 후예임을 밝히고 고구려의 주변을 지키는 신하가 되길 청해 왔다. 태왕이 고징을 후하게 대접해 보냈다. 얼마 후 고환은 자신의 딸을 황제 원수에게 내주고 황제를 사위로 삼았다. 소식을 들은 안원제가 주위에 말했다.

"이주영이 제 딸을 원자유元子攸(효장제)에게 주고 나서 살해당했거늘, 고환이 이주영이처럼 죽으려고 그러는 겐가?"

그러자 융隆태자가 아뢰었다.

"고환은 허술한 듯하지만 치밀한 데다 능대능소能大能小(능란함)하여 다른 이에게 당하지는 않을 것입니다."

대장 3년인 533년 정월이 되자, 갑작스레 각愃태자가 글을 올려 스스로 동궁 자리를 내놓는 일이 발생했다.

"신은 성품이 나태하고 놀기를 좋아하니 동궁의 자리가 마땅치 않습니다. 신의 자식 평성平成이 학문을 좋아하고 예의를 알고 있으니, 동궁 자리를 그 아이에게 물려주실 것을 청하옵니다."

안원제가 각태자의 성품이 깔끔하고 냉정한 것을 알기에 이를 말릴 수도 없어, 평성을 새로이 동궁으로 삼고 자신의 딸 은銀공주를 동궁정비로 삼게 했다. 동시에 각을 漢王에 봉하되, 그 지위를 동궁보다 위에 있게 했다. 2월이 되자 동궁 평성이 〈업〉까지 가서 胡태후의 딸인 옥릉玉陵공주와 혼인하고 환궁했다. 그 무렵에 고환이 마침내 이주조를 습격해 적홍령赤烘嶺에서 크게 이겼고, 이에 조兆는 궁산窮山으로 달아났다가 기어이 나무에 목을 매 자결했다. 이로써 10년 전 〈육진六鎭의 난〉을 진압하면서 시작된 이주영爾朱榮과 그 무리들끼리의 세력 다툼에서 고구려계인 고환高歡이 최후의 승자로 남게 되었다.

그런데 그즈음 동궁 평성이 중외대부 양의신梁義臣을 총애하여, 그녀에게 동궁대부 직을 겸하게 했다. 태왕에게 아첨하던 의신이 이부상서吏部尙書를 겸하면서 관리들을 임용하는 자리에 있었기에, 실제로는 그 권력이 태왕과 내외를 한다 할 정도로 이미 상당한 수준에 있었다. 그녀의 부친 양박梁博은 젊은 시절 〈위魏〉로 가서 고조高肇 밑에서 벼슬을 살면서 오랫동안 부상관성사扶桑館省事로 지냈는데, 이때 당대의 영웅호걸 고환, 후경, 사마자여司馬子如 등과 친구로 지냈다고 한다. 그의 선대는 추모대제 시절의 명재상 대방량大房良의 후예였다.

어쨌든 당시 고구려 황실의 분위기가 오래도록 조용하고 평안하다 보니, 먹고 마시는 것을 밝히고 위아래 없이 음란함에 빠져 있어 식자들이 우려할 지경이었다. 그런 와중에도 사농경 왕서王胥는 양전量田(좋은 밭)을 기록한 장부 8,500권을 대부大府에 바쳤는데, 무려 9년이나 걸려 공들여 작성한 것이었다. 안원제가 명을 내려 새로운 조세법을 반포하게 하고, 고르게 조세를 매겼더니 전보다 3배나 더 걷히게 되었다. 태왕이 농지를 관리하는 관청인 〈양전사量田寺〉의 5천여 기공技工들에게 상을 내려 치하했고, 군신들에게도 잔치를 베풀었다.

그해 2월, 위魏나라로부터 어두운 소식이 들려왔다.

"영녕사永寧寺에 큰불이 나 백장탑百丈塔이 재가 되고, 낙양 사람들이 통곡하는 소리가 궐을 흔들 지경이었다고 합니다."

백장탑은 516년경 호(영靈)태후가 세운 9층 불탑佛塔으로, 층마다 열 개의 길이 있었고 꼭대기엔 열 길 크기의 절과 여덟 길 크기의 금불상이 있었다고 했다. 호태후 시절에 특히 〈북위〉에 불교가 크게 성행했던 것이다. 안원제가 魏 출신의 화양, 옥릉, 태원, 금양金陽공주들과 함께 호태후를 기리는 7일 도장道場을 열고 불교 승려 천여 명을 먹였는데, 이 무렵에 특히 고구려에서도 불교가 부흥하게 되었다.

그다음 달에는 동궁 평성이 옥릉공주와 함께 직접 魏나라로 들어갔다. 그 무렵 효무제 원수가 고환을 제압할 속셈으로 멀리 관중 출신들과도 내통하고 있었는데, 장차 고구려의 도움을 받고자 누차 만나길 청해 왔기 때문이었다. 그때 동궁이 修脩를 만나더니 아형阿兄이라 부를 정도로 친밀한 사이가 되었으니, 효무제가 어지간히 공을 들인 모양이었다. 그즈음 하주夏州에 머물던 우문태于文泰가 평량平凉으로 들어가 하발악賀拔岳의 무리를 통솔하게 되자, 효무제가 그를 대도독으로 삼고 이호李虎를 낙양으로 보냈다.

얼마 후 우문태가 〈진秦〉과 〈롱隴〉 땅을 평정하더니 〈관중〉으로 들어가서 그곳을 도읍으로 삼고 웅거에 들어갔다. 고환이 우문태와 화친하고자 사자를 보내 후하게 예우했지만, 우문태는 고환의 호의를 받아들이지 않고 오히려 고환이 보낸 문서를 효무제에게 보냈다. 이로써 효무제와 우문태가 결탁해 고환을 견제하기 시작했는데, 그렇더라도 각자의 셈법은 서로가 달랐을 것이다. 그러더니 5월이 되자 자신감을 얻은 효무제가 하남의 군병을 소집시켜 낙양에서 크게 사열을 했다. 남쪽으로 낙수를, 북으로는 망산邙山을 경계로 삼았는데, 겉으로는 양梁을 치겠다는 명분이었으나, 실은 고환을 토벌하려는 의도였다.

효무제가 이때 동궁 평성을 진양왕晉陽王 겸 左표기대장군으로 삼아 함께 군대를 사열했는데, 대놓고 고구려를 끌어들이겠다는 속셈이었다. 다음 달 6월, 이를 지켜보던 고환이 참다못해 결국 군병을 일으켰다.

"주군(효무제, 원수) 곁의 사악한 무리들을 척결하기 위해 남정에 나설 것이다!"

정작 고환이 대군을 이끌고 남쪽의 낙양으로 진격하자, 황제 원수의 신하들은 누구도 감히 나서지 못한 채 관망만 할 뿐이었다. 효무제 역시 두려움에 전전긍긍하다가 우문태에게로 달아나려 했는데, 배협裵俠이 이를 말리며 간했다.

"환歡을 도모하려 한다면 죽고자 애쓰는 것이고, 태泰에게 도망간다면 걱정거리가 될 것입니다. 태는 이미 3軍이 받드는 인물이라 102곳의 땅에 의탁해 창 자루를 잡고 있는 셈인데, 어찌 그가 손잡이를 돌려주려 하겠습니까? 자칫 끓는 물을 피하려다 타는 불 속으로 뛰어드는 꼴이 될 수도 있습니다."

무제의 입장에서 그야말로 이도 저도 택하기 어려운 진퇴양난 자체였던 것이다.

7월, 효무제 수脩가 하교河橋에서 10여 만의 병력을 거느린 채 진을 치고 있었는데 급보가 들어왔다.

"속보요, 고환이 9백여 리를 행군해 (황)하 북변의 10여 리까지 도달했다고 합니다!"

그러자 군병들이 싸울 뜻을 잃고 동요하기 시작했다. 고심하던 황제가 고구려의 동궁 평성을 불러 귀국을 권했다.

"환歡이 가까이 왔다니 아무래도 낙양을 버리고 서쪽으로 가야 할 듯하오. 동궁께서도 자칫 위험해질 수 있으니 이쯤 해서 귀국을 하는 편이 나을 듯하오."

평성이 이를 따르기로 하고, 옥릉공주를 데리고 몇몇 부하들을 앞세워 귀국길에 나섰다. 밤이 되자 성안에서 요란한 북소리가 들리기 시작했는데, 나중에 들으니 원수元脩가 끝내 서쪽으로 달아났지만, 죽은 자가 절반이 넘었다고 했다. 결국 낙양의 성난 백성들이 난리를 피우면서 종실들을 공격하고 부녀자들을 겁탈하니, 종실 중에서 동궁을 찾아 따라나서는 이가 늘면서 어느 순간 먼 길을 떠날 수가 없을 지경에 처하고 말았다. 마침 고환이 이 소식을 듣고는 변고가 생길 것을 우려해 측근을 시켜 급히 명을 내렸다.

"고구려의 동궁을 다치게 해서는 아니 된다. 너는 즉시 동궁에게 달려가 그 일행을 호위해 무사히 귀국할 수 있도록 돕도록 하라!"

고환은 이제 17살에 불과한 평성이 효무제 脩의 꼬임에 빠졌다는 것을 누구보다 잘 알고 있었기에 동궁을 탓하지 않았다. 오히려 난리 중에도 고구려를 의식해 동궁을 보호하는 것을 가장 시급한 과제로 다루었던 것이다.

한편, 우문태에게 달아난 효무제는 서둘러 여동생 풍익馮翊공주를 태泰에게 내주고, 처남매부지간의 관계를 맺었다. 고환이 이때 脩를 추격했으나 따라잡지 못해 놓치고 말았는데, 그러자 내친김에 동관潼 關에 이어 형주荊州마저 쳐서 빼앗아 버렸다.

그 후 10월이 되자, 고환이 마침내 원선견元善見을 새로운 황제로 옹립했는데, 이로써 비로소 소위 〈동위東魏〉라는 새로운 나라가 건국된 셈이었다. 선견은 옥릉공주의 조카로 이제 겨우 11살에 불과했는데, 호태후의 시동생으로 그녀와 사통해 말썽을 일으켰던 원역元懌의 손자였다. 그러나 이는 매사에 신중하고 노련한 고환이 형식적으로 元

씨 황제를 내세운 것일 뿐, 실제로는 자신의 통치를 공고히 한 것이나 다름없었다.

이 틈을 이용해 우문태가 군병을 끌고 나와 동관을 쳐서 빼앗았는데, 이때 7천의 포로와 함께 마침내 효무제를 자신의 수중에 두게 되었다. 그리고는 이내 스스로 대승상에 올랐다. 고환은 이제 서쪽으로는 우문태와 대치하고 남쪽으로 양梁나라와 가까이 있게 되자, 부담을 느낀 나머지 북쪽인 업鄴으로의 천도를 강행하기로 했다. 이때 사흘 만에 40여만 호를 이동시키다 보니 어지러운 행렬이 끝도 없이 이어졌다고 한다.

그해 534년 12월이 되자 우문태가 효무제 원수를 불사에 가두었다가 기어이 짐독으로 살해하고 말았는데, 황제의 나이는 한창인 25살이었다. 수脩가 미인으로 이름난 사촌여동생 평원平原을 후궁으로 들였는데, 우문태가 평원과 몰래 통정하다가 들통이 나면서 수脩와 태泰 둘의 관계가 급격하게 악화되었던 것이다. 우문태는 곧바로 원수의 사촌형이자 평원의 오빠인 원보거元宝炬를 새로이 황제(문제文帝)로 앉히니, 비로소 또 다른 나라 〈서위西魏〉가 성립되고 말았다.

원수는 스스로의 자질이 부족함을 모른 채 기백만을 앞세워 당대의 영웅인 고환과 우문태를 차례로 상대하려다, 끝내 불귀의 몸이 되고 말았다. 이로써 약 150년을 이어 오던 하북의 맹주 〈북위北魏〉가 해체된 채 東西로 완전히 분리되고 말았다. 아울러 평생의 숙적인 고환高歡과 우문태于文泰 두 호걸의 싸움이 본격화되었는데, 역전의 역전을 거듭한 이들의 치열한 경쟁이 중원 전체의 판도를 뒤흔들기 시작했다.

〈서위〉를 세우고 자신감에 충만한 우문태가 그해가 가기 전에 곧바로 독고신獨孤信, 양충楊忠 등을 시켜 〈동위〉의 형주荊州를 공격하게 했다. 그러나 형주에는 고환의 부하 장수인 맹장 후경候景이 버티고 있었다. 독고신 등이 결국 후경에게 대패하는 바람에, 우문태가 이때 부득이 동쪽의 양나라로 달아나는 사태가 벌어지고 말았다.

535년 정월, 안원제가 동궁과 함께 대궁에서 조례를 받았는데, 이때 7개 번국에서 사신들을 보내와 이들을 접견했다. 2월이 되니, 梁나라와 활발하게 교역을 하던 〈진관晉冠〉의 사신이 입조했다.

"梁의 고무제高武帝(소연)께서 저희를 통해 태왕께 전해 달라는 진상품이 있어 가져왔습니다."

그러면서 금불상과 단향, 용봉차와 귤당 등을 바쳐 왔다. 하북의 맹주 〈북위〉가 해체되자, 이제 〈동위〉와 〈서위〉에 이어 기존 장강 아래 〈양〉나라의 3강이 대치하면서 중원대륙이 또 다른 〈新삼국시대〉로 접어든 셈이었다. 그 결과 이들 중원의 모든 나라들이 북방민족의 종주국인 고구려로부터의 지지를 그 어느 때보다도 절실히 원하게 되었다. 남조의 종주국인 梁마저도 이러한 변화를 외면할 수 없었기에 고구려와의 관계를 새롭게 중시했던 것이다. 그즈음 〈서위〉황제 보거가 을불乙弗씨를 처로 삼았다는 소식이 들어왔다.

그해 4월이 되자, 〈동위〉 고환이 고오조와 후경 등을 시켜 우문태가 피해 들어간 梁나라 토벌에 나섰는데, 일진일퇴를 반복했다. 하북의 나라가 장강 아래 남조의 나라를 공격한 것은 반세기 전에 있었던 〈전진〉 부견의 〈비수전투〉 이래, 북위 시절에도 고작 두어 차례뿐이었다. 우문태가 고환의 죄라며 스무 가지를 나열하면서 전쟁을 독려하니, 고환 또한 역도 우문태를 토벌하기 위해 백만 대군을 일으키겠노라는 엄포를 서슴지 않았다.

8월, 〈동위〉 승상 고환이 봄부터 백성들 10만을 동원해 낙양의 궁전을 허물게 한 다음 그 자재들을 〈업〉으로 실어 나르게 했다. 이어 대략 8만의 인부를 추가로 징발해 업에 새로운 궁전을 짓게 했다. 그 사이 우문태는 고환의 수하를 포섭하는 외에, 〈양〉에 머물던 하발승賀拔勝과 독고신을 보내달라며 梁을 상대로 외교전을 펼치기에 바빴다. 연말이 되자 〈서위〉 황제 보거가 고구려에 사신을 보내 준마와 옥, 비단 등을 바치며 청했다.

"신臣은 폐하의 외가 자손이며 처 을불乙弗은 토곡吐谷을 잇고 있으니 또한 을불대제(미천제)로부터 나왔습니다. 그러니 신의 부처夫妻 모두가 폐하의 집안사람들입니다."

그러면서 팔 한쪽의 힘을 빌려주면 7묘廟(황제 초기 7대조의 사당)를 회복하고, 영원히 구생舅甥(외숙과 조카) 간의 예의를 지킬 것임을 호소했다. 그럼에도 안원제는 그저 사신을 후하게 대접해 돌려보냈을 뿐이었다. 그 무렵 東, 西魏 모두가 미인을 보내오는 등 고구려를 서로 자기편으로 삼기 위해 치열한 외교전을 펼쳐 왔으나, 안원제는 그 와류에 빠져들지 않은 채 어느 편도 들지 않았다. 고환과 우문태는 단지 고구려뿐만 아니라, 북쪽의 유연가한柔然可汗 두병頭兵(아나괴阿那瓌)을 상대로도 서로 공주를 보내는 등 총력외교로 응수하던 때였다.

9월이 되자, 〈유연〉 두병의 사신 우고진于古晋이 고구려로 와서 불로주와 누런 낙타 30마리를 바치며 아뢰었다.

"天山 북쪽에 仙人이 있는데, 신병神兵들이 그를 호위하고 있어 돌궐의 창으로도 그를 뚫지 못했습니다."

당시 〈유연〉이 천산 너머로의 진출을 시도한 것으로 보였다.

그즈음에 〈신라〉로부터 법흥제 원종原宗이 황제를 참칭하고 연호를 〈건원建元〉으로 고쳤다는 소식이 들어오자, 안원제가 노하여 토벌을 하겠다고 했다.

"태종太宗(안장제) 이래 글을 중시해 오던 폐단이 이 지경을 낳았다. 정벌이 아니고서는 징계할 방법이 없다."

그러자 양의신이 나서서 이를 만류하며 아뢰었다.

"지금은 원종이 대비하고 있을 터이니 잠시 그의 뜻이 교만해지도록 놔두었다가 하늘이 벌하기를 기다림만 같지 못할 것입니다."

그때 백제에서도 성왕 명농이 함부로 황제를 칭하고 있다고 했으나, 고구려에 여전히 사신을 보내오고 신하를 칭하며, 전과 같은 수준으로 공물을 바쳐 왔기에 정벌에 나서지는 않았다.

그러한 때 대륙의 관중 땅에 보기 드문 대기근이 닥쳐, 죽은 이가 열에 일곱 여덟이 될 정도였다. 고환이 이틈을 노리고 우문태를 치고자 아래쪽의 梁과는 화친을 맺어 놓고 동관을 공격해 들어갔다. 이듬해 고환의 군대가 포판에 이르렀으나 우문태는 고환을 피해 몰래 빠져나가고 말았다. 게다가 얼마 후에는 독고신과 양충 또한 梁나라에서 나와 우문태에게 합류했다.

그해 537년 9월, 우문태가 혼인동맹을 약속해 주면서 〈유연〉을 끌어들이는 데 성공했다. 2년 전 유연柔然의 두병이 고환에게 청혼을 했기에 고환이 상산왕常山王의 여동생 란릉蘭陵과 혼인을 시켜 주었다. 그런데도 이때 새롭게 서위와 손을 잡은 두병이 고환을 배신하고 〈동위〉의 분양汾陽 등을 공격했다. 분노한 고환이 출정해 일단 유연을 격퇴시켰지만, 장차 〈유연〉을 달랠 방도를 구하고자 했고 그러자 측근들이 하나같이 말했다.

"유연은 동쪽(고구려)의 황상에게는 복종하고 있습니다. 그러니 황상의 조서가 있다면 싸우지 않고도 진압할 수 있을 것입니다."

이에 고환이 자신의 딸을 동위 황제 선견善見의 누이동생으로 삼아 청하清河공주라 봉하고 고구려로 보냈다. 이때 꽃수레 백 대에 마차 천 대를 딸려서 보내니, 그 성대함이 여태껏 들어 본 적이 없을 정도였다고 했다. 안원제도 친히 남구南口까지 나가 청하공주를 맞이해 백암白嚴을 거쳐 돌아왔는데, 셋째 황후로 삼았다. 공주는 13세로 고환의 셋째 딸이었고, 모친 루씨는 루사덕의 혈족이었다.

그 시절 고구려는 창고에 10년 치의 양식을 쌓아 두었고 의원에도 10번을 쓸 약재가 있어, 설사 가물고 황충이 일어도 굶는 이가 없을 정도로 풍요로운 시절을 구가하던 때였다. 한편 〈동위〉가 고구려와의 혼인을 성사시켰다는 소문을 들은 우문태가 사신을 안원제에게 보내와 청했다.

"신의 황제께서는 폐하의 나라 고구려와 신의 나라(서위), 유연의 3국이 군병을 합쳐 고환을 토벌하고, 그 땅을 함께 나눌 것을 제안하셨습니다."

안원제가 이때 고환을 배반한 〈유연〉을 곱게 보지 않았기에 청을 들어주지 않고 중립적 입장을 고수했으나, 실제로는 〈동위〉에 기울어 있음이 분명했다. 그 판단의 기준은 허수아비 황제들보다는 그들의 뒤에 있는 高씨 실권자들에게 있었던 것이다.

결국 소식을 들은 고환이 십여만 대군을 동원해 3로군으로 나눈 다음, 먼저 〈서위〉 원정에 나섰다. 고환이 황하를 건너기 위해 포판을 겨냥했는데, 장안으로 협공해 들어간다는 계획이었다. 당시 우문태의 〈서위〉가 대기근으로 인해 동원할 수 있는 장졸이 고작 1만 명 안팎의 수준이었다. 놀랍게도 이때 우문태는 비교조차 어려운 병력의 열세에도 불구하고, 기습과 매복을 동원하는 정면승부를 펼쳐 대반전을 일으키기 시작했다.

우문태는 먼저 동위의 선봉대장 두태竇泰가 이끄는 정예부대를 〈소관小關전투〉에서 대파한 데 이어, 이듬해 벌어진 〈사원沙苑전투〉에서도 동위의 주력부대를 궤멸시키고 7만 명을 포로로 잡는 대첩을 이룩해 냈다. 이로써 동위 대승상 고환의 정복 의지를 꺾는 한편, 불굴의 용기와 지략을 한껏 드러내게 되면서 우문태의 명성이 크게 오르게 되었다.

대장 8년이던 538년 2월, 고구려 안원제가 황산에서 크게 사열을 행했는데, 〈거란〉왕 호돈好頓이 개실盖室(게르)과 호피 3백 장에, 양 1천 마리, 소 일백 마리를 보내왔다. 태왕이 호돈을 우대장, 연산공燕山公에 봉해 주었다. 그 무렵에 〈백제〉로부터 새로운 소식이 들어왔다.

"아뢰오, 백제왕 명농이 도읍을 소부리(사비)로 옮기고 남부여라 국호를 바꾸었습니다. 명농은 큰 배를 이용해 양梁의 소연과 내통하고 있습니다."

성왕聖王이 천도와 함께 국호를 바꾸고, 특히 남조의 〈梁〉나라와 활발히 교역을 하면서 날카로운 무기를 구해 앞날을 도모하려 한다는 내용이었다.

그때 〈서위〉의 우문태는 〈유연〉과의 관계에 잔뜩 공을 들이고 있었다. 이를 위해 황제인 보거로 하여금 을불씨를 폐위케 하여 비구니로 만들고, 두병의 딸 욱구려郁久閭씨를 새로 맞아들이게 했다. 유연가한 두병이 이때 수레 7백 대와 말 1만 필, 낙타 2천 필을 서위로 보냈다. 그해 5월 서위 황제 원보거가 이 사안에 대해 해명하고자 다시금 안원제에게 글을 올렸다.

"臣이 유연가한의 딸을 처로 들였습니다. 처의 어미 재치후才治后는 선선鄯善공주 소생인 원동原同가한의 딸이고, 원동가한의 아비가 광개

토황廣開土皇의 아들 경鯨태자이십니다. 또한 경태자께서 폐하의 외증조부이시고 신의 처는 경태자의 증손이니, 신의 부처夫妻 모두는 폐하의 혈족으로 영원히 변방의 병풍이 되겠습니다."

안원제가 이에 그 사신을 후하게 대접하며 말했다.

"그대의 임금(서위)은 내 외가의 후예이고, 내 처 또한 (동)위의 공주다. 선견善見(동위 효정제孝靜帝)은 내 종질從姪(사촌조카)이고 그대의 임금 또한 내 종제從弟(사촌동생)가 되니, 누구 말은 들어주고 누구에겐 야박하게 대할 수 있겠느냐? 그러니 봉해진 땅을 지키고 서로를 침입해서는 안 될 일이다."

그러나 그해 7월, 〈동위〉의 고환이 후경 등을 시켜 독고신을 금용金墉에서 포위케 했다. 이때 후경侯景이 낙양 안팎의 관사와 민가에 불을 지르게 했는데, 타지 않은 것이라곤 열에 두셋 정도뿐이었다. 이처럼 고도 낙양洛陽을 불태운 이가 비단 동탁만은 아니었던 것이다. 8월이 되자, 〈서위〉의 우문태가 독고신을 구해 내고 곡성穀城에 다다랐다. 선발진 간에 전투가 벌어진 후로 급기야 후경과 우문태가 하교河橋와 낙양 북쪽의 망산邙山 아래서 연달아 일전을 벌이게 되었다.

그때 우문태의 말이 화살을 맞고 놀래 달아나는 바람에 우문태가 말에서 떨어졌다. 동위의 병사들이 태泰를 바짝 뒤쫓아 왔는데, 절대 위기의 순간에 도독 이목李穆이 말에서 뛰어내려 우문태의 등줄기를 말채찍으로 내리치며 나무라는 것이었다.

"이 형편없는 군사야, 네 주인은 어디 가고 너만 혼자 여기 남았느냐?"

그러자 〈동위〉의 군병들이 태泰가 귀인임을 의심해 보지도 않고는, 그를 지나쳐 버렸다. 이목이 얼른 우문태에게 말을 주어 함께 달아났고, 마침 서위의 대군이 당도했기에 우문태가 다시 떨쳐 일어날 수 있었다. 동위 장수 고오조가 우문태를 가벼이 여기고 깃발을 세우자, 〈서위〉의 군병들이 용감하게 달려들어 고오조高敖曹가 패했고 끝내 달아나다 목숨을 잃고 말았다. 〈서위〉의 군사들은 내친김에 〈동위〉의 연주兗州자사를 죽이고, 그의 정예군사 1만 5천을 사로잡아 하수河水에 이르렀는데, 동위의 사망자가 1만 명을 넘었다.

〈망산전투〉에서 패한 동위의 여러 부대가 모두 하교를 넘어 후퇴했는데, 유독 만사락万俟洛만큼은 병사들을 다 잡아 놓고 버텨 냈다.

"만사락이 여기 있다. 올 테면 와 봐라!"

그 기세가 하도 살기등등해 우문태의 군대가 만사락의 군대를 피해 물러날 지경이었다. 일찍이 고환이 만사락의 부친을 존경해 각별한 예의로 락洛의 부친이 말에 오르는 것을 도왔다고 한다. 이제 락이 그 은혜에 감복해 죽는다는 각오로 싸움에 임하니, 태泰의 군대가 그를 두려워했다. 확실히 전쟁에서 승패는 군사의 많고 적음이 아니라, 죽기로 싸우겠다는 굳은 의지에 달린 것이었다. 상대적으로 우문태가 적은 수의 군대로 매번 이길 수 있었던 것도 그의 병사들이 죽기로 싸웠기 때문이었다.

그날 東, 西魏의 군대가 서로 맞붙어 동이 틀 무렵부터 미시未時(오후 3시경)까지 수십 번을 반복해 싸웠는데, 어느 순간 날씨가 구름에 가려 서로를 분간할 수 없을 지경이 되었다. 그런데도 고환의 동위 군대는 물러나지 않은 채 싸우고자 했고, 우문태는 자신의 강함만을 믿고 자만해 무리들의 말을 따르지 않았다. 〈망산전투〉에서 고오조를 잃고 나서야 고환도 비로소 결사적으로 싸우기 시작했고, 결국 승리를 챙길 수 있었다. 우문태는 서둘러 장안으로 퇴각했는데, 그때 포로로 잡혀 왔던 고환의 군사들이 장안을 거점으로 난리를 일으켰기 때문이었다.

10월, 우문태가 고오조 등의 머리를 동위로 보내서 휴전을 제시하고, 옥벽성玉壁城을 쌓아 험한 요새로 만들었다. 동위로 돌아간 고환도 이때 나라 안에 더 이상의 절을 짓거나 백성들이 중이 되려는 것을 금지시켰다. 백성 중에 부역을 피하고자 비구승을 자처하는 사람이 늘다 보니, 전국의 비구승이 2백만에 사찰이 3만 개를 넘을 지경이었던 것이다. 그 무렵 고구려에서도 불교를 금하지 않으니 마찬가지로 비구승이 점점 늘어만 가고 있었다.

539년 5월경, 동위 효정제孝靜帝 선견善見이 승상 고환의 딸을 처로 삼았는데, 고구려로 시집간 청하清河공주 고후高后의 언니였다. 고환이 황제를 사위로 삼자마자 장정 40만을 동원해 업鄴에 성을 쌓았는데, 고작 40일 만에 완성했다니 대단한 실행력이었다. 그때 새로 지은 궁전이 완성되자 크게 사면령을 내리고, 황제 부처를 새 궁전으로 들어가게 했다.

양나라의 시조 소연蕭衍은 선행을 많이 베푸는 한편 사악한 인사들을 중용하지는 않았으나, 그렇다고 아주 없었던 것도 아니었다. 오래도록 큰 전쟁이 없는 가운데 그 아래 주이朱异가 아부하는 자들을 등용한 지 30년이 되다 보니, 언제부터인가 주변이 부패하면서 뇌물이 성행하고 사치와 쾌락에 빠져 흥청거렸다.

대장 10년이던 540년, 〈서위〉에서는 원보거가 전처인 을불을 잊지 못해 몰래 돌아오게 했다가 유연왕 두병의 딸인 욱구려에게 들통이 났다. 욱구려가 질투에 눈이 멀어 을불을 찔렀고, 시신을 빼앗으려는 보거와 다투다 독을 묻힌 칼이 자신의 살갗에도 닿는 바람에 병들어 죽고 말았다. 보거가 한순간에 두 부인을 모두 잃게 된 황당한 사건이었으나, 이 일로 〈동위〉의 고환은 다시금 〈유연〉과 화친을 약속할 수 있게 되었으니, 두병頭兵의 변덕이 그런 차원이었던 것이다.

그해 7월, 신라의 법흥제 원종이 죽어 그의 딸인 지소只召가 7살 어린 아들 심맥沈麥(진흥왕)을 품에 안고 정사를 본다는 소식이 들어왔다. 안원제는 이제 신라의 칭황에 대해 문제를 삼지 않을 정도로 무관심했다. 9월이 되자, 백제 장수 연회燕會가 우산성주牛山城主와 경계를 다투다가 1만 명의 병력을 이끌고 고구려를 침공해 왔다. 우산성주 왕식王息이 5천 기병을 이끌고 나가 연회의 군사와 일전을 벌였다. 그러나 왕식의 군대가 강력한 기병 위주다 보니, 병력에서 두 배나 되던 백제군을 대파할 수 있었다.

이로써 성왕은 즉위 초기의 금천전투를 비롯해 고구려와 대략 10년 단위로 벌인 3번의 전투에서 모두 패하는 굴욕을 당하고 말았다. 〈우산성전투〉에서 또다시 백제군이 패했다는 소식에 성왕이 서둘러 태왕에게 사신을 보내 사죄키로 했는데, 그때 특별히 눈에 띄는 명령을 내렸다.

"이번에 패장이 된 우산성주 연회를 차꼬를 채워 고구려 태왕에게 보내도록 하라!"

이처럼 성왕이 군주로서의 냉혹한 성격을 여지없이 드러내고 말았는데, 그간 전패로 인해 생긴 고구려에 대한 두려움trauma이 그만큼 컸던 것이다.

그해가 가기 전에 〈서위〉의 우문태가 청해青海 서쪽의 〈토곡혼吐谷渾〉과 상통하더니, 또다시 〈유연〉을 끌어들여 함께 〈동위〉를 토벌하고자 했다. 그러나 이웃해 있던 유연과 토곡혼은 서로 사이가 좋지 않았다. 토곡혼왕 과려夸呂는 청해의 서쪽 복사성伏俟城을 본거지로 했는데, 그는 이미 漢의 제도와 문물을 습득한 지 오래라 중원의 관제를 따르고 있었던 것이다.

이듬해 541년 정월, 안원제가 동궁과 함께 우두전牛頭殿에서 조례를 받았는데, 토곡혼왕 과려가 예부상서 을불희乙弗熙를 보내 입조했다.

"태왕폐하를 뵈옵니다. 신의 왕께서 드리는 좋은 한혈마 30필과 낙타 50필, 불로주 등을 가져왔습니다. 미천제의 후예이신 신의 왕께서 귀한 혈족 간에 혼인하기를 청하고 계시니, 삼가 받아 주시기를 바랄 뿐이옵니다."

이에 안원제가 아우인 흥문興文태자를 보내 멀리 〈토곡혼〉까지 가게 했다. 2월에는 〈동위〉의 사신이 변함없이 공물을 바쳐왔다. 〈유연〉 또한 사신을 보내왔는데, 딸을 바치고 신하의 나라가 되기를 청했으나, 태왕이 길이 멀다는 핑계로 이를 사양하려 들었다. 그러자 유연의 사신이 비밀지도를 내놓더니, 샛길을 짚어 보이며 왕래가 가능함을 일깨워 주었는데, 바로 〈북한로北漢路〉였다. 3월이 되어 안원제가 태복경太僕卿 부성芙星을 〈유연〉왕에게 보내 백마를 선물로 주고, 특별히 태왕이 쓰던 금뇨분金尿盆(황금요강)을 유연의 공주에게 하사했다.

이듬해 542년 정월, 홍로경이 〈업〉에서 돌아와 아뢰었다.

"산동 땅에 보기 드문 대풍이 들어 곡식 한 말 값이 9전錢에 불과합니다."

"흐음, 그것이 사실이더냐? 그렇다면 즉시 곡물을 사들여야겠구나……"

안원제가 서둘러 이주언爾朱彦에게 명을 내려 山東의 곡물을 사들이고, 선박을 이용해 남구南口로 실어 나르게 조치했다.

5월이 되자 흥문태자가 토곡혼왕 과려의 딸 을불乙弗씨와 혼인을 하고 그녀와 함께 귀국했는데, 청해靑海공주였다. 그 무렵에 〈토곡혼〉은 동서 4천 리에 남북으로 2천 리가 되는 큰 나라로, 곳곳에 염지鹽池와 기름진 벌판을 가졌고 목축이 성행했다. 도읍인 복사성에는 漢人들이 많아 완전하게 문물을 갖추고 있었고, 관작은 漢의 제도 하나만을 따르고 있었음에도 〈유연〉보다는 훌륭했다. 왕을 비롯한 공경들 모두가 바로 모용외의 이복형인 토곡혼의 후예들인데, 과려는 미천제의 10세손이라고 했다. 그 무렵 동위가 서위의 옥벽성을 포위했으나 9일 만에 큰 눈이 내리는 바람에 철군해야 했다.

543년, 안원제가 여인인 좌시중 계춘낭桂春娘을 좌승상으로 삼고, 그녀의 지아비인 루사덕을 우승상으로 삼았다. 부부에게 동시에 좌우 승상을 맡긴 첫 사례였던 만큼, 이들에 대한 태왕의 신뢰를 가늠할 만했으나 지극히 비정상적인 인사였다. 그 와중에도 고환과 우문태가 번갈아 가며 공물을 바쳐 왔고, 안원제도 답례품을 보내 주었다.

그러나 그해 봄부터 〈동위〉와 〈서위〉, 고환과 우문태 사이에 사활을 건 각축전이 또다시 재개되었다. 고환이 망산에서 우문태를 크게 깨뜨렸으나, 이후 우문태는 망산을 기어올라서 고환에게 역습을 가했다. 그럼에도 동틀 무렵이 되니 이번에는 〈동위〉군의 팽락彭樂이 수천 기를 이끌고 다시 〈서위〉군의 북쪽 끝을 쳐서 크게 이겼다. 이 전투에서 3만여 〈서위〉 군병들이 희생되었다.

그런데 이것으로 끝난 것이 아니었다. 또다시 우문태의 中軍과 西軍이 가세하면서, 서위군이 고환의 동위군을 무참하게 깨뜨렸다. 고환이 이때 자신의 말을 잃어버려 부하들의 말을 타고 달아나야 했고, 나중에는 따르는 병사가 열 명도 안 될 정도로 극한 위기상황에 처했다. 다행히 위흥경尉興慶 같은 용맹한 부하들이 용케 그를 지켜 냈다. 〈동위〉와 〈서위〉의 실권자인 두 사람의 앙숙은 그렇게 반전에 반전을 거듭한 끝에 수많은 희생자를 낳고 나서야 겨우 싸움을 그쳤다.

그런데 그 무렵 〈유연〉의 속국으로 있던 〈돌궐突厥〉이 점점 강성해지면서 서형西陘으로 진출하더니, 〈해奚〉왕 두출桓出과도 경계를 다투기 시작했다. 그러던 중 〈돌궐〉이 토문土門을 공격해 두출의 처인 호죽好竹이 피살당하는 사건이 벌어졌다. 두출이 토문을 구하고자 친히 정벌에 나서자, 해왕奚王(두출)을 두려워한 〈돌궐〉이 〈유연〉에 사자를 보내 급박한 사정을 알렸다.

그런데 이때 〈돌궐〉이 갑자기 방향을 바꿔 〈습부霫部〉를 공격하기 시작했고, 그 바람에 토문을 구하러 온 〈유연〉이 오히려 해왕과 부딪히는 어려운 지경에 처하고 말았다. 고구려의 안원제가 이런 사실에 대해 보고를 받고는 고심 끝에 〈유연〉에 대한 지원에 나서기로 했다.

"낭장郎將 하건夏乾은 속히 굳센 기병 5천을 이끌고 나가 돌궐을 격파하도록 하라!"

하건이 고구려의 날랜 기병을 이끌고 출정해 돌궐을 깨뜨려 버렸는데, 〈돌궐〉의 고구려에 대한 원한이 이때부터 시작된 것이라고 했다.

그해 5월, 〈동위〉의 후경이 호뢰虎牢를 깨뜨린 다음 고중밀高仲密의 처자식을 사로잡아 〈업〉으로 보냈다. 고중밀은 538년 낙양의 반란군 진압 때 전사한 고오조의 아우였는데, 고환의 장남 고징과의 갈등으로 전략적 거점인 호뢰를 우문태에 바치고 〈서위〉로 귀부한 인물이었다. 고징이 이때 중밀의 처 이李씨와 놀아났는데, 후일 그녀의 손에 고환의 혈족들이 모조리 죽어 나갔으니 이씨가 복수를 위해 그리한 것이 틀림없었다.

이듬해 544년이 되자, 〈유연〉과 〈해奚〉, 〈실위室韋〉의 왕들이 고구려로 사신을 보내 토산물을 바쳤다. 7월, 안원제가 산증疝症(배앓이)을 다스리고자 수림獸林의 온궁溫宮으로 들어갔는데, 그 전에 황태자 평성平成에게 명을 내려 국정을 살피게 했다.

〈서위〉의 우문태는 부피와 무게를 재는 데 있어서 소작蘇綽이 고안한 〈가감률加減律〉을 도입해 새로운 양형量刑제도를 만들어 시행에 나섰다. 이에 반해 〈동위〉의 고환은 자신을 돕던 핵심 참모들의 권한이 너무 커졌다고 판단해, 점차 장남인 고징高澄의 권력을 강화시키려 했다. 그 결과 이제 겨우 20대 초반의 젊은 고징이 자신의 시종인 최섬崔暹을 등용해, 권세가들과 귀족들의 탄압에 나섰다. 이 일로 고환은 점차 호걸들을 잃게 되었고, 측근인 사마자여나 후경조차 반역할 마음을 품게 만들었다.

대장 15년 되던 545년 정월, 고구려 안원제가 동궁에게 명을 내려 덕양후德陽后와 함께 〈우두전〉에서 조례를 받게 했다. 그리고는 얼마 후 고후高后를 동궁비로 삼게 하고 小后라 칭하도록 했다. 양의신을 대승상에, 문장文藏과 연화淵華를 각각 좌우 시중으로 삼게 했다. 2월, 〈동위〉의 효정제 선견이 토곡혼왕 과려夸呂의 사촌여동생을 처로 삼는다기에, 안원제가 홍문태자와 청해공주를 〈업〉으로 보내 혼례에 참석케 했다.

그 무렵 〈서위〉의 우문태는 〈유연〉에 이어 〈토곡혼〉과도 소원해져, 〈돌궐〉에 전념하고 있었다. 〈돌궐〉왕 토문랑土門狼의 아들 이질伊質이 돌궐산에서 여러 대를 거쳐 〈유연〉의 용병으로 숨죽이고 살면서도 부富를 모으고 번창해 왔는데, 이때 우문태에게 모든 것을 내주고 말았다.

3월이 되니 태왕의 병이 더욱 깊어졌다. 동궁이 손가락에 피를 내어 안원제의 입에 흘려 넣었더니 잠시 회생한 틈을 타, 태왕이 덕양후德陽后에게 명하여 옥새와 어보를 동궁에게 전하게 했다.

"색色을 밝히지 말고, 선정을 베풀 것이며 장례는 검소하게 하라……"

안원제가 동궁에게 이런 유지를 남긴 채 눈을 감았는데, 춘추 67세였다. 동궁 평성平成이 〈우두전〉에서 즉위했고, 〈백단문白檀門〉 위에서 백관百官들의 산호山呼를 받았다.

안원대제는 재위 15년 동안 이렇다 할 전쟁이 없어 그야말로 평화와 복을 모두 누린 운 좋은 태왕이었다. 마침 河北의 맹주 〈북위〉가 내란으로 〈동위〉와 〈서위〉로 분열되면서 장강 아래 〈양〉과 3강을 이루고 있었으니, 고구려는 그야말로 북방의 종주국이자 최강 맹주로서의 지위를 온전히 누릴 수 있었다.

당시 중원의 어느 나라든 고구려 태왕의 지원이 절실한 상황이었고, 안원제는 東, 西위는 물론, 〈유연〉과 〈고차〉, 〈토곡혼〉, 〈해〉, 〈실위〉, 〈돌궐〉 등 여러 북방민족과 남조의 〈양〉으로부터도 천자로서의 예우를 한 몸에 받았다. 고구려의 역대 태왕은 물론, 韓民族의 역사 전체를 통틀어서도 대외적으로 이런 영광과 호사를 누린 군주가 없었을 것이다.

그렇더라도 중원의 열강들이 사나운 북방민족들과 수시로 이합집산하고 배신을 밥 먹듯 하던 시대였으니, 고구려가 최강의 지위를 누리기가 그리 호락호락한 일은 결코 아니었을 것이다. 사실 안원제는 자신의 이복형을 제거하고 보위에 오를 만큼 주도면밀한 인물이었다. 따라서 고구려가 오롯이 평화를 누릴 수 있기까지는 태왕이 고도의 균형외교를 펼침으로써 가능한 일이었을 것이다. 역대 수많은 조상들의 노고가 안원제에 이르러 꽃을 피운 셈이니, 평안의 근원이라는 〈안원安原〉이야말로 참으로 태왕에게 어울리는 시호였던 것이다.

그러나 그렇게 평화를 누리고 안온하게 지내다 보니 재위 시절 두드러진 역사를 이루지 못한 데다, 비정상적으로 여인들을 중용하고 과도하게 의지한 탓에 서서히 정치가 문란해지고 퇴락해 버리고 말았다. 더구나 세상일이 늘 그렇듯이 한 세대가 마냥 호시절만을 보냈다면, 그에 따른 후유증은 반드시 다음 세대로 고스란히 넘겨지는 법이었다.

9. 임나의 재건

545년 3월경, 안장제의 손자로 동궁이던 평성平成이 안원제의 뒤를 이어 태왕에 즉위했으니 고구려의 25대 양원제陽原帝로 28세 한창의 나이였다. 비록 양원제가 당대 최강의 고구려를 물려받기는 했으나, 태왕의 치세는 시작부터 순탄치 않았다. 선제인 안원제 보연이 태왕에 즉위할 때, 초운楚雲황후가 그를 도왔기에 그녀와 안장제 흥운의 아들인 각愨태자를 동궁에 올렸다. 그러나 각태자는 2년 뒤에 스스로 사퇴하고, 자신의 아들인 평성을 대신 동궁으로 올려 주었으니, 양원제 평성은 안원제의 배다른 조카였던 것이다.

양원제 자신도 당시 몇 대에 걸쳐 정상적인 부자 승계가 이루어지지 않다 보니, 자신의 친아들을 곧바로 동궁에 앉히지 못했다. 그사이 선제의 자식들을 두고 황후들의 세력 간에 동궁 자리를 놓고 분란이 터지고 말았다. 그리고 이러한 다툼은 안원제가 동궁인 평성(양원제)에게 정사를 맡기고 온궁溫宮으로 병간호를 들어간 때부터 이미 시작된 듯했다. 따라서 안원제의 말년과 양원제로의 태왕 승계 또한 결코 평온하게 이루어진 것이 아니었다.

특히 안원제가 죽기 직전, 고구려 조정에서는 세군細群과 추군麤群의 양대 세력이 궁문 앞에서 북을 치면서 전투를 벌이는 사건까지 터지고 말았다. 당시 안원제가 三后를 두었는데 정비인 덕양후는 아들이 없었으므로, 결과적으로 8살 아들을 둔 中부인 홍紅황후(루홍원婁紅院) 세력과 그보다 훨씬 어린 아들을 둔 小부인(高황후) 세력 간에 동궁 추대를 위한 내전이 일어난 것이 틀림없었다. 홍원紅院황후는 바로 좌승상을 지낸 계춘량이 생모였으니, 우승상을 지낸 루사덕이 부친이었고 그가 바로 추군의 수장이었던 것이다. 이에 대해 高황후는 〈동위〉의 실권자 고환의 딸인 청하공주로, 그 뒷배에 동위에서 시집온 세력들을 업고 있었다.

이들 두 황후 세력의 싸움에서 고구려 출신의 추군 세력이 외부 〈동위〉 출신의 세군 세력을 꺾었으나, 이들이 해산하지 않은 채 사흘을 버텼다. 결국 추군이 이들 세군의 자손들을 모두 잡아 처단했고, 이때 희생된 세군의 무리가 무려 2천여 명에 달했다고 했다. 양원제는 처음부터 두 세력 간의 싸움을 통제할 수 없는 무기력한 상태였기에, 승자인 추군 세력이 조정의 권력을 장악한 것은 물론, 동궁 또한 그의 외손자인 홍후의 아들이 책봉된 것으로 보였다. 안원제의 죽음과 함께 추상같던 고구려 태왕의 권위가 한순간에 맥없이 무너져 내린 것이었다.

이렇게 되기까지는 여러 원인이 작용했겠지만, 가장 중요한 것은 고구려 조정이 오래도록 무사안일에 빠진 나머지 크게 타락해 버렸다는 점이었다. 실제로 과도한 평안과 안일은 나태를 낳고, 사람들을 부패하게 만드는 법이었다. 고구려는 장수대제 이래로 后妃와 태자들이 많이 배출되고, 커다란 전쟁이 없다 보니 여인들의 목소리가 높아지면서, 부자간이나, 군신 간에 성적으로도 크게 문란한 상태에 빠진 지 오래였다.

특히 안원제에 이르러서는 양의신粱義臣이나 계춘랑桂春娘과 같은 여인들이 조정의 중책을 맡기 시작했다. 이들은 사실상 안원제의 애첩으로 태왕의 비위를 맞추는 일에 매달리기 십상이었고, 그러다 보니 내정과 외교를 튼튼히 다지기보다는 부패와 타락을 부채질했다. 당시 고구려가 대륙의 동북에 치우치기는 했지만, 중원 〈북위〉의 분열은 북방민족의 오랜 종주국인 고구려를 한순간에 최강one-top의 지위에 우뚝 서게 했다. 이로써 사방으로부터의 예우는 물론 조공과 함께 외부의 여인들까지 대거 유입되면서, 군신들이 자만에 빠지기 쉬운 상황에 처하고 말았다.

또 장수제 이래로 제대로 된 장자상속의 전통이 무너진 것은 물론, 여인들을 중심으로 한 세력 간 다툼으로 선황을 강제로 해치고 태왕에 오르는 일이 반복되고 있었다. 무엇보다 당시는 東, 西魏의 출현과 함께 서쪽으로 선비의 아류인 〈유연〉, 〈토곡혼〉, 〈돌궐〉 등 북방의 소수 민족들이 거세게 일어나는 또 다른 전환기였다. 그럼에도 이러한 시대변화를 감지하고 중원으로의 진출이나 서북방을 경략하려는 웅혼한 기상을 지닌 인물이 나타나지 않으면서, 고구려 조정이 서서히 쇠락의 길로 빠지기 시작했던 것이다.

그 결과 안원제 말년부터 이미 태왕의 권위가 크게 실추되어 있었고, 그것이 동궁 책봉을 둘러싼 내전의 양상으로 불거진 것이었다. 한마디로 지나친 평화가 독이 되고 만 셈이었다. 이와 같은 중앙 권력의 이완은 자연스럽게 5部를 중심으로 다시금 지방의 입김이 점점 커지는 사태를 야기했다. 이는 태왕의 권위를 크게 위축시켰고 결과적으로 중앙집권체제가 약화됨으로써, 역사가 퇴행하고 그릇된 방향으로 나아가는 부정적 결과를 낳고 말았던 것이다.

　대륙에서는 546년경, 〈동위〉의 고환이 〈서위〉를 끝장내고자, 다시 한번 10만 병력을 동원해 원정에 나섰다. 고환은 옥벽성을 포위한 다음 〈서위〉의 구원병이 나타나길 기다렸으나, 서위의 장수 위효관韋孝寬이 성을 잘 사수함으로써 구원병은 끝내 나타나지 않았다. 견고하기 그지없는 옥벽성을 깨기 위해 온갖 기술이 동원된 사상 최대 규모의 치열한 공성전이 50여 일이나 펼쳐졌다. 그 와중에 추위와 배고픔에 지친 고환의 병사들이 전사하거나 병으로 수없이 죽어 나갔는데, 그 규모가 무려 7만 명에 달해 시체가 산을 이룰 정도였다. 고환高歡 자신도 전쟁에 지쳐 심신이 크게 쇠약해지고 말았다.

　결국 이듬해 547년, 고환이 진양으로 철군하는 도중 병이 깊어졌고, 이에 고징을 불러 유지를 남긴 채 파란만장한 삶을 마감했는데 51세였다. 그는 선비화된 漢族으로 알려졌으나, 분명 고구려 고루태자의 후예로 지극히 전략적이고 앞을 내다볼 줄 아는 당대의 영웅호걸이었다. 523년경 魏나라 호태후가 야기한 〈육진의 난〉 때 흉노수장 이주영과 힘을 합쳤다가, 5년 뒤인 〈하음河陰의 변〉을 계기로 그 세력과 결별하면서 자립의 길을 걷기 시작했다.

　이후 그는 산동의 발해왕이 되어 강력했던 탁발(元)씨의 〈북위〉가 동서로 분열되는 데 결정적인 역할을 한 인물이었다. 공교롭게도 북위의 해체는 고구려를 자연스럽게 대륙 최강 맹주로서의 지위와 함께, 북방 종주국으로서의 위상을 되찾게 해 주는 계기가 되었다. 고환은 자신의 뿌리와 같은 고구려에 대해 혼인으로 화친의 관계를 강화하면서 숙적인 우문태와 치열하게 경쟁했다. 그러나 끝내는 〈서위〉를 굴복시키지 못하면서 중원통일이라는 대업은커녕, 그가 분열시켰던

魏나라의 재통일마저 이루지 못한 채 눈을 감고 말았다.

〈북위〉의 분열은 그 북쪽의 내몽골과 감숙의 서변에서 숨죽이고
있던, 흉노와 선비의 속국들 즉, 〈유연〉과 〈토곡(욕)혼〉, 〈돌궐〉과 〈거
란〉, 〈해奚〉 등과 같은 북방 기마민족들을 일어나게 했다. 후일 이들
북방민족의 후예들이 거침없이 말을 몰아 서쪽의 天山산맥을 넘어 중
앙아시아 및 西아시아는 물론, 동유럽의 발칸까지 진출하게 되었으
니, 이들이야말로 12세기 몽골제국에 앞서 동서양의 문화를 연결시키
는 데 혁혁한 공을 세운 또 다른 문명의 개척자들이었다. 바로 그 시
기인 6세기 대륙을 호령하며 〈5호 16국〉 시대의 말기를 대표했던 중
심세력이 高씨들의 〈동위〉였던 것이다.

고환이 죽자 그의 장남 고징은 〈업〉으로 돌아가서도, 부친의 유지
를 받들어 한동안 고환의 죽음을 철저하게 비밀에 부쳤다. 그러자 고
환의 사망을 의심한 후경候景이 河南의 13州를 바치고 〈서위〉로 갔다
가, 다시 남조의 〈梁〉나라로 붙었다. 고징은 단호하고 사람을 부릴 줄
아는 능력이 있었으나, 지나치게 오만하고 도덕적으로 타락해 효정제
에게 모욕을 준 것도 모자라 끝내는 유폐시키고 말았다. 548년부터는
梁나라와 전쟁을 시작해 자신을 배반한 후경을 격파했고, 이어진 〈서
위〉와의 싸움에서도 승리하면서 후경이 내준 영토를 회수했다.

당시 29살 한창의 나이에 야망으로 가득했던 고징이 이때부터 제
위를 노리기 시작했는데 549년, 서주자사의 아들로 포로가 되어 그의
시종일을 보던 난경蘭京에게 덜컥 피살당하고 말았다. 황망한 상황 속
에서도 그의 아우이자 고환의 차남인 고양高洋이 뒤를 이었는데, 그는
550년 〈동위〉의 마지막 황제 元선견으로부터 선양을 받아 냈다. 고양
이 이때 〈동위〉의 후신인 〈북제北齊〉를 건국하고 스스로 제위에 올랐

으니, 바로 문선제文善帝였다.

공교롭게도 이 와중에 고징을 떠나 남조행南朝行을 택했던 후경이 잠잠하던 〈양〉나라 조정을 뒤흔들더니, 끝내 반란을 일으켜 梁의 도성인 건강을 장악하는 데 성공했다. 그는 무제 소연蕭衍이 굶어 죽자, 그의 후계자로 간문제簡文帝 소강蕭綱을 내세워 꼭두각시로 만들었으니, 고환이나 우문태의 흉내를 낸 것이나 다름없었다. 중원이 내란과 전란으로 또다시 분열되면서 극심한 환란의 시대를 겪고 있었다.

그 무렵인 540년경 멀리 열도의 〈야마토〉에서는 우여곡절 끝에 계체천왕의 차남 흠명欽明(킨메이)천왕이 새로이 즉위했다. 대반금촌大伴金村(오토모노카나무라)과 물부미여物部尾輿를 그대로 대련大連(오무라지)으로 삼았다. 2월에 백제인 기지부己知部가 귀화해 왔다. 그해 가을 야마토의 도읍을 기성도磯城島(시키시마)로 옮겼다. 이처럼 당시 천왕이 교체될 때마다 반복해 도성을 옮긴 것으로 미루어, 야마토 정권은 혼슈本州를 중심으로 하던 열도의 대표 왕조였으면서도, 여전히 그 권력 기반이 안정화되지 못한 것으로 보였다. 어느 날 천왕이 신하들에게 물었다.

"군사가 얼마면 신라를 칠 수 있겠소?"

이에 모노노베物部가 답했다.

"적은 군사로는 불가할 것입니다. 과거 계체천왕 6년에 백제가 사신을 보내 임나의 상치리, 하치리, 사타, 모루 4현을 달라 청해 왔는데, 오토모大伴가 선선히 그 청을 들어주는 바람에 신라가 두고두고 그 일을 원망해 왔기 때문입니다."

이는 30여 년 전 무령왕이 외교전을 펼쳐 대마도 내의 임나 4현을 거둔 것을 두고 하는 말이었다. 이와 관련해 모노노베가 자신을 무고

한다는 소식을 전해 들은 오토모大伴는 그때부터 병을 핑계로 집에서 나오지 않았다. 천왕이 사람을 보내 위로하자, 오토모가 말했다.

"신이 임나를 멸망시켰다고 말하는 신하들이 있어 조정에 나가지 못했습니다……"

이 말을 전해 들은 천왕은 오토모가 오랫동안 충심을 다해 일해 온 사람이라며 그를 더욱 우대했다. 그러나 결과적으로 이 일을 계기로 오토모는 사실상 실각당한 셈이 되고 말았다. 한반도와 열도를 이어 주던 대마도의 임나任那 문제로 야마토 조정이 여전히 복잡하고 시끄러웠던 것이다. 반도 남부의 가야 소국들이 신라에 병합되는 등 해체 과정을 밟는 모습에, 야마토에서는 어떻게든 이 기회에 임나에 속하는 전진기지를 확보하려 들었기 때문이었다.

그해 4월, 부여(백제) 성왕이 안라安羅, 가라加羅, 솔마率麻, 산반해散半奚, 다라多羅, 사이기斯二岐, 자타子他 등 7개 소국(郡)의 여러 한지旱岐들 외에, 당시 안라에 주재해 있던 야마토의 연락관인 임나왜신관任那倭臣官의 길비오미吉備臣를 사비성으로 불러 모았다. 대부분 대마도와 주변 섬나라 소국들의 수장(소왕)들이 모인 것으로, 성왕이 이 자리에서 야마토 흠명천왕의 뜻을 전했다.

"천왕의 의지는 오로지 임나를 회복하려는 데 있다. 임나를 재건할 방법이 있겠는가?"

그러자 대부분의 한지들이 매우 부정적으로 답했다.

"이전에 신라와 몇 차례 논의했으나 회답이 없었고, 앞으로도 그럴 것입니다. 임나는 신라와 국경을 접하고 있기에 탁순 등과 같이 멸망해 버릴 것을 두려워할 뿐입니다."

그러자 성왕이 천왕과 자신의 분명한 의지를 강조하기 시작했다.

"옛날 초고速古(속고)왕과 구수貴首(귀수)왕 시절에 안라, 가라, 탁순 등이 처음 사신을 보내 서로 형제처럼 번영하자며 친교를 맺었다. 그러다 신라에 속아 천왕의 분노를 사고 임나로부터도 원망을 들었으니 내 불찰이었고, 해서 조석으로 임나의 부활에 대해 잊은 적이 없다. 이제 천왕이 임나를 속히 부활하라고 하니, 그대들과 함께 이를 도모하려 한다."

이어 가야 소국들이 처한 상황과 배경을 일일이 설명하면서, 지나치게 신라를 두려워할 필요가 없음을 역설했다.

"탁기탄과 가라는 분명 신라의 경계에서 자주 공격을 당해 패배했고, 임나도 이를 구원하지 못해 망하고 말았다. 그러나 南가라는 땅이 비좁고 의지할 데가 없다 보니 망한 것이고, 탁순은 上下가 분열된 채로 그 왕이 신라와 내통하다 망한 것이다. 이들 모두가 망한 데에는 이렇게 나름의 이유가 있었다. 옛날에 신라는 고구려에 도움을 청해 임나와 백제를 공격하고도 이기지 못했는데, 이제 와서 어찌 신라가 혼자만의 힘으로 임나를 멸망시킬 수 있겠느냐? 내가 그대들과 힘을 모으고, 천왕의 위력에 의지한다면 임나는 틀림없이 부활할 수 있을 것이다."

이로 미루어 10년 전 근강모야신이 임나를 확장하려던 계획이 물거품이 되면서 끝내는 임나까지 커다란 타격을 받아 해체 지경에 이르렀고, 이에 흠명천왕이 다시금 대마의 임나 재건에 나선 것이 틀림없어 보였다. 근강모야의 사망 이후 임나왕 아리사등이 백제와 신라에 몰래 청병을 했던 전모가 드러나 임나왕 또한 본국으로부터 징벌을 받았고, 근강모야를 공격했던 백제의 성왕도 천왕으로부터 질타를 받았던 것이다. 당시 목협자가 임나에 도착했을 때, 그곳의 백성들이 이런 노래를 불렀다고 했다.

"목협자目頰子(메즈라코)는 가라쿠니韓國에 무슨 말을 하러 왔을까?
저 멀리 잇키壹岐의 바닷길을 목협자가 건너왔네."

이는 나중에 목협자가 잇키섬으로부터 야마토의 토벌군을 이끌고
나타난 데 대해 임나(韓國)의 백성들이 두려움에 떨면서 부른 노래였
으니, 당시 목협자의 토벌군이 임나왕 아리사등을 징벌했다는 내용을
암시하고 있었던 것이다.

성왕이 그런 사실을 재차 환기시키면서 유사시에는 자신의 〈부여〉
가 구원에 나설 것이라며 한지들을 안심시키는 한편, 이들에게 푸짐
한 선물을 안겨 주니 모두가 크게 기뻐하며 돌아갔다. 이것이 바로
541년에 백제가 주관했던 소위 1차 〈임나재건회의〉의 내용이었다.

당시 대마도의 임나 소국을 포함한 주변의 여러 소국들은 532년 신
라가 〈금관가야〉를 병합시켰다는 소식에 모두들 불안에 떨고 있었다.
10년 전 근강모야를 공격함으로써 현재 임나의 쇠락에 부채의식을 느
끼고 있던 성왕은, 임나 소국들의 불안을 잠재우기 위해 하루라도 빨
리 임나를 부활시켜야 한다는 흠명천왕의 성화에 가만히 있을 수 없
었다. 성왕은 이참에 임나의 소국들을 지원함으로써 장차 대마 일원
에 백제의 지배권을 강화하고자 했고, 이를 위해 야마토大倭 천왕의 요
구를 수용했던 것이다.

야마토 측에서도 신라의 독주를 막기 위해서라도 무너진 임나를
세우는 것이 급선무라며, 백제의 성왕으로 하여금 먼저 〈임나〉를 부
활시킬 것을 강조했다. 이런저런 이유들로 성왕이 야마토 천왕의 힘
을 빌려 사비성에서 1차 회의를 개최했던 것이다. 이렇게 성왕이 주관
했던 1차 〈임나재건회의〉는 작지만 분명 고대에 드물게 보는 국제회

의의 성격을 띤 것이었고, 당사자들의 이해관계를 위해 외교전이 펼쳐진 현장이었다.

그해 7월, 백제는 안라의 왜신관倭臣官과 신라가 여전히 내통하고 있음을 알고, 前部와 中部의 나솔奈率들을 〈안라〉로 보내 그에 대한 시정을 촉구했다. 특히 신라에 이런 일련의 계획을 알려준 왜신관 소속의 하내직河內直을 크게 힐책하고 꾸짖었다. 이어 〈임나왜신관〉에도 천왕의 뜻을 성실하게 받들 것을 촉구하고, 엄중히 경고했다.

11월 겨울이 되자, 흠명천왕이 사신인 진수련津守連(쓰모리노무라지)을 백제로 보내, 임나의 하한河韓에 있는 〈백제〉 소속의 군령성주郡令城主(감독관)들을 〈왜신관〉에 귀속시키라는 명을 내리고 임나 재건을 서두를 것을 촉구했다.

"왕이 종종 표문을 내려 당장이라도 임나를 일으킬 듯이 말한 지가 10여 년이 지났소. 임나는 그대 나라의 기둥이니, 기둥이 부러지면 누가 집을 지을 수 있겠소? 그러니 서둘러 임나를 부흥시키도록 하시오. 그러면 하내직들도 철수할 것이오."

백제는 534년경부터 임나(대마)의 소국들에 감독관의 역할을 수행하는 군령성주들을 파견해 놓고 있었다. 〈야마토〉 조정이 이를 마뜩 잖게 여겨 이들을 임나의 소속으로 두라고 요구했는데, 임나의 소국들이 이마저도 불편하게 여긴 나머지 야마토에 청원을 넣어 군령성주 자체를 무력화시키려 했던 것이다. 이에 백제의 대신들은 성왕에게 군령성주는 그대로 둘 필요가 있다고 간했고, 성왕이 재차 상좌평 사택기루 등에게 의견을 구하자 그가 이런 방안을 내놓았다.

"임나를 세우라는 조칙은 속히 따르되, 임나의 집사執事와 각국의 한지旱岐들을 다시 불러 의논하시고, 하내직 등은 방해가 될 뿐이니 본국으로 돌려보내야 합니다."

그리하여 성왕이 사자를 보내 임나와 주변 소국들의 왜신관에 속한 집사執事를 두, 세 차례 소환했으나, 이들은 이런저런 핑계를 대고 나타나지 않았다.

나중에 보니, 아현이나사阿賢移那斯와 좌로마도左魯麻都 두 사람이 임나를 지배하고 통제하면서, 집사들을 가지 못하게 방해했다는 사실을 알게 되었다. 특히 좌로마도는 임나(한국韓國) 태생이면서도 최고관직인 대련大連(오무라지)의 지위에 있어 왜신관의 집사들과 교류하며 영화를 누리고 있었다. 그런 그가 동시에 신라로부터도 나마례奈麻禮라는 직위를 갖고 있다 보니 신라에 기울어 있다고 의심받기에 충분했다. 이에 천왕에게 이 사실을 알리고, 이들의 본국 소환을 요청했으나 이마저 실행되지 않았다. 임나 소국들을 통제함에 있어 그 주도권을 놓고 백제와 야마토 본국이 신경전을 펼치고 있었던 것이다.

그 무렵인 540년에 〈신라〉에서는 법흥대제가 죽어, 金씨 지소只召의 7살 어린 아들 삼모진彡慕秦(삼맥종彡麥宗)이 뒤를 이으니 진흥대제眞興大帝였다. 법흥대제의 아우 갈문왕 입종立宗의 아들이라는 설도 있었으나, 정작 법흥제는 태어난 아이가 자신을 닮았다고 기뻐하며 삼모진이라는 이름을 내려 주었다. 황후는 朴씨 사도후思道后였으나, 워낙 대왕의 나이가 어려 황태후인 지소부인이 섭정의 자격으로 정무를 돌보았다. 이듬해에는 이사부를 軍 최고의 통수권자인 병부령으로 삼아 중외의 병무를 맡겼는데, 그는 지소후의 또 다른 지아비였다.

마침 백제의 성왕이 신라에 화친의 사신을 보내 진흥대제의 즉위를 축하하는 공물을 전해 왔다. 그 무렵 성왕이 임나재건회의를 서두르는 등 부산을 떤 데에는, 왕의 교체기를 맞이해 신라 조정이 어수선한 틈을 타 모종의 일들을 신속하게 추진하려는 속내 때문이었을 것이다.

544년 11월, 백제 성왕이 〈야마토〉로 보냈던 사신들이 돌아왔다며, 왜신관의 오미臣와 임나국의 집사들에게 〈백제〉로 들어와 천왕의 조서를 받들고, 임나 문제에 대해 협의할 것을 요구했다. 이에 왜신관의 길비오미吉備臣와 여러 소국의 한지들이 재차 사비성에 모여, 3년 만에 2차 〈임나재건회의〉를 열게 되었다. 성왕이 빨리 임나를 일으키라는 천왕의 조칙을 보여 주고, 왜신관의 인기미印岐彌(이키미)가 신라에 이어 장차 백제까지 치려들 것이라는 사실을 환기시키면서, 신라와 인기미의 속임수에 당하지 말 것을 당부했다. 아울러 자신의 3가지 대책을 알려 주었다.

그 첫째는, 신라와 안라 사이의 큰 강 요해지要害地에 신라의 5城이 있는데, 여기에 맞서 6城을 쌓고, 천왕에게 3천의 군사를 요청해 각 성마다 5백 명씩을 배치하겠다는 것이었다. 그렇게 해서 신라인들이 농사짓는 것을 금지시킨다면 신라 쪽 구례산久禮山의 5城은 스스로 군사를 버리고 항복할 것이며, 그리되면 탁순국도 다시 일어날 것으로 전망했다.

둘째로는, 南韓(하한)에 군령성주를 두지 않는다면 강적을 막을 수 없으니 이들을 그냥 두어야 한다며, 이를 천왕에게 주청하겠다는 것이었다. 마지막으로 길비오미, 하내직, 이나사, 마도가 계속 임나국에 머무는 한 임나 재건에 방해가 될 테니, 본국으로 소환되도록 이 역시 천왕께 요청해 관철시키겠다는 것이었다. 이에 한지들이 찬성을 하며 답했다.

"대왕의 3가지 계책은 저희의 생각과도 일치합니다. 원컨대 야마토의 대신大臣인 안라왕, 가라왕에게도 이를 보고하고, 합동으로 천왕께 주청하고자 합니다. 이는 천재일우의 기회이니 숙고해서 계책을 세워야 할 것입니다."

그리하여 성왕의 뜻이 대부분 반영된 2차 〈임나재건회의〉가 마무리되고, 장차 이를 실행에 옮기기로 했다. 이듬해 〈백제〉와 〈야마토〉, 〈임나〉 간에 서로의 상황을 전하는 사신이 오갔다. 그 와중에 〈고구려〉에서는 안원제(향구상왕香丘上王)가 죽고, 조정에서는 세군과 추군 세력이 다투는 내란으로 번지더니, 이듬해 2천여 명이 전사했다는 소식이 들려왔다.

성왕 25년째 되던 547년, 백제는 달솔 진모선문眞慕宣文과 나솔 기마奇麻를 야마토에 보내 원군을 청하고, 기존에 야마토에 와 있던 사신들과 교대하도록 했다. 한편, 비슷한 시기에 〈고구려〉의 양원제는 재위 3년이던 그해, 현 북경 동북쪽에 백암성白巖城을 개축하고 新城의 지붕을 새로 잇게 하는 등, 서쪽 중원이 아니라 오히려 도성의 북쪽 방어를 강화하는 모습을 보였다. 중원이 혼란한 틈을 타 〈돌궐〉 세력이 일어나니, 그에 대비하려는 것이 틀림없었다.

그러던 이듬해 548년 정월이 되자 고구려의 양원제가 갑작스레 동예東濊(말갈)를 시켜 〈백제〉를 공격하게 했다. 이에 6천여 동예 출신 고구려병들이 한강을 뚫고 아래로 내려와 백제의 독산성獨山城(경기 수원)을 치고, 성을 포위해 버렸다. 느닷없는 고구려군의 공격에 놀란 성왕이 다급히 신라에 지원을 요청했고, 이에 진흥제가 장군 주령朱玲(주진朱珍)에게 3천의 군사를 내주고 백제 지원에 나서게 했다. 이후 〈나제연합군〉의 강력한 저항에 부딪힌 고구려군이 결국 뜻을 이루지 못하고 물러났다.

그렇게 〈독산성전투〉가 끝난 후, 백제에서 고구려군의 포로를 심문하는 과정에서 놀라운 사실이 밝혀졌다.

"실은 안라국과 왜신관이 고구려에 백제 침공을 권했다고 들었습니다."

이는 대마도 내의 안라安羅와 그곳에 파견되어 있던 왜신관이 머나먼 고구려에까지 선을 넣어 백제 침공을 사주했다는 것이었다. 일전에 안라의 왜신관이 신라와 내통한다는 사실을 크게 추궁하고 시정을 요구했음에도, 거듭된 안라의 배신에 성왕은 치를 떨었을 것이다. 즉시 〈야마토〉 천왕에게 사자를 보내 독산전투의 전후 내용과 함께, 〈안라〉와 〈왜신관〉을 수차례 소환했음에도 불응했다는 사실을 보고토록 했다.

그러나 야마토의 흠명천왕은 왜신관이 자신에게 보고도 없이 그런 일을 꾸미는 것은 있을 수 없는 일이라며 안라와 왜신관을 감싸기 바빴다. 그리고는 이런저런 의심하지 말고 변함없이 임나 재건에 주력하라면서, 체면치레 수준의 성의를 보이는 것으로 일을 마무리하려 했다. 백제로서는 쉽게 납득이 가질 않는 처사였을 것이다. 실제로 그해 겨울 야마토에서는 고작 배 한두 척이면 모두를 실어 나를 수 있는 370명의 소규모 병력만을 백제로 보내왔다. 크게 실망한 성왕이 심드렁하게 명을 내렸다.

"왜병들을 득이신得爾辛으로 보내 城 쌓는 일이나 거들게 하라!"

그러나 지방의 군현만도 못했을 대마도 내의 소국 안라와 그곳에 파견된 천왕의 일개 감독관에 불과한 왜신관이 머나먼 고구려를 움직여 전쟁을 일으키게 했다는 것은 실로 믿기 어려운 일이었다. 필시 안라를 사주했던 더 큰 세력이 있었을 터인데, 당시 임나 주변은 반도의 백제와 신라, 열도의 야마토 3국이 경합하던 때였다. 신라는 〈나제동맹〉에 의해 백제를 지원하고자 기꺼이 〈독산성전투〉에 참전까지 했으니, 안라를 사주한 세력은 바로 야마토일 가능성이 농후해 보였다.

그렇다면 야마토는 어째서 고구려로 하여금 혈맹과도 같은 백제를 공격하게 했을까? 당초 임나 재건의 목적은 이 지역에서 신라의 독주를 막기 위한 것이었다. 야마토는 그런 신라를 견제하는 데 백제가 적극 나서 주길 원했으나, 〈나제동맹〉이 번번이 이를 가로막고 있다고 판단했을 수 있었다. 또 하나는 임나 재건을 주도하던 백제가 임나 일원에서 야마토를 능가하는 영향력을 강화하려 든다고 의심했을 수도 있었다.

그런저런 이유로 야마토는 우선적으로 강고한 나제동맹을 깨뜨릴 필요가 있었고, 그 첫 단계로 고구려를 움직이게 하는 우회 전략을 펼쳤을 수도 있었다. 이처럼 반도와 열도 사이의 작은 섬 대마도를 둘러싼 〈임나재건〉은 대륙에서 반도의 三韓과 가야, 열도에 이르기까지 광대한 지역의 정치적 관심사로 부상하기에 이르렀고, 사방에 흩어진 이해 당사국들이 저마다의 셈법으로 이를 주시하고 있었다.

이듬해인 549년 10월, 백제의 성왕이 양나라에 난리가 난 줄도 모르고 사신을 보냈다. 당시 중원에서는 〈동위〉의 영웅 고환이 죽고 그의 아들 고징이 들어섰으나, 이내 고환의 측근 부하들과 갈등을 일으켰다. 이에 후경侯景이 13州를 들어 〈서위〉로 귀부했다가, 다시 〈양〉으로 들어왔으나 곧바로 정변을 일으킨 상태였다. 아무것도 모르는 백제의 사신들이 성과 궁문이 황폐해진 것을 보고 정문 밖에서 통곡을 하니, 길을 가는 양민들이 같이 눈물을 흘렸다. 이런 광경이 이내 후경에게 보고되었다.

"지금 궐 밖에서 백제의 사신이라는 자들이 와서 곡을 하고 있다고 합니다."

"무어라? 그렇다면 무제를 걱정하여 운다는 것이냐? 눈치라곤 전혀 없는 놈들이구나, 어딜 남의 나라 궐 앞에서 부정 타게 울고 난리라더냐. 여봐라, 당장 그놈들을 잡아다 옥에 처넣어 버려라!"

후경이 대노해 백제 사신들을 옥에 가두게 했는데, 이들은 〈후경의 난〉이 진압되고 난 후에야 백제로 귀국할 수 있었다. 외교란, 이렇게 상황 파악에 둔하고 순진한 사람들에게 맡길 일이 절대 아니었으니, 그저 살아 돌아온 것만으로도 다행일 뿐이었다. 그런데 사실 성왕이 그 무렵 〈양〉나라에 사신을 보낸 데는 나름의 이유가 있었다. 바로 이 듬해인 550년 정월이 되자, 〈백제〉의 성왕이 달기達己를 불러 단호하게 명령을 내렸다.

"장군에게 군사 1만을 내줄 터이니 즉시 출병해 구려의 도살성道薩城을 공격하고, 반드시 빼앗도록 하라!"

이때 백제의 고구려 도발은 10년 전 우산성 공략에 실패한 데 이어, 2년 전 독산성 침공을 당한 데 대한 보복성 공격으로 보였다. 성왕이 〈양〉에 사신을 보낸 것도 전쟁에 앞서 사전에 고구려를 포함한 중원의 정보를 수집하기 위한 것임이 틀림없었던 것이다. 어쨌든 갑작스러운 백제군의 기습에 고구려가 도살성(충남천안)을 내주고 말았다.

그렇다고 가만히 있을 고구려가 아니었기에 양원제 또한 즉각 반격에 나섰다. 3월이 되자 이번에는 고구려군이 도살성 인근까지 내려와 금현성金峴城(충북진천)을 공격했고, 끝내 성을 함락시키는 데 성공했다. 이로써 백제와 고구려 사이에 1진 1퇴의 공방이 본격적으로 전개되기 시작했다. 이후 두 나라 군사는 한 해가 다 가도록 혈전을 반복했음에도 끝내 승부가 나지 않았고, 결국 많은 희생자가 속출하면서 극도로 지쳐만 갔다.

한 가지 주목할 점은 〈나제동맹〉 관계에 있던 〈신라〉가 이번에는 〈백제〉를 위해 별다른 움직임을 보이지 않은 채, 양측의 전쟁을 관망으로 일관했다는 점이었다. 2년 전 〈독산성전투〉 결과, 신라에서도 당시 고구려의 백제 침공이 바로 안라와 야마토 세력이 사주한 것임을 뒤늦게 파악했기 때문으로 보였다. 즉, 〈독산성전투〉의 근본 원인이 동맹인 백제가 야마토와 하나가 되어 임나를 재건하고 장차 신라를 밀어내려는 야망에서 비롯된 것임을 알고는, 뒤통수를 맞은 것으로 간주해 백제를 경계하기 시작했던 것이다. 이 무렵부터 한반도 내 三韓의 정치적 상황이 서로가 서로의 꼬리를 물고 도는 것처럼 묘한 양상으로 변하기 시작했다.

해가 가기 전에 신라 진흥제에게 고구려와 백제 양국이 벌이고 있던 지리한 전황에 대한 소식이 재차 전해졌다.

"아뢰오, 도살성과 금현성을 주고받은 부여와 구려의 두 나라 병사들이 오랜 전투에 살상자만 늘어나는 가운데, 극도로 지쳐 있다고 합니다."

그러자 이찬 이사부가 나서서 진흥왕에게 간했다.

"그간 오래도록 양국이 싸우는 것을 지켜보기만 했으나, 이러한 때 우리가 출병한다면 쉽사리 양쪽 성 모두를 차지할 수 있을 것입니다. 신을 내보내 주시면 반드시 두 성을 빼앗아 차지하고 말 테니, 명을 내려 주소서!"

그리하여 상황을 주시하고 있던 진흥제가 마침내 이사부를 시켜 벼락같은 출정에 나서게 했다. 충청의 동북 방면으로 치고 들어간 이사부는 즉시 고구려의 도살성에 맹공을 퍼부었다.

"으앗, 신라군이다! 신라군이 나타났다!"

원정 싸움에 가뜩이나 지쳐 있던 고구려軍은 새롭게 등장한 신라

軍의 공격에 기겁을 했고, 사기가 떨어진 나머지 얼마 못 가서 성을 내주고 달아나기 바빴다. 신라 군영에서는 소지명왕 이래로 실로 오랜만에 고구려군을 상대로 쟁취한 승리였기에 군사들이 크게 들뜨고 기뻐했다. 그러나 그런 승리를 만끽할 여유도 없이 이사부가 곧바로 다음의 명령을 내렸다.

"이것이 다가 아니다. 이제부턴 동북으로 방향을 틀어 금현성으로 가야 하니 군마와 병장기를 챙겨야 할 것이다. 모두 서둘러라!"

신라군이 진용을 가다듬고 다시금 이웃한 금현성으로 향했는데, 그곳은 얼마 전 백제군이 고구려로부터 빼앗은 성이었다. 그 후로 금현성에 나타난 신라군이 갑자기 돌변하더니 느닷없이 성을 공격해 오자, 성안에 머물던 백제군이 화들짝 놀랐다.

"앗, 배신이다! 야비한 신라놈들이 우릴 배반하고 공격한다!"

신라군의 기습에 당황한 백제 군사들이 허둥대며 성급히 방어에 나섰다. 그러나 사기가 오를 대로 오른 신라군은 개의치 않고 금현성에 총공세를 가했고, 고구려와의 전쟁에 지쳐 있던 백제군도 그 기세를 당해 낼 수 없었다. 결국 커다란 희생자를 낳은 채 백제의 장수는 성을 버린 채 퇴각을 명하고, 서둘러 달아나야만 했다. 이렇게 해서 신라군은 오랜 전투에 지친 고구려와 백제 양쪽의 군대를 차례대로 물리치고, 순식간에 도살, 금현 두 城을 차지하는 데 성공했다.

양쪽의 군대를 지휘하던 장수들은 그야말로 '닭 쫓던 개 지붕 쳐다보는 격'이 되어 망연자실할 뿐이었다. 특히 동맹군에게 느닷없이 배신을 당한 백제군의 분노는 이루 말할 수 없는 것이었으나, 어쩔 도리가 없어 발만 동동 구를 뿐이었다. 이사부는 즉시 전투 중에 허물어진 성곽을 수리하거나 필요한 부분을 증축하게 했다. 나중에 고구려와 백제의 군사들이 멀리 퇴각하고 전선이 안정되자, 이사부는 각 성마다 천여 명의 병사를 주둔시켜 성을 지키도록 조치했다. 그해 한반도 내 최후의 승자는 먼저 전쟁을 일으켰던 당사국들이 아니라, 뜻밖에도 조용히 사태를 관망하던 〈신라〉였던 것이다.

10. 가야의 멸망

544년 2월경, 〈신라〉에서는 10년이 넘는 대역사 끝에 마침내 〈흥륜사興輪寺〉가 완공되기에 이르렀다. 〈이차돈의 순교〉가 있기 직전 연도인 527년부터 터를 잡고 535년부터 착공에 들어갔는데, 기둥과 들보의 재목들을 모두 천경림天鏡林의 나무를 베어다 공사를 할 정도로 공을 들였다. 무엇보다 주춧돌과 섬돌, 감실 등을 모두 제대로 갖춘 사찰이 되었으니, 그야말로 나라의 대표적인 불보佛寶 사찰이 탄생한 셈이었다.

그 무렵 신라에는 이미 천주사에 이어 영흥사가 있었으나, 절의 규모나 공력에 있어 비교도 되지 않을 만큼, 흥륜사는 대규모 사찰로 추정되는 것이었고, 그만큼 신라 사회에 불교가 퍼져 나가고 있음을 시사하는 것이었다. 실제로 그해에 조정에서는 백성들로 하여금 중이 되어 불사를 받들 것을 권유하기도 했다.

진흥대제 6년째인 545년 7월, 이찬 이사부가 대왕에게 신라의 역사서를 만들 것을 건의했다.

"국사國史라는 것이 군신들의 선악을 기록해 포폄褒貶(잘잘못을 가림)을 만대에 드러내고자 하는 것이니, 사기史記를 작성해 두지 않는 다면 후세에 무엇을 보고 알겠습니까?"

대왕을 포함한 많은 이들이 크게 공감한 나머지 대아찬 거칠부居柒 夫 등에게 명을 내려, 문사文士들을 모으고 《국사國史》를 작성하게 했다.

549년경에는 양나라로 보낸 신라 최초의 유학승 각덕覺德이 〈양〉에 서 보내 주었다는 불사리佛舍利를 갖고 귀국했다. 진흥제가 백관들로 하여금 흥륜사 앞길에서 각덕과 사리를 맞이하게 했다.

이듬해 550년, 신라는 고구려와 백제가 도살과 금현 두 성을 놓고 치열하게 다투다 지친 틈을 타, 양쪽 군대를 전광석화처럼 차례대로 공격해 2성을 빼앗는 데 성공했다. 이때 북쪽의 강호 고구려군을 내쫓 은 것도 큰 성과였지만, 보다 중요한 것은 그간 약 110여 년 동안 〈나제 동맹〉을 통해 혈맹의 관계에 있던 〈백제〉를 공격함으로써, 백 년 혈맹 의 관계에 종지부를 찍고 말았다는 점이었다. 이는 장차 한반도 내 三 韓의 정치적 균형에 엄청난 격변이 불어닥칠 것을 예고하는 것이었다.

당시 신라 진흥제의 파격적인 도발은 결코 우연한 것이 아니라 철 저하게 계산된 것임이 틀림없었다. 이듬해 551년 정월이 되자, 이제 19세의 젊고 듬직한 성인이 된 진흥대제가 비로소 지소태후의 섭정을 끝내고 친정에 들어갔다. 그런데 이때 곧바로 사방에 놀라운 선포를 했다.

"이제부터 나라의 연호를 새로이 고쳐 개국開國이라 할 것이다."

한마디로 이는 이웃의 강호들을 지나치게 두려워하거나 의존해 왔 던 데서 벗어나, 보다 독립적인 나라를 만들기 위해 개국을 한다는 각 오로 나라를 다스리겠다는 진흥제의 굳센 의지를 대내외에 드러낸 것 이었다.

그해 3월, 진흥대제가 새로이 확보한 신라의 중서부 지방을 도는 순행에 나섰다. 그때 차낭성次娘城(충북충주)에 이르러 음악에 뛰어나다고 소문이 난 우륵于勒과 그의 제자 이문泥文을 함께 불러들였다. 진홍제가 이때 하림궁河臨宮(탄금대)에 머물며 우륵 일행이 곡을 연주하는 것을 감상했는데, 이들이 새 가곡歌曲을 만들어 바쳤다고 했다. 이때 우륵이 연주한 악기가 바로 12줄의 현絃을 가진 〈가야금加耶琴〉으로 오늘날까지 제대로 전해진 대표적인 전통악기다. 소문에 이르길 가야금은 〈대가야〉 가실왕嘉實(悉)王이 고대 중국 진秦나라의 현악기 쟁箏을 보고, 12개월의 율律을 본떠 12현금弦琴으로 만든 것이라고도 했다.

가실왕은 대가야 이뇌왕의 후임이자 마지막 도설지왕道設智王의 전임으로 추정되는데, 가야 전체 소국들의 단합과 부활을 이끌고자 애쓴 인물이었다. 520년경 이뇌왕은 백제가 섬진강 하구의 다사진을 차지한 데 반발해, 반대쪽 신라에 기대 혼인동맹을 추진했다. 그 결과 신라에서 시집온 우화雨花와의 사이에서 얻은 아들 월광月光을 일찍부터 태자에 올렸으나, 522년경 〈신라하녀 변복사건〉을 계기로 신라에게 대가야의 8개 城을 일순간에 빼앗기는 수모를 당해야 했다.

이를 계기로 〈대가야〉는 앞뒤로 백제와 신라의 공세와 위협에 노출되었고, 고립무원의 위기에 빠지고 말았다. 당시 대가야 조정에는 친백제파, 친신라파와 더불어 가야 소국들의 단합과 재건을 노리는 가야연맹파 등이 공존했다. 그러나 신라 법흥제의 일방적인 공격을 계기로 친신라파가 크게 위축되는 지경에 처했을 것이다. 이후 가야의 진정한 독립을 꿈꾸던 가야연맹파 세력이 태자인 어린 월광을 〈신라〉로 되돌려 보내는 동시에, 가야계인 가실왕을 새로운 태자로 밀었을 가능성이 농후했다.

따라서 이뇌왕의 뒤를 이어 가실왕이 대가야의 왕이 되었겠지만,

백제 및 신라와 반목하는 어려운 지경에 처했기에, 가야 소국 전체의 단합을 호소하고, 소위 〈가야연맹〉의 부활을 주도했을 가능성이 높은 군주였다. 그 일환으로 가실왕이 생각해 낸 것이 가야금의 명인이자 작곡가인 우륵으로 하여금 가야 소국들의 정체성을 드러내는 노래를 작곡하게 해 이를 널리 퍼뜨리는 것이었다. 어느 날, 가실왕이 성열현 省熱縣(경북의령) 출신의 천재 악사樂師로 이름 높은 우륵을 불러 명을 내렸다.

"가야 여러 나라들의 방언方言(고유언어)이 각기 다르니, 성음聲音을 어찌 일정하게 할 수 있겠는가? 그러니 그대가 이를 고르게 맞춘 다음, 가라 12개국 하나하나를 상징하는 12곡曲을 지어 봄이 어떻겠는가?"

그렇게 하여 우륵이 가야 12개국을 상징하는 12곡을 작곡했다니, 아마도 이는 12개 소국의 국가國歌를 따로따로 만든 것과 유사한 일이었을 것이다. 그러나 가야연맹의 재건이라는 가실왕의 염원에도 불구하고 이후 나라는 더욱 어지러워지고 말았다. 좌절한 우륵은 조만간 나라가 기울 것을 알고 가야금을 챙겨 신라로 귀부했다. 사실 신라의 입장에서 우륵은 가실왕을 도와 가야 재건에 앞장섰던 요주의 인물이었을 것이다. 그럼에도 진흥제는 천하에 이름 높은 천재 악사 우륵의 재주를 아껴 기꺼이 그를 받아들였고, 당시 가야인들의 신흥 집단이 주지로 부상하던 국원國原(충주) 일대에 거처하게 했다.

20년 전, 신라가 〈금관가야〉를 병합하고 나자 오히려 가야권 전체가 벌집을 쑤신 듯 더욱 어수선해졌다. 당시 고구려가 조금씩 남진을 지속한 결과, 한강 중상류의 충북 일원까지 내려와 있었다. 이에 법흥제가 금관가야의 귀족들을 포함해 수많은 가야인들을 三韓의 경계가 중첩되는 한강 중상류 일원으로 대거 강제 이주시켜 살게 했다. 이주민이나 다름없는 가야인들로 하여금 변방을 지키게 하려던 속내였는데, 가야금의 명인 우륵 등도 예외 없이 법흥제의 소개疏開정책을 따라야 했으므로 국원성 인근에서 살게 되었다. 남한강이 굽이쳐 흐르는 교통의 요지이자 중부지방 최대의 철鐵 산지로 부각되던 국원성 일대가, 새로이 유입되는 가야 출신 이주민 덕에 신라 서북부의 최대 신도시로 번성하기 시작했던 것이다.

한편, 우륵의 연주를 감상한 진흥제는 얼마 후 대나마大奈麻 법지法知와 계고階古, 대사大舍 만덕萬德 3인을 우륵에게 보내 그 업業을 전수받게 했다. 우륵은 이들 3인의 재능에 따라 계고에게는 금琴을 가르쳤고, 법지에게는 노래(曲)를, 만덕에게는 춤을 가르쳤다. 그런데 이들이 처음 11곡을 전해 받고는 이 음악에 대해 느낀 감상을 주고받은 끝에 이런 평을 내렸다.

"이 열한 곡 모두가 다소 번다하고 음란한 느낌을 주니, 결코 우아하거나 바른 곡이라고 하기는 어렵겠소."

그리고는 이 11곡을 요약해 다시 다섯 곡으로 축약해 버렸다. 한마디로 신라의 음악인들이 가야금의 명인 우륵을 그저 그런 망명인으로 하대하고 무시했던 것이다. 자신이 창작한 곡들을 신라인들이 제멋대로 뜯어고쳤다는 소식에 우륵이 처음에는 분노를 표출했으나, 이내 본인이 망명객 처지임을 자각하고는 자존심을 내려놓기로 했다. 그리고는 그 다섯 가지의 음조를 듣더니 눈물을 흘리며 말했다.

"흐음, 과연 즐겁고도 방탕하지 않으며, 애절하면서도 슬프지 않으니 바르다고 할 만하오. 그대들이 왕의 앞에서 연주토록 해 보시오……"

그렇게 겉으로는 수긍하는 듯한 말을 했으나, 망국의 고통에 속마음이 타들어 가던 우륵은 끝내 분루憤淚를 삼켜야 했던 것이다.

얼마 후 진흥대제가 악사들을 불러 새로운 다섯 곡을 감상하고는 크게 즐거워하며 연주자들을 칭찬했다.

"일전에 차낭성에서 듣던 음악과 다름이 없구나, 훌륭한 연주로다……"

그러자 곁에 있던 신하들 일부가 이에 대해 수군거리더니 전혀 다른 평을 내렸다.

"망한 가야국의 음률이니 취할 바가 아니옵니다."

대신들이 또다시 우륵을 깎아내리면서 정치적 발언을 일삼자, 진흥제가 넌지시 이를 바로잡는 말을 했다.

"가야왕이 음란해 스스로 망한 것인데, 음악이 무슨 죄가 있겠느냐? 모름지기 성인이 음악을 만드는 것은 인정에 좌우되는 감정을 조절하기 위한 것이니, 나라를 잘못 다스리는 것이 음악의 곡조로 말미암은 것은 아닐 것이다."

그리고는 악사들에게 후한 상을 내리고, 이후 이 5가지 노래를 널리 퍼뜨리게 한 결과 대악大樂이 되었다고 했다. 젊은 진흥대제가 나이에 걸맞지 않게 사리가 분명하면서도 풍부한 감성의 소유자였음을 알게 해 주는 일화였다.

당시 신라와 가야 일원에서 유행하던 가야금의 연주기법에는 하림조河臨調와 눈죽조嫩竹調라는 두 종류의 음조音調가 있어 모두 185곡에 이를 정도였으나, 안타깝게도 고대의 이 음악들이 오늘날까지 전해지지는 않았다. 아울러 가야 12小國을 상징하는 우륵의 12곡은 다음과 같은 〈下가라도加羅都, 上가라도, 보기寶伎, 달이達已, 사물思勿, 물혜勿慧, 下기물奇物, 사자기師子伎, 거열居烈, 사팔혜沙八兮, 이혁, 上기물〉이라는 곡들이었다.

그런데 이때 우륵의 제자 이문泥文도 〈오烏(까마귀), 서鼠(쥐), 순鶉(메추리〉〉이라는 세 곡을 별도로 작곡해 바쳤다는데, 특이하게도 짐승을 소재로 한 곡이었다. 그 정확한 의미가 전해 오지는 않았으나 필시 까마귀(삼족오)를 국조로 삼았던 고구려를 비롯해, 신라와 경합하던 이웃의 세 나라를 상징한 것으로 보였다.

우선 까마귀는 죽은 짐승의 사체를 찾아 파먹는 날짐승이니 강대한 중원과는 싸우려 들지 않는 대신, 반도의 작은 나라들에겐 조금의 자비도 없이 악착같이 달려드는 고구려를 빗댄 것으로 보였다. 쥐는 주변의 눈치를 살피다 음식을 훔치는 나약한 짐승이니, 스스로 나서기보단 주변 강대국의 눈치 보기에 바쁜 백제를 뜻했을 것이다. 마지막으로 메추리는 꿩이나 닭만도 못한 데다 덩치도 형편없으니, 신라를 내치고 가야를 구원할 힘도 없는 데다 병사들마저 왜소하기 그지없던 야마토大倭에 비유한 것으로 보였다.

그렇다면 이문은 신라와 경쟁하던 이들 세 나라를 하잘것없는 짐승에 빗대 조롱함으로써 스승을 대신해 신라인들의 비위를 맞춰 준 셈이었고, 음악적 굴욕으로 자칫 위기에 처할 수도 있었던 스승을 음악으로 보호하고자 애쓴 것이었다. 우륵은 고구려의 왕산악王山岳, 조선의 박연朴堧과 함께 고대 韓민족의 〈3대 악성樂聖〉으로 추앙받는 위대한 예술인이었으나, 가야인으로서 조국을 잃고 망명객으로 살아야 했던 그의 삶 뒤에는 이처럼 고달픈 사연들이 숨겨져 있었던 것이다.

물론, 당시 고구려에도 현금玄琴이 있었다. 처음 〈진晉〉나라에서 고구려로 7개의 줄이 달린 칠현금七玄琴을 보냈는데, 이를 연주할 줄 아는 사람이 없었다. 이에 국상 왕산악이 악기의 모양은 그대로 두되 연주 방법을 고쳤다고 했다. 이 악기로 백여 곡을 만들어 연주했는데, 검은 학이 날아와 춤을 추었다고 해서 현학금玄鶴琴이라고 불렀다고도 했다.

고대에 이미 한반도 내에서 유행하던 궁중음악이 이처럼 일정한 형식과 음률 체계를 갖추었고, 더구나 사람들이 거문고나 가야금 연주곡에 맞춰 노래와 춤까지 곁들이는 예술의 경지로 승화시켰다니 놀랍기 그지없는 일이었다.

그런데 진흥제가 차낭성까지 나가 우륵의 가야금 연주를 감상하기까지는 사실 또 다른 이유가 있었다. 전년도에 고구려와 백제로부터 도살성과 금현성 2성을 공취하면서, 양국의 무력 실태를 확인한 신라는 자신감에 차 있었다. 문제는 그간 백 년이 넘도록 강고한 군사 동맹 관계를 유지해 왔던 백제를 공격해 금현성을 빼앗았다는 것이었다. 필시 새해 벽두부터 백제의 성왕이 사람을 보내 〈나제동맹〉에 어긋나는 신라의 행태를 비난하고, 금현성을 돌려달라 요구해 왔을 것이다. 그런데 그즈음에 또다시 놀라운 반전이 일어났다.

그해 3월경, 신라의 진흥제가 동북 방면으로 북진해 고구려 원정에 과감하게 나선 것이었다.

"그동안 별러 왔던 북벌을 감행할 것이다. 구려 조정이 어수선하다니 이참에 우선 구려가 앗아간 동북쪽부터 수복하려 한다. 장군 거칠부에게 이번 북벌을 맡기려 하니 반드시 고토를 찾아오라!"

진흥제가 이때 거칠부로 하여금 구진仇珍, 비태比台 등 무려 8명의 장군들이 이끄는 군사를 이끌고 북진을 개시하게 했다. 더욱 흥미로운 점은 동쪽 신라의 북진에 맞춰, 그 무렵 〈백제〉의 성왕도 친히 출정에 나서 대군을 이끌고 북쪽의 한강 방면을 향해 재차 북벌에 나섰다는 점이었다. 자세히는 알 수 없으나 그 무렵 백제와 신라 양국이 협상을 벌인 결과 〈나제동맹〉에 충실하기로 하고, 장차 고구려를 한강 이북으로 몰아낸다는 야심 찬 계획을 논의한 것으로 보였다. 즉, 고구려 조정이 뒤숭숭한 이때를 틈타 양국이 연합해 동서로 나누어 고구려 토벌에 나서서, 한강 일원의 고토를 수복하기로 합의한 것이 틀림없었던 것이다.

이는 그동안 양국에 上國이나 다름없던 동북 최강의 〈고구려〉에 도전해 각각 한강 아래의 고토를 회복하자는 파격적인 전략이었기에, 전년도 신라의 금현성 탈취사건은 문제도 되지 않은 듯했다. 정황으로 보아 당시 〈백제-신라〉 연합의 북벌 제안은 백제의 성왕보다는, 그때까지 차분하게 사태를 주시해 오던 신라의 진흥제 쪽에서 제안한 것으로 보였다. 신라가 전년도에 도살과 금현 2성을 탈취한 것도, 고구려와 백제의 전투력을 확인하기 위한 선제 조치였던 것이다.

거칠부가 이끄는 신라군의 원정이 개시되자, 진흥제 또한 신라군의 뒤를 따라 전황을 살피고 군의 사기를 주시하고 있었다. 바로 그럴 즈음 진흥제가 차낭성에 들렀던 것이고, 전시 중임에도 불구하고 일부러 여유로운 모습을 연출하고자 우륵을 불러 가야금 소리를 감상했던 것이다. 열아홉 젊은 나이에 이제 막 친정에 나선 진흥제가 여느 군주와는 달리 사뭇 예사롭지 않은 행보를 보이고 있었던 것이다.

그러나 따지고 보면 帝는 어려서 7살부터 모후인 지소태후의 팔에 안겨 즉위했으니, 그사이 사람을 다루는 용인술이나 멀리 앞을 내다보는 통찰력 등 군주로서 지녀야 할 소양을 두루 갖춘 준비된 임금이었던 것이다. 실제로 신라는 그 2년 전인 549년에 새로이 〈무관武官〉을 신설했는데, 이때 중앙 조정에서 지방의 행정단위에 이르기까지 전담 무인 관료를 두는 등 대대적인 병무개혁에 착수하면서 군사업무를 강화시켜 왔다.

그사이 북진을 거듭하던 신라군이 어느덧 죽령竹嶺(충북단양)을 넘은 다음, 한강 동쪽 상류로 북한강을 끼고 있는 강원과 충북 일대로 진격했다. 고구려의 방어력이 서쪽 대방과 한강 일원에 집중되어 있던 데다, 백제군이 이미 漢城 주변을 공략하던 중이라 동북쪽을 침공하는 일은 훨씬 수월했을 것이다. 신라군이 이때 연전연승하여, 죽령 이북에서 고현高峴(경기용문) 아래로 무려 10개에 이르는 고구려 城을 공취하는 데 성공했다. 이들 10郡은 오늘날 제천, 원주, 횡성, 홍천, 지평, 가평, 춘천, 화천(낭천狼川) 등지로 후일 신라 9州의 하나인 우수주 牛首州 관내의 郡들로 보였다. 이로써 신라가 이때 북한강 중상류 지역과 경기 동부 일대를 장악하게 되었다.

이와 함께 신라와의 동맹을 재확인한 백제의 성왕 또한 친히 출정에 나섰고, 한강 방면을 향해 출발했다. 과연 고구려군의 수비가 허술한 탓인지, 성왕이 이끄는 백제군이 먼저 한성漢城을 깨뜨리고 옛 도성을 되찾는 데 성공했다. 그간 고구려와의 전쟁에서 거둔 사실상의 첫 승리에 감격한 성왕이 주변의 장수들을 격려하는 동시에, 자신의 결연한 의지를 거듭 확인시켰다.

"다들 수고가 많았다. 드디어 그토록 염원하던 한성을 수복하는 데 성공했다. 동성대왕 이래 실로 70년 만의 일이다. 그러나 결코 여기서 만족할 일이 아니다. 이번에야말로 북진을 지속해 대방을 되찾고, 평양平壤(반도)까지 진격할 것이니 모두들 각오를 단단히 하도록 하라!"

성왕이 다시금 군마를 정비한 다음, 임진강을 넘어 대방을 향해 파죽지세로 진격해 들어갔다. 그사이, 신라 또한 동쪽으로 북한강 일원의 10郡을 차지했다는 소식이 들어왔다.

그런데 그해 551년 9월경, 〈고구려〉에서는 갑작스레 〈돌궐突厥〉의 병사들이 나타나 오늘날 북경 동북쪽의 新城을 공격해 왔다. 신성의 성주가 방어에 나서자 돌궐병이 한동안 신성을 에워쌌으나, 워낙 견고하게 지은 성이라 쉽사리 떨어지지 않았다. 4년 전 백암성과 함께 미리 2성을 개축하고 보수한 것도 큰 힘을 발휘했을 것이다.

"에잇, 성의 방비가 튼튼해 여기는 도저히 안 되겠구나. 방향을 돌려 백암으로 가야겠다. 모두들, 포위를 풀고, 백암으로 진격하라!"

결국 돌궐의 장수가 방향을 돌려 이번에는 신성 남쪽의 백암성白巖城을 공격했다. 소식을 들은 양원제가 서둘러 명을 내렸다.

"장군 고흘高紇은 지금 즉시 1만의 정병을 이끌고 나가 백암으로 진격해 돌궐병을 격퇴하도록 하라!"

결국 고흘이 이끄는 고구려의 정예병 1만이 백암성에서 돌궐의 군사들과 일전을 벌인 끝에, 돌궐병을 격파하는 데 성공함과 동시에 1천여 명을 살획殺獲(죽이거나 생포)했다. 비록 전쟁은 그렇게 마무리되었으나, 변방을 떠돌던 〈돌궐〉이 그즈음 고구려의 본성을 침공해 왔다는 사실 자체가 놀라운 일이었다. 필시 그해 상반기 내내 한반도에서 신라와 백제 연합이 고구려를 공격해 전쟁 중이라는 소문이 돌궐을 자극한 것으로 보였다. 한편으로는 그만큼 고구려의 국력이 쇠락해 가고 있었다는 증거이기도 했을 것이다.

이처럼 고구려가 돌궐과의 전쟁에 시달린다는 소문은 삽시간에 동쪽 멀리 한반도로 퍼져 백제와 신라에 희소식이 되어 날아들었다. 그무렵 대방을 놓고 공략 중이던 성왕이 발 빠르게 움직였다.

"구려의 평성(양원제)이 북쪽 돌궐을 막아 내느라 정신이 없을 것이다. 이때야말로 서둘러 대방 수복을 마무리하고 그 너머까지 내다볼 절호의 기회다. 신라 군영에도 파발을 보내 소식을 전하고, 제장들은 병사들을 독려해 창칼을 다시 잡고 구려 공략에 총력을 기울이도록 하라!"

결국, 백제의 성왕이 군사들을 독려해 대방(황해 일원) 공략에 박차를 가했고, 그 결과 대방 지역 6部의 땅을 되찾는 데 성공했다. 사기가 오른 백제군이 이때 북진을 거듭해 반도의 평양성까지 공격했고, 끝내 성을 깨뜨리는 놀라운 전과를 올릴 수 있었다. 이로써 여태껏 패전을 반복해 오던 성왕이 유사 이래 최북단까지 진출한 〈백제〉의 군주가 되는 영예를 안게 되었으니, 놀라운 반전이 아닐 수 없었다.

〈돌궐〉을 막기에 급급했던 양원제의 〈고구려〉는 반도의 평양 아래 땅 모두를 잃는 치욕을 당해야 했으니, 뜻밖에도 돌궐의 고구려 침공이 한반도 내의 지도를 뒤바꾸는 엄청난 전기를 제공한 셈이었다. 아울러 고구려로서는 그해 동쪽 한반도와 서쪽 요동에서 동시에 전쟁을 수행하는 것이, 얼마나 어렵고 나라를 위태롭게 하는 일인가를 새삼 확인하는 계기가 되었을 것이다.

모처럼 백제의 성왕이 주도했던 〈나제동맹〉이 또다시 빛을 발해, 마침내 북방의 강호 고구려를 대방 바깥으로 내쫓는 커다란 성과를 올리게 되자, 이듬해 양국 모두는 잠시 쉬어 가는 분위기를 연출했다. 신라의 젊은 군주 진흥제는 새로 차지한 강역을 순시하는 한편, 새로이 우륵에게 가야금을 전수받은 3인의 악사를 불러 음악을 감상하는 여유까지 보였다.

그해 552년 5월이 되니 백제의 성왕은 재빨리 야마토大倭로 사신을 보내, 전쟁의 성과를 흠명천왕에게 통보하는 동시에, 변함없이 지원병을 요청했다. 이어서 그해 10월에는 달솔 노리사치계怒唎斯致契를 흠명천왕에게 보내 금동불상金銅佛像을 바치게 했다. 이것이 비로소 일본열도에 불교가 전래되는 계기가 되었으나, 그때쯤에는 야마토에서도 한반도 삼한의 민족신앙인 선도仙道가 널리 퍼져 있던 때였다. 결국 신흥 종교인 불교와 토착 선도사상이 충돌하면서, 야마토 정권 또한 얼마 후 심각한 내홍을 겪게 되었다.

그런데 그 전년도에 거칠부가 고현(용문) 일대 공략에 한창 매진하면서 행군을 하던 중에, 길에서 한 무리의 승려들과 마주치게 되었는데 그들을 이끄는 사람은 혜량惠亮이라는 고구려의 법사法師였다. 거칠부는 내물마립간의 5세 손孫으로 멀리 내다보는 뜻이 있었다. 그가 젊은 시절에 고구려의 강약을 두루 살펴보기 위해 승려가 된 다음 고구려로 들어갔는데, 마침 혜량이 머무는 사찰에서 법사의 설교를 듣곤 했다. 어느 날 혜량이 거칠부가 범상치 않음을 알아보고는 물었다.

"너는 어디서 왔느냐?"

"예, 법사님, 소승은 신라에서 왔습니다만······"

그러자 혜량이 거칠부를 끌어당기며 잡힐 수도 있으니 빨리 본국으로 돌아가라 이르며 의미심장한 말 한마디를 남겼다.

"너는 제비의 턱에 매의 눈을 가졌으니 장수가 될 것이다. 나중이라도 나를 해하지 말거라!"

이후로 거칠부가 다시 신라로 돌아와 관직에 나가니 과연 파진찬에 이르렀던 것인데, 바로 이날 혜량과 다시 만나게 된 것이었다. 거칠부가 혜량을 알아보고 말에서 내려 군례를 갖춰 인사한 다음 말했다.

"전에 유학하던 시절에 법사의 은혜를 입었습니다. 이렇게 다시 만나니 어찌 갚아야 될지 모르겠습니다."

그러자 혜량이 답했다.

"지금 이 나라는 정치가 어지러워 망할 날이 멀지 않았으니, 그대의 나라에 머물고 싶소······"

그리해서 거칠부가 혜량법사를 이끌어 나중에 진흥제를 알현하게 했는데, 법사를 만나본 진흥제는 곧바로 혜량을 신라의 승통僧統으로 삼았다. 필시 고구려의 어두운 미래를 예견한 대목에서 진흥제로부터 커다란 관심을 끌었을 법했다. 이후로 혜량법사는 백좌강회百座講會를 여는 한편, 팔관법八關法을 시행하게 하는 등 불교를 널리 포교하는 데 앞장섰다. 특히 전쟁에서 전사한 병사들의 영혼을 위로하는 법회인 〈팔관회〉를 처음으로 소개한 것으로 알려졌는데, 이는 고구려의 제천 행사인 〈동맹〉과도 유사한 것이라고 했다.

한편, 북한강과 남한강이 만나 하나가 되는 두물머리(경기양평)까지 진출해 한강의 본류에 도달하게 된 신라의 진흥제는 또 다른 복심을 품고 있었다. 즉 신라가 이참에 조금 더 서진해 한강의 하구까지 차지한다면, 곧장 황해바다를 건너 중원으로 진출할 수 있는 해상 교두보를 확보할 수 있다는 야망을 꿈꾸고 있었던 것이다. 바로 이런 이유로 처음부터 거칠부로 하여금 8장군이 이끄는 대군을 동원하게 한 것이었다.

마침 백제는 위로 고구려와의 변경인 평양(평나)과 대방 지역에 주력군을 배치하고 있었기에 그 아래 한성 쪽의 수비는 상대적으로 허술한 편이었고, 특히 동쪽의 신라에 대해서는 동맹이라는 이유로 경계를 소홀히 하고 있었다. 한강 하류 지역에 잔뜩 눈독을 들이며 기회를 엿보던 젊은 군주 진흥제가 결국 과감하게 승부수를 띄웠다. 신라군이 느닷없이 서쪽 한성 방면을 향해 진격을 감행한 것이었는데, 필시 이는 진흥제가 처음부터 노리던 수가 틀림없었다.

얼마 후 신라군이 이제 막 수복했던 한성 일대 백제의 동북방면을 기습 공격해 오고 있다는 소식에 백제 조정이 발칵 뒤집히게 되었고,

소식을 들은 성왕이 장탄식을 했다.

"아뿔싸, 지난번에도 비슷하게 당했건만 내가 신라를 너무 소홀히 보았구나. 삼모진이 젊은 애송이인 줄로만 알았더니, 전혀 겁이 없는 강성 군주였던 게다……"

그런데 신라의 한성 침탈은 단순히 그것만으로 끝나는 문제가 아니었다. 당시 한강 북쪽으로 대방과 평양까지 수만에 이르는 백제군이 진격해 있었다. 따라서 그사이를 신라군이 치고 들어올 경우 남북으로 백제군이 둘로 쪼개져, 부득불 북쪽의 군대를 남쪽으로 철수시켜야 되는 진퇴양난의 상황에 빠지게 되는 것이었다. 성왕이 야심 차게 차지했던 한강 이북 대방의 땅은 사실 신라에게 빼앗긴 땅보다도 더 컸으니, 이를 포기한다는 것이 여간 아까운 일이 아니었다. 그럼에도 대방의 군사를 그대로 내버려 두었다가는 자칫 신라와 고구려 사이에 고립되어 몰살당할 우려가 있어 애를 태워야 했다.

결국 한참을 고심하던 성왕이 끝내 한성뿐만 아니라 북쪽의 평양마저 포기한 채 철군 명령을 내려야 했으니, 그 쓰라린 심정과 분노가 오죽했으랴.

"할 수 없다. 이제부터 평양을 나가 남으로의 철군을 서두르도록 하라!"

당시 평양(평나)을 지키던 백제군이 남쪽으로 철수하는 과정에서 신라군과 부딪쳤을 법했지만, 그런 흔적이 없는 것으로 미루어 백제 측에서 오히려 신라군과의 충돌을 의도적으로 피한 것이 틀림없었다. 자칫 남쪽에서 신라와 싸우다 보면 북쪽의 고구려가 다시금 남하할 빌미를 주기 쉽고, 그리되면 위아래로 협공을 당할 위험성이 있기 때문이었다. 심신이 만신창이가 된 채 사비성으로 돌아온 성왕은 절치부심하면서, 신라에 대해 보복할 방안을 찾느라 혈안이 되었을 것이다. 이로써 434년경 신라의 눌지왕과 백제 비유왕 간에 맺었던 〈나제동맹〉이 약 110년 만에 완전히 결렬되고 말았다.

그러던 553년 7월이 되자, 백제의 사비성 안으로 반갑지 않은 소식이 들어왔다.

"아뢰오, 한성으로 들어간 신라군이 마침내 우리의 동북쪽 변두리 땅 대부분을 차지했다고 합니다."

"허어, 끝내 한성을 내주었단 말이로구나……"

예상했던 일이지만 성왕이 기가 막혀 깊은 한숨을 내쉬었다. 반면 신라는 전혀 아랑곳하지 않은 채 이천利川과 광주廣州를 거쳐 마침내 漢城으로 입성한 다음, 일대의 땅에 〈신주新州〉(경기광주)를 설치했다. 이어서 아찬 김무력金武力을 군주郡主로 삼아 성을 지키게 했는데, 그는 20년 전 신라에 나라를 바친 금관가야 구해왕의 아들이었다.

그런데 신라의 한강 진출에 속이 쓰린 나라가 비단 백제뿐만은 아니었다. 돌궐의 침공을 막느라 반도의 평양 아래로 대방과 그 동북 지역을 신라에 내주고만 고구려 역시 군신 모두가 충격을 받기는 매한가지였다. 일찍이 371년 〈패하참사〉에서, 고국원제가 목숨까지 잃어가며 지켜 냈던 대방의 땅을 속국이나 다름없던 신라에 빼앗기고 말았으니, 북방의 종주국인 고구려의 체면이 바닥으로 추락한 꼴이었던 것이다. 그뿐이 아니었다. 변두리 흉노와 선비의 잡종이나 다름없다고 무시했던 〈돌궐〉의 대범한 침공을 물리치기는 했지만, 중원이 혼란한 틈을 타 무섭게 일어나고 있는 돌궐의 모습에 고구려 조정이 크게 경계하지 않을 수 없었던 것이다.

사실 고구려는 427년 장수대제가 하루가 멀다 하고 주인이 바뀌는 중원을 겨냥하려 했는데, 특히 〈북위〉에 적극 다가서고자 난하 동

241

쪽 아래 평양(창려)을 떠나 서쪽의 험독평양(하북한성韓城)으로 천도를 단행했었다. 그러나 돌궐의 침공에 화들짝 놀란 고구려는 이제 도성(한성)의 방어가 크게 불안해졌다며, 다시 동쪽으로 난하를 너머 옛 창려평양으로의 재천도를 고심하기 시작했다. 발해만을 끼고 있는 오늘날 갈석산 위쪽의 구舊평양을 당시 장안성長安城이라 불렀는데, 양원제가 마침내 명을 내렸다.

"지난번 돌궐의 침공은 현 도성의 방어가 얼마나 취약한 것인가를 여실히 가르쳐 준 것이었다. 도성의 방어가 취약했을 때 겪었던 뼈아픈 수모는 두말할 필요도 없이 모두들 잘 알고 있을 것이다. 그러니 유사시를 대비해 난하 하류의 옛 평양인 장안성을 도성으로 쓸 수 있도록 미리 손볼 필요가 있다."

그뿐 아니라 장안성(창려)은 난하의 하류로 바로 아래 발해만과 인접해 있었으니, 여차하면 한반도로 뱃길을 이용해 빠르게 병력을 수송할 수 있는 이점도 있었다. 결국 양원제의 명령으로 고구려는 그해부터 장안성 개축에 본격 나서기 시작했다. 한반도 내의 양강인 백제와 신라 간에 대략 6백여 년을 이어 온 숙명적인 대결이 다시금 시작되면서, 한반도는 이제 고구려와 가야는 물론, 멀리 바다 건너 야마토까지 서로 뒤얽혀 다투는 전혀 다른 양상의 국면을 맞이하게 되었다.

한편, 고구려는 물론, 동맹인 백제로부터도 연거푸 성을 빼앗은 진흥대제의 행보는 그야말로 거침이 없는 것이었다. 반대로 110년이나 〈나제동맹〉의 끈끈한 혈맹관계를 유지해 오던 신라로부터 뒤통수를 맞고, 성을 빼앗긴 백제 조정의 분노는 가늠조차 어려울 정도였다. 그럼에도 불구하고 진흥제의 영토 확장 의지는 좀처럼 멈추려 들지 않았다.

그 무렵 백제의 조정에서는 거듭된 신라의 도발에 대한 대응책을 찾느라 분주했다. 태자인 창昌을 비롯한 강경파들은 당장이라도 보복에 나서서 빼앗긴 성과 땅을 되찾아야 한다고 성화였다. 그러나 노련하고 궁리가 많은 성왕은 좀처럼 이에 찬동하려 들지 않았다.

"만일 또다시 신라와 전쟁을 해야 한다면 그것이 하루아침에 끝날일이 아님은 모두가 잘 알고 있을 것이다. 전쟁은 최후의 수단이어야 한다. 그보다는 어떻게든 공명심에 사로잡힌 젊은 왕 삼모진을 달래 동맹의 관계를 회복시키고, 평화적인 방법으로 성과 땅을 되찾아야 할 것이다. 인내심이 필요하단 말이다."

그해 10월, 마침내 성왕이 사자를 신라로 보내 자신의 딸을 진흥제에게 보내겠노라며 혼인을 제안했다. 우선 진흥제를 사위로 삼고, 이를 계기로 신라와의 오랜 혈맹관계를 자연스레 복원하려는 계산이었다. 소식을 들은 진흥제가 측근에게 말했다.

"하하하. 부여의 늙은 왕이 자신의 딸을 팔아서라도 나를 달래 보겠다, 뭐 이런 심산이로구나? 과연 노련하고 인내심이 탁월한 군주로다. 오히려 인질 하나를 더 얻는 셈이니 내가 마다할 일이 무엇이겠느냐? 그렇다고 한강 일대의 땅들을 되돌려줄 마음은 추호도 없으니, 일단 혼인에 응한다며 시간을 벌면 되겠구나!"

그리하여 진흥제는 백제 성왕의 공주를 小妃로 맞아들이게 되었다. 성왕은 곧장 사람을 통해 신라에 공물을 후하게 보내고, 백제로부터 빼앗은 성과 땅들을 되돌려 줄 것을 넌지시 요청했다. 동시에 그는 유사시에 대비해 신라의 강압적인 태도에 두려움과 불만을 지닌 가라의 소국들을 다독이면서, 반신라 세력을 규합하는 데도 주력했다. 또한 야마토에도 지속적으로 사람을 보내, 고구려와 신라의 연합공격에 맞서 싸워야 한다며 지원병을 파병해 줄 것을 촉구하는 등 강온强溫 두

가지 방법 모두를 병행했다.

그러던 와중에 그해 10월이 되자, 백제 태자 여창餘昌이 이끄는 백제군이 백합百合(미상)이라는 곳에 도착해 너른 들판에 성채를 쌓고 하룻밤을 보내려고 했다. 그런데 한밤중이 되자 갑자기 멀리서 북과 피리 소리가 들리더니 점점 가까이 다가왔다. 백제군이 크게 놀라 북을 치며 대응하니, 사방이 캄캄한 가운데 온 천지가 북소리로 가득했다.

"둥둥 두둥!"

그렇게 긴장감 속에 꼬박 밤을 새고, 이튿날 여명 속에 광야를 바라보니 사방 천지에 고구려 깃발이 나부끼고 있었다. 날이 밝자, 목덜미를 보호하는 갑옷인 경개頸鎧를 입은 자 1기騎와 표범 꼬리를 머리에 꽂은 자 2기 등 모두 5인이 나란히 말을 타고 찾아와 여창에게 당당하게 말했다.

"우리 들판에 손님이 나타났다니 어찌 맞이하지 않을쏘냐? 그러니 지금 예를 갖춰 우리와 응답할 사람의 이름과 나이를 묻고 싶다!"

이에 여창이 대답했다.

"성姓은 고구려와 동성인 부여夫餘, 관위官位는 간솔杆率, 나이 29세다!"

이어서 같은 방식으로 상대에게 묻고 답하고 나자 그들이 물러났다. 이후 양측에서 일제히 깃발을 들어 올리고 북을 치며 전투에 돌입했다. 순식간에 사방 천지가 떠나갈 듯한 고함과 말발굽 소리, 북소리 등이 함께 어우러져 진동하기 시작했고, 양측에서 치열한 교전이 벌어졌다. 그렇게 한참을 싸운 다음 얼마 후, 마침내 상대 진영에서 퇴각을 알리는 고등 소리가 울리더니 고구려군이 동성산東聖山 자락으로 물러나고 말았다. 태자 여창이 백제의 전군을 동원해 고구려와 일전을 벌인 끝에 쟁취한 소중한 승리였던 것이다.

해가 바뀌어 554년 7월이 되자, 신라는 만일에 대비해 도성 인근의 명활산성을 고쳐 쌓는 등 경비를 강화했다. 그 사이 백제 성왕은 야마토에 거듭 사신을 보내 지원군 파병을 요청했고, 결국 답변이 돌아왔다.

"곧 원군 1천 명, 말 1백 필, 배 40척을 보내겠다."

지극히 형식적이고 성의 없는 대응이었음에도, 야마토 천왕이 보내는 지원군이라는 상징성이 있어 마다할 이유가 없었다. 그해 6월경, 물부막기무련物部莫奇武連이 지휘하는 1천의 야마토 水軍이 사비성에 당도했다. 그즈음 백제 조정에서는 태자 여창이 신라를 칠 것을 강력하게 주장하고 있었다. 전년도에 있었던 〈백합전투〉에서 고구려를 패퇴시킨 뒤라 태자는 물론, 백제군의 자신감과 사기가 드높이 올라 있던 때였다.

"신라에 공주를 보내 주기까지 했는데도 여태껏 성 하나, 땅 한 뼘 돌아온 것이 없습니다. 이것으로 삼모진의 음흉한 속이 분명히 밝혀졌으니, 곧바로 신라를 치는 것이 마땅한 일입니다. 더 이상 망설여 무엇 하겠습니까?"

이런 태자를 여러 중신들이 성왕을 대신해 만류했지만, 사실상 전쟁은 돌이킬 수 없는 것으로 다가와 있었다. 결국 신라와 고구려에 맞선다는 명분으로 백제가 주도하는 임나가라(가량加良)와 소수의 야마토大倭 지원부대까지 참가하는 연합군이 사비성으로 집결했다. 그해 여름 태자 여창이 3만에 이르는 〈백제연합군〉을 총동원해 신라의 관산성管山城(충북옥천)으로 진격했다. 관산성은 신라의 경도와 한강을 잇는 중간지점에 위치한 전략적 요충지로, 이곳을 경유하면 북서쪽으로 한강은 물론, 동남쪽 신라의 도성으로 이어질 수 있기 때문이었다.

백제연합의 대군이 한꺼번에 몰려들자, 신라 측에서도 郡主인 각간 우덕于德과 이찬 탐지眈知 등이 성을 나가 〈백제연합군〉을 상대로 일전을 벌였다. 그러나 백제군의 신라에 대한 증오와 복수심이 펄펄 끓는 데다, 중과부적이었던지 신라군이 패퇴했고, 그 와중에 성이 함락되면서 불에 타고 말았다. 그 무렵 진흥제는 〈관산성전투〉 소식을 접하자마자, 서둘러 북쪽 신주(경기광주)를 지키던 김무력에게 사자를 보내 남쪽 관산성을 지원할 것을 명했다.

"부여왕 명농이 보낸 군사들이 우리 관산성을 기습해 왔습니다. 지금 전세가 지극히 불리해 성이 떨어질 지경에 처했으니, 급히 지원에 나서라는 대왕의 명령입니다."

이에 무력이 북쪽 한강 일원을 지키던 신라의 정예군을 대거 이끌고 남하해, 관산성을 지키던 신라군에 합류하는 동시에 백제연합군을 상대로 2차 전투에 돌입하기 시작했다. 태자 여창 또한 이때 관산성 인근 구천狗川에 성채를 쌓고 신라군을 상대로 다음의 전투에 대비했다. 그러나 이번에는 1차 전투와 달리 적군의 수도 많고 강성해 오히려 백제군의 전세가 밀리게 되면서, 오래도록 고전하게 되었다. 사비성의 성왕에게도 이런 전황이 속속 보고되고 있었다.

"아뢰오, (창)태자께서 이끄시는 우리 연합군이 신라와의 전쟁에 오랫동안 쉬지도 못한 데다, 식량이 부족해 고전을 면치 못하고 있다 합니다."

아들인 태자와 백제연합군이 고전한다는 소식에 성왕은 아비로서 좀처럼 도성에 편히 있을 수가 없었다. 이미 병사들은 모두 전장에 총동원된 상태라 도성을 지키는 군사를 뺄널 여유조차 없었지만, 고심 끝에 성왕은 친히 전장에 나가 태자와 군사들을 격려라도 해야겠다고 마음먹었다. 이에 자신을 호위할 50인 정도의 보기병만을 데리고, 한밤중의 어둠을 틈타 태자가 주둔하고 있는 구천으로 향했다.

성왕이 어렵게 구천에 당도했을 무렵, 마침 그곳엔 삼년산 郡(충북 보은) 소속의 비장裨將 고우도도高干都刀가 야간순찰을 돌고 있었다. 성왕 일행이 한밤중에 운이 없게도 도도의 순찰대와 마주치고 말았다.

"누구냐? 소속과 관등, 암호를 대라! 어서!"

"……."

성왕의 호위병들이 우물거리며 호응을 못 하자, 급기야 어둠 속에서 양측의 싸움이 벌어져 칼과 창이 부딪쳐 번쩍이고 비명소리가 나면서, 한순간에 주변이 아수라장이 되고 말았다. 그때 신라군이 호각을 불어 대고 동라銅鑼(꽹과리)를 쳐 대며, 사방에 흩어진 순찰대를 불러 모으니, 순식간에 도도의 순찰대가 성왕과 그 호위병 무리들을 에워싸고 말았다. 눈썰미 좋은 도도가 횃불 아래서도 고운 백발에 귀티나는 얼굴을 한 성왕을 마주하고는, 한눈에 그가 백제의 대왕임을 알아보았다.

"오호라, 이게 누구시더냐? 한밤중에 이곳까지 부여왕께서 납시셨구나. 여봐라, 즉시 부여왕을 생포하라!"

결국 약간의 소동이 이어진 끝에 성왕이 이내 사로잡혀 결박을 당하고 말았다. 눈앞에 있는 노인이 백제왕임을 확인한 도도가 말에서 내려 성왕을 향해 두 번 절을 하더니 결연한 표정으로 입을 열었다.

"왕의 목을 저에게 내주시지요!"

그 말을 들은 성왕이 하늘을 올려다보며 장탄식을 했는데, 주름진 얼굴 위로 두 줄기 굵은 눈물이 흘러내리고 있었다.

"평생 뼛속에 사무치는 고통을 견뎌 왔거늘, 오늘 여기서 이렇게 허망하게 끝이 나는구나……"

말이 끝나는 순간 도도의 칼이 밤하늘의 허공을 갈랐고, 성왕이 비참하게 쓰러지고 말았다.

고우도도는 즉시 이 사실을 상부에 고했고, 날이 새자마자 신라군의 대대적인 공세가 시작되었다.

"부여왕의 목을 베었다. 부여왕을 잡았다! 와아, 와아!"

전쟁터에는 삽시간에 성왕을 처형했다는 소문이 바람처럼 퍼져 나갔고, 신라군의 사기가 하늘을 찌를 듯 올라간 반면, 백제 진영에서는 태자를 포함해 커다란 혼란에 휩싸이고 말았다. 결국 백제군이 수세에 몰리면서 순식간에 전세가 불리해지는 바람에, 태자 여창은 소수 군사들의 호위 속에 전선을 빠져나가 달아나야 했다. 일설에는 야마토 축자국에서 온 활의 명수가 이때 눈부신 활약으로 태자를 구해 냈다고도 했다. 아무튼 어느 순간 백제군의 진영이 허물어지면서 끝내 신라군의 대승으로 끝이 나고 말았다.

그러나 이 전투의 결과는 말로 표현할 수 없을 정도로 참혹한 것이었다. 기록에 의하면 신라군이 이때 전투에서 살아남아 생포된 백제군마저 예외 없이 모조리 참살했는데, 4명의 좌평을 포함해 무려 3만에 이르는 백제 병사들의 시신을 모두 구덩이에 묻었고, 단 한 필의 말도 살아 돌아가지 못했다고 했다. 다분히 과장이 있다 해도, 이는 당시 전투에 참가한 적군이라면 누구든 가차 없이 모조리 목을 베어 버렸다는 얘기나 다름없는 것이었다.

이것은 유사 이래 韓민족의 역사에서 처음 있는 대량 학살이었다. 북방의 강호 고구려가 중원이나 북방 기마민족들과 수많은 전쟁을 겪었으면서도, 생포한 포로들을 상대로 이토록 잔인한 참상을 일으킨 적은 없었다. 그것은 일찍이 진秦나라 장군 백기白起가 조趙나라 군사 40만을 생매장했다거나, 항우가 투항한 장한의 20만 관서군關西軍을 파묻었다는 이야기처럼 인구와 병력이 넘치던 중국의 역사에서나 일어날 법한 일이었지, 韓민족의 전사戰史에서는 좀처럼 찾을 수 없던 기록이었다.

이처럼 잔인한 살상에 대한 최상위 의사결정권자가 누구였는지 알려지지는 않았으나, 아마도 전투 현장의 과열된 분위기가 이를 촉발했을 가능성이 커 보였다. 어쩌면 초기 1차 전투에서 관산성이 불탔을 때, 백제군이 먼저 가혹한 행위를 저질렀고, 이에 대한 보복으로 2차 전투에서 대승한 신라군이 무자비한 살상으로 대응했을 가능성도 있었다. 도도가 성왕을 잔인하게 참수한 것도 그런 맥락에서 성급하게 진행된 일일 수도 있었던 것이다.

또 다른 일설에는 이때 신라군이 성왕의 뼈를 경도로 가져가 북청北廳의 계단 아래 묻었는데, 이를 도당都堂이라 불렀다고 했다. 야마토 측에서는 성왕을 참수한 도도가 좌지촌左支村의 사마노飼馬奴 출신으로 말몰이꾼에 불과한 노비 출신이었다며 더더욱 적대감을 부추기는 기록을 남겼다. 모두 다 백제인들의 신라인들에 대한 참을 수 없는 원망과 극도의 분노를 표출한 것이었다. 후일 태자 여창은 자신을 구해 낸 축자국 활의 명인 국조國造(쿠니노미야쓰코)의 공을 높여 그를 안교군鞍橋君이라 불렀다고 했다.

어찌 됐든 554년 신라에 맞서 백제와 임나가라, 일부 야마토군까지 합세했던 백제연합군이 〈관산성전투〉에서 참패했고, 그 와중에 성왕이 전사하는 놀라운 일이 벌어졌던 것이다. 북방 기마민족들은 군왕이 친히 전투에 참가하는 일이 다반사였기에 종종 흐르는 유시에 맞는 등 전사하는 일도 있었으나, 생포한 군주를 참수하는 일 또한 개로왕 이래로 없던 일이었다.

이런 식으로 상대국의 군주를 처형하게 되면, 양쪽은 영원한 숙적의 관계에서 벗어나지 못하게 되므로, 예로부터 가급적 '왕은 왕을 죽이지 않는 것'이 오랜 불문율이었다. 그러나 공명심에 사로잡힌, 신라 장수 도도의 성급한 행동으로 인해, 이제 백 년 혈맹 신라와 백제는 돌이킬 수 없는 철천지원수의 관계로 추락하고 말았다.

이로써 〈나제동맹〉이 완전하게 파기된 것은 물론, 백제와 신라 두 나라는 둘 중에 어느 한쪽이 망할 때까지 영원한 적이 될 수밖에 없는 가혹한 운명에 처하게 되었다. 대륙 〈(서)부여〉의 부활을 꿈꾸며 무던히도 부지런히 나라를 다스렸던 〈남부여〉 성왕聖王의 꿈은, 후손들에게 〈신라〉에 대한 복수라는 무거운 숙제만을 남긴 채 사라져 갔다.

〈관산성전투〉에서 치욕의 참패를 당한 태자 여창은 부왕은 물론 전군全軍을 잃다시피 한 채로 홀로 살아 돌아왔다. 이때부터 그는 태산같이 무겁게 내리누르는 죄의식과 복수심에 불타 좀처럼 헤어나지 못했다. 대신들이 일단은 종묘사직을 받들고 왕위에 즉위할 것을 종용했음에도, 그는 선뜻 이를 받아들이지 못했다. 사비성의 백제 조정이 전후 수습과 성왕의 전사로 인한 왕위승계 문제로 갈팡질팡하는 사이 10월이 되자, 또다시 긴박한 보고가 들어왔다.

"속보요, 북방의 구려군이 느닷없이 한강을 넘어 내려와 웅천성熊川城을 침공해 왔다고 합니다!"

〈관산성전투〉에서 백제가 참패하고 국왕이 전사했다는 소식에 고구려군이 기습을 감행해 온 것이었다. 게다가 태자 여창에게 〈동성산전투〉에서 패한 데 대한 보복성 침공일 수도 있었다. 참으로 가혹하기 그지없는 일이었지만, 이것이야말로 약육강식의 세계에서 벌어지는 일상의 모습 그대로였던 것이다. 고구려군이 이때의 침공으로 경기 안성 일원으로 추정되는 웅천성까지 내려온 것으로 미루어, 당시 한강 아래를 지키던 신라군의 수비마저 뚫고 한참을 남진한 것으로 보였다.

신라 역시 〈관산성전투〉를 치르느라 북쪽에 대한 수비가 허술할 수밖에 없었던 것이다. 그럼에도 다행히 백제의 웅천성주가 성을 사수하고 잘 막아 내는 바람에 성이 함락되지 않았고, 결국 고구려군이 서둘러 퇴각했다. 고구려 역시 도성의 정병들을 동원했다기보다는, 종전처럼 반도 동북쪽의 동예(말갈)군을 동원했다가 물러난 것으로 보였다.

그런데 일설에는 고구려의 웅천 침공이 있기 한 달 전에, 태자 여창이 군대를 빠르게 정비해 진성珍城(경남단성)으로 진격해 들어갔다고도 했다. 이때의 공격으로 〈신라〉의 남녀 3만 9천 명과, 말 8천 필을 잡아 돌아왔다고 했지만, 정황상 믿기 어려운 내용이었다. 다만, 당시 이곳이 가야 일대였으므로, 백제의 참패 소식에 신라에 붙으려는 속내를 드러낸 세력들을 제압하려 백제군이 출정했고, 그곳의 군민들을 대거 포로로 잡아끌고 갔을 가능성은 있어 보였다.

어쨌든 이처럼 어수선한 상황이 이어지면서, 백제왕의 자리가 계속해서 공석으로 남게 되었다. 이듬해 555년 2월이 되자, 여창이 아우인 왕자 혜惠를 야마토로 보내 흠명천왕에게 지원을 요청하게 했다. 성왕이 전사했다는 소식에 천왕이 크게 비통해하며 주위에 명을 내렸다.

"백제의 성명왕(성왕)이 죽어 그의 아들 혜가 오고 있다니, 사람을 난파진(나니와쓰)으로 보내 왕자를 정성껏 맞아들이고 위로하도록 하라!"

그리하여 오미臣직의 허세許勢(고세)가 나니와쓰까지 나가 왕자 혜惠를 맞이하고 위로했다. 왕자 惠가 이때 야마토의 대신들에게 아버지의 복수를 원한다며 무기 등의 지원을 요청했으나, 막상 흠명천왕은 그를 피한 채 직접 만나 주지도 않은 듯했다. 이것이 사실이었다면 다분히 야박한 처사가 아닐 수 없었다. 그 후 왕자 여혜는 해가 바뀌어

556년 정월에야 귀국할 수 있었는데, 천왕이 이때 비로소 많은 무기류와 양마良馬 외에 갖가지 물품을 보내 주었다고 했다. 또 오미臣 아베阿倍를 비롯한 3인의 신하들을 파견해 축자국의 군선을 이끌고 백제 본국에 도착할 때까지 호송해 주었다고 했다.

성왕이 전사한 이래로 1년이 지난 555년 8월까지도 백제 조정에서는 왕위를 채우지 못해 여전히 왈가불가하고 있었다. 오래도록 즉위를 거부해 오던 태자 여창이 어느 날 주위에 말했다.

"나는 이제 승하하신 부왕을 모시고자 출가하여 불도를 닦으려 하오."

그러자 깜짝 놀란 신하들이 극렬히 반대하고 나섰다.

"아니 되옵니다. 태자께서 불도를 닦고자 출가를 하신다면, 그것은 결코 사려 깊은 것이 아닐 것입니다. 지금도 구려와 신라가 앞다투어 우리 백제의 멸망을 노리고 있는데, 그렇다면 장차 종묘사직을 어느 나라에 맡기려 하십니까? 부디 지난 과오는 잊어버리시고, 속세를 떠나는 일은 거두어 주소서. 그래도 군이 원하신다면 대신 백성들을 출가시키면 될 일입니다. 태자께서는 부디 고정하소서!"

여창이 한참을 생각한 끝에 신하들의 말에 동조하며 힘없이 말했다.

"옳은 말이오……."

이에 신하들과 논의하여 백성들 중 100명을 출가시키고, 불법의 덕을 기리는 사찰용 깃발과 일산日傘을 많이 만들어 사찰에 제공하는 등 공덕을 쌓았다. 안타깝게도 여창은 〈관산성전투〉를 주도해 부왕을 전사케 하고, 수많은 병사들을 사지로 몰아넣었다는 죄의식에서 좀처럼 벗어나지 못하는 모습이었다. 그렇게 한바탕 출가 소동이 벌어진 이후에도 한참이나 왕위에 오르지 않아 주변 사람들을 더욱 애타게 했다.

그러나 한편으로 성왕의 후계자로서 사상 초유의 국난을 맞아 스스로 왕위 계승을 지연시킨 행위는, 자신의 즉위를 정당화하기 위한 명분과 시간을 축적하는 일이기도 했다. 이로 미루어 여창은 나름 깊은 사려와 전략적 인내심을 지닌 인물이 틀림없었다. 결국 여창은 성왕 사후 3년이 지난 557년 3월이 되어서야 왕위에 올랐으니, 그가 바로 백제의 위덕왕威德王이었다.

이와 달리 〈관산성전투〉에서 오랜 혈맹이면서도 동시에 숙적의 관계인 백제를 참패시키고, 그 왕을 참수시킨 신라에서는 한동안 승리감에 도취되어 있었다. 그러나 그 뒤 고구려가 백제의 웅천성까지 침공해 내려오고, 이어 10월경에는 백제가 진성珍城 일대의 가야 소국을 공격해 오자, 이내 자숙하는 분위기로 돌아섰다.

이듬해 555년 정초가 되자, 진흥제는 즉시 임나가라에 대한 응징에 나섰는데, 전년도의 〈관산전투〉에서 백제연합에 가담해 신라를 공격했기 때문이었다. 그해 신라는 정월이 가기도 전에 비사벌比斯伐(경남 창령)을 장악해 버린 다음 새로이 완산주完山州로 삼았다. 이후 정국이 안정되자 진흥제가 주변에 명을 내렸다.

"부여가 잠잠하니 이제 정국이 다소 안정을 찾은 것 같다. 지난해 새로이 확보한 한강 일대를 돌아보는 순행으로 전방에서 고생하는 병사들과 백성들을 위로하고자 한다."

진흥제가 10월에 친히 서북쪽 순행에 나서 한강 유역의 북한산 일대를 돌아보고 새로이 강역을 확정했다. 11월이 되어 순행을 마치고 돌아온 진흥제가 백성들에게 이로운 명을 내렸다.

"새롭게 편입된 州郡에 알려서 1년 치 세납을 면제해 주고, 해당 지역의 죄인들에 대해서는 교수형과 참형의 2죄에 해당하는 자들을 제외하고는 모두 특별 사면토록 하라!"

그 후 진흥제의 행보는 더욱 거침없는 것이어서, 이번에는 동북방 강역의 확장에 나섰다. 진흥제 17년이던 556년 7월에는 함경도 안변 安邊 일대까지 북진하여 비열홀주를 설치하고, 북방의 전진기지로 삼게 했다. 당시 이 지역에는 고구려에 속한 동예인들, 즉 말갈인들이 주로 살고 있었던 것으로 추정되므로, 신라는 이때의 원정에서 강성한 말갈인들을 북쪽으로 몰아내는 성과를 올림 셈이었다. 진흥제는 사찬史湌 성종成宗을 새로운 郡主로 삼아 이곳을 사수하게 했다.

이듬해 557년이 되자, 한강의 상류 지역으로 백제와의 변경이자 교통의 요지인 국원國原(충북충주)을 직할시에 해당하는 〈小京〉으로 삼았다. 반도 남부의 중앙에 위치한 국원소경은 남한강이 흐르는 교통의 요지인 데다, 양질의 철鐵이 대량 생산되는 중요한 전략 요충지였다. 게다가 법흥제 시절부터 금관과 임나 등의 가야인들을 집단으로 대거 이주시킨 덕에, 자의 반 타의 반으로 인구가 늘고 빠르게 번창했다. 그런 이유로 도성인 경도(경주)에 버금가는 新도읍을 그 서북의 반대쪽에 건설할 만했던 것이다.

이듬해 558년에는 진흥제가 더욱 과감한 의지를 표명했다.

"국원의 소경을 더욱 키울 셈이니, 귀족의 자제들과 더불어 6部의 부호들을 국원경으로 이주시키도록 하라!"

그 무렵 신라는 서남쪽으로는 가라, 서북쪽으로 한강 유역, 동북쪽으로 함경 일원까지 나라의 강역이 크게 확장되었다. 이를 계기로 진흥제는 전국을 체계적으로 다스리기 위한 일종의 도시계획에 열을 올리고 있었다. 557년에는 상주 지역의 사벌주를 폐지하고, 그 서남쪽 김천 지역에 감문주甘文州를 두어 사찬 기종起宗을 군주로 삼았다. 사벌주는 한때 신라의 전신인 〈서나벌〉의 도읍으로 조상들의 능이 있는 성지와 같은 곳이었음에도, 과감하게 폐지했다. 상주 북으로 가까이 조령鳥嶺(새재)을 넘어가면 새로이 조성한 국원경이 있는 데다, 감문 가까이에 관산성이 있었으니 배후의 수비를 튼튼히 하려는 조치로 보였다.

아울러 경기 광주 일원의 新州를 폐하고, 〈북한산주州〉를 둠으로써 한강 유역의 수비를 강화했다. 이후에도 신라는 州郡의 경계를 바꾸는 개조 작업을 수시로 이행했다. 558년경이 되자 진흥제에게 반가운 소식이 들어왔다.

"내마奈麻 신득身得이 신무기인 포와 노를 새롭게 제작했다는 소식이옵니다."

당시의 〈포砲〉는 돌을 이용하는 투석기의 일종으로 보였고, 〈노弩〉는 성곽 전투 시 사용하는 방아쇠가 달린 큰 활을 말하는 것으로 신무기라기보다는 성능을 개선해 더 멀리 정확하게 날아가거나 파괴력을 크게 강화한 대노大弩였을 것이다. 무기의 종류를 늘리고 그 성능을 발전시키는 것은 언제나 전쟁의 승패를 좌우할 정도로 중요한 요소로써, 그 나라의 과학 수준과도 직결되는 문제였다. 군주가 이처럼 전투에 사용되는 병장기까지 일일이 챙기고 관련 전문가나 과학자를 우대할 때, 무기의 성능 개선이나 신무기 개발이 가능해지는 법이었다. 진흥제가 바로 그런 군주였으니, 그는 신득의 무기 개발 소식을 크게 반기고, 즉시 이를 모든 성곽 위에 비치하라는 명을 내렸다.

진흥제 23년째인 562년 7월이 되자, 〈백제〉의 위덕왕이 오랜만에 군사를 내어 〈신라〉의 변경을 침공했다. 백제군의 침공 소식을 접한 진흥제가 즉시 정병을 출정시켜 일전을 벌인 끝에 퇴각시키고, 1천여 백제병의 수급을 베었다. 위덕왕에게 여전히 백제가 신라를 상대하기에는 무리라는 점을 확인시켜 준 셈이었다.

그런데 두 달이 지난 9월이 되자, 진흥제에게 또 다른 전쟁이 일어났다는 급보가 날아들었다.

"아뢰오, 대가야가 일어나 변경을 침공해 들어왔습니다."

가야 측에서 上國이나 다름없는 신라를 공격하는 일은 매우 드문 일이었으니, 이 공격은 다분히 〈백제〉의 침공과 연관성이 있어 보이는 전쟁이었다. 진흥제가 대노해 이사부에게 명을 내렸다.

"대가야의 도설지가 어리숙해 아직도 상황 판단이 어려운가 보오. 장군이 이참에 가야를 쳐서 반드시 토멸해 버리도록 하시오!"

이와 함께 진흥제가 특별히 사다함斯多含을 부장副將으로 천거해 이사부의 가야 원정을 돕게 했다. 사다함이 신라의 정예기병 5천을 거느리고 본대에 앞서서 전단문栴檀門으로 달려 들어가 백기를 세우고는, 비장한 눈빛으로 주변을 둘러보았다. 용기 있는 자라면 누구든지 나서서 덤벼 보라는 뜻이었다. 위풍당당한 사다함의 위세에 눌린 성안의 가야인들이 두려움에 떨며 누구도 선뜻 나서지 못할 지경이었다. 마침 이사부가 이끄는 본대가 당도하니, 성안의 가야인들이 모두 항복했다.

이로써 〈대가야〉가 5백 년에 달하는 유구한 역사를 끝내고 마침내 〈신라〉에 병합되고 말았다. 2세기 초 김수로왕이 세운 김해 지역의 〈가야국〉과는 달리, 내륙의 고령 지방에서 정견모주正見母主를 시조로 시작했던 가야의 토착 세력이 일군 왕국이었고, 마지막 도설지道設智 왕에 이르는 20여 명의 왕력이 그대로 전해질 정도로 오랜 전통을 자랑하던 가야의 맹주국이었다.

정견여왕이 다스리던 시절의 〈비지국比只國〉에 대해서는 〈사로국〉

을 통일한 파사왕조차도 함부로 다루지 못할 정도로 커다란 세력을 이루고 있었다. 파사왕이 당시 〈음즙벌〉과 〈실직〉의 영토분쟁을 해결하지 못해, 가야의 청예를 초청해 해결할 정도였던 것이다. 일설에는 후일 정견 여왕의 두 아들 중 뇌질주일은 〈대가야〉의 시조인 이진아시왕이 되었고, 또 다른 아들인 뇌질청예 또한 수로왕의 후예들을 물리치고 새로이 〈금관가야〉의 왕이 되었다고 했다.

그렇다면 사실상 그녀의 후예들이 가야 여러 소국의 주인이 된 셈이나 다름없었다. 뿐만 아니라, 이들의 후예들이 倭열도로 건너가 여러 소국을 세웠고, 그중 하나가 〈야마토〉의 전신前身으로 추정되기도 했던 것이다. 이후 3세기 초에 발발한 〈포상8국〉의 난을 계기로 〈금관가야〉는 〈신라〉에 기댄 채 〈임나연맹〉을 이끌며 가야의 종주국과 같은 역할을 해 왔다. 그러다 4세기 말, 〈부여백제〉 목라근자의 〈대마원정〉에 이어, 여휘왕의 열도이주로 인한 고구려의 신라 지원이 있었다. 이를 계기로 금관을 비롯한 가야 7국이 궤멸에 가까울 정도의 타격을 입고 말았고, 급격히 쇠락의 길을 걷게 되었던 것이다.

급기야 30년 전인 532년, 〈금관가야〉의 구해왕이 스스로 〈신라〉에 귀부해 버리고 나니, 그보다 북쪽의 〈대가야〉가 남은 가야의 소국들을 이끄는 입장이 되었다. 그러나 강성한 북방기마민족인 선비의 피가 유입되고 〈신라〉가 새로이 마립간 시대를 맞이하고서부터는, 가야권 전체가 내내 신라에 이끌려 다니는 신세로 전락한 지 오래였다. 끝내 이사부의 출병으로 〈대가야〉가 맥없이 쓰러져 버리자, 마침내 이웃한 소국들 역시 신라에 쉽사리 굴복하고 말았다.

그렇게 가야권 전체가 진흥제에 의해 〈신라〉에 병합되면서 끈질기게 이어져 온 역사에 종지부를 찍고 만 것이었다. 크게 보면 가야의 여러 소국들은 백제와 신라의 좌우 틈바구니에서, 균형추 역할을 하며 오래도록 존속해 올 수 있었다. 그러나 〈관산성전투〉를 계기로 〈백제〉의 위세가 크게 꺾이고 삼각 균형이 깨지게 되면서, 신라에 급격하게 무너지고 만 모습이었다. 진흥제는 특별히 공을 세운 사다함에게 포상으로 좋은 전토와 함께 2백 명의 포로를 노예로 내주기까지 했다.

진흥제 29년 되던 568년에는 진흥제가 새로이 연호를 바꿔 〈대창大昌〉이라 했다. 그즈음 진흥제는 새로이 확장한 영토를 꾸준히 순행하고 다녔는데, 특별히 〈신라〉의 강역임을 나타내는 순수비巡狩碑를 곳곳의 山 정상에 남겼다. 특히 그해에는 함경남도 북단의 〈황초령〉과 〈마운령〉에 들러 순수비를 세우기도 했다. 진흥제는 그 밖에도 〈북한산〉과 가야 일대의 〈창령〉에 순수비를 남겼고, 기타 단양 일원에 산성을 쌓고 이를 기념하는 적성비積城碑를 남겼다. 이로써 진흥제 스스로가 정복군주임을 사방에 과시하고, 신라의 위력을 떨치고자 했던 것이다.

그런 진흥제에 대해 백제의 위덕왕은 말로 다 할 수 없는 상실감을 느껴야 했을 것이다. 조부인 무령왕 때부터 남선南先정책으로 돌아선 이래로 부친인 성왕에 이르기까지 스러져 가는 가야를 확보하고자 그토록 야마토를 쫓아다니며 애를 썼건만, 끝내 그 꿈마저 잃게 되었기 때문이었다. 그 후 10년 동안 백제는 신라를 넘보지 않았다. 그사이 576년경, 신라의 진흥제가 먼저 세상을 떠나고 말았다.

그러자 이듬해인 577년 10월경, 위덕왕이 마지막으로 신라의 서쪽 변방을 침공했는데, 신라의 왕위 교체기를 노린 것으로 보였다. 소식을 접한 신라 조정에서는 급히 이찬 세종世宗을 출병시켜 일선(경북선산) 북쪽에서 백제군을 상대하게 했다. 양쪽에서 일전을 벌인 결과 백제군은 이번에도 신라군을 이기지 못하고 패퇴했는데, 신라 측에서

적군 3,700여 명을 죽이거나 사로잡았다고 했으니 백제군의 피해가 상당했던 것으로 보였다.

결국 이것이 위덕왕 재위 시절 신라와의 마지막 전투가 되고 말았는데, 이후로 백제는 더 이상 신라의 국경을 넘지 않았던 것이다. 신라에서도 그 후 내리서성內利西城을 쌓고 방어를 강화했다. 그뿐 아니라, 이듬해인 578년이 되자, 신라의 새로운 임금 진지왕眞智王이 명을 내려 백제의 알야산성閼也山城(전북여산)을 공격하게 했다.

백제가 이때 신라의 공격을 막아 내긴 했으나, 오랜만의 신라 침공에 크게 놀란 듯했다. 위덕왕이 주변에 말했다.

"신라가 직접 국경을 넘어 침공해 올 줄은 몰랐다. 아무래도 새롭게 성을 쌓아 신라에 대한 방어를 보다 튼튼히 해야 할 것이다."

그해 백제는 웅현성熊峴城과 송술성宋述城 2성을 쌓아, 산산성산山城과 마지현성麻知峴城, 내리서성으로 가는 길목을 막게 하는 등 신라 측에 대한 방어를 크게 강화했다. 공교롭게도 그해 〈신라〉의 진지왕이 재위 4년 만에 돌아가는 바람에, 새로이 진평왕眞平王이 즉위했다. 진평왕 즉위 이후로는 20여 년간 양측에서 이렇다 할 전쟁이 없어, 한동안 평화로운 시대가 열리게 되었다.

3부

대립하는 반도삼한

11. 남북조의 승자 北周

554년 백제가 〈관산성전투〉에서 참패하고 성왕이 전사했다는 소식이 고구려 조정으로 날아들었다. 양원제가 급히 군사를 일으켜 웅천성을 공격하게 했으나, 이기지 못하고 퇴각해야 했다. 요동의 정예병도 아니고, 전과 같이 동예군(말갈)을 동원해 벌인 싸움이라 크게 효과를 보지 못한 듯했다. 무엇보다도 당시 고구려 조정은 이미 호족들의 입김이 더없이 강해져, 태왕인 양원제의 권위가 더없이 떨어진 상태였다.

그 무렵 고구려의 최고관직은 대대로大對盧라는 1품 직으로 국사를 총괄하는 자리였는데 3년의 임기를 두고 있었다. 임기가 다 된 대대로가 직을 잘 수행했을 경우 연한에 구애를 받지 않았지만, 그렇지 않아서 모두가 승복하는 것이 아니라면, 교체시기에 즈음하여 군대를 동원하든지 해서 서로 다툰 끝에 승리하는 자가 자리를 차지할 정도였다. 이 경우 태왕은 그저 궁문을 닫은 채, 스스로를 지키려들 뿐 이를 말리거나 편을 들지 않았다.

이것이 사실이라면, 그야말로 태왕이 대신들을 임명하는 것이 아니라 5部를 기반으로 하는 호족들 간에, 무지막지한 권력투쟁을 통해 조정을 번갈아 가며 장악한 셈이니 양원제의 권위가 그 정도로 추락해 있었던 것이다. 전통적으로 고구려가 5부족 중심의 집단지도체제이긴 했으나, 태왕의 제위만큼은 그래도 장자 상속의 원칙을 지키면서 태왕 중심으로 이끌어 온 나라였다. 그러나 장수제 이래 특히 안장제와 안원제 2代를 거치는 동안 정사를 소홀히 하고, 女승상이나 폐신들에 둘러싸인 채 조정이 문란해지다 보니 빚어진 참혹한 결과였다.

당시는 〈북위〉가 쇠락하고 분열되던 시기라 고구려야말로 주변으로부터 최고의 예우를 받으며 역대급의 호시절을 구가하던 시절이었다. 따라서 중원으로의 진출 혹은 한반도 통일을 시도하거나, 적어도 서북방 선비의 후국들을 장악할 절호의 기회였다. 그럼에도 고구려 황실은 사악한 여인들의 치마폭에 휘둘려 향락을 일삼는 가운데, 나라가 점차 썩어 부패가 만연하면서 급격하게 쇠락하기 시작했던 것이다.

결국 양원제 13년 되던 557년, 10월이 되자 조정에 급보가 날아들었다.

"아뢰오, 환도성의 간주리干朱理가 모반을 일으켰습니다!"

당시 양원제가 새로이 장안성으로의 천도를 계획하고 성을 개축하는 등 공사를 진행시키다 보니, 천도와 관련된 불만 세력들이 난을 일으킨 듯했다. 결국은 간주리의 모반이 실패해 일당 모두가 처형되고 말았지만, 이 또한 조정의 혼란을 가중시킨 사건임이 틀림없었다.

양원제가 그런 조짐을 미리 파악했는지, 모반이 있기 직전인 4월에 장자인 양성陽成을 새로이 태자로 삼아 자신의 뒤를 잇게 했다. 사실 양원제는 즉위 때부터 추군과 세군 양대 진영이 벌인 세력다툼 속에서 제위에 오른 인물이었다. 그때 승자인 추군의 압력에 굴해 자신의 장자인 양성을 태자로 올리지 못하는 대신, 추군 세력이 미는 어린 왕자를 태자로 봉한 듯했다. 이후 세월이 흘러 추군의 세력이 약화된 틈을 타, 재빨리 태자를 새로이 양성으로 교체한 것으로 보였다.

이처럼 양원제는 재위 내내 호족들에게 끌려다니며 태왕의 권한을 행사하지 못한 불운한 군주였던 것이다. 그런 양원제가 2년 뒤인 559년 3월에 재위 15년 만에 덧없이 세상을 뜨고 말았다. 그의 뒤를 이어 태자인 양성이 제위에 오르니 그가 고구려의 26대 태왕인 평원대제平原大帝였다. 담력도 있고 말타기와 활쏘기에 능해 무인 기질을 지녔으나, 태왕의 권위가 이미 크게 실추된 뒤라, 선제인 양원제와 더불어 가장 힘든 시기에 제위를 물려받은 셈이었다.

그 시기에 중원에서는 551년경, 〈돌궐〉의 족장 두만(토문土門)이 여러 부족을 통합한 후 〈유연〉으로부터의 독립을 시도했다. 두만이 스스로를 이리가한伊利可汗이라 칭하며 돌궐의 왕임을 선언했는데, 이때 유연과 동맹관계이자 상국의 관계에 있던 고구려를 과감하게 침공했던 것이다. 당시 양원제가 다스리던 〈고구려〉가 동쪽 멀리 한반도의 백제와 신라의 대방 침공을 막느라 여념이 없던 때였다. 다행히 장군 고흘이 1만의 정병으로 이를 막아 냈으나, 그 틈을 타고 백제군이 반도의 패수를 넘어와 평양(평나)을 차지했으니, 마치 〈돌궐〉과 〈나제 연합〉이 서로 짜고 〈고구려〉를 양쪽에서 번갈아 침공한 것 같은 양상이었다.

사실 양원제는 〈북제〉의 선제宣帝가 된 고양高洋에게 두어 차례 사신을 보내 〈돌궐〉을 견제해 줄 것을 요청했다. 그러나 고양은 이미 〈고구려〉가 전에 없이 쇠락한 데다, 돌궐과 반도의 나제羅濟연합에 고전하는 모습을 보고는 결코 이에 협조하지 않았다. 오히려 후일 그는 북쪽으로 〈거란〉을 제압하고 서쪽의 〈북주〉를 격퇴하기 위해 돌궐과 결탁하기까지 했던 것이다. 그의 부친 고환이 생전에 고구려를 존숭했던 모습은 어디에서도 찾아볼 수 없게 된 것이었다.

이런 상황에서 이듬해인 552년이 되자, 이리가한이 마침내 자신들의 상국이었던 〈유연〉에 대해 대대적인 공격을 감행했다. 애당초 전년도에 있었던 고구려 침공도, 유연 공략을 위해 배후의 고구려를 차단시키려는 것이 주된 목적이었던 것이다. 이리가한이 자신의 돌궐족 전사들을 매섭게 독려했다.

"구려는 이제 유연을 돌볼 형편이 못 된다. 이제야말로 그동안 우리를 괴롭혀 왔던 유연에 보복을 하고, 우리의 힘을 사방에 떨칠 때다. 전 병사들은 죽기를 각오하고 숙적 유연을 향해 총 진군하라!"

〈유연〉에서도 욱구려아나괴郁久閭阿那瓌가한可汗이 이에 맞서 〈돌궐〉과 일전을 벌였으나 끝내 돌궐에 패퇴했다. 유연왕 아나괴가 이때 자결로 장렬하게 생을 마감하면서, 〈유연〉은 사실상 붕괴해 버렸다. 이후로 그 잔당들이 〈북제〉에 기대려 했으나 고양이 그들을 받아 줄리가 없었고, 그러자 천산산맥을 넘어 흉노의 오랜 발자취를 따라 서진하기 시작했다. 놀랍게도 이들이 10년도 지나지 않아 〈동로마제국〉의 수도 콘스탄티노플에 나타났다.

이들은 새로운 지도자 바얀Bayan칸의 영도 아래 동유럽의 다뉴브와 라인강 유역으로 진출해 게르만, 슬라브 등 인근의 토착 세력을 누르고, 옛 훈족왕 아틸라가 지배했던 흑해 서북쪽 땅에 〈아바르Avar제국〉을 건설했다. 이후로 〈페르시아〉와 협력하면서 비잔티움을 위협하는 등 맹위를 떨쳤는데, 전성기에는 서쪽으로 〈프랑크제국〉, 남쪽으로 발칸반도의 〈동로마제국〉과 경계를 나누는 대제국을 이루고 동서양의 문명을 잇는 가교 역할을 했다. 대체로 250여 년을 지속했던 아바르제국은 9세기 초 프랑크왕국에 멸망했으나, 그들의 흔적은 발칸, 불가르, 우크라이나 등에 남게 되었다.

〈유연〉왕족의 성姓씨는 욱구려郁久閭(위구려)로 고구려와 비슷한 발음이었는데, 말 그대로 〈고조선〉의 속국이던 구려句麗의 후예들로 중국에서는 흉노의 별종으로도 보았다. 압록강으로 불리던 난하의 상류 지역을 '우(윗)구려'라 부른 데서 기인했다니, 사실 그들은 고구려를 성씨로 한 것이나 다름없었다. 이는 마치 〈서부여〉의 후예들이 부여씨를 사용한 것과 같은 이치였을 것이다. 중국인들이 이들을 유연柔然, 연연蠕蠕, 예예芮芮라 불렀는데, 모두 끔찍한 혐오의 뜻이었다.

유연족 스스로는 대단大檀 또는 단단檀檀이라 불렀는데, 고조선어로 '크다大의 아, 밝다檀의 단'에서 〈아바르Avar〉라 불렀던 것이다. 유연의 왕족 또한 단족, 아사나阿史那족과 같이 고조선의 왕족 혈통으로 보고 있다. 위아래로 슬라브족과 불가르족을 지배했던 아바르제국이 후대에 멸망하고 나자, 그 땅에 오늘날 우크라이나와 불가리아 등이 들어섰는데, 국호에서도 그 흔적을 엿볼 수 있다.

아바르족은 또 달단韃靼 또는 타르타르Tartar라고도 불렀는데, 슬라브족들은 어린아이들이 울 때 타르타르가 온다고 하면 아이들이 울음을 그쳤다고 했다. 2백여 년간의 지배를 겪는 동안 생긴 아바르족에 대한 공포와 트라우마가 그만큼 컸던 것이다. 아바르, 유연을 밀어냈던 돌궐 또한 후대에 이들을 따라 서쪽으로 이주했는데, 흑해 아래 아나톨리아 지방의 반도에 자리 잡았다. 흑해의 서북쪽으로 〈아바르〉, 반대편 동남쪽으로 〈튀르크〉(돌궐) 제국이 마주 보고 대치했던 것이다.

오늘날 天山산맥 동쪽으로 중국의 신강新疆지구에 사는 〈위구르족〉이 바로 고대 아바르, 우구려 제국의 후예라고 한다. 유연이나 돌궐 왕족의 성씨가 고조선에 뿌리를 둔 아사나에서 비롯된 것이고, 오늘날 아시아Asia의 어원이 된 것은 두말할 나위도 없다.

이들과는 달리, 반대로 동북쪽의 대흥안령 깊이 숨어든 유연의 후예들도 있었다. 이들은 서쪽으로 진출한 아바르처럼 당장 두각을 나타내지 못했으나, 서서히 내몽골의 대초원 지역으로 진출해 명맥을 유지하다가 13세기를 전후해 테무진이라는 영웅을 등장시켰다. 그가 바로 정복왕 칭기스칸이었고, 그는 중원대륙은 물론 동서양을 아우르는 인류 역사상 가장 광범위한 강역을 정복하면서, 〈대몽골제국〉의 주인이 되었다. 일설에는 그가 〈발해渤海〉의 시조 대조영大祚榮의 아우 대야발大野勃의 후예라고도 했다. 발해와 몽골의 정식 국호는 〈대진국大震國〉이었으니, 그 뿌리는 고조선의 〈진한辰韓〉(동호)에 두었을 것이다.

그 무렵 550년경 〈북제〉의 시조가 된 선제宣帝 고양高洋은 고환의 차남으로 과감한 결단력과 능력을 지닌 군주였다. 그러나 과도한 심리적 부담stress 때문이었는지, 툭하면 폭음으로 인해 이성을 잃고 사나운 성정을 드러냈다. 〈동위〉의 유일한 황제였던 효정제 원선견의 무덤을 파헤쳐 그 시신이 든 관을 업성의 강에다 버리게 하고, 7백여 元

씨 일족을 도살하는 만행을 저질렀던 것이다. 고양은 그렇게 폭정을 일삼다가 재위 9년 만인 559년 사망했고, 그의 장남인 고은高殷이 뒤를 이었다.

그러나 소심한 성격의 고은은 부친의 포악한 성격 때문이었는지, 말더듬이에 나중에는 발작을 일으킬 정도의 정신병을 앓았던 혼군昏君이었다. 결국 2년 뒤에 숙부이자 대승상이던 고환의 6男 고연高演이 조카를 제거하고 제위에 올랐다. 소제昭帝 고연은 인재를 등용하는 등 나라를 바로 세우려 했으나, 불행히도 어느 날 낙마하는 바람에 병고에 시달리다 이듬해인 561년 허망하게 사망해 버렸다. 이에 또다시 고환의 9男이자 고연의 아우인 고담高湛이 뒤를 이으니 성제成帝였다.

그런데 성제 또한 고양과 판박이로 폭정과 간음을 일삼는 데다 무능하기 그지없는 군주였다. 그는 부역을 늘려 백성들을 탄압함과 동시에 漢族의 율령체제를 거부하는 대신 선비족의 숭무崇武 정신을 강조하면서 공포정치로 일관했다. 당시의 풍토를 반영해 선비족들은 〈북제〉로 몰리고, 漢族들은 남조인 〈양梁〉나라로 달아났다고 했다. 그러는 사이 강성했던 〈북제〉는 빠르게 쇠락의 길을 걷기 시작했다. 565년이 되자 고담은 돌연 장남인 고위高緯에게 양위를 하고 자신은 태상황이 되어 정무를 보되, 본격적으로 음란과 사치에 빠져 지내다가 3년 뒤에 사망했다.

고위 또한 아부를 일삼는 폐신嬖臣들에 둘러싸여 곡률광 같은 충신들을 내치는 우를 범했다. 당시 고위가 총애하던 폐신들은 漢族 관리들에 대한 지나친 적개심으로 악명 높았다. 길을 가다 이들과 마주치면 마치 잡아먹을 듯이 눈을 부라리고 주먹질을 해 댔다. 특히 한장란은 학자풍의 관리들을 지독스레 경멸하여 이들만 보면 저주를 퍼붓기

일쑤였다.

"나는 도저히 이들 한구漢狗(漢族의 개)들을 참을 수가 없다. 이들은 모두 죽여 없애는 게 옳다."

당시 황제를 비롯한 조정 사람들이 모두 鮮卑 말을 썼으니, 〈북제〉의 지도층들이 漢族에 대한 멸시와 함께 두 이민족 간의 갈등이 전에 없이 극에 달했던 것이다. 정치란, 신분과 출신에 상관없이 모든 백성들을 포용하는 것이 되어야 하건만, 고위의 폐신들은 편을 갈라 漢族 출신을 비하하고, 나라의 분열을 책동했던 것이다. 고위는 이런 속 좁은 폐신들에 둘러싸여 하루가 멀다 하고 비파를 연주하며 음주가무에 빠져들었고, 정무를 소홀히 했다. 그러나 이런 〈북제〉의 행태를 〈서위〉를 비롯한 이웃 나라에서는 크게 반겼고, 군대를 모아 장차 〈북제〉를 공격할 채비에 나서기 바빴다. 〈북제〉는 결국 〈梁〉의 후신인 〈진陳〉에 영토의 일부를 내주는 수모를 겪기까지 했다.

이와 달리 〈북제〉의 숙적인 〈서위西魏〉에서는 551년 文帝 원보거가 죽어, 그의 아들인 원흠元欽을 제위에 앉혔다. 그러나 3년 뒤인 554년 우문태가 원흠을 제거하고, 그의 아우 원곽元廓을 황제로 올리니 그가 마지막 〈서위〉의 황제인 공제恭帝였다. 그러나 우문태 또한 2년 뒤인 556년 중원통일의 꿈을 이루지 못한 채 끝내 사망하고 말았다.

비록 황제에 오르지는 못했지만 우문태는 〈육진의 난〉 때 군벌인 하발악의 수하로 들어갔고, 하발악의 사후 그의 군대를 승계하면서 출세 가도를 걷게 되었다. 이후 〈북위〉의 효무제 원수가 재상 고환을 피해 자신에게 달아나 오자, 황제로 떠받들었다. 그러나 고환이 〈동위〉를 건국하자, 마침 사이가 틀어진 무제를 독살하고 새로이 문제를 옹립해 〈서위〉를 건국했다. 그 자신은 대승상이 되어 실권을 행사하는 쪽을 택했는데, 앙숙인 고환이 밟은 길을 그대로 따라 한 셈이었다.

서위는 인구나 강역 등 여러 가지로 동위에 크게 밀리는 형세였음에도 우문태는 군부 조직을 〈24군제軍制〉로 개편하고, 그 정점에 자신이 올라 군부를 확실하게 장악했다. 이것이 후일 균전제均田制를 기초로 병농兵農일치를 지향하는 〈부병제府兵制〉의 근간이 되었다. 이런 노력으로 동위에 끝까지 맞서면서 장강 이북의 中原을 동서로 양분해 장안의 서쪽을 다스린 鮮卑의 영웅이 되었다.

우문태가 죽고 나자 그의 아들 우문각覺이 승상의 자리를 승계했다. 그러나 이듬해인 557년 우문각이 〈서위〉의 꼭두각시 황제 문제로부터 양위를 받아 내고 새로이 〈북주北周〉를 건국해 스스로 황제에 올랐으니, 곧 민제閔帝였다. 그런데 사실 〈북주〉의 시조인 민제 또한 꼭두각시 황제에 불과했다. 그의 뒤에서 실권을 장악하고 있는 사람은 우문태의 조카인 우문호護였고, 그가 모든 정치를 주도했던 것이다.

당연히 우문호의 전횡에 대항해 중신 조귀趙貴, 독고신獨孤信 등이 우문호를 제거하려 했으나, 오히려 이를 미리 알아차린 호護에게 제거당하고 말았다. 우문호는 즉시 16세의 민제를 시해해 버렸고, 우문태의 서장자庶長子인 우문육毓을 새로이 황제로 옹립했다. 그 무렵 마침 〈북제〉와 전쟁이 있었는데, 대장 곡률광이 이끄는 북제군에 패하면서 우문호의 위상이 크게 실추되고 말았다.

명제明帝 육毓은 현명하고 식견을 갖춘 군주로 비로소 부친인 우문태를 文황제로 추존했다. 560년 〈유연〉을 꺾고 새롭게 일어나던 〈돌궐〉과는 화친을 맺었고, 80명 이상의 학자들을 모아 〈북주〉의 역사서를 만들게 했다. 실권자인 사촌형 우문호는 이처럼 자신의 정치를 할 줄 아는 명제를 경계한 나머지, 독이 든 떡을 올려 명제를 시해해 버

렸다. 27세의 명제는 이를 알면서도 스스로 떡을 삼켰는데, 죽기 전에
유지를 남겼다.

"생사生死는 필연이다. 재위 4년이 되도록 천하를 통일하지 못한 것
이 유감이다. 내 자식들이 아직 어려 소임을 다하기 어렵지만, 내 아
우 옹邕은 도량이 큰 사람이니 그를 지지해 천하를 통일하기 바란다."

이에 새로이 우문태의 4男인 우문옹이 즉위하여 무제武帝가 되었
다. 그러나 우문옹은 죽은 先帝들과 달리 처음부터 우문호에게 굴복
하는 모습을 보였고, 어리숙한 태도로 일관했다. 군권을 확실하게 장
악하고 있던 우문호는 그런 황제에 대해 점점 경계심을 풀게 되었다.
그렇게 우문호의 그늘 아래서 10년을 넘게 보낸 우문옹이었지만, 사
실 뒤에서는 측근들과 함께 우문호를 제거하기 위해 호시탐탐 기회를
노리고 있었다. 마침내 572년 지방 출장을 다녀온 우문호를 고령의
황태후와 함께 술을 마시게 하고는, 그 틈에 아우를 시켜 호護를 암살
하는 데 성공했다.

무제가 즉시 우문호의 잔당들을 제거해 버림으로써, 비로소 황제
로서의 권력을 장악하게 되었다. 이때부터 우문옹은 선비족의 악습을
탈피하고, 기존에 성과를 보였던 漢族문화의 장점을 되살리는 개혁조
치에 뛰어들었다. 가장 시급했던 문제는 수많은 전쟁을 통해 양산된
노비들을 해방시키고, 그들 중 젊은이들을 군대로 편입시키는 일이었
다. 당시 북방민족들은 전쟁에서 사로잡은 포로들을 노비로 부리는
것이 일상이었는데 그 자손들까지 연좌되는 폐해가 심각했고, 이것이
우문태의 시대에도 지속되었던 것이다. 무제가 조서를 내려 당시의
노비제를 비판하고 나섰다.

"옛날에도 아버지가 죄를 범했다고 그 자식까지 연좌되는 법은 없

었다. 그런데 지금 아비가 노비면 그 아들에 손자까지 노비로 삼고 있으니, 이는 올바른 법이라고 할 수 없다."

그리고는 모든 노비들과 함께 노비와 평민 사이의 잡호민雜戶民들까지 석방하라는 조치를 거듭 내렸다. 이는 번왕들을 비롯한 귀족들의 힘을 약화시키는 조치로 커다란 반발을 야기하는 것이었음에도, 〈위진魏晉시대〉 이래 수백 년에 걸쳐 진행돼온 사회문제를 일거에 해결하는 중요한 성과였다. 다음으로 당시 사회가 불안정하다 보니 천재와 전쟁, 생활고에 시달리던 백성들 사이에 종교에 매달리는 성향이 강해졌다. 이를 틈타 특히 도교道敎와 불교가 성행하면서 도처에 사원이 즐비하게 늘어서고, 승려들이 과도하게 늘어나는 폐단이 커져만 갔다.

이들 사찰들이 재산을 늘리고 승려가 늘어나는 반면에, 상대적으로 국가는 재정과 병력자원 조달에서 그만큼의 손실을 보고 있었다. 무제는 이에 대해 종교를 탄압하는 강경책으로 대응하면서, 국고와 병력을 충당하는 대개혁에 돌입했다. 이를 위해 무제는 〈통도관〉을 설치해 학사學士들을 두게 하고 〈유儒, 불佛, 도道〉 3교敎를 통합 연구토록 하면서, 점진적으로 폐불廢佛을 유도했다.

그러던 577년경, 업성에 5백 명의 승려들이 모인 자리에서 무제가 돌연 불교의 폐지를 발표했다. 전격적인 폐불 조치에 크게 반발한 승려들이 황제를 향해 저주의 말을 퍼부었다.

"불교를 없애려는 이들은 지옥 불에 떨어져 고통받을 것이다!"

그러나 무제는 단호하게 응수했다.

"백성들의 생활이 나아진다면 나 하나 지옥에 떨어지는 일쯤은 개의치 않을 것이다."

이렇게 해서 〈북주〉에서는 이때 4만여 사찰과 그에 딸린 토지를 모두 몰수하여 왕공王公의 소유로 돌리게 하고, 무려 3백만 명에 달하는 승려들이 환속되면서 軍의 병력과 더불어 생산인력이 증가하는 결과를 얻을 수 있었다.

무제 우문옹은 이처럼 다소 과격해 보이는 사회개혁에 이어, 법질서를 바로 세우는 데도 앞장섰다. 무제는 기본적으로 법을 통해 나라를 다스려야 하는데 이를 위해서는 반드시 문서文書라는 형식의 절차가 필요하다며, 소위 〈형서요제刑書要制〉를 제정해 공표했다. 이는 한마디로 법전法典의 제정을 의미하는 것으로, 누구든지 신분고하를 막론하고 공평하게 법조항을 열람해 이를 숙지할 수 있게 하려는 것이었다. 이로써 특히 호족이나 관료들에 대한 형벌 규정을 강화해 법이 공평하게 집행되도록 하겠다는 의지를 분명히 했다.

사실 그 가운데는 백성들을 억압하는 내용도 많았지만, 전쟁이 다반사였던 시절이라 부국강병에는 크게 도움이 되는 것들이었다. 일련의 이러한 개혁조치로 무제가 다스리던 〈북주〉가 더욱 국력을 키우게 되자, 주변의 소수 민족들까지 〈북주〉가 주도하는 문화권으로 편입되게 하는 긍정적 효과를 내게 되었다.

이처럼 중원에서 이루어진 급진적 사회개혁은 사실 그 뿌리가 백년 전인 〈북위〉 풍태후와 효문제의 〈태화太和개혁〉까지 거슬러 올라가는 것으로, 북방 출신 鮮卑族이 주도해 낸 역사적 과업이었다는 사실에 주목할 필요가 있었다. 선비족에 의한 이러한 개혁의 전통이 후일 수당隋唐시대로 이어지면서 본격적인 통일중국의 기반을 구축하는 데 절대적인 기여를 했기 때문이었다.

이에 반해, 그즈음 반대편 동쪽의 〈북제〉에서는 황제 고위가 폐신들에 둘러싸여 정치를 혼탁하게 하면서 쇠락을 거듭하고 있었다. 당초 한겨울이 되어 황하의 얼음이 얼게 되면 서쪽 사람들은 동쪽에서 군대가 쳐들어올 것을 우려하여 황하의 얼음을 깨기 시작했다고 한다. 그러나 이제 〈북주〉가 강성해지니, 반대로 동쪽의 〈북제〉 사람들이 서쪽에서 〈북주〉가 쳐들어올 것에 대비해 황하의 얼음을 깨기 바빴다고 했다.

급기야 575년, 이런 〈북제〉를 노리고 철저하게 준비를 해 오던 〈북주〉의 우문옹이 마침내 동쪽으로의 진격 명령을 내렸다. 막상 북주군의 공격이 개시되자, 〈북제〉는 힘없이 무너져 내리고 말았다. 고위는 장남에게 제위를 넘기고 도피하던 끝에 결국 북주軍에 사로잡혔고, 이듬해인 577년 일족과 함께 처형되었다. 이로써 〈동위〉의 후신이자 고환의 자식들이 다스리던 〈북제〉가 5代, 27년 만에 단명하고 말았다.

〈북제〉는 옛날부터 물산이 가장 풍부하기로 이름난 山東 일원을 기반으로 했고, 인구 면에서도 서쪽의 북주에 비해 3배나 되는 월등한 국력을 지니고 있었다. 그런 우월감 탓이었는지 북방 鮮卑族의 강인한 숭무崇武정신을 내세운 채, 이미 내재화되어 있던 漢族의 정치체제와 제도를 버리려 했다. 그러나 이는 이미 오래 전부터 농경사회로 발전해 온 데다, 漢族문명에 익숙해 있던 나라에, 정체성의 혼란만을 가중시키는 최악의 결과를 초래하고 말았다.

고환의 자식들과 손자들로 이루어진 高씨 일가는 사실 〈고구려〉의 후예들이었다. 그래서였는지 漢族에 대해 지나친 혐오와 적대감을 드러냈는데, 이는 세련된 漢族문화에 대한 북방 출신들의 열등감이 엉뚱한 방향으로 표출된 것으로도 보였다. 오만한 高씨 일가들이 대를 이어 가며 폐쇄적인 공포정치에 기대어, 거대한 역사의 수레바퀴를 되돌리려다 그 아래 깔려 죽은 모양새였으니 안타까운 일이었다.

그사이 장강 아래쪽의 남조에서는 548년 〈동위〉의 고징을 피해 〈양梁〉으로 달아났던 후경이 난을 일으켰다. 전년도에 고환이 죽자 고징과 갈등을 겪던 후경이 하남의 영지를 갖고 〈양〉나라로 귀부의 뜻을 밝혔다. 반색을 한 〈양〉 무제가 그 땅을 접수하기 위해 大軍을 보냈고, 그러자 고징이 크게 분노했다.

"무엇이라, 소연(무제)이 하남 땅을 접수하려고 대군을 보낸다고? 절대로 그렇게 내버려 둘 수만은 없는 일이다. 모용소종紹宗은 즉시 출정해 양의 도적들을 물리치고 하남 땅을 접수하도록 하라. 아울러, 지금 당장 후경의 처자식을 처형해 버려라!"

이에 대응해 〈양〉의 무제가 소연명蕭淵明을 시켜 후경과 함께 〈동위〉의 군대에 맞서게 했으나, 패배해 하남 땅은 동위로 넘어갔고 소연명마저 포로가 되고 말았다. 그 후 〈동위〉와 〈양〉나라 간에 전후 협상이 진행되는 과정에서 무제는 소연명을 귀국시키는 대신 후경을 동위로 넘겨주려 했다.

"무어라? 소연이 나를 고징에게 보내겠다고? 이런 의리 없는 늙은 이를 봤나. 내가 이대로 당할 수만은 없는 일이다……"

사면초가에 빠져 선택의 여지가 없게 된 후경이 급기야 자신의 영지에서 난을 일으켰다. 처음 8백의 정병으로 시작했지만, 강제로 병사들을 징병하는 외에 노예들을 해방시켜 군에 편입시키고, 특히 양나라 귀족들의 전횡으로 생계를 위협받던 농민들을 선동해 대군을 이루는 데 성공했다.

548년, 후경이 〈양〉의 수도인 건강建康을 향해 진격해, 마침내 도성을 포위해 버렸다. 그런데도 梁의 제후들은 득실을 따지고 서로를 견제하면서, 병사들을 내보내는 데 인색하기만 했다. 이듬해 건강은 끝내 함락되었고, 후경은 생포된 무제 소연蕭衍을 유폐시킨 뒤 사실상 굶겨 죽이고 말았다. 후경은 태자로 있던 소강蕭綱을 새로이 황제(간문제簡文帝)로 옹립했으나, 실상은 꼭두각시로 내세운 것일 뿐, 실권은 후경이 장악하고 있었다.

이처럼 〈동위〉의 장수이던 후경에 의해 〈양〉나라에 커다란 환란이 닥치게 되자, 형주자사로 있던 무제의 아들 상동왕湘東王 소역蕭繹이 분연히 일어섰다. 고심 끝에 소역은 고양이 건국한 〈북제〉와의 화의를 시도했는데, 자신의 차남을 볼모로 보내 북쪽으로부터의 위험을 차단하는 데 일단은 성공했다. 동시에 소역은 급히 군대를 소집하는 한편, 조카인 하동왕河東王 소예蕭譽에게 식량지원을 요청했다.

그러나 뜻밖에도 소예가 이를 거절하는 바람에, 격앙한 소역이 오히려 소예를 공격하는 사태가 벌어지고 말았다. 소예의 아우인 옹주자사 악양왕岳陽王 소찰蕭察이 형을 돕기 위해 소역의 근거지인 강릉江陵을 공격했으나 역부족으로 패했고, 이것이 오히려 형인 소예의 처형을 앞당기고 말았다. 원한을 품은 소찰은 급히 양양의 땅을 〈서위〉에 바치고 투항해 번국이 되기를 청했고, 노련한 우문태는 그를 받아들여 550년 양왕梁王에 봉해 주었다.

그사이 본래 〈양〉의 수도 건강에서는 후경이 대권을 장악한 채 반란군을 잔인하게 제압하는 등 공포정치로 일관했다. 이에 550년 시흥태수 진패선陳霸先이 일어난 데 이어, 이듬해 551년에는 마침내 상동왕 소역이 대군을 일으켜, 평남장군 왕승변王僧辯과 함께 파릉을 향해 진격했다. 막상 전투가 벌어지자 후경이 이끄는 정부군은 오래 저항하지 못한 채 참패를 당하고 말았는데, 이때 병사들의 절반을 잃게 되었다.

〈파릉전투〉에서 대패해 건강으로 돌아온 후경은 조급한 마음에 허울뿐인 간문제를 끌어내리고, 석 달 뒤에는 스스로 황제의 자리에 올라 국호를 〈漢〉이라 불렀다. 이듬해 552년 정월이 되자, 상동왕 소역의 지시로 명위장군 진패선이 2천 척의 선박에 3만의 병력을 싣고 마침내 건강으로 진격했다. 이때 정동장군 왕승변이 이끄는 군대와 함께 만나 제단을 쌓고 백마의 피를 입술에 바르며 결전을 다짐했다.

이렇게 반군의 공격이 개시되자, 그해 3월 위기를 느낀 후경이 달아나던 중에 허망하게 부하에게 피살되면서 〈후경의 난〉이 막을 내리게 되었다. 왕승변은 후경의 머리를 베어 강릉으로 보내고, 그의 팔을 〈북제〉로 보내는 한편, 나머지를 소금에 절여 건강으로 보냈다. 후경의 유해는 갈가리 찢긴 채로 건강의 시장바닥에 버려졌고 그의 처자들 역시 모두 참살되니, 사람들이 왕망 때보다 더 참혹한 일이라고 했다. 갈족 출신으로 〈육진의 난〉 때 흉노 이주영의 휘하로 들어간 이래, 고환의 오른팔이 되어 〈서위〉를 떨게 했던 또 다른 호걸이 그렇게 사라져 갔다.

〈후경의 난〉이 마무리되기는 했지만, 〈양〉나라는 그사이 크게 약화되어 국토의 반 이상을 〈서위〉와 〈북제〉에게 내주고 말았다. 특히 〈서위〉는 그 틈을 이용하여 재빨리 촉蜀의 땅을 빼앗았는데, 이로써 〈양〉나라는 사실상 장강 이남의 땅만 남게 되었다. 553년 11월, 소역이 강릉에서 스스로 〈양〉의 황제에 올라 원제元帝가 되었음을 선포하니 자연스레 천도가 이루어진 셈이 되었고, 일시나마 소역과 소찰 두 명의 황제가 병존하게 되었다.

이듬해 3월이 되자 〈서위〉로부터 사신이 다녀갔는데, 그 대우가 〈북제〉만 못했다는 소식에 우문태가 소역을 공격하기 시작했다. 554년, 우문태가 소역에게 한을 품고 있던 소찰의 지원을 끌어내 함께 5

만의 병력으로 형주의 강릉으로 진격하게 했다. 소역이 이에 맞서 친히 항전에 나섰으나, 끝내 강릉이 포위된 데 이어 서쪽 성문이 열리면서 서위군이 몰려들기 시작했다. 소역이 절망하며 말했다.

"만 권의 책을 읽고도 오늘 이렇게 생을 마치게 되는구나. 죽을 바에야 그 많은 책들이 무슨 소용이겠느냐? 문무文武의 도道가 오늘 밤에 끝장나고 말 것이다."

그리고는 성안에 비치된 고금도서 14만 권을 모두 불살라 버리고 퇴각해 버렸다. 12월에는 외성마저 함락되면서 결국 소역이 체포되었는데, 곧바로 조카인 소찰에 의해 피살되어 진양문 밖에 매장되고 말았다. 〈양〉의 시조 소연의 7男이었던 원제 소역蕭繹은 바로 유명한 《양직공도》를 남길 정도로 지적 소양을 갖춘 인물이었다. 대여섯 살부터 〈사서삼경四書三經〉을 암송했고 평생 수많은 책을 읽었다는 소역이, 자신의 죽음과 함께 무려 14만 권에 이르는 당대의 도서를 한순간에 불태워 가져가 버린 것이었다. 한때 천재라 칭송받던 소역의 포악스럽고 이기적인 돌발행동은 새삼 인간이 지닌 지식의 한계를 일깨워 주는 당대의 엽기적 사건이었다.

555년, 〈서위〉의 우문태는 죽은 소역을 대신해 소찰을 강릉으로 보내 황제인 선제宣帝로 올려 주었다. 이때부터 소찰의 양을 〈후량後梁〉이라 불렀는데, 그 강역이 강릉(호북형주) 일원으로 쪼그라든 것이었고 사실상 〈서위〉의 괴뢰국이나 다름없었다. 이를 주시하고 있던 〈북제〉의 고양이 포로가 된 소연명을 〈양〉으로 내려보내 나라를 재건하게 했다. 이때 과감하게 소연명에게 大軍을 내주고 침공을 가하게 하니, 건강을 지키던 왕승변이 이에 굴복해 소연명을 경제敬帝로 모시게 되었지만, 실제로는 〈북제〉의 영향력 아래 있게 되었다.

이에 반해 진패선은 왕승변을 설득해 소연명을 내칠 것을 제안했으나, 전혀 먹히지 않았다. 결국 진패선이 석두성을 공격해 한때 혈맹관계였던 왕승변을 살해하고, 그해 10월에는 소역의 아들인 소방지蕭方智를 황제로 내세웠다. 이후 끝내 소연명을 제거한 데 이어 자신은 상서령에 올라 저항하는 잔당 세력들을 토벌한 다음, 〈양〉의 실권을 장악했다.

556년 3월이 되자, 〈북제〉의 문선제文宣帝 고양이 10만의 병력을 내려보내 〈양〉을 침공해 왔으나, 명장인 진패선은 과감하게 그 수송로를 끊어 보급을 차단하고 북제군을 괴멸시키는 데 성공했다. 이후 진패선의 명망이 높아지니 국상에 이어 진왕陳王에 책봉되었다. 그때쯤에 진패선이 황제인 소방지를 위협해 선양을 받아 내고는 남교에서 스스로 황제에 올랐다. 이듬해에는 후환을 우려한 나머지 아예 소방지마저 제거해 버리고, 〈진陳〉의 건국 시조가 되었다. 이로써 남조를 대표하던 〈양梁〉나라 또한 시조인 소연蕭衍이 개국한 이래 4代 55년 만에 멸망하고 말았다. 그 뒤를 이제 진패선의 〈남진南陳〉이 계승하게 되었으니, 남조의 마지막 왕조였다.

이렇게 황제가 된 고무제高武帝 진패선은 더 이상 〈양〉나라의 황족들을 죽이지 않았으며, 우문태 사후 〈서위〉를 계승한 〈북주〉와 대치했다. 그는 검소하여 몇 가지의 반찬만으로 식사를 할 정도였고, 후궁들에게도 사치를 누리지 못하게 했다. 559년 즉위 후 3년 만에 〈양〉나라의 영웅이자 〈진陳〉의 시조인 진패선이 57세로 숨을 거두자, 조카인 진천陳蒨이 제위를 계승했다.

〈북주〉의 분열 책동을 뿌리친 진천은 진패선과 같이 검소한 생활로 나라를 다스렸고, 사리가 분명해 신하들의 사악한 행위를 일체 허용하지 않았다. 그의 사후 陳씨 혈육 간에 제위가 이어지다가 582년 진숙보陳叔寶가 마지막으로 황제에 올랐으나, 그는 선황들처럼 명민하지 못했고 이내 사치와 향락에 빠져들었다. 그 무렵엔 때마침 〈북주〉도 멸망한 뒤라 양견楊堅의 〈수隋〉가 일어나 있었는데, 588년 진왕晉王 양광이 50만이 넘는 대군을 이끌고 〈陳〉을 공격해 왔다. 그 결과 陳나라가 589년 수나라에 망해 병합되면서, 결국 중원이 통일되게 되었다. 이로써 420년경 송宋의 출범과 함께 시작되었던 〈남북조시대〉도 대략 2백 년 만에 대단원의 막을 내렸던 것이다.

12. 隋의 중원통일과 돌궐

개혁군주 우문옹이 다스리던 〈북주〉는 577년 비로소 숙적인 〈북제〉를 병합시키고 화북華北을 통일하는 위업을 달성하게 되었다. 이제 남은 것은 장강 아래 고종高宗 진욱이 다스리는 〈진陳〉나라뿐이었다. 그러나 우문옹은 남조의 陳을 공격할 준비를 하던 중에 578년, 36세의 젊은 나이에 병사하고 말았다. 강력한 개혁군주였던 무제 우문옹은 〈북제〉를 병합시키고 장강 이북을 통일한 데 이어, 신흥 강국 〈돌궐〉을 무릎 꿇게 했고, 〈진〉에게도 조공을 바치게 했으니, 사실상 중원의 패자로 군림한 영웅이었다. 그가 마지막 남은 남조南朝의 〈陳〉만 병합했다면, 220년 〈후한〉이 멸망한 이래 350여 년 만에 중원을 다시금 통일하는 황제가 될 뻔했으나 대업을 목전에 두고 사망한 것이었다.

무제의 뒤는 그의 장자로 태자였던 선제宣帝 우문윤宇文贇이 이어받
았다. 그런데 윤贇은 어릴 적 다소 모자란 구석이 있어 부친인 우문옹
이 엄하게 키운 모양이었다. 그런 부친에 대해 두려움과 열등감이 있
었는지, 제위에 올라서도 무제의 신하들을 숙청하거나, 대규모 궁전
을 축조하는 등 실정을 거듭했다. 게다가 무제가 금기시했던 불상이
나 천존상天尊像을 만들게 하는 등 불교를 부활시킴으로써, 무제의 업
적으로 꼽히던 종교개혁마저 무위로 만들어 버렸다. 재위 2년째인
579년에는 장안의 척호사陟岵寺에서 삭발도 하지 않은 보살 스님 120
인을 배치해 법회를 열기까지 했다.

또 〈형서요제刑書要制〉가 지나치게 엄격하다며, 형벌 규정을 크게
완화시키는 바람에 사람들이 법을 우습게 여기게 되었으니, 그야말
로 부친과는 반대의 길을 걷기로 작심한 듯했다. 그해에 우문윤이 느
닷없이 7살밖에 되지 않은 어린 아들 우문천闡에게 양위를 하고, 자신
은 태상황으로 물러나 천원天元황제를 자칭했다. 이때부터 천원대황
후(양려화楊麗華)를 비롯한 5황후를 곁에 두고 본격적으로 주색에 빠
져 지냈다. 당초 〈전조前趙〉의 황제 유총이 〈三后병립〉이라 하여 황후
를 3인으로 제한했는데, 이것이 〈5호 16국〉 시대의 관행처럼 이어져
왔다. 그러나 이때 우문천이 〈五后병립〉으로 바꾸는 일탈을 저질렀던
것이다.

우문윤이 이때 양기陽氣를 보강한답시고 금석선단金石仙丹이라는 약
을 과용했는데, 이것이 오히려 그의 건강을 크게 상하게 한 모양이었
다. 그가 단약을 권한 양황후(양려화)를 매질하고 죽이려 들었다. 소
식을 들은 양후의 모친 독고가라獨孤伽羅가 궁으로 달려가 울면서 딸의
구명을 간청했다.

"황상, 소인이 이렇게 비오니 부디 황후를 살려 주소서! 흑흑……"

독고부인이 이때 바닥에 이마를 찧어 피범벅이 될 정도로 딸의 목숨을 구걸한 덕에 양후가 겨우 살아날 수 있었다. 그녀는 557년경 〈북주〉의 초대 황제 우문각을 위해, 실권자인 우문호를 제거하려다 피살당한 권신權臣 독고신獨孤信의 딸이었다.

그 와중에 580년, 우문윤이 시름시름 앓다가 고작 21세의 나이로 끝내 사망해 버렸으니, 부친 우문옹이 우려했던 그대로 되고 말았다. 정제靜帝 우문천이 아직 어리다 보니, 생모도 아닌 양황후의 부친 수국공隋國公 양견楊堅이 정제를 보필하게 되었다. 이미 혼군인 윤贇의 치세를 거치면서 〈북주〉가 쇠락하는 기운을 보인 데다, 어린 황제를 등에 업고 양견이 실권을 행사하니, 곳곳에서 황족들이 난을 일으키며 혼란이 가중되었다. 581년이 되자, 어린 정제가 나라의 어지러운 상황을 수습할 수 없다며, 수왕隋王 양견에게 제위를 넘겨주었다는데, 결국 석 달 뒤에는 처형당하고 말았다.

물론 이 모두는 처음부터 승상이었던 양견이 주도한 일이었고, 이로써 〈서위〉의 영웅 우문태 사후 그의 자식들이 세우고 다스렸던 〈북주北周〉 또한 5代 24년 만에 역사 속으로 사라지고 말았다. 개혁군주 무제 우문옹이 숙적 〈북제〉를 병합하고 화북을 통일하는 대업을 이룩했음에도 그의 자식인 혼군 윤이 나라를 망침으로써, 〈북주〉는 목전까지 임박했던 중원통일의 대업을 양씨에게 고스란히 넘겨주고 말았던 것이다. 〈북주〉를 승계한 양견이 국호를 자신의 영지 이름대로 〈수隋〉라 고치고 황제에 오르니, 그가 바로 수문제隋文帝였다.

〈隋〉의 건국 시조가 된 양견은 섬서 출신의 선비족으로 본디 그 성씨가 선비어로 '버들'을 뜻하는 보육여普六茹였는데, 나중에 漢族 식의 양楊씨로 바꾼 것이었다. 〈북위〉 시절부터 무천진武川鎭은 북쪽 〈유연〉으로부터 도성인 평성平城을 방어하기 위한 군사기지로 유명했는데, 선비무사들의 집단거주지이기도 했다. 이들 중에 특히 관중關中과 롱서隴西 출신의 서부 선비 귀족층을 중심으로 하는 이른바 〈관롱關隴 집단〉이 커다란 세력을 이루고 있었다. 양견의 조상들도 북위의 정책에 따라 이곳으로 이주한 이래 부친 양충楊忠의 대에 이르렀던 것이고, 양씨 일가 또한 관롱집단의 핵심 일가로 여러 특권을 누렸다.

그러나 효문제가 낙양으로 천도한 이후로는 적극적인 漢化정책에 의해 이 지역 육진六鎭의 선비족들이 홀대를 받게 되면서, 점점 불만이 고조되었다. 결국 선무제와 그의 后였던 胡태후의 실정을 계기로 523년경, 이 지역 출신들이 〈육진의 난〉을 일으키면서, 〈북위〉가 동서로 분열되기에 이르렀던 것이다. 회삭진 출신의 고환이 〈동위〉를, 무천진 출신의 우문태가 〈서위〉를 세워 화북을 각각 다스린 것이었다. 이들 관롱집단group은 자기들 선비족끼리의 혼인을 고집했는데, 주목되는 것은 바로 이들이 이후 〈북제〉와 〈북주〉는 물론, 통일제국 〈수隋〉와 〈당唐〉에 이르기까지 연이어 황제를 배출하면서 3백 년이 넘도록 중원대륙의 실질적인 주인 노릇을 했다는 점이었다.

그런 관롱집단 중에서도 우문태와 독고신 등이 포함된 〈8주국柱國〉 출신들이 핵심 세력이었는데, 무천진 출신인 양충은 당연히 우문태를 따라 〈서위〉를 건국하는 데 공을 세워 12대장군의 하나로 이름을 떨쳤다. 양충은 이후 〈서위〉를 계승한 〈북주〉 시절에 수국공隋國公에 봉해졌고, 568년경 사망 시 그의 아들인 양견이 작위를 이어받았다. 양견은 같은 8주국 출신의 충신 독고신의 딸과 결혼해 가문을 더욱 튼튼히 했고, 그런저런 인연으로 다시 그의 딸 양려화가 죽은 선제의 제1

황후에 올랐던 것이다.

양견은 장성하면서 그 인상이 날로 비범해졌는데, 하루는 〈북주〉의 어느 관상가가 그를 보고는 모반의 상을 가진 인물이라고 무제 우문옹에게 귀띔을 해 주었다. 나중에 그 소문을 듣게 된 양견은 깜짝 놀라, 이후로 자신의 재능을 깊이 감추고 때를 기다리는 소위 도광양회韜光養晦를 실천해 위기를 모면했다고 한다.

바로 이 무렵에 양견이 자신의 혈육도 아닌 7살 정제 우문천을 황제로 내세운 채 섭정을 하다가 끝내 황위를 빼앗고, 새로이 〈隋〉를 건국해 시조가 되었으니 과연 그 관상가의 말대로 된 셈이었다. 비록 〈隋〉의 건국 자체가 정상적인 것은 아니었으나, 통치자로서 양견의 진가는 이때부터 본격적으로 발휘되기 시작했다. 그는 황제 즉위와 함께 〈남북조시대〉의 오랜 혼란과 악습에서 벗어나고자 정치개혁을 추진했다.

〈북위〉 시절에는 鮮卑를 비롯한 북방민족을 漢族에 융화시키고자 대표적 유교 경전인 《주례周禮》에 기초한 육관六官 방식의 漢化정책을 밀어붙였다. 그 핵심은 군주를 중심으로 중앙집권을 강화하고 부국강병을 꾀하는 것이었다. 그러다가 〈북주〉 시절에는 이에 대한 반동으로 오히려 호화胡化(선비화)가 추진되었고, 특히 무제 우문옹은 불교를 억제하여 '북주파불北周破佛'이라는 말을 남길 정도였다. 그러나 불교는 이미 일반 백성들이 널리 믿던 신앙이었으므로 대중의 불만을 야기했을 뿐이었다.

노련했던 隋문제는 이런 〈북주〉의 호화胡化 및 파불破佛정책을 중단시켜 백성들의 마음을 다독이는 한편, 다시금 황제 중심의 강력한 중앙집권제로 돌아가는 漢化정책을 펼쳐 나갔다. 문제는 즉위 첫해부터 〈隋〉의 연호에서 따온 〈개황開皇율령〉을 제정할 것을 명했다.

"가혹한 형벌을 폐지하고 백성들이 법을 쉽게 이해할 수 있도록 내용을 간소하게 하라!"

이어서 중앙행정조직을 강화하고자 최고기관인 상서尙書, 문하門下, 내사內史의 3성省을 두고, 그 아래 행정기관으로 이부吏部를 포함한 6部와 감찰기관인 어사대御史臺를 두었다. 또 지방의 조직도 郡을 없애고 州와 縣 2단계로 축소시키는 행정개혁을 단행했다.

관리를 임용함에 있어서도 지방호족들이 후보자를 추천하던 오래된 〈구품관인법九品官人法〉을 지양하고, 중앙에서 공개시험을 통해 선발하는 방식으로 전환시켰다. 이로써 인재등용의 문호가 확대되어 중소 지주 계층까지 정치참여가 가능해지고, 보다 공정한 방법으로 관리의 임명 권한을 황제의 수중으로 돌려놓게 되었다. 이처럼 관리를 공개경쟁으로 임용하던 방법이 더욱 정비되면서 후일 〈과거제도〉로 발전했던 것이다.

또 병농兵農일치의 군사제도 확립을 위해 일백 년 전 〈북위〉 효문제의 태화개혁 때 도입했던 〈균전제均田制〉를 강화했다. 이는 나라의 모든 토지를 기본적으로 황제의 소유로 하되, 백성들 개개인에게 토지의 사용권을 골고루 나누어 주는 토지제도였다. 이를 위해 15세 이상의 모든 남성에게는 전답 40무畝(약 60㎡)를, 여성에게는 그 1/2을 할당해 주되, 70세가 되면 나라에 반납하게 했다. 이는 생산성의 증가는 물론 인구증가에도 결정적 기여를 했을 것이다.

동시에 부역과 세금을 경감하고, 관리들의 비리에 대해서는 엄벌주의를 택함으로써 민생문제 해결에 적극 나섰다. 또 농상農商을 장려함으로써 생산력에 이은 국력의 향상을 도모함과 동시에, 절약을 강조하면서 문제 스스로 검소한 생활을 솔선했다. 이를 위해 황후를 포함한 황실의 복장 등에 있어 사치를 금하게 하고 궁중의 물건도 가능한 수리해서 재활용하게 하니, 귀족들과 관리들까지 이를 따르지 않을 수 없었다.

문제의 이러한 선정이 십여 년간 지속되자, 사회가 빠르게 안정되고 경제가 더욱 번창하게 되었다. 이처럼 서민들의 생활이 풍족해지니, 오랜만에 태평성대의 분위기가 넘쳐흘렀다. 개황 12년인 592년경 재정을 담당하는 관리가 황제에게 다음처럼 보고했다.

"창고마다 곡식과 피륙이 넘쳐흘러 더 이상 쌓을 곳이 없습니다. 이에 부득이 복도나 처마 밑에 쌓을 수밖에 없는 상황입니다."

이에 문제가 조서를 내려 전국 곳곳에 창고를 새로 짓도록 했으나, 그마저도 얼마 지나지 않아 모두 차 버렸다는 보고가 들어왔다. 그제야 문제가 파격적인 내용의 조서를 다시 내렸다.

"이제 나라의 부富를 백성들에게 돌리고자 하니, 각 州縣에 고지토록 하라. 금년의 조세를 면해 주고 모든 백성들의 생활에 보탬이 되도록 하라!"

당시 나라에 얼마나 많은 부가 축적되었는지, 조정에서 사용할 곡물과 피륙 등이 50, 60년을 사용하기에 충분한 양이라고 했다. 후일 〈수〉나라 말기에 낙양이 포위되었는데, 곳곳에 피륙이 산더미처럼 쌓여 있어 섶 대신 사용하거나 물 긷는 두레박줄로 사용할 정도였다니 올바른 정치의 힘이 이토록 중요한 것이었다.

이와 같은 경제번영은 隋의 인구를 급격하게 증가시켰는데, 隋나라 초기 북조에는 360만 호, 남조에 약 50여만 호로 南北朝 합해 대략 4백만 호의 규모라고 했다. 그 후 20년이 지났을 때 수나라 전국에는 그 2배가 넘는 890여만 호에 4,600여만 명의 인구가 살고 있었다. 사람들은 수문제가 통치하던 개황시기의 번영을 前漢시대 초기의

〈문경지치文景之治〉에 빗대 〈개황지치開皇之治〉라 부르며 칭송했다. 이에 따라 전성기 수나라의 강역은 동으로는 황해, 서로는 신강, 남으로 운남과 광동, 북으로 대사막에 이르니, 동서로 약 4,600km요 남북으로 7,400여 km에 달하는 광대한 지역이 될 수 있었다.

그런데 〈隋〉가 개국되기 전이던 北朝시대에 북쪽의 변방에는 〈돌궐〉이 일어나 있었다. 돌궐족은 일찍이 古조선의 영향권 아래 있던 흉노(훈족)의 일파로 철륵이나 정령 등의 후예라고 했다. 그 지도층은 〈유연〉과 마찬가지로 고조선 왕족의 성씨인 아사나阿史那씨를 따랐고, 최고 귀족층 또한 아사달족이라고 했다. 551년경 돌궐의 지도자 두만(토문土門, 투멘)이 〈고구려〉를 침공한 데 이어, 이듬해인 552년에는 같은 계통인 〈고차高車〉와 연합해 반대 방향인 서쪽으로 말을 몰았다. 이어서 자신들을 속국으로 대하던 〈유연〉에 맹공격을 가해 멸망시켰는데, 두만이 이때 스스로를 이리伊利가한이라 칭하고 〈돌궐突厥한국〉을 세웠다.

그러나 이리가한이 1년 후인 553년 곧바로 사망함에 따라, 아들인 목간木杆(무칸)가한이 그의 뒤를 이었다. 목간가한은 즉시 북쪽의 〈계골契骨〉(키르키스)을 병합한 데 이어, 동쪽으로 원元몽골에 해당하는 〈거란〉과 〈해족奚族〉들을 쫓아내면서 몽골의 초원을 장악했다. 또 567년경에는 숙부인 실점밀로 하여금 돌궐의 10부락을 이끌고 알타이 너머로 서쪽 원정을 나가게 했다. 실점밀은 이란 사산왕조의 〈페르샤〉와 〈에프탈〉에 승리하면서 서면西面가한이 되었다.

이로써 한때 〈유연〉으로부터 철을 다루는 야금기술을 익혀 유연국에 무기를 제공하기 바빴던 〈돌궐〉이 마침내 새외塞外의 북방민족들을 병합하는 반전에 성공했다. 이들은 북몽골 오르콘강 근처의 성산聖山 우도금산于都金山(외투켄, 우뚝한)에 가한의 천막인 아장牙帳(오르두)을 세워 근거지로 삼았다. 이렇게 북방초원의 신흥강자로 군림하게 된 〈돌궐〉은 전성기에는 서쪽의 카스피해海에서 내몽골에 이르기까지 사방 5천 리가 넘는 광대한 강역을 지배하기도 했다.

돌궐인들은 유목민족 고유의 돌궐문자를 사용했으며, 가한 아래 엽호葉護, 설設과 같은 이십여 등급의 관료를 두었고, 유목민들이 기르는 가축에 대해 과세하거나 병마를 징발했다. 목간의 뒤를 이은 그의 아우 타발佗鉢(타스파르)가한의 시대에는 중원의 〈북주〉와 〈북제〉가 돌궐에 공물을 보내, 서로 자기편으로 끌어들이려 경쟁했다. 특히 동쪽으로 〈북제〉 및 南朝의 〈진陳〉과 대치하던 〈북주〉 조정의 입장에서는, 동시에 북쪽의 〈돌궐〉까지 상대하기가 실로 버거웠기에 돌궐과의 관계에 더욱 신경을 써야 했다.

563년경, 〈북제〉의 성제成帝 고담高湛이 간신 화사개和士開를 총애하고 폭정을 일삼자, 〈북주〉가 〈돌궐〉과 연합해 〈북제〉를 치기로 했다. 원래 〈북제〉의 개국 초기만 해도 황제인 고양이 돌궐을 끌어들여 〈거란〉을 제압하고 서쪽의 〈북주〉를 물리쳤으나, 10년 만에 〈북주〉가 돌궐가한의 딸과 혼인동맹을 추진하면서 상황을 반전시켰던 것이다. 그해 〈북주〉에서는 주국柱國 양충楊忠이 거느리는 1만 기병과 대장군 달해무가 이끄는 3만 보병이 진양으로 향했다. 〈돌궐〉에서도 10만의 기병이 3로路로 나누어 평성(대동)으로 남하했다.

북주와 돌궐 연합의 침공에 놀란 〈북제〉 측에서도, 곡률광이 3만의 보병을 이끌고 평양(임분) 방어에 나섰다. 업성에서 소식을 듣고 진양으로 달려온 고담도 6군의 통수권을 사촌형인 고예에게 주고 전열을 정비했다. 마침내 〈북주-돌궐〉의 연합군이 진양을 공격했는데, 하필 큰 눈이 내려 군대의 이동을 더디게 하는 바람에 진양성을 함락시키는 데 실패하고 말았다. 평양을 공격하던 달해무 역시, 양충이 진양 공격에 실패했다는 소식에 군사를 물려 퇴각했다. 비록 〈북제〉가 〈북주-돌궐〉의 연합군을 막아 내기는 했지만, 이때부터 상황이 역전되어 겨울이면 동쪽의 〈북제〉 측에서 황하의 얼음을 깨기 바쁘게 되었던 것이다.

그러던 572년경, 〈북제〉와 〈북주〉 양쪽 나라의 실권자들이 같은 해에 제거되는 특이한 상황이 벌어졌다. 〈북제〉에서는 마지막 황제 고위의 장인인 곡률광이 피살되었고, 〈북주〉의 무제 우문옹도 실권자인 사촌형 우문호를 제거하고, 황제의 권한을 되찾는 데 성공했던 것이다. 그해 남조의 〈진陳〉나라마저 〈북제〉의 정치가 혼탁한 틈을 타 〈북제〉를 공격해 왔는데, 이때 장강 너머 회수 이남의 땅을 陳이 차지하고 말았다.

이듬해 573년이 되자 〈북주〉에서는 수국공 양견이 그 무렵 황제 우문옹의 신임을 얻어, 자신의 딸인 양려화를 태자인 우문윤의 태자비로 만들었다. 이후 575년부터 우문옹이 본격적으로 〈북제〉 공략에 나섰으니, 2년 만인 577년에 마침내 업성을 함락시키고 숙적 〈북제〉를 멸망시키는 데 성공했던 것이다. 당시 〈북제〉의 인구는 약 2,800만 명으로, 〈북주〉에 비해 대략 3배나 되는 인구를 가졌음에도 군주들이 안일하게 나라를 다스리던 끝에 오히려 북주에 병합되는 수모를 겪고 말았다.

〈북위〉가 동서로 분열된 후 한 세대 만에 〈북주〉가 다시금 화북을 통일했다는 소식에, 이번에는 남조의 진선제陳宣帝 진욱陳頊이 먼저 북주를 공격해 왔다. 그러나 〈陳〉의 노장 오명철이 패배하면서, 陳의 북벌은 좌절되고 말았다. 이로써 북주의 무제 우문옹은 더 이상 북쪽의 돌궐에 눈치를 살필 이유가 없어졌다. 그가 즉시 돌궐에 대한 공격을 서둘렀으나, 578년 돌궐 공략 중에 병사하고 말았던 것이다.

무제로부터 통일 화북 땅을 물려받은 〈북주〉의 선제 우문윤은 혼군으로 기행을 일삼다가 21세의 나이로 급사했고, 결국 7살 어린 정제를 대신해서 양견이 581년 〈隋〉를 건국했다. 우문옹이 온갖 고생을 감내하면서 화북을 통일했음에도, 단 4년 만에 양楊씨들에게 나라를 고스란히 바친 셈이 된 것이었다. 隋의 개국황제가 된 양견은 이후 황족이었던 우문씨 일파들의 저항을 차례대로 제거하면서 권력을 공고히 하는 한편, 과감한 개혁정치로 〈중원통일〉이라는 대업에 착수했다. 특히 국방에 있어서 북방 기마민족의 위력을 잘 알던 양견은 더욱 신중한 자세를 취했다.

"북쪽 돌궐이 언제든지 치고 내려올 수 있으니, 지금부터 장성長城을 복구하여 방어를 강화하도록 하라!"

뿐만 아니라 식량과 물자 등의 빠른 수송을 위해 한구邗溝를 다시 뚫어 회수와 장강을 연결해 보급로를 확보했다.

그 무렵 〈돌궐〉의 서쪽 정복지에서는 서면가한이 죽어 그의 아들 달두達斗(타르두, 점궐)가한이 뒤를 이었다. 그러나 581년경 돌궐 본국에서는 타발가한의 뒤를 그의 아들이 아닌 사발략沙鉢略(이스바라)가한이 잇게 되었다. 마침 가한의 아내 중에는 〈북주〉 시절 선제가 그에게 시집을 보낸 천금千金공주가 있었다. 그래서인지 양견이 〈북주〉를 계승해 새로이 隋를 건국하자 사발략가한은 〈북주〉의 사위임을 내세워, 隋나라를 수시로 침공해 왔다.

〈돌궐〉과의 화친을 유지하려던 隋문제는 千金공주에게 새로이 양

씨 성을 더해 隋황실의 대의大義공주에 봉하고, 진陳나라 궁중에서 쓰
던 병풍을 선물하는 등 각별하게 신경을 썼다. 그러나 수문제가 친정
인 〈북주〉를 멸망시킨 것을 원망하던 공주는 문제가 보내 준 병풍 그
림 위에 망국의 한恨을 읊은 시詩를 써 놓고 스스로를 달랬다.

……, 나는 본디 황실의 자식이었으나,
오랑캐 궁중으로 흘러들어 온 것이네.
나라가 하루아침에 망하는 것을 보니,
내 가슴이 무너져 내리네……

나중에 이 사실을 알게 된 문제는 공주를 괘씸하게 여겼으나 그녀
가 남편인 가한을 움직일 것을 우려한 나머지, 장손성長孫晟을 불러 장
차 〈돌궐〉을 무력화시킬 방법을 물었다. 선비 출신인 그는 부사副使
자격으로 공주를 호송했던 인물로 돌궐의 귀족 관계는 물론 산천 등
에도 정통한 인물이었다. 그가 여러 가한들이 난립하던 돌궐의 내부
사정을 설명하고 다음과 같은 방안을 내놓았다.
"친근하게 구는 쪽을 돕고, 멀리하려는 쪽은 공격하옵소서. 아울러
강한 자는 이간시키고 약한 자를 돕는 정책을 펼치신다면 자기들끼리
다투다 힘이 빠지게 될 것이고, 그때는 제 발로 걸어와 살려 달라 빌붙
을 것입니다."
이는 〈이강합약離强合弱〉을 의미하는 것으로, 적들끼리의 싸움을 부
추기는 〈이이제이以夷制夷〉보다 다소 진일보한 방식이었다. 양쪽 다 진
한秦漢시대 때부터 중원의 강대국이 주변의 소국을 다스리는 데 써먹
던 전형적인 전략으로, 실제로는 약자를 골라 뇌물 공세를 펼치는 수
법이 주로 이용되었다. 결국 장손성의 말을 따르기로 한 수문제가 장長

을 〈돌궐〉로 들여보내 재물을 쓰게 하고, 이간계를 적극 펼치게 했다.

그러자 먼저 사발략가한과 달두가한이 서로를 질투하고 의심하기 시작했다. 그런데 〈돌궐〉에는 죽은 목간木杆가한의 아들임에도 사발략에게 밀려 大가한에 오르지 못한 아파阿波가한이 있었다. 장손성이 연이어 사발략과 아파阿波에게 이간책을 쓰자, 과연 달두와 아파가 손을 잡았다. 583년경 달두와 아파 연합에 탐한貪汗가한까지 가세해, 사발략가한에 도전했다. 이 일로 급기야 〈돌궐〉이 동쪽의 사발략이 다스리는 〈東돌궐〉과 달두가한이 통치하는 〈西돌궐〉로 양분되게 되었다. 아파와 탐한은 〈서돌궐〉의 小가한이 되었다. 文帝의 이간책이 제대로 힘을 발휘했던 것이다.

그 후 〈서돌궐〉의 지속적인 공격으로 더욱 수세에 몰리게 된 〈동돌궐〉의 사발략가한은 한계를 느낀 나머지, 마침내 隋문제에게 스스로 칭신稱臣을 하기에 이르렀다. 얼마 후 〈동돌궐〉의 大가한 사발략이 죽어 그의 아들 도람都籃(옹우려)가한이 뒤를 이었는데, 〈수〉의 지원을 보장받고자 혼인을 청해 왔다. 장손성이 다시 문제에게 간했다.

"도람은 믿을 만한 자가 못되니 끝내 반역할 것입니다. 대신 그의 사촌아우 돌리突利(염간)가한과 혼인을 맺고 그를 키워, 장차 도람에 맞서 변경을 튼튼히 지키게 하는 편이 나을 것입니다."

문제가 이번에도 장長의 말을 따르기로 했는데, 마침 도람가한이 아버지인 사발략의 후처이자 병풍 사건의 주인공이던 대의공주를 관습에 따라 아내로 맞이했다. 이것이 신경 쓰였던 문제가 사신을 돌리에게 보내 은밀한 주문을 전하게 했다.

"황제께서 이르시길 장차 대의공주를 제거하신다면 혼인을 허락하겠다고 했으니, 이를 大가한(도람)에게 전해 주십시오……"

이 말은 들은 돌리가한이 도람가한을 만나 황제의 뜻을 전했고, 그 바람에 대의공주가 허망하게 희생되고 말았다. 그럼에도 양견은 끝내 도람의 청혼에 응하지 않았다. 597년경, 隋문제는 오히려 小가한인 돌리에게 종친의 딸인 안의安義공주를 시집보내게 하고, 혼수품으로 눈이 뒤집힐 만큼의 金銀보화를 보내 주었다. 소식을 들은 도람이 길길이 뛰었다.

"무어라? 양견이 염간(돌리)에게 공주를 시집보냈다고? 이것들이 나를 우롱하기로 작당을 한 모양이로구나. 좋다, 어디 두고 보자!"

분노한 도람가한이 이번에는 〈서돌궐〉의 달두가한에 손을 내밀어 함께 돌리가한을 공격해 왔다. 599년경, 국경에서의 전투에서 패한 돌리가한이 장손성과 함께 〈隋〉나라로 피해 들어왔다. 文帝는 돌리가한에게 이름을 바꾸어 의지가 굳세다는 뜻의 계민啓民가한에 봉하고, 평성 서남쪽의 삭주朔州에 머물게 했다. 그러나 달두가한의 압박과 침입에 시달리던 계민은 끝내 내몽골의 하투河套 남쪽으로 이주해서 살아야 했다. 마침 그해에 〈동돌궐〉의 도람가한이 부하의 손에 척살당하고 말았는데, 배후에서 수나라가 공작을 펼친 결과였다.

601년경, 〈서돌궐〉 달두가한이 갑자기 隋나라의 국경을 넘어 침공해 왔다. 평성(대동)을 지키던 代州총관이 크게 패했다는 소식에, 문제는 양소楊素 등을 출격시켜 서돌궐군을 막게 했다. 그러나 돌궐의 이르킨(俟斤, 부족장)들은 황하를 건너 그 아래로 거침없이 말을 몰아 계민가한의 부락을 덮쳐 버렸고, 곧이어 이 소식이 양소에게 전해졌다.

"돌궐병들이 계민가한의 부락을 습격해 남녀 6천여 명과 가축 20여만 마리를 약탈해 갔다고 합니다."

양소가 경기병들을 이끌고 급히 말을 몰아 60여 리를 추격한 끝에

서돌궐병들을 따라잡았는데, 전투 끝에 돌궐병을 내쫓고 남녀 포로들과 가축들을 되찾아 염간(계민)에게 되돌려 주었다. 이후 계민가한은 장손성의 배려로 황하 바깥의 적구磧口(산서임현)에 거주했는데, 大가한을 잃은 도람의 부족들이 그에게로 모여들었다. 얼마 후 계민은 마침내 〈동돌궐〉의 수장인 大가한이 되었다.

이처럼 수나라는 돌궐 전체의 가한들을 분열시킴으로써 동돌궐의 재통일을 어렵게 하는 동시에, 그렇다고 동돌궐 자체가 와해되지 않도록 하는 세심한 이간책을 견지했다. 이것이야말로 사나운 북방민족에게 늘 써먹던 이이제이以吏制吏에 다름 아니었으니, 돌궐의 가한들도 빤한 隋의 수법을 모르지 않았을 것이다. 그럼에도 북방 유목민족들이 전통적으로 부족별 독립성을 내세우는 분권주의가 강한 데다, 당장 눈앞에 있는 정적들과의 싸움에 몰두하다 보니 번번이 당할 수밖에 없었던 것이다.

그렇게 강력한 북방의 신흥강자 〈돌궐〉을 분열시키는 데 성공한 隋문제는 더더욱 거칠 것이 없었다. 587년경, 양견은 〈서위〉의 괴뢰국으로 출발해 3代 소종蕭琮이 다스리던 〈후량後梁〉(555~587년)을 가차 없이 병합해 버렸다. 이로써 이제 남은 세력이라곤 장강 아래 南朝의 〈陳〉나라뿐이었는데, 文帝는 후량의 도성인 강릉(호북형주)을 장차 陳을 공략할 전초기지로 삼기로 했다. 이를 위해 장강 하류로 타고 내려갈 함대를 건조함은 물론, 무려 50만에 이르는 大軍을 양성하기 시작했다.

그 무렵 陳나라는 5代 진숙보陳叔寶가 다스리고 있었는데, 그는 隋가 침공 준비에 바쁜 것도 모른 채 주색에 빠져 정사를 소홀히 하고 있었다. 장화章華라는 충신이 간언을 올렸지만, 기분이 상한 황제는 장화의 목을 베어 버렸다. 588년 마침내 양견이 중원에 마지막으로 남은 陳의 공략에 나섰다.

"진숙보의 20가지 죄목을 열거한 대자보를 30만 부 인쇄해 강남 일대에 뿌리게 하라!"

이어 차남인 양광楊廣에게 50만 대군을 내주고 陳을 토멸하라는 명을 내렸다. 이윽고 〈수〉나라의 함대가 장강을 가득 메운 채 나타나자, 〈진〉의 수비군이 놀라 침공 사실을 조정에 보고했다. 그런데도 진숙보는 대수롭지 않다는 듯 코웃음을 치며 말했다.

"흥, 우리 陳왕조가 멸망할 까닭이 없다. 북제北齊가 세 차례, 북주北周가 두 차례나 공격해 왔지만 모두 실패하고 달아나지 않았더냐?"

이에 양광이 이끄는 〈수〉의 대군이 〈진〉의 도성인 건강으로 밀물처럼 들이닥쳤고, 〈수〉나라는 침공 개시 겨우 석 달 만에 〈진〉을 멸망시키고 말았다. 陳나라 개국 24년 만에 마지막 황제가 된 진숙보는 두 총희와 함께 우물 안에 숨어 있다가 발각되어 장안으로 압송되었다.

漢族이 통치하던 南朝의 고도古都 건강建康(남경)은 금릉金陵이라 불리던 길지吉地였다. 손권의 〈오吳〉(222~280년)나라부터 〈동진東晉〉(317~420년), 〈송宋〉(420~478년), 〈제齊〉(479~502년), 〈양梁〉(502~557년), 〈진陳〉(557~581년)에 이르기까지 모두 여섯 나라의 도읍으로서 대략 360년을 거치는 동안, 건강은 육조六朝의 흥망을 전부 지켜보았을 것이다. 〈북위〉가 하북을 통일하면서 시작된 〈남북조南北朝시대〉도 2백 년 만에 그렇게 막을 내리고 말았던 것이다.

이로써 〈후한〉의 붕괴를 야기한 〈황건적의 난〉 이래로 약 4백 년 만에 中原대륙 전체가 다시 통일된 셈이었으니, 隋문제 양견은 나라를 개국한 지 단 9년 만에 통일제국 〈수〉의 황제가 되는 빛나는 영광을 누리게 되었다. 장강 이북이 강성한 북방 기마민족의 차지가 된 지 이미 오래였지만, 이 시기에 이르러 비로소 광대한 중원대륙 땅 전체의 주인이 漢族이 아닌 북방민족北方民族으로 분명하게 바뀌었던 셈이다.

이후로도 중원은 20세기 근대화에 이르기까지 〈남송南宋〉과 〈명明〉의 짧은 시기를 제외하고는 여러 갈래의 또 다른 북방민족 즉, 당唐(선비), 요遼(거란), 금金(여진), 원元(몽골), 청淸(여진)나라로 이어지게 되었으니, 선비족 양견楊堅은 〈개황開皇〉이라는 연호 그대로 찬란한 북방민족 시대의 문을 활짝 열어젖힌 시대를 초월한 영웅이었다. 그런데 이런 광대한 중원의 변모를 오로지 바라보기만 할 뿐, 결코 차지하려 들지 않은 유일한 민족이 요동에 자리하고 있었으니, 바로 북방민족의 종주국인 〈고구려〉였다.

13. 평원제의 천도와 온달

〈고구려〉에서는 559년 양원제의 뒤를 이어 태자인 양성陽成이 제위에 오르니 26대 평원대제平原大帝였다. 무인 기질을 지녀 담력이 크고 말타기와 활쏘기에 능했다. 그러나 그의 시대는 부친 양원제 이래로 신권臣權이 더욱 강화된 시기여서 처음부터 결코 만만치 않은 상황에서 출발해야 했다. 이듬해 560년이 되자 〈북제〉의 폐제 고은高殷이 〈사지절영동이東夷교위요동군공고구려왕〉이라는 관작을 보내왔다. 태왕이 홀본으로 가서 시조묘에 제사하고 즉위를 고했으니, 태왕의 권위를 되찾겠다는 다짐을 했을 것이다.

아울러 돌아오는 길에 각 州郡을 들러 사형죄를 제외한 죄수들을 모두 풀어 주는 등 민심 수습에 나섰는데, 이러한 조치는 생산인력을 늘리는 효과도 있었다. 563년경 큰 가뭄이 들자, 평원제는 스스로 음식을 줄이고 산천에 기우제를 지내는 등 종전의 태왕들과는 사뭇 다른 모습을 보였다. 이후에도 궁궐 공사 중에 메뚜기 떼가 날아들고 가뭄이 지속되자 공사를 중단시켰으며, 자연재해의 피해가 커지면 백성들을 구제하는 데 앞장섰다. 또 급하지 않은 공사는 부역을 줄이게 하여 일손을 돕게 하고, 농사와 양잠을 적극 권하는 등 민생을 살피고 애민愛民정치를 펼쳐 나가는 데 주력했다. 모처럼 오랜만에 보는 군주다운 모습이었다.

평원제 7년인 565년, 태왕이 부지런히 정사를 돌본 덕에 점차 조정이 안정을 찾아가게 되자, 자신감을 갖게 된 태왕이 후계 구도에 대해 명했다.

"왕자 원을 태자로 책봉해 후사를 튼튼히 하고자 한다."

이에 장자인 원元이 일찌감치 태자에 오르게 되었다. 그 무렵엔 중국 南朝의 소蕭씨 〈梁〉나라가 망하고, 〈陳〉나라가 들어서 있었다. 평원제는 친고구려 세력인 高씨 〈북제〉뿐 아니라, 그와 적대관계에 있는 장강 아래 〈陳〉과도 교류를 확대했다. 이에 대해 〈陳〉의 문제文帝는 평원제에게 〈영동寧東장군〉의 관작으로 화답했다.

그 무렵에는 한반도에서도 〈백제〉와 〈신라〉 모두가 남조의 〈陳〉과 경쟁적으로 조공을 하고 교류하던 때였다. 대체적으로 중원의 나라에서는 이들 삼국에 대해 왕이라는 칭호 외에도, 고구려에 대해서는 〈요동군공〉, 백제에게는 〈대방군공〉, 신라에게는 〈낙랑군공〉이라는 작위를 부여했다. 그러나 요동과 대방, 낙랑은 모두 고구려의 서쪽 경계, 즉 난하 서쪽에서 요수(영정하) 사이에 걸친 땅을 일컫는 것으로 사실상 옛 〈번조선〉또는 〈中마한〉의 땅이나 다름없는 것이었다. 따라서 이러한 관작은 三韓이 일어났던 땅을 지칭하는 중요한 의미를 지닌 것이었다.

그러던 577년경이 되자 고구려 조정에 달갑지 않은 소식이 들어왔다.

"아뢰오, 주周의 우문옹이 지난해부터 제齊를 공격하더니 끝내 제를 멸망시키고 화북을 통일했다고 합니다."

"흐음, 고위가 나라를 제대로 다스리지 못하더니 기어이 우문옹에게 당하고 말았구나. 어쩌면 우문옹이 중원을 다시 통일하는 황제가 될지도 모르겠구나……"

사실 그 전년도인 576년에 평원제는 요동으로 쳐들어온 북주군을 맞이해 갈석산(좌갈석)을 치고, 산서의 경계로 보이는 유림관楡林關까지 진격해 북주군을 격퇴시킨 일이 있었다. 575년부터 우문옹이 북제를 공격해 오던 끝에, 끝내는 고구려가 북제를 도와 북주와 충돌한 것으로 보였다. 고구려의 그런 노력에도 불구하고, 해가 바뀌자 마침내 우문옹이 高씨들의 북제를 병합하면서 화북의 맹주로 부상했던 것이다.

그해 평원제는 급변하는 중원의 정세에 대응해 새로이 중원 최강의 나라로 급부상한 〈북주〉의 우문옹에게 신속히 사신을 보내 조공을 하면서 화친을 제의했다. 전년도의 충돌로 고구려의 힘을 익히 알고 있던 무제 측에서도, 평원제의 제의에 호응해 고구려왕 외에 〈개부의동삼사開府儀同三司〉라는 최고위의 관작을 보내왔다.

그런데 평원제의 외교활동이 비단 중원의 나라만을 상대로 그친 것은 아니었다. 즉위 12년 되던 570년경에도 평원제가 바다 건너 멀리 야마토大倭로 사신을 보냈다. 562년경 〈신라〉의 진흥제가 장군 이

사부를 보내 가야권 전체를 멸망시킨 다음 병합해 버리자, 〈야마토〉 조정은 신라의 행위에 대해 크게 분개하고 있었다. 〈신라〉의 부상에 신경이 쓰인 평원제는 그런 야마토와의 교류를 통해 신라를 견제하려 했던 것이다.

그 무렵, 평원제의 사신이 뱃길을 이용해 〈야마토〉로 향하던 중 폭풍우를 만나 표류하다가 겨우 해안에 당도한 모양이었다. 그때 지역의 군사郡司가 천왕에게 보내는 공물에 탐을 내어, 사신 일행을 억류하고 조정에 보고를 하지 않았다가 후일 들통이 났다. 이에 천왕이 사자를 보내 공물을 되찾아 사신 일행을 데려오라는 명을 내리며 주변에 말했다.

"고구려인들이 표류하느라 고생은 했겠지만 목숨을 보전했다니 다행이다. 이들이 온 것은 내 정치가 멀리까지 미치고 있다는 뜻이 아니겠느냐? 산성국山城國(야마시로쿠니)의 상락相樂(사카라카)에 객관을 지어 생활하게 도와주고, 후하게 베풀도록 하라."

흠명천왕이 멀리서 〈고구려〉의 사신이 찾아왔다는 소식에 자신의 권위를 높여 주는 일이라 여겨 크게 기뻐하면서, 사신들을 특별히 우대하게 했던 것이다. 얼마 후 평원제의 사신 일행이 근강近江(오미)에 당도했다는 보고를 받은 천왕이, 다시 허세신원許勢臣猿(고세노오미사루) 등을 추가로 보내 오미 북쪽의 비파호琵琶湖 산기슭에서 고구려 사신을 맞이하게 했다.

야마토에서는 이들 사신 일행을 야마시로山城에 있었다는 〈고려관高麗館〉에 묵게 하면서 이들을 보호하는 한편, 상락相樂의 객관에서 향응을 베풀어 노고를 위로했다. 그런데 정작 이듬해 봄이 되기까지 고구려 사신들은 천왕을 만나지 못해 평원제의 공물과 편지를 제대로 전달하지 못했다. 하필이면 흠명천왕이 병에 걸려 자리에 누웠던 것이다. 그해 4월 천왕이 타지로 출장 중인 야마토의 황태자를 급히 불러들여 손을 잡고 유지를 남겼다고 한다.

"내 병이 위중하니 네게 후사를 맡기겠노라. 너는 신라를 쳐서 임나를 일으켜 세우도록 하라……"

흠명(킨메이)천왕이 이런 말을 남기고 대전大殿에서 사망하니, 황태자가 뒤를 이어 야마토 천왕에 즉위했는데, 그가 민달敏達(비다쓰)천왕이었다. 결국 5월이 되어서야 고구려 사신들이 머물던 상락관에 새로운 천왕이 보낸 군신들이 나타났는데, 뒤늦게 공물을 조사해 일일이 기록한 다음 국서를 받아 갔다. 그런데 사흘이 지나도록 고구려 태왕이 보내는 국서國書를 해독해 내는 자가 아무도 없었다. 겨우 왕진이王辰爾라는 자가 이를 해독해 바치자, 천왕이 이를 크게 칭송하고 왕진이를 곁에 두게 했다.

놀랍게도 이때 고구려 사신이 바친 문서는 까마귀의 깃털에 작은 글자로 쓴 것이었다고 한다. 그러니 당연히 글씨 자체를 찾아내기가 어려웠던 것인데, 왕진이가 밥을 지을 때 올라오는 김에 깃털을 쐰 다음, 부드러운 비단 천으로 일일이 글자를 눌러 전부를 옮겨 찍는 방식으로 해석해 냄으로써 주변을 놀라게 했다고 한다. 평원제의 편지는 그만큼 은밀하고도 중요한 내용을 담고 있었을 것으로 추정되는데, 그 내용이 일체 알려지지 않은 데다 사건 자체만이 야마토의 사서에 남게 되어 못내 아쉬운 일이 되고 말았다. 그럼에도 후일 그 내용이 실제 역사를 통해 드러나기까지는 그리 오랜 시간이 걸리지 않았다.

그런데 고구려의 평원제에게는 평강平岡이라는 딸이 있었다. 공주가 어려서부터 걸핏하면 울어 대는 등 유별나게 구니, 태왕이 그 우는 습관을 고치게 할 요량으로 짓궂은 말로 딸을 놀리곤 했다.

"네가 늘 시끄럽게 울어 대는 통에 내 귀가 아플 지경이니, 너는 커서 사대부의 아내가 될 수 없을 것이다. 그러니 너를 바보 온달한테나 시집보내야지 어쩌겠느냐?"

그렇게 세월이 흘러 어느덧 평강도 어엿한 이팔(16세)의 아리따운 공주로 자라게 되었고, 이에 태왕이 그녀를 최상위 귀족인 上部(東部) 高씨 가문으로 시집보내려 했다. 그런데 이때 평강공주가 엉뚱한 고집을 피우며 혼사를 거절하는 것이었다.

"부황께서 늘 소녀를 보고 온달의 아내가 될 거라 하셨는데, 이제 와 무슨 까닭으로 하시던 말씀을 바꾸려 하십니까? 군주는 희언戲言이 없는 법이라니 소녀는 감히 받들 수가 없습니다……"

태왕은 자신의 귀를 의심하지 않을 수 없었을 것이다. 처음에는 공주가 자신이 자주 놀린 것에 대해 농담조로 되갚음을 하는 것으로 생각했지만, 공주가 정색을 하면서 진지하게 나오자, 격노하고 말았다.

"좋다, 네가 정 그렇게 고집을 피운다면 어찌 공주라 할 수 있겠느냐? 이제부터 너는 네 갈 길을 가는 것이 좋겠다."

이에 공주는 태왕 부부에게 이별의 예를 갖춘 다음, 값나가는 보물과 수십 개의 팔찌 등을 챙겨 들고 궁궐을 나왔다. 그야말로 스스로 공주라는 귀한 신분을 버리고 평민이 되었다는 거짓말 같은 일이 벌어지고 만 것이었다. 궐을 나온 평강은 사람들에게 길을 물어 온달溫達의 집을 찾아갔다. 산골의 허름한 초가집에 앞을 못 보는 맹인 노모가 홀로 있는 것을 보고, 공주가 다가가 절을 하고 아들이 있는 곳을 물었다. 그러자 노모가 공주의 손을 끌어다 만져 보더니 이내 답했다.

"지금 그대 몸에서는 좋은 향기가 나고 손은 풀솜처럼 부드러우니, 그대는 천하의 귀인이 틀림없소. 누구의 속임수로 이렇게 찾아왔는지는 모르지만, 내 아들은 가난하고 추해 귀인이 가까이할 수 없답니다."

그리고는 지금도 굶주림을 참지 못해 산속으로 느릅나무껍질을 벗기러 간 지 오래라고 말했다. 공주는 노모가 얘기한 곳으로 온달을 찾아 산 밑에 이르렀는데, 마침 느릅나무껍질을 한 짐 지고 오는 온달과 마주쳤다. 공주가 이내 온달에게 인사를 하고 자초지종을 얘기하자, 온달이 펄쩍 뛰며 성을 냈다.

"너는 사람이 아니라 여우나 귀신이 틀림없다. 가까이 오지 마라!"

그리고는 뒤도 돌아보지 않은 채 집으로 향했다. 공주가 보니 다행히도 온달은 소문대로 바보는 아닌 듯했고, 미남은 아니었으나 큰 키에 커다란 덩치를 가져 힘깨나 쓰는 장사로 보였다. 공주가 온달을 따라 집으로 돌아왔으나, 온달이 문도 열어 주지 않기에 하는 수 없이 사립문 아래서 밤을 새야 했다. 이튿날 날이 밝자 공주는 무작정 집 안으로 들어가, 온달 모자에게 다시 한번 자신의 처지를 얘기하고 신부로 받아 줄 것을 청했다. 온달이 어쩔 줄을 모르고 우물쭈물하는 사이 노모가 재차 공주를 설득하려 했다.

"보다시피 제 아들 온달이 지독하게 가난한 데다 보잘것없는 신분이라 결코 귀인의 배필이 될 수 없을 것입니다. 이젠 그만하시고 어서 돌아가시지요……"

그러자 공주도 뜻을 굽히지 않고 답했다.

"옛말에 한 말 곡식도 찧을 수 있고, 한 자의 베도 짤 수 있다고 했습니다. 서로 마음만 맞는다면 어찌 부유해진 뒤에나 함께 지낼 수 있겠습니까?"

결국 온달 모자는 공주의 고집을 꺾지 못해 그녀를 집에 들여 주었고, 그렇게 온달의 꿈같은 신혼생활이 시작되었다. 얼마 후 공주는 갖고 있던 귀중품을 팔아 전답과 주택, 노비에 우마牛馬까지 사들여 세 사람이 살 준비를 새롭게 갖추었다. 공주가 이때 온달에게 미리 일러

준 말이 있었다.

"말은 반드시 나라에서 기르던 국마國馬를 사시되, 병들거나 파리해서 내다 파는 것을 사 오시도록 하세요."

온달이 공주가 시키는 대로 비쩍 마른 말을 사 오자, 공주는 말을 부지런히 먹여 살을 찌우고 정성을 쏟은 결과 이내 튼실한 말로 변했다. 그 후로도 공주는 틈만 나면 온달에게 글을 가르치고, 무예를 연마하게 했다.

그 시절 고구려에서는 매년 봄철 삼짇날(음력 3월 3일)이면 사람들이 낙랑樂浪의 언덕에 모여 사냥을 하고, 그날 잡은 짐승으로 하늘과 山川의 神에게 수두제를 올리는 풍습이 있었다. 그날 행사에는 고구려의 태왕도 여러 신하들과 5部의 병사들을 거느리고 나타나, 함께 말을 타고 사냥대회에 참가하는 것이 오랜 전통이었다.

어느 해인가 삼짇날이 되자, 하늘 높이 형형색색의 요란한 깃발을 펄럭이며, 번쩍이는 병장기를 갖춘 한 무리의 호위무사들이 말을 탄 채로 등장했다. 그러자 삽시간에 주변이 와자지껄하며 소란스러워졌는데, 이들의 한가운데로 늠름한 모습의 태왕이 멋진 백마를 타고 있었다. 변함없이 삼짇날의 사냥대회에 참석하고자 태왕이 직접 나타난 것이었다.

"뿌웅, 뿌우웅! 와아, 와아!"

이윽고 날카로운 고동 소리와 함께 사냥을 알리는 신호가 떨어지자, 대회 참가자들이 우르르 말을 탄 채 사냥터로 질주해 나갔다. 그때 온달도 무리에 끼어 자신의 말을 타고 왕의 뒤를 따라 달려 나갔다. 그날 사냥대회에서 온달이 탄 말이 항상 앞에 있었고, 그 덕에 온달이 가장 많은 짐승들을 포획해 1등을 차지하게 되었다. 이윽고 그날 사냥대회의 절정인 시상식이 거행되었는데, 태왕이 1등을 한 장사에게 성명을 물으니, 그가 답했다.

"온달이라 합니다!"

"무어라, 그대가 정녕 온달이란 말이냐? 어허, 어찌 이런 일이 있을 수 있단 말이더냐?"

태왕이 크게 놀란 가운데 전후의 사정을 확인하고는 크게 기뻐했다. 이 일로 온달은 꿈에 그리던 무사가 될 수 있었다.

그 무렵인 평원제 18년 되던 576년경, 〈북주北周〉의 무제가 북제를 침공한 끝에 요동까지 쳐들어왔다. 평원제가 친히 출정했고 이산肄山의 평원에서 북주군을 맞이해 싸웠는데, 이때 온달이 선봉장이 되어 수십여 명의 적군을 단칼로 베어 버렸다.

"와아, 와아, 온달장군 만세!"

온달의 용맹한 모습에 고구려군 진영에서 환호성이 터져 나왔고, 이내 승승장구하면서 북주군을 무찌르기 시작했다. 고구려군이 이때 북주군을 추격해 산서의 경계인 유림관까지 몰아내는 데 성공했던 것이다. 전쟁이 끝나 전공을 논할 때 모든 사람들이 온달을 제일로 여기고 칭송했다. 이에 태왕이 감탄하면서 비로소 주변에 말을 꺼냈다.

"이 사람이 바로 내 사위일세, 껄껄껄!"

태왕이 이내 온달을 예의를 갖춰 맞이하는 한편, 그 공을 인정해 3등급 대형大兄의 작위를 내려 주었다. 이렇게 평범한 산골청년 온달은 아내인 평강공주 덕에 고구려 태왕의 당당한 사위이자 귀족이 되어 권세와 영화를 누리게 되었다. 어려서 부친인 태왕에게 놀림을 당할 때마다 다짐했던 평강공주의 의지가 이처럼 굳센 것이었고, 끝내는 공주의 현명함을 스스로 주변에 널리 입증한 것이었다.

그 후 세월이 흘러 590년, 평원제가 죽고 그의 뒤를 태자인 원元이 이어받아 영양제嬰陽帝가 되었으니, 평강공주의 남동생이었다. 어느 때인가 온달이 태왕에게 청했다.

　　"신라가 우리 한북漢北의 땅을 빼앗아 군현郡縣으로 삼으니, 그곳의 백성들이 이를 한스럽게 여기고 원래부터 부모였던 나라를 잊지 못하고 있습니다. 태왕께서 어리석은 臣을 불초不肖하다 생각 마시고, 군사를 내주신다면 한 번 가서 반드시 우리 땅을 되찾아 오도록 하겠습니다."

　　이에 태왕이 그의 출정을 허락했는데, 온달이 이때 계립현雞立峴(충주)과 죽령竹嶺(단양) 이북의 땅을 귀속시키지 못하면 돌아오지 않겠노라고 맹세하고 떠났다. 그렇게 호기롭게 출정한 온달이 마침내 아단성阿旦城(충북단양) 북쪽에서 신라軍과 만나 일전을 벌이게 되었다. 그러나 전쟁에서 어찌 항상 승리만을 취할 수 있었겠는가? 장군 온달이 용맹하게 군사들을 독려하며 전투를 지휘하던 중, 불행히도 흐르는 화살에 맞아 넘어지면서 끝내 전사하고 말았다. 소식을 전해 들은 태왕이 온달의 죽음을 크게 비통해했다.

　　일설에는 그때 병사들이 온달장군의 시신을 찾아 장사 지내려 했는데, 영구가 도통 움직이질 않았다고 한다. 사람들이 이를 괴이하게 여겨 후방의 평강공주에게 연락을 했고, 공주가 급히 찾아와 관을 어루만지며 달랬다고 한다.

　　"생사가 이미 결정되었으니, 이젠 돌아가셔야지요, 흑흑……"

　　놀랍게도 그제야 비로소 관이 움직였기에 장례를 마칠 수 있었다고 했다. 마치 전설처럼 전해 오는 이야기지만, 그 속에는 대륙의 〈고구려〉가 西로는 中原을 상대해야 하고, 멀리 東으로는 한반도의 나라들과도 동시에 각축전을 벌여야 했던 긴박한 상황이 잘 그려져 있었다.

　　지정학적으로 난하 일대에 수도 평양을 두고 있던 〈고구려〉는 한

반도와는 너무 멀리 떨어진 탓에, 반도 내의 나라들이 소국임에도 매번 이를 쉽사리 병합하지 못했다. 동쪽을 치면 서쪽이 움직이고, 서쪽을 치면 반대쪽 동쪽이 침공해 들어오니, 서쪽에 치우친 채로 동시에 원거리의 양쪽을 경략經略하는 데 근본적으로 무리가 있었던 것이다. 〈평강공주와 온달〉의 이야기는 마치 그런 지정학적 한계에서 비롯된 〈고구려〉의 숙명적인 상황을 상징하는 역사 속의 일화였던 것이다.

그보다 10년 전인 581년경, 〈고구려〉의 평원제는 〈북주〉의 황위를 찬탈한 양견이 새로이 〈수〉를 건국했다는 소식에 사절을 보내 축하해 주었다. 그러자 隋문제(양견)가 〈대장군요동군공遼東郡公〉이라는 관작을 보내왔다. 그러나 여기에 〈고구려왕〉이 빠져 있어, 벌써부터 〈고구려〉를 무시한다는 인상을 주기에 충분했다. 평원제는 그런 隋에 대해 변함없이 외교관계를 지속하는 한편, 동시에 남조의 진陳과도 관계를 유지하면서 南北朝의 나라들을 견제해 나갔다.

그러던 중 즉위 28년 되던 586년이 되자 반가운 소식이 들어왔다.

"태왕폐하, 마침내 장안성이 완공되었다고 합니다."

장안성은 장수제가 현 한성(험독)으로 천도하기 직전의 도성인 (창려)평양을 말하는 것으로, 552년 선제인 양원제 때부터 성을 개축하는 작업에 들어갔으니 무려 25년 만에 공사가 마무리된 셈이었다. 당시 돌궐의 침공에 위협을 느낀 양원제가 다시 난하 동쪽의 (창려)평양으로 재천도를 하고자 공사를 재개한 것이었다. 성이 완성되기까지 이토록 오랜 시간을 끌게 된 것은 평원제가 백성들의 부역을 완화시켜 주기 위해 수시로 공사 중단과 재개를 반복했기 때문으로 보였다. 평원제는 北朝의 통일 제국 〈수〉의 등장에 더더욱 신경을 곤두세우고 있던 터라 즉시 명령을 내렸다.

"부황께서 시작하신 장안성이 드디어 완공된 만큼, 즉시 천도를 단행해 도성과 나라의 안위를 더욱 튼튼히 하고자 한다."

그리하여 그해 고구려는 동남쪽으로 난하를 건너 약 160년 만에 장안성으로 다시금 되돌아가게 되었다. 발해만으로 들어가는 난하 하구의 갈석산 아래 평양성(하북창려)을 두고 새롭게 〈장안성〉이라는 별칭을 쓰게 된 것은, 궁궐을 조성함에 있어 사통팔달의 도시 정비로 이름난 장안의 형태를 많이 참고한 데서 비롯된 것으로 보였다. 후일 〈隋〉가 망하고 〈당唐〉나라가 들어섰을 때에는 당나라의 수도 같다는 의미에서 다시금 장당경藏唐京이라 불렸는데, 모두 이런 연유에서 비롯된 명칭이었을 것이다.

그 후 3년이 지난 589년, 우려하던 대로 隋문제는 차남인 양광에게 무려 50만의 병력을 내주어 〈진陳〉을 멸망시켰고, 이로써 〈후한〉이 멸망한 이래로 약 370여 년 만에 중원 전체를 재통일하는 대업을 달성하는 데 성공했다. 갑작스러운 통일제국 〈隋〉의 등장은 그간 북방민족의 종주국으로서 무한한 권위를 누려 오던 고구려를 크게 긴장시켰다. 평원제가 서둘러 주변에 경계를 강화하라는 명을 내렸다.

"양견이 장차 어찌 나올지 모르니, 미리미리 수의 도발에 대비해야 할 것이다. 그러니 군대의 병장기를 수리함은 물론, 곡식을 비축하는 등 방어대책을 서둘러 강구하도록 하라!"

그 무렵부터 隋문제는 고구려를 대놓고 무시하는 것은 물론, 군비를 강화한다는 소식에 평원제를 압박하기 시작했다. 그러나 고구려는 여러 代에 걸친 先帝들의 실정으로 태왕의 권위와 중앙정치가 무너진 지 오래였다. 그나마 부지런하고 성실한 평원제에 이르러 나라의 기강을 바로잡고 태왕의 권위를 되돌리려 애썼지만, 여전히 중원의 통일제국 〈수〉와 전쟁을 한다는 것에 대해서는 대부분 비관적이었다. 따라서 일단 隋문제를 달래기 위해 사과의 편지를 보내는 등 외교 공세에 주력하려 했으나, 그마저도 반대파의 주장에 밀려 흐지부지되고 말았다.

이듬해 평원제 32년째, 隋나라 개황開皇 10년 되던 590년경, 눈엣가시 같은 존재인 고구려가 전쟁 준비로 바쁘다는 소식에 隋문제가 드디어 사신을 보내 제동을 걸고 나섰다. 그는 고구려를 자신들에게 속한 번국 취급을 하면서, 그런 고구려가 자신의 나라 〈隋〉를 성의 없이 대한다는 이유를 들어 시비를 걸기 시작했다. 양견은 자신의 편지에 국새를 찍은 소위 새서璽書를 통해 고구려의 잘잘못을 일일이 나열하면서 따지고 들었다.

"……, (중략) ……. 왕이 매번 사절을 보내 조공을 하기는 했지만, 비록 번부藩附라 하더라도 충성심이 미진하오. 왕은 이미 짐朕의 신하이니 짐과 함께 덕을 쌓아야 하거늘, 말갈을 몰아붙이며 핍박하고 거란을 가두었소. 모든 속국들이 엎드려 머리를 조아리며 짐의 신하와 첩이 되고 있는데, 착한 사람들이 의義를 흠모함을 분하게 여기니 어째서 독하고 고약한 마음이 그리도 깊단 말이오? ……, (중략) ……. 왕은 요수遼水와 장강長江의 폭이 어떠하고, 고구려와 진陳의 인구가 어떻다고 생각하시오? 만일 짐이 포용하고 기르려는 생각을 버리고 지난날의 허물을 문책하려 든다면, 한 명의 장수면 족하지 어찌 많은 힘이 필요하겠소. 간절히 깨우쳐 개과천선할 기회를 주노니, 마땅히 짐의 뜻을 헤아려 스스로 많은 복을 구하길 바라오."

상대국 태왕에게 '조공朝貢'이라는 단어를 함부로 사용하는 것도 그렇고, 무엇보다 고구려의 태왕을 자신의 신하로 여기고 뻐기는 데다 마지막엔 국력의 차이를 강조하며 협박까지 일삼았으니, 평원제가 새 서를 든 두 손을 바들바들 떨며 분개할 지경이었다.

비록 통일제국 隋의 황제라 할지라도 얼마 전까지만 해도 고구려에 조공을 바쳐 오던 선비국 〈서위〉와 그를 계승한 〈북주〉의 권신에 불과하던 양견이었다. 6백 년을 넘게 이어 온 북방민족의 종주국 고구려의 태왕에게 보내는 국서치고는 참으로 무례하고 오만하기 그지없는 내용뿐이었다. 굴욕적인 隋문제의 협박 편지에 고구려 조정이 발칵 뒤집혔고, 대신들이 당장 전쟁을 불사하자는 등 설왕설래했다.

평원제는 일단 隋문제를 달래는 사과의 글을 보내고 외교적으로 갈등을 해결하려 했으나, 끝내는 그마저도 보내지 못했다. 그만큼 고구려 조정 대신들 중에는 文帝가 일으킨 소위 〈새서사건〉에 분개하는 이가 많았던 것이다. 그러나 전쟁에 대해 최종책임을 져야 하는 평원제로선 통일 隋와의 전쟁이 결코 내키지 않았기에 고심을 거듭했다. 그러던 와중에 32년 동안 고구려를 다스려 온 평원제가 갑자기 죽음에 이르고 말았다. 隋문제의 도발과 협박에 대처하려다 과도한 심리적 압박으로 병을 얻은 모양이었다.

평원제의 뒤를 이어 장남인 고원高元이 태왕의 자리에 오르니, 고구려의 27대 태왕 영양대제嬰陽大帝였다. 준수한 외모와 풍채를 지녔고 일찍부터 태자에 올라 부제父帝를 도왔는데, 세상을 구하고 백성들을 편하게 해 준다는 '제세안민濟世安民'을 강조했다. 즉위 이듬해인 591년, 정초부터 〈수〉에 사신을 보내 조공하고 동시에 (고구려)王의 관작을 요청하니, 3월이 되어 隋문제가 비로소 〈고구려왕〉으로 삼고, 거복車服을 보내왔다.

14. 진흥대왕과 화랑도

〈신라〉개국開國 15년, 진흥제 즉위 26년째 되던 565년경, 남조의 〈陳〉나라 세조가 사신 유사劉思와 승려 명관明觀을 경도로 보내왔는데, 이들이 이때 불교의 경론 1,700여 권을 가져왔다. 이것이 계기가 되었는지 신라에서는 이듬해인 566년 2월이 되자, 기원사祇園寺와 실제사實際寺 두 절이 준공되었다. 진흥제가 이때 왕자 동륜銅輪을 태자로 세우고, 陳에 사신을 보내 세조에게 방물을 바치며 답례했다.

마침 그해에 월성의 동편에 그간 13년 동안이나 진행해 오던 〈황룡사皇龍寺〉의 공역이 마무리되었다. 30년 전인 535년경 10년에 걸쳐 흥륜사를 준공한 데 이어, 사실상 신라 최대 규모로 조성한 법보法寶 사찰이 탄생한 셈이었다. 이처럼 진흥제는 당시 신라에 불교를 본격적으로 진흥시킨 군주였다. 先帝인 법흥제가 과도한 仙道의 폐해를 개혁하기 위한 일환으로 유학과 함께 불교를 도입하는 수준에 머무른 데 반해, 진흥제는 스스로가 독실한 불교 신자가 되어 포교에 적극 앞장섰던 것이다.

다만, 진흥제의 시대는 나라의 명운을 걸고 주변국들과 끊임없이 강역을 다투던 전쟁의 시대였다. 따라서 진흥제의 불교는 국토를 청정하게 보호하는 것을 중요한 덕목으로 강조하던 〈호국불교〉의 성격을 갖게 되었다. 신앙 이전에 먼저 나라가 존재하는 것이 중요했으므로, 불교 또한 나라를 지키는 호국의 이념으로 활용코자 했던 것이다. 실제로 진흥제는 국통國統, 주통州統, 군통郡統이라는 불교조직을 새로 만든 다음, 이를 정부 조직과 일치시키는 행정개편을 주도하기도 했다. 여기에는 불교를 널리 전파하고자 하는 목적 외에도, 전시 동원체제를 강화하기 위한 의도가 짙게 깔린 것이었다.

진흥제는 세 아들에게도 동륜과 사륜舍輪(금륜金輪), 구륜仇輪이라는 불교식 이름을 지어 주기까지 했다. 572년경에는 고구려에서 귀부해 온 승통 혜량惠亮을 통해 〈팔관회八關會〉라는 새로운 불교 행사를 거행하게 했다.

"전쟁 통에 희생된 수많은 군사들을 위로하고자 한다. 7일에 걸쳐 팔관회를 열도록 하라!"

여기서 '관關'은 곧 금禁'의 뜻으로 살생 등 불교에서 말하는 8가지를 범하지 않는다는 규율을 지키는 것이었다. 이날 한나절 음식을 끊고 마음을 경건하게 한 채로 여러 불교 행사에 참여하게 되는데, 특이하게도 여기에는 韓민족 고유의 신앙인 仙道의 의례가 뒤섞여 있었다.

574년에는 황룡사에 본존인 금동장륙상金銅丈六像을 완성해 안치하기도 했다. 장륙상은 그 키가 1장丈 6척尺(4.5m 이상)이나 되는 거대 불상으로 석가여래좌상釋迦如來坐像과 협시보살입상脅侍菩薩立像 두 가지 형태로 조성한 것이었다. 일설에는 석가상 하나에만 대략 금 1만 푼, 구리 3만 5천 근, 보살상에는 금 1만 푼, 철 1만 2천 근이 들어갔다고 했다. 이와 함께 황룡사는 점차 신라 황실 사찰의 성격을 띠기 시작했다.

더구나 황룡사는 이것으로 완성된 것이 아니어서, 후일 선덕善德여제 시기인 645년경에는 웅장한 〈9층 목탑〉이 추가되기도 했다. 황룡사는 그야말로 4代 임금, 약 1백 년이라는 오랜 세월에 걸쳐 완성된 신라 불교사찰의 최고, 최대 걸작이었다. 황룡사의 〈금동장륙상〉과 〈9층 목탑〉에 이어 진덕眞德여제 때 제작된 〈천사옥대天賜玉帶〉 3가지 보물을 일컬어 〈신라삼보三寶〉라 했다고 한다.

말년에 죽음을 앞둔 진흥제는 심지어 머리카락을 자른 채 승복을 입고 지내며, 스스로를 법운法雲이라는 법명으로 부르게 했다. 그런 이유 때문이었는지, 일설에는 진흥제가 죽기 한 해 전에 황룡사의 장륙상이 눈물을 흘려 대왕의 죽음을 예고했다는 전설까지 전해졌다. 진흥제는 평생에 걸쳐 수많은 전쟁을 치른 정복군주의 표상이나 다름없었다.

그런데 전쟁이란 실로 아무나 주도할 수 있는 것이 아니었다. 전쟁을 수행하기 위해서는 수많은 병력과 장비, 식량 등을 공급하느라 엄청난 비용부담이 가중되고, 무엇보다 패배할 경우 나라를 멸망으로 이끌 수도 있으니 군주라면 누구든 그런 모험을 택하려 들지 않기 때문이었다. 또 하나 승패와 관계없이 전장에서 희생된 병사들과 그 가족을 위로하고 보상하는 전후처리 문제도 결코 가벼운 일이 아니었을 것이다. 진흥제가 이토록 각별하게 불교에 힘을 쏟았다는 것은 숱한 전쟁으로 희생된 자들은 물론 가혹한 시대를 살아야 했던 백성 모두의 영혼을 달래 주고 위로함으로써, 신라 사회 전체의 안녕을 꾀하고자 했음을 시사하는 것이었다.

7살의 어린 나이에 모후의 품에 안겨 제위에 올랐던 진흥제는 37년이란 비교적 오랜 기간 나라를 통치했음에도 여전히 45세의 나이였다. 그사이 서쪽의 숙적 〈백제〉와는 연합 또는 싸움을 반복한 끝에, 한강 진출이라는 염원을 달성해 내는 한편, 북방의 강호 〈고구려〉를 밀어내면서 자립의 터전을 마련할 수 있었다. 아울러 강원도 북부를 넘어서 함경도까지 강역을 넓히는 외에, 무려 5백 년의 장구한 역사를 자랑하던 서남쪽의 〈가야연맹〉을 완전히 제압하는 대업을 이룩해 냈으니, 이는 신라 개국 이래 그 어떤 임금도 이루지 못한 눈부신 성과였다.

이러한 성과는 마립간시대를 이끌었던 그의 先代들이 왕권을 강화하고 나라의 경제력을 높이는 데 부단히 노력했기에 가능한 것이었다. 진흥제는 그렇게 쌓인 국부를 바탕으로 나라를 새롭게 건국하겠다는 각오로 〈개국開國〉이라는 연호를 채택했었다. 그렇게 국정운영의 방향vision을 명확하게 제시하고 꾸준히 백성들을 설득해 나가면서 목표 달성에 주력했던 것이다.

이를 위해 수시로 순행을 나가 백성들과 소통하고, 군사 및 행정조직을 적기에 개편하는 외에 성을 쌓거나 전투에 쓰이는 무기류를 개선하는 일에도 신경을 쏟았다. 그뿐 아니라,《국사國史》를 편찬하거나 우륵과 같은 예술인들을 우대할 줄 알았으며, 중원과의 외교관계 또한 소홀히 하지 않았다.

아울러 〈화랑제도〉의 활성화를 통해 나라의 인재를 양성하는 요람으로 발전시키고, 〈호북불교〉의 진흥에도 앞장섰다. 그러면서도 당시의 주류신앙인 〈선仙, 불佛, 유儒〉 3교敎에 대해서도, 어디 하나 빠지지 않게 세력 간에 골고루 균형을 이루게 한 것도 돋보이는 점이었다. 진흥제는 선도仙徒에 과도하게 매몰되다시피 했던 법흥제의 쓰라린 경험을 잘 알고 있었던 것이다.

사실 진흥제의 신라 사회는 약 150여 년 전 갑작스레 출현한 鮮卑 출신 마립간들의 통치와 함께, 북방세력인 〈서부여〉와 〈고구려〉의 침공으로 인해 오래도록 정체성에 혼란을 겪던 시대였다. 진흥제는 정복활동과 함께 다양한 사회개혁을 통해 마립간의 통치를 신라 사회에 녹여내고 융화시키는 데 성공한 군주였다. 그런 진흥제의 노력으로 비로소 신라 사회가 또 다른 성장을 위한 기반을 다질 수 있었기에, 백성들이 그를 신라의 중흥中興군주로 추앙했던 것이다.

그러나 정작 그 자신은 너무 일찍부터 국사를 돌보느라 기운을 소진해 버렸던지, 말년에는 고약스러운 풍질風疾을 만나 고생을 하게 되었다. 그때부터 정사를 떠나 별궁에서 치료에만 전념했으나, 576년 가을 45살의 나이에 아깝게 세상을 떠나고 말았다. 오늘날까지 전해지는 경주 진흥제의 왕릉은 초라하기 그지없는 것이어서 위대한 정복 군주의 것이 아니라는 논란이 분분할 정도였다. 그러나 생전에 진흥제가 보여 준 행적들로 미루어 보면, 사후의 왕릉을 간소하게 하라는 유지를 남긴 것이 틀림없었다.

실제로 초기 마립간 시대에는 북방민족의 풍습에 따라 적석목곽積石木槨의 무덤 안에 금관金冠과 같은 부장물을 잔뜩 넣고, 거대한 봉분으로 덮어 한없는 임금의 권위를 과시하려 했다. 그러나 법흥제부터는 이러한 거대무덤 양식과 함께 부장의 풍습이 사라지는 대신 간결한 석실분石室墳 형태로 실용화되었는데, 이는 유교 및 불교의 영향에다 정치적 안정이 더욱 공고해졌기 때문으로 보였다. 더구나 진흥제 시대에는 정복전쟁으로 수많은 백성들이 희생되었기에, 대왕은 그의 소박한 무덤을 통해 마지막까지 자신의 미안한 마음을 전하려 했을지도 모를 일이었다.

또 하나 진흥제 시대에 두드러진 업적 가운데 하나는 〈화랑花郎제도〉를 육성해 젊은 인재를 양성하는 요람으로 키워 냈다는 점이었다. 그런데 화랑제도가 자리 잡기까지 그 배경에는 오랜 세월에 걸쳐 결코 간단치 않은 역사들이 뒤엉켜 있었다. 진흥제 초기부터 신라 조정에서는 인재 양성을 위한 여러 논의가 진행되고 있었다. 그러나 처음부터 인재를 알아보기가 쉽지 않은 일이었기에 그 방법을 구하니 누군가 괜찮은 의견idea을 내놓았다.

"여러 사람들이 모여 함께 놀게 한 다음, 참가자들의 행동거지를 잘 살펴본다면 인재를 찾아내는 데 효과가 있을 것입니다."

조정에서 이 방안을 받아들여 처음으로 시행에 들어갔고, 이를 위해 우선 젊은 사람들을 불러 모은 다음, 이들에게 '효제충신孝悌忠信, 즉 부모에게 효도하고 형제간에 우애로우며 나라에 충성하고 친구 간에 신의를 지켜야 한다'는 4가지를 가르쳤다. 이들 가운데 지도력이 남다른 남모南毛와 준정峻貞이라는 두 미녀를 뽑아 〈원화源花〉로 삼고 받들게 하니, 순식간에 이들 밑으로 3, 4백 명의 무리가 모여들었다.

그러자 두 원화가 서로의 맵시를 뽐내며 최고가 되기 위한 경쟁에 들어가게 되었다. 그렇게 1등이 되고자 하는 경쟁이 치열해지다 보니 이내 서로를 향한 질투로 이어졌고, 이것이 뜻하지 않은 결말을 초래하고 말았다. 어느 날, 준정이 남모를 북천의 강가로 유인한 다음, 그녀에게 억지로 술을 먹여 잔뜩 취하게 하고는 강물에 빠뜨려 죽게 했다. 젊은 여성들의 빗나간 경쟁심이 물불을 가리지 못할 정도로 과열된 결과였던 것이다.

갑자기 남모가 사라지자 그녀를 따르던 무리들이 남모를 찾아다닌 끝에 강물 속에서 그녀의 시신을 찾아냈고, 끝내 준정의 비겁한 행위가 드러나고 말았다. 준정은 남모를 살해한 죄를 받아 곧장 참수되었고, 섭정을 하던 지소태후는 문제를 일으킨 〈원화源花제도〉를 폐지시켜 버렸다.

이후 몇 해가 흘러 진흥제의 친정이 시작되면서 여전히 나라의 인재를 찾아 고심하던 대왕은 우선, 풍월도風月道(화랑도花郞道)를 먼저 가르칠 필요가 있다는 생각에 다시금 명을 내렸다.

"양가良家의 남자 중에서 덕행이 있는 자를 뽑아 화랑이라 부르게 하고 무리를 이끌게 하라!"

이렇게 시작된 것이 신라 화랑의 시작이었는데, 이들로부터 현좌賢

佐(현명한 보좌)와 충신이 대거 배출되기 시작했고, 용감한 사졸은 물론 걸출한 장수들까지 나왔다고 했다. 신라의 독특한 인재 양성제도인 〈화랑花郞〉 또는 〈국선國仙〉이 이렇게 탄생한 것이었다.

그런데 신라의 〈화랑〉은 사실 고구려의 〈선배제先輩制〉를 모방한 것이라고 했다. 선배는 선인先人 또는 선인仙人이라 썼는데, 원래 단군신앙을 믿는 '신수두교도敎徒'를 일컫는 명칭이었다고 했다. 훨씬 후대에 이르러서는 학문을 공부하는 이들을 지칭하는 선비로 변했다. 일찍이 고구려에서는 태조황제에 이르러 매년 3월과 10월, 두 차례 전국 단위의 〈신수두대제大祭〉라는 전통의 민속축제를 열었다.

이때 나라 사람들이 단壇 앞에 모여 함께 칼춤(격검擊劍)을 추거나 활쏘기를 하고, 신체만을 이용하는 무술인 택견이나 수박手搏, 깨금질(한 발 뛰기), 씨름 등 고유의 민속놀이를 즐겼다. 혹은 얼음을 깨고 차가운 강물 속으로 뛰어들어 물싸움을 하거나, 가무歌舞 공연을 열어 그 수준의 미오美惡를 가리고 또 큰 사냥대회를 열어 포획물로 우열을 가렸는데, 이처럼 여러 시합에서 우승한 승자들을 가리켜 바로 〈선배〉라고 불렀다.

일단 선배가 되면 그 처자가 먹고살 수 있을 만큼 나라에서 녹祿(봉급)을 주는 대신, 각자 대오隊伍를 갖춘 다음 같은 집에서 함께 먹고 자는 공동생활을 해야 했는데, 틈나는 대로 고사故事를 들려주고 기예技藝를 연마하게 했다. 또 밖으로 나가서 자주 산천을 탐험케 하면서 시가詩歌와 음악을 즐기게 하거나, 때로는 성곽이나 도로를 닦는 일에 동원하기도 했다. 더불어 군중들에게 강습을 시키는 일도 맡아 수행하게 했는데, 그렇게 국가와 사회에 몸을 바쳐 헌신하는 일에 앞장서게 했다.

또 그들 중에서 품성과 행동거지, 학문 및 기술이 뛰어난 자를 선발해 무리의 스승으로 섬기게 했다. 일반 선배들은 머리를 깎고 조백皁帛이라는 검은 명주로 만든 허리띠를 둘렀는데, 스승에 해당하는 자들은 아예 검은 명주로 만든 옷을 지어 입고 다녔다. 아울러 이들 스승 중에 최고 우두머리인 상수上首를 태대형太大兄(두頭대형)이라 했고, 그 다음을 대형大兄(마리)으로, 최하를 소형小兄이라 불렀던 것이다.

한편 전쟁이 터질 경우에는 태대형이 모든 선배들을 소집하고, 자발적으로 하나의 병단을 이루어 전쟁터로 나갔는데, 전쟁에서 이기지 못한다면 전사를 하겠다는 각오로 임했다. 그렇게 죽어서 돌아오는 자에게는 백성들이 개선장군처럼 영예롭게 맞이해 주는 대신, 패하여 물러나는 이들에겐 모두가 침을 뱉게 했으므로 언제나 이들 선배들이 전장에서 가장 용감한 모습을 보였다.

당시 고구려 사회에서는 모든 관직은 골품을 가진 자들에게만 나누어 주었기에, 신분이 미천한 사람들은 고위직에 오를 수 없었다. 다만, 오직 선배들의 조직에서만은 귀천에 상관없이 학문과 기술로 개인의 지위를 높일 수 있는 길을 열어 주었기에, 이들 선배들 가운데서 가장 많은 인물들이 배출되기에 이르렀던 것이다.

이처럼 고구려의 인재 양성제도인 선배제도를 신라가 받아들인 것이었는데, 특별히 〈국선國仙〉이라 함은 〈고구려〉의 仙人과 구별하기 위해 나라 '國' 자를 더 넣은 것이었다. 검은 조백을 입은 고구려의 선배를 〈조의皁衣〉라 불렀듯이 신라의 선배에게 꽃단장을 시켜 〈화랑花郞〉이라고 부른 것이니, 화랑이라는 명칭도 조의와 구별하기 위한 것임에 다름 아니었다.

이런 배경에서 신라의 화랑은 민족 고유의 仙道사상을 믿는 선도仙

徒에서 비롯된 것임이 틀림없었다. 이후 진흥제 때 원화源花로서 시작하려 했지만, 지소태후가 이를 폐지시킨 끝에 다시금 〈화랑〉으로 부활된 것이었고, 다만 그에 앞서 법흥제 때 위화랑魏花郞을 각별히 아껴 이름을 화랑이라 부른 데서 그 명칭이 시작된 것일 뿐이었다. 원래 仙徒는 주로 神을 받드는 일을 담당했는데, 국공國公(재상)들이 무리에 들어가면서부터는 선도가 더욱 도의道義에 힘쓰게 되었다.

일찍이 달문대모가 한지부의 수장이자 파사왕비 사성부인의 부친인 갈문왕 허루와의 사이에서 아들 허을許乙을 낳았으니, 그가 을공乙公이었다. 을공이 仙道를 좋아해 평생을 수도에 매진한 끝에 득도의 경지에 오르니 굴공屈公, 길공吉公과 더불어 당대를 대표하는 선도의 지도자로 나란히 이름을 올리게 되었다.

그런데 굴공은 범을 타고 다닌 까닭에 그를 따르는 낭도郞徒 무리를 〈호도虎徒〉라 칭했고, 그들은 봉황鳳凰대모를 받들었다. 길공은 소를 타고 다녀서 그 낭도를 〈우도牛徒〉라 했고, 흘고紇古대모를 모셨다. 을공은 백양을 타고 다녔기에 그 낭도를 〈양도羊徒〉라 불렀고, 금강金剛대모를 받들었다. 이렇게 해서 을공과 굴공, 길공 이들 세 사람이 바로 선도의 계보를 형성하게 되었는데, 사람들이 이들을 〈고삼도古三徒〉라 일컬었다.

후일 지마왕 시절이 되자 흑치黑齒의 낭도는 도생道生대모를 받들며 〈계도鷄徒〉가 되었고, 목아木我를 따르던 낭도 무리는 아세阿世대모를 받들고 〈구도狗徒〉라 했으며, 돌산突山의 낭도는 옥모성모玉帽聖母를 섬기며 〈마도馬徒〉라 했는데, 이들을 〈후삼도後三徒〉라 했다고 한다. 이에 따라 호虎도, 우牛도, 양羊도, 계鷄도, 구狗도, 마馬도의 〈6大 선도〉 집단이 신라 사회를 이루는 또 하나의 주축을 이루게 되었고, 이들은 6

部의 귀족이 중심이 된 전통 관료사회에 대해 일종의 재야 세력과 같은 존재로 성장했던 것이다.

결국 신라 사회는 크게 보아 관료집단인 〈신골臣骨〉과, 선도집단인 〈선골仙骨〉, 그리고 전문기술을 지닌 장인집단인 〈재골才骨〉의 3개 집단이 핵심 지배계층을 이루며 발전해 나간 사회였다. 초기에 이들 3개의 골품 집단group은 서로 간에 극히 폐쇄적으로 운영되었기에 인재를 널리 발굴하는 데 애를 먹었고, 이에 따라 내물왕 시절에는 세기가 〈신법〉을 제안해 골품의 개방과 혼인 등을 통한 골품 간, 계층 간의 이동을 꾀하기도 했던 것이다.

仙徒는 국선도國仙徒, 풍월도風月徒, 원화도源花徒라는 여러 가지 이름으로도 불렸는데, 어쨌든 이것이 〈화랑도花郎徒〉의 효시였다. 그런데 이런 화랑의 시작은 신라 지증제부터였다고 한다. 즉, 지증제 3년째이던 502년경 선도 무리들이 벽화碧花를 원화源花로 받들게 되면서 〈소문召文〉이 화랑의 뿌리가 되었다는 것이었다. 벽화는 사라진 소문국(경북의성) 출신인 벽아碧我의 딸이었는데, 지증제의 왕후인 연제후蓮帝后가 벽화로 하여금 그녀의 아들인 모진태자(법흥제)의 妃가 되게 했다.

당시는 선도 무리가 왕성하게 일어난 시기였으니, 연제후의 생각으로 그들이 떠받드는 벽화를 태자의 비로 삼아, 장차 선도들이 태자를 지지하도록 만들고자 했던 것이다. 그 과정에서 벽화의 男동생인 위화魏花가 모진태자를 곁에서 모시게 되었는데, 금세 태자의 마음을 얻어 냈음은 물론 이후 평생에 걸쳐 태자를 보필하는 관계로 발전하게 되었다.

벽화가 원화에 올랐던 그해 8월, 지증제가 위화에게 명을 내려 태자인 모진(법흥제)을 위해 남도南桃에서 가배제를 지내게 했다. 마침 왕실 경호부대인 우림군羽林軍의 행렬parade이 있었는데, 그 의장이 자못 성대하여 무려 1만이나 되는 구경꾼들이 모여들었다. 그때 벽화가 화려한 비단옷을 입고 등장했는데 단연 사람들의 눈길을 사로잡고 말았다.

"햐아, 원화를 좀 봐! 어떻게 저렇게 우아하고 아름다울 수 있을까?"

"원화가 입은 비단옷이 워낙 돋보이네, 어쩌면 저토록 멋들어진 옷을 만들어 입을 수 있을까⋯⋯"

그날 가배제에서 가장 두드러진 미모를 뽐낸 주인공star은 벽화였는데, 그녀가 입었던 아름다운 의상마저 경도의 화제가 될 정도로 빼어난 것이었다. 그날 벽화의 미모를 받쳐 준 최고 수준의 비단옷은 사실 그녀의 어머니인 벽아가 손수 한 땀 한 땀 마름질을 해 만들어 준 옷이었다고 한다. 이로 미루어 필시 소문국 출신인 벽아가 자기 소생인 벽화와 위화 남매로 하여금, 연제후와 모진태자 모자의 곁에 머물게 하면서 신라 왕실의 내부 깊숙이 파고들게 한 것으로 보였다.

마침 그해 선도 무리가 벽화를 받들어 명활산에서 〈백양대제〉를 지냈다. 소문召文을 중심으로 한 선도 무리가 양도羊徒 무리였고, 이들이 선도 사회의 주류로 부상했음을 시사해 주는 내용이었다. 그런 활약 때문이었는지, 얼마 후 모진태자가 위화를 〈花郎〉으로 임명하면서 화랑이 시작되는 계기가 되었던 것이다. 이렇게 벽화와 위화 남매가 선도의 중심세력이 되면서, 신라 왕실 역시 적극적으로 이들의 움직임에 호응해 준 결과, 선도의 무리가 순식간에 커다란 정치 세력으로 성장하게 되었다. 이주 세력인 마립간시대의 신라 왕실이 선도 중심의 종교계와 손을 잡고 권력의 기반을 더욱 공고히 하고자 했던 것이다.

514년, 마침내 모진태자가 임금에 즉위해 법흥제가 되었고, 얼마 후 벽화는 좌왕후에, 위화는 대아찬의 자리에 올랐다. 이로써 망한 소문국의 혈통이 소문을 병합시킨 신라 왕실의 핵심 세력으로 자리하니, 벽아의 바람 그대로 이루어진 것이나 다름없었다. 특히 위화랑은 仙徒의 수장에 올라 대원大元신통을 잇는 오도吾道에게서 딸 옥진玉珍을 얻었는데, 후일 옥진이 법흥제의 妃가 되면서 그 권세가 날로 커져만 갔다.

이렇게 위화랑을 중심으로 하는 선도의 무리가 과도하게 세력을 키우는 것을 방치한 나머지, 어느 순간 법흥제는 사방이 이들로부터 둘러싸여 있음을 깨닫게 되었다. 심지어 왕실 경호부대인 우림군마저 선도 무리로 장악될 지경이었던 것이다. 법흥제가 뒤늦게 왕권을 능가하는 선원仙院 중심의 신라 사회를 개혁할 필요성을 절감한 나머지, 이때부터 〈유도儒道〉를 받아들여 새로운 율령을 공표하고 복식제도를 정하는 등 개혁에 나서기 시작했다. 또한 〈이차돈의 순교〉를 계기로, 仙道에 대항할 만한 〈佛道〉를 적극적으로 받아들였다.

그럼에도 옥진의 위세가 날로 커져, 위화랑은 서불감의 직위를 더하면서 國公과 仙王의 지위에다 선군두상仙軍頭上으로서 선군 전체를 통솔하게 되었다. 사실상 그가 나라 전반에 대한 실권을 장악하기에 이르렀던 것이다. 그러나 이후 진골정통인 보도保道의 딸 지소只召가 법흥제의 아들 삼모진(진흥제)을 낳으면서 반전이 일어나기 시작했다. 법흥제가 옥진과 위화랑 부녀와 거리를 두면서 선도세력이 점차 힘을 잃고 쇠약해진 반면, 불도들이 점점 번성하게 되었던 것이다. 결국 540년, 법흥제가 사망했음에도 지소태후가 7살 어린 삼모진을 품에 안고 제위에 오르게 하니 그가 진흥제였다.

이후 지소태후의 섭정이 이어지던 시절, 선도의 무리에서 인재를 찾아내고자 하는 차원에서 준정과 남모를 시켜 원화源花제도를 부활시키려 했으나, 이내 실패로 끝났던 것이다. 그러던 중에 진흥제가 다시금 양가良家 출신의 남성 중심으로 화랑제도를 개편해 운용하게 되면서부터, 마침내 인재양성의 요람으로 변모될 수 있었다.

"〈화花〉는 나무의 진명眞明이고 〈백白〉은 빛의 진명이니, 이를 진화眞花라 한다. 만물萬物 중에서는 〈사람人〉이 곧 花이고, 만인萬人 중에서는 〈선仙〉이 花이며, 만선萬仙 중에서는 〈신神〉이 곧 花이다."

〈花〉에 대한 이 해석을 통해 화랑이 곧 민족 고유의 신앙인 仙道 중심의 인재 양성제도였다는 사실을 알 수 있었다. 이로 미루어 진흥제의 시대에는 당시의 주류 신앙인 소위 〈仙, 佛, 儒〉3大 신앙을 골고루 우대하여, 종교 간의 세력균형을 유지하면서 나라를 다스리려 한 듯했다. 진흥제 원년인 540년에 화랑의 효시인 위화랑은 처음으로 화랑의 최고지도자인 〈풍월주風月主〉의 자리에 올랐다. 이후로 진흥제 재위기간 중에는 모두 7명의 풍월주가 배출되어 자리를 이었다.

이처럼 진흥제가 시작했던 신라의 〈화랑제도〉는 그의 사후 8대 풍월주인 문노文弩에 이르러 더욱 체계를 갖추고 조직화되는 길을 걷게 되었다. 이때부터 화랑의 문호가 크게 개방되면서 왕족에서 귀족의 자제들까지 앞을 다퉈 화랑이 되려 했고, 화랑의 계급이 다양하게 세분화되었다. 특히 원광법사圓光法師는 저 유명한 〈세속오계世俗五戒〉즉, '사군이충事君以忠, 사친이효事親以孝, 교우이신交友以信, 임전무퇴臨戰無退, 살생유택殺生有擇'이라는 5가지 계율을 내세워 화랑이 반드시 지켜야 할 행동지침으로 삼게 했다.

그 뜻은 나라에 충성하고 부모에 효도하며, 친구를 믿음으로 대하고 싸움에 물러서지 말며, 함부로 살생하지 말라는 가르침이었다. 이처럼 나라의 정식기관도 아닌 화랑도가 기본철학과 조직체계를 갖추면서 세를 키우고 발전하다 보니, 어느 순간부터는 단순한 선도의 종교집단에 머물러 있는 것이 아니라, 나라의 젊은 인재를 육성하는 중요 수단으로 인정받게 되었다. 신라의 화랑도가 인재양성의 요람으로 자리 잡기까지는 이처럼 다양하고 복잡한 연원들이 이리저리 얽혀 있었던 것이다.

물론 신라와 경쟁하던 고구려나 백제에도 이와 유사한 제도가 있었으니, 고구려의 〈조의선인皂衣仙人〉과 백제의 〈무절武節〉이 그런 집단이었다. 그럼에도 조의선인과 무절은 화랑도만큼 종교적 한계를 극복하는 데 성공하지 못했고, 따라서 나라의 인재를 양성하는 국가적인 핵심 조직으로 발전하지 못했다. 이에 반해 신라는 진흥제 이후 화랑도 출신들이 상류사회의 주류를 형성하면서, 이들 가운데서 유능한 재상들과 충성스러운 장수들이 줄줄이 배출되기 시작했고, 결과적으로 나라의 발전을 이끄는 핵심 계층으로 부상하게 되었던 것이다.

또 한 가지 주목할 점은 화랑이 풍류風流를 즐겼다고 했지만, 이는 음풍농월吟風弄月이라기보다는 주로 시가詩歌를 일컫는 것이었다. 대체적으로 화랑들은 특별히 음악과 시가를 공부함으로써 심리적 안정 속에 수련하는 것을 중시했고, 이를 바탕으로 여러 학문과 기술을 연마하는 데 힘을 쏟았던 것이다. 결과적으로 이러한 건전한 기풍은 개인은 물론 나아가 사회 전체를 교화하는 데도 커다란 도움이 되었을 것이다. 따라서 후대에 이르길 신라인들은 〈향가鄕歌〉를 숭상하는 자가 많았고, 그중에는 천지와 귀신을 감동시킨 이가 한둘이 아니었다고 했다.

게다가 원래부터 부여나 三韓의 백성들은 노래하기를 좋아해, 축제가 시작되면 밤낮으로 끊임없이 가무를 즐긴 것으로도 유명했다. 이러한 전통은 무예를 존중하는 북방 기마민족의 풍속에서 비롯된 것으로 집단이 모이는 대규모 축제를 통해 단결력을 높이고, 잦은 전투로 인한 심리적 불안감을 해소하면서 귀중한 삶 자체를 즐거움으로 승화시키려는 노력에서 시작되었을 것이다. 신라 또한 일찍부터 이런 습속과 전통을 이용해 시가나 음악, 연극 등을 통해 민심을 안정시키고, 진취적인 기풍을 진작시켜 나감으로써 변방의 소국에서 벗어나, 문화적으로나 정치적으로 고구려와 백제에 버금가는 국력을 키워 나갈 수 있었던 것이다.

576년, 진흥대제가 45세의 나이로 일찍 세상을 떠나자, 그의 뒤를 이어 대왕의 차남이었던 사륜舍輪(금륜金輪)태자가 제위에 오르니 진지眞智대왕이었다. 진흥대제의 장남인 동륜태자가 일찍 사망해 그의 아우인 사륜이 태자가 되어 있었던 것이고, 모친은 사도思道태후, 왕후는 지도知道부인이었다. 진지왕이 즉위할 무렵에 모후인 사도왕후는 남편인 진흥대제를 따라 여승이 되었고, 묘법妙法이라는 법명으로 영흥사에 거주하고 있었다.

진지왕은 즉위 원년에 이찬 거칠부를 발탁해 국상인 상대등의 자리에 올려 국정을 총괄하게 했다. 그런데 이듬해인 577년 10월이 되자, 백제가 서쪽 변경의 州郡을 침공해 들어왔다. 진흥제가 죽었다는 소식에 왕위교체기를 노린 위덕왕이 무려 15년 만에 신라를 공격한 것이었다. 진지왕이 급히 명령을 내렸다.

"부여왕 창이 실로 오랜만에 우리를 도발해 왔다. 이찬 세종世宗은 급히 군사들을 이끌고 나가 부여군을 내쫓아 버리도록 하라!"

이에 세종이 출전해 일선(경북선산)의 북쪽에서 백제군과 일전을 벌였고, 이 전투에서 승리하면서 백제군 3,700여 명을 참획했다. 진지왕은 이때 내리서성內利西城을 쌓게 해 방어를 튼튼히 함과 동시에, 이듬해에는 오히려 백제의 알야산성閼也山城(충남여산) 방면을 침공케 했다.

신라의 새로운 군주 진지왕이 결코 만만치 않게 대응해 오는데 놀란 백제의 위덕왕은 579년이 되자 주변에 새로운 명을 내렸다.

"신라왕 사륜이 제 아비를 닮았는지 사납기 그지없구나. 아무래도 변경을 단단히 해야겠으니, 서둘러 웅현성熊峴城과 송술성宋述城 2성을 쌓도록 하라!"

백제가 이때 2城을 축조해 신라 측의 산산성蒜山城과 마지현성麻知峴城, 내리서성에서 백제로 통하는 길목을 차단하고, 신라의 공격에 대비코자 했던 것이다.

그런데 진지왕 4년째 되던 579년 7월, 갑작스레 신라 조정에서 변고가 일어나 진지왕이 제위에서 물러나는 초유의 사태가 벌어지고 말았다. 그 배경에는 복잡하게 뒤얽힌 신라 왕실의 족내혼과 함께 또다시 창궐하게 된 여인들의 권력욕이 도사리고 있었다.

진흥제가 세상을 뜨기 10년 전인 566년경, 帝가 장남인 동륜을 후계인 태자로 삼았다. 당시 진흥제는 사도왕후를 포함해 미실, 보명, 월화, 옥리 등의 후궁을 두고 있었는데, 태자인 동륜이 그중 미실과 보명 두 사람과 관계를 맺은 사이였다. 그 무렵 왕후나 후비는 월성에 저마다의 궁을 두고 생활했는데, 그 궁의 안주인 이름을 따서 궁주라 불렀다. 마침 동륜태자가 보명궁주를 연모했는데, 그녀는 미실과 함께 진흥제의 총애를 다투기에 한계가 있다고 느끼고 있던 데다, 장차 동륜이 임금이 될 것을 고려해 몸을 허락했다.

동륜태자는 남들의 이목을 피해 거의 매일 밤을 보명궁주의 담장을 넘다시피 하면서 밀월을 즐겼는데, 이레째 되던 날밤에는 아무도 거느리지 않은 채 홀로 궁주의 담장을 뛰어넘었다. 그런데 그때 궁주의 담장 안에서 무시무시하게 커다란 개 한 마리가 으르렁거리며 태자를 노려보고 있었다.

"크으, 으르르릉……."

"아뿔싸, 하필 큰 개냐? 쉬잇, 쉬잇, 저리 가, 저리 가!"

어둠 속에서 당황한 태자가 손짓을 하며 개를 내쫓으려 했으나, 큰 개는 이내 태자에게 달려들어 사정없이 물어뜯기 시작했다. 사납게 개 싸우는 소리와 사람의 비명 소리에 놀라 사람들이 뛰쳐나와 보니, 큰 개에게 봉변을 당한 태자가 피투성이가 되어 있었다.

"어맛, 태자, 이게 어인 일이시오? 어서 태자를 안으로 모셔라, 어섯!"

혼비백산한 보명궁주가 태자를 궁 안으로 모시게 했으나 워낙 출혈이 컸는지, 동틀 무렵에는 태자가 이미 숨져 있었다. 어이없는 동륜태자의 죽음으로 이후 그의 아우인 금륜이 태자에 오르게 되었다.

그런데 언제부터인가 말년의 진흥제가 풍질에 걸려 고생을 했는데, 끝내 정사를 돌보지 못할 정도였다. 이후로는 사도왕후를 포함한 다섯 궁주들과 더불어 오직 궁 안에서만 생활해야 했으니, 진흥제가 머리를 깎고 불교에 심취한 것도 이 시기임이 틀림없었다. 사태가 이 지경이 되다 보니, 궁실 안의 내정內政은 사실상 사도왕후와 그녀의 조카이기도 한 미실이 좌우했고, 세종世宗과 설원薛原, 미생美生 3인이 외정外政을 담당했다.

그중 세종은 진흥제의 동모 아우로 미실의 남편이었고, 설원은 6

대 풍월주인 세종의 부제副弟로 그의 심복이었으며, 미생은 미실의 남동생이었으니, 사실상 이들을 움직이는 핵심인물은 미실이었던 셈이다. 생전의 진흥제가 미실을 총애한 나머지, 그녀의 남동생인 미생랑을 궁중으로 불러들여 동륜, 금륜과 더불어 공부하게 했다고 한다. 당시 진흥제는 화랑도의 우두머리인 풍월주로 하여금 왕실의 자녀들에게 역사나 시가詩歌, 검술과 춤, 악기 등을 가르치게 했다.

사도왕후의 조카인 미실美室은 용모가 빼어났는데, 중후하게 귀티나는 얼굴은 외조모인 옥진을 닮았고, 밝고 환한 기운은 법흥제의 후비인 벽화를, 탁월한 아름다움은 외증조모인 오도를 닮아 백 가지 꽃들의 신묘함에 3가지 아름다움의 정수를 모은 것 같다고 했다. 특히 옥진은 외손녀 미실이 자라면서 점점 숨겨진 미모를 드러내자 속으로 생각했다.

'흐음, 이 아이야말로 장차 대원신통의 道를 일으킬 만하겠구나……'

이에 옥진이 미실을 곁에 두고 여러 가지를 훈육함은 물론 미도媚道, 즉 남성을 유혹하는 기술과 가무歌舞를 각별하게 가르쳤다고 한다. 옥진의 뜻대로 미실은 그녀의 생모인 묘도와 이모인 사도왕후에 이어 〈대원신통大元神統〉의 맥을 잇게 되면서, 신라 왕실 권력의 핵으로 부상했던 것이다. 실제로 미실은 그런 미모와 색공色供으로 진흥제의 후궁이 되었음은 물론, 진지제와 진평제 3代에 걸친 대왕들을 모셨으며, 남편 세종을 포함해 당대 풍월주 등과의 숱한 남성 편력을 자랑했다.

그런 미실을 이모인 사도왕후가 아껴 두 여인은 일찍부터 삼생일체三生一體 즉, 과거와 현재, 미래에도 한 몸이 되기로 약속을 했고, 대원신통의 맥을 잇게 되었다. 진흥제가 말년에 풍으로 반신불수의 몸이 되어 지낼 때, 어느 날 미실은 남편 세종에게 은밀하게 말했다.

"잘 들으세요, 대왕께서 불구의 몸이라 거동이 불편하니, 지금 사도 왕후의 총애를 받아 두셔야 합니다……"

"대체 무슨 말을 하는 게요?"

뜬금없는 소리에 세종이 놀란 표정을 짓자, 미실이 차분하게 세종을 설득했다.

"대왕의 사후를 생각해야 할 때란 말입니다. 금륜태자가 제위를 이어받더라도 모후인 사도왕후께서 태후가 되어 장차 왕정을 장악할 수 있을 테니, 이 기회를 놓치면 아니 되겠지요……"

"그래도 그렇지요……"

세종이 처음에는 이를 거부했으나, 끝내 미실의 뜻을 받아들여 사도왕후와 사통했다. 미실은 미실대로 태자인 금륜과 관계를 맺음으로써, 장차 자신이 왕후의 자리에 오르고자 했던 것이었다. 의리와 정절을 강조하는 유교적 관점에선 도저히 용납될 수 없는 일이겠으나, 당시의 신라 왕실이 골품과 족내혼을 통한 혈통 유지를 제일로 삼던 시기였으니 고도의 정치적 행위에 다름 아니었다.

당시 진흥제의 모후는 〈진골정통〉의 종주宗主인 지소태후인 반면, 그의 처인 사도왕후는 〈대원신통〉의 맥을 잇는 종주였기에, 양측에서 서로 자신의 계통을 이을 사람을 新왕후의 자리에 올리려는 경쟁이 시작되었다. 금륜태자의 생모인 사도왕후는 당연히 조카인 미실을 新王의 왕비로 만들고자 했다. 미실은 진흥제의 아우이자 지소태후의 아들이었던 남편 세종을 사도왕후와 미리 사통하게 함으로써, 자신이 왕후에 오르는 것을 세종이 방해하지 못하게 했다. 여기에 장차 풍월주를 잇게 될 미실의 남동생인 미생랑까지 가세하면서, 사도왕후와 미실이 주도하는 진흥제 사후의 제위 승계 구도를 미리 짜 놓은 셈이었다.

과연 얼마 후, 진흥대제가 세상을 떠나자 사도왕후는 한동안 대왕의 국상을 비밀에 부치게 했는데, 그사이 금륜태자로 하여금 제위에 오른 다음 장차 미실을 왕후로 삼겠다는 확약을 받아 낸 것으로 보였다. 그렇게 제위에 오른 금륜이 바로 진지제였으나, 정작 그는 여론이 좋지 않다는 평계를 들어 곧장 미실을 왕후로 삼지 못했다. 실상은 태자비였던 지도知道왕후를 더욱 아꼈기 때문이었다. 사실 미실과 지도, 진지제 3인은 옥진의 세 딸들이 각각 낳은 자식들로 모두 그녀의 외손들이었고, 따라서 서로 이종사촌의 관계이자 같은 대원신통 계열이었다.

다만 사도태후가 대원신통의 종宗을 이을 인물로 미실을 택했을 뿐이었던 것이다. 그런 배경 아래 진지제는 즉위 후 3년이 지나도록 미실과의 약속을 이행하기는커녕, 오히려 그녀를 더욱 멀리하면서 홀대했다. 미실의 복잡한 남성 편력과 그녀의 야망을 부담스러워한 것이 틀림없어 보였다. 결국 진지제의 행동에 분노한 미실이 과감하기 그지없는 반격에 나섰다.

'흥, 대왕이 계속해서 나를 이렇게 대놓고 무시하겠단 말이지? 비겁한 인물 같으니……. 내가 이대로 물러날 줄 알았던 모양인데, 과연 어찌 될지 두고 보라지!'

곧바로 사도태후의 설득에 나선 미실이 579년 7월경, 화랑도를 일으켜 왕실 혁명을 일으키고, 전격적으로 진지제를 제위에서 끌어내리는 데 성공했다. 당시 진지제는 즉위 후 곧바로 재개된 백제 위덕왕의 침공과 반격에 이어 지속된 국경분쟁으로 축성에 나서는 등 정무에 바빴던 것으로 보였다. 진지제로서는 궁 밖의 여인인 미실이 그런 틈을 노리고, 소수 정예조직인 화랑도를 끌어들여 반역을 도모할 줄은 미처 생각지도 못했던 것이다.

이때 진지제를 제위에서 끌어내릴 명분으로는 대왕의 정치가 문란하고 황음을 일삼아 방탕하게 굴었다는, 이른바 '정란황음政亂荒淫'을 내세웠다. 그러나 당시 백제와 분쟁을 겪고 있던 상황 등으로 미루어 설득력이 떨어지는 내용이었다. 그보다는 대원신통의 종宗인 사도태후와 미실이 왕실의 권력을 좌우하려는 것이 실제 숨겨진 의도였다. 어찌 됐든 미실이 사도태후를 움직였고, 태후는 논의 끝에 자신의 친정 오라버니인 노리부공弩里夫公을 시켜 미실의 남편인 세종과 함께 거사를 일으키게 했다. 그러자 노리부가 우려되는 사항을 얘기했다.

"다 좋은데, 행여 문노의 낭도들이 불복할까 그것이 걱정입니다……"

사실 미실의 남편인 세종은 형인 진흥제에 의해 사다함의 뒤를 이어 6代 풍월주를 지내며 10년간 화랑을 이끈 최고 지도자였다. 그의 뒤를 이어 설원랑이 7대 풍월주의 자리에 있었으나, 이때 문노文弩라는 비범한 인물이 또 다른 화랑의 분파를 이끌고 있었다.

그런데 문노는 진지제의 왕비인 지도후가 후원했던 인물로 진지제가 그를 國仙으로 삼게 했으니, 사실상 선도 무리들과 화랑을 이끄는 최고 지도자였다. 이런 배경으로 그는 전임 풍월주인 설화랑을 따르는 낭도 무리와 서로 경쟁하는 구도를 이루고 있었으므로, 진지제의 폐위 기도를 저지할 수 있는 위치에 있었던 것이다.

다만 문노는 골품을 지니지 못한 평민 신분으로, 그의 모친이 야국(임나) 또는 대가야 왕의 딸로 신라에 조공으로 보내온 딸이라는 소문 외에도, 미실과는 배다른 남매지간이라는 얘기까지 무성했다. 다행스러운 것은 미실의 남편인 세종이 그런 문노를 각별하게 아껴 준 나머지, 문노가 세종에게 죽을 때까지 변치 않고 받들어 모시겠다고 할 만큼 친밀한 사이였다는 점이었다. 그런 사정을 아는 사도태후가 세종에게 문노를 설득시킬 것을 주문하니, 세종이 문노를 만나 의향을 확인하려 들었다.

"그대는 진지대왕이 발탁해 등용한 은혜를 입었고, 지도왕후와도 근친이오. 그러나 지금 대왕이 황음하여 폐위시키라는 사도태후의 명이 떨어졌으니 이를 어찌 할 생각이오?"

상황을 미리 파악했는지 문노가 지체 없이 답했다.

"제가 어찌 감히 사사로운 정을 돌아보겠습니까? 저는 오직 풍월주님의 명을 따를 것입니다."

필시 문노는 진지대왕 부부와 태후 사이에서 어느 한 곳을 택할지를 두고 고심했을 테지만, 직접 찾아와 자신을 끌어들이고자 애쓰는 태후 편에 기꺼이 서기로 결심한 듯했다. 문노가 진지대왕의 폐위 거사에 가담키로 한 것을 확인한 사도태후는 즉시 다음 단계의 조치에 들어갔다.

"설화랑과 문노의 낭도들을 합해 화랑도를 하나로 통합시키도록 하라!"

이를 위해 미실을 원화源花로 삼아 화랑도 전체를 다스리는 자리에 올려놓고, 세종을 上仙에, 문노를 그다음 위치인 아선亞仙으로 임명했다. 아울러 설원랑과 비보랑, 미생랑을 그 아래에 두도록 해 전체 화랑도를 하나로 묶는 작업을 진두지휘하게 했다. 이렇게 해서 화랑도가 진지제의 폐위를 위한 거사를 진행함에 있어 주력행동대로 나서게 된 것이었다. 결국 그해 7월, 노리부를 중심으로 거사가 진행된 끝에, 진지제가 사도태후와 미실 앞에서 무릎을 꿇는 사태가 벌어지고 만 것이었다.

사도태후는 아들인 진지제를 차마 죽이지 못한 채, 우선 별궁에 유폐시켜 버렸다. 당시 진지제는 지도왕후와의 사이에서 용수龍樹와 용

춘龍春이라는 두 아들을 두었는데, 이때 새로운 제위를 이어받은 인물
은 진지제의 아들이 아니라 놀랍게도 진흥대제의 장손이자 죽은 동륜
태자의 아들인 백정공白淨公이었다. 백정의 어머니는 만호萬呼부인으
로 진흥제의 모친인 지소태후의 딸이었고, 부인은 지소태후의 외손녀
김씨 마야摩耶부인이었다.

그리하여 579년, 백정이 마침내 새로이 제위에 오르니 진평대제眞
平大帝였는데, 당시 13살에 불과했으니 당연히 사도태후가 섭정을 하
게 되었다. 이로써 비로소 사도태후와 미실이 진지대왕을 폐위시킨
속뜻이 드러나면서, 권력욕으로 가득한 여인들이 득세하던 신라 왕실
고유의 병폐가 되살아날 조짐을 보이기 시작했다. 사도태후의 오라버
니인 노리부공은 거사를 주도했을 뿐 아니라 당시 신라 조정의 최고
의결기구인 〈화백회의花柏會議〉를 움직여 진지제의 탄핵을 이끌어 낸
공으로, 진평제의 즉위와 함께 곧장 상대등에 올라 국정을 주도하게
되었다.

문노 역시 거사에 가담한 공으로 아찬의 관직에 오르게 되었고, 비
로소 골품을 얻어 진골의 신분이 되었으니, 마침내 신분 상승에 성공
한 셈이었다. 뿐만 아니라 설원랑의 뒤를 이어 8代 풍월주에 올라 명
실공히 화랑도의 최고 지도자가 되어, 중앙권력의 핵심으로 확실하게
진입할 수 있었다.

문노가 비품의 신분에서 귀족에 오르기까지는 남다른 노력과 탁월
한 정치 감각을 지닌 덕분이었을 것이다. 그러나 진정한 그의 자질은
그의 빼어난 행정 능력에 있었다. 문노가 이때부터 화랑도의 혁신적
개편에 나서기 시작했던 것이다. 우선 그는 화랑도의 문호를 크게 개
방하되, 왕실 귀족들의 참여를 적극 유도했다. 이것은 오히려 더욱 많
은 사람들이 화랑도에 참여하는 계기가 되었던 것이다.

화랑에 참여하는 이들이 늘어나자 문노는 조직을 더욱 체계화시키기 위해 화랑도를 左, 右, 전방前方의 3大 집단으로 나눈 다음, 각각을 大화랑이 통솔하게 하고, 그 아래 저마다 3部의 낭도를 거느리게 했다. 각 부 아래로 좌화랑 2인, 우화랑 2인씩을 두고, 제각기 소화랑 3인, 묘화랑 7인을 거느리게 했다. 또 이와는 별개로 출신과 나이 등을 따져 진골眞骨, 귀방貴方, 귀문貴門, 별방別方, 별문別門 화랑을 두고 12, 13세 정도의 진골 및 호족의 자제로서 빼어난 자들을 선발해 그 밑에 두게 했다. 귀족의 자제들로 하여금 청소년 시절부터 화랑의 낭도가 되게끔 훈육시키려는 것이었다.

이때 左3부는 도의道義, 문사文事, 무사無事를 맡고, 右3부는 현묘玄妙, 악사樂事, 예사藝事를, 前3부는 유화遊花, 제사祭事, 공사供事를 맡게 해 제각각 다른 역할과 기능을 담당하게 했다. 따라서 정식 화랑도가 되기까지는 필시 이들 3部를 돌아가며 각각의 과정을 수련해야만 했을 것이다.

또한 원광법사가 제시한 〈세속오계〉의 5가지 계율을 화랑이 지켜야 할 행동 지침으로 삼아, 엄격한 자기관리를 요구했다. 그러나 궁극적으로 이는 화랑도를 구국의 전사로 양성하는 것을 지향하는 것이었다. 이런 식으로 화랑정신을 나타내는 철학과 조직체계가 모두 갖추어지니, 〈화랑도〉가 빠르게 인재양성의 요람으로 자리 잡기 시작했던 것이다.

후일 13대 풍월주에 오른 용춘공이나 14대 풍월주가 된 호림공 등이 모두 일찍부터 문노의 문하에 들어가 수학했다고 한다. 사도태후와 미실이 주도했던 〈진지제 폐위사건〉에 화랑도가 동원되면서, 이를 계기로 〈화랑도〉가 나라의 동량elite을 길러 내는 전문 교육기관으로 발전하게 되었다. 그리고 그 속에는 문노文弩와 같은 비범한 인물의 기획과 노력이 숨어 있었던 것이다.

한편, 졸지에 여인들이 음모로 폐위된 진지제는 별궁에 유폐되어 지냈는데, 그 안에서 도화녀를 취하여 비형랑이란 아들을 낳았다. 그렇게 3년쯤 지낸 끝에 결국은 사망했으니, 필경 사형이라는 비운을 당한 것으로 보였다. 진평왕은 숙부인 진지제의 시신을 거두어 영경사永敬寺 북쪽에 장사 지내 주었다. 그렇다고 이것으로 진지제의 존재가 영원히 사라져 버린 것은 아니었다. 그의 두 아들인 용수와 용춘이 건재하여 오래도록 나라의 중책을 맡았고, 후일 그중 장남인 용수의 아들이 제위에 올라 〈三韓일통〉의 대업大業에 도전하게 되니 그가 바로 진지제의 손자인 김춘추金春秋였다.

15. 야마토의 은인 위덕왕

577년경, 〈백제〉의 위덕왕은 숙적 〈신라〉의 왕위 교체기를 노리고 15년 만에 신라의 서쪽 州郡을 침공했다. 그러나 신라의 새로운 군주 진지제가 만만치 않은 기세로 대응해 오자, 웅현성과 송술성 2성을 쌓는 외에 내리서성을 포함한 인근의 신라 3城에서 백제로 들어올 수 있는 길목을 차단하기에 바빴다. 마침 579년경이 되니 신라의 진지제가 모후인 사도태후에게 탄핵을 당하는 바람에, 어린 진평제가 들어서면서 비로소 양측의 충돌이 잦아들게 되었다.

그 후 위덕왕 재위 28년째인 581년이 되자, 대륙 중원에서는 〈북주〉의 수왕隋王 양견이 9살 정제로부터 양위를 받아 황제에 오르고, 새로이 〈隋〉를 건국했다. 이로써 隋문제 양견이 장강 아래 南朝의 陳나라를 겨냥하면서 중원 전체의 재통일을 목전에 두게 되니, 중원대륙 전체가 전과는 또 다른 양상의 긴장에 휩싸이게 되었다. 소식을 들은 위덕왕이 주변에 명을 내렸다.

"양견이 주周를 빼앗아 수隋를 건국하고 시조가 되었다니, 서둘러 축하 사절을 보내야 할 것이다."

위덕왕이 그렇게 수문제에게 새로운 나라의 건국과 황제 즉위를 축하하는 사절단을 보내 조공을 바치자, 문제는 〈상개부의동삼사대방군공上開府儀同三司帶方郡公〉이라는 새로운 관작을 보내왔다. 〈고구려〉의 평원제에게도 고구려왕 대신에 〈요동군공〉이라 했듯이, 위덕왕에게도 〈대방군공〉이라 부르면서 백제왕의 관작을 내려 주지 않았던 것이다. 양견은 마치 〈隋〉가 上國의 지위에 있기라도 한 듯, 한반도 三韓의 군주들에게는 왕위를 인정하지 않는 대신 일방적으로 公으로 깎아내리는 고약한 심사를 드러냈다.

고구려와 백제는 그런 수모를 당하면서도 〈隋〉는 물론 남조의 〈陳〉나라에도 동시에 조공을 보내면서 양면 외교에 주력하는 모습을 보였다. 더구나 고구려의 경우에는 30여 년 동안 공들여 조성해 온 옛 (창려)평양의 장안성이 완공되어, 586년경 한성평양에서 다시금 장안성(창려평양)으로 천도를 단행하기까지 했다. 이것은 동쪽으로 난하를 넘어 그 하류 쪽으로 되돌아간 것으로 돌궐이나 중원의 침공에 대비하기 위함이었다.

그 와중에 589년경 隋의 양견이 아들 양광에게 50만의 대군을 주어 남조의 陳을 멸망시킴으로써, 마침내 약 4백 년 만에 중원 전체를 재통일하는 위업을 달성했다. 중원의 새로운 통일제국 隋의 황제가 되어 한껏 사기가 오른 양견은 이후 고구려를 공공연하게 무시하고 평원제에 대해 압박을 가해 왔다. 이듬해 590년 10월, 32년 동안 부지런히 나라를 다스려 온 평원제가 세상을 뜨고 말았고, 그의 뒤를 이어 아들인 고원高元 영양제嬰陽帝가 태왕에 올랐던 것이다.

그런데 〈隋〉가 〈陳〉을 평정하고 중원을 통일했던 그해 589년경, 탐모라국(제주)에서 백제 위덕왕에게 보내는 보고가 하나 날아들었다.

"아뢰오, 隋의 전선 1척이 탐모라국에 표류해 왔는데, 조만간 우리 바다 쪽 경계를 지나 돌아갈 것이라는 보고입니다."

그렇지 않아도 隋의 중원통일 소식에 당장이라도 축하 사절을 보낼 필요성을 느끼던 위덕왕이었기에 이를 외교활동의 기회로 삼고자 했다. 위덕왕이 급히 탐모라국으로 사신을 보내 隋의 표류 선박에 필요한 물품을 넉넉하게 제공하게 한 다음, 그 전선을 타고 隋로 들어가 중원을 통일한 양견에게 축하의 서신을 직접 전달하게 했다.

그러자 얼마 후 隋나라 측에서도 조서를 보내 온후한 답을 해 왔다.

"백제왕의 마음과 행적이 지극히 순량함은 내가 이미 자세히 알고 있다."

양견은 위덕왕에게 고마움을 표하고, 양국의 거리가 꽤 먼 만큼 구태여 자주 사신을 보내 입공할 필요가 없다고까지 했다. 패망한 陳에 조공을 해 왔던 백제를 탓하지 않겠다는 뜻이었으니, 위덕왕으로서는 한발 빠른 외교 조치로 크게 한시름을 덜게 된 사건이었다.

그 후 5년의 세월이 흘러 598년이 되었고, 위덕왕은 어느덧 재위 45년째를 맞이하게 되었다. 그해 6월경에는 마침내 隋의 문제가 30만 대군을 동원해, 고구려의 요동을 공격했다. 그 전에 문제가 또다시 북방의 종주국 고구려에 모욕적인 〈새서사건〉을 일으켜 먼저 자극을 했고, 이에 고구려의 영양제가 기꺼이 隋에 선공을 가해 온 데 대한 보복을 위해서였다. 그러나 고구려의 맹장 강이식姜以式의 맹활약과 한여름 풍랑에 역병까지 나도는 바람에, 隋나라 대군은 사실상 괴멸되고 말았다.

〈임유관전투〉의 참패로 호되게 당한 隋문제는 과연 고구려를 꺾는다는 일이 결코 만만치 않은 일임을 깨닫고, 이후로는 요동 원정 자체를 사실상 포기했다. 수나라가 고구려 원정에 실패했다는 소식을 들은 백제의 위덕왕은 그해 가을 장사長史 왕변나王辯那를 隋나라 수도 장안으로 보내 조공을 하면서 양견을 위로하려 들었다. 아울러 조서로써 백제가 장차 고구려 원정 시 기꺼이 길잡이(군도軍導)가 되겠노라며 허락해 줄 것을 청했다. 이에 隋문제 양견이 대수롭지 않은 일이라는 듯 답서를 보내왔다.

"왕년往年에 고구려가 공물을 바치지 않고 인신人臣의 예를 닦지 않았기에 장수를 보내 치게 했던 것이오. 고원(영양제)의 군신 모두가 두려워하며 스스로 죄를 인정(귀죄歸罪)해 내가 이미 용서했으므로 더 이상 징벌치는 않을 것이오."

그리고는 백제 사신단을 후하게 대접한 후 돌려보내 주었다. 나중에 이 사실을 알게 된 고구려의 영양제가 크게 분노해, 백제의 변경을 공격하기도 했다. 그렇게 새로운 통일제국 隋의 출현이 장차 한반도에 미치게 될 영향에 대해 삼한의 모든 나라들이 전전긍긍했다. 비록 고구려가 1차 〈여수麗隋전쟁〉을 승리로 이끌기는 했으나, 월등한 隋의 국력을 고려할 때 더더욱 긴장을 풀지 못하는 어두운 시절이 도래한 것이었다.

일찍이 551년경 고구려가 갑작스러운 〈돌궐〉의 침공을 막느라 정신이 없는 틈을 타, 백제의 성왕이 신라의 진흥제를 설득해 〈나제동맹〉을 복원시키고, 북진을 개시했다. 그해 백제는 한강 일대를 수복하고 대방을 수중에 넣은 것은 물론, 반도의 평양까지 진출하면서 사상 유례가 없던 쾌거를 이루게 되었다. 자신감에 가득 찬 성왕이 그해 10월 〈야마토〉의 흠명천왕에게 서부 희姬씨 달솔 노리사치게를 보내 석가금동상과 경론經論 몇 권 등을 바치면서, 표문으로 부처의 공덕을 알리게 했다.

"이것은 가장 뛰어난 法으로, 이해하는 것은 물론 입문하기도 어려워 주공周公과 공자조차도 제대로 이해하지 못할 정도였습니다. 그럼에도 무량무변無量無邊한 복덕과 과보果報를 낳고 무상의 보리菩提를 이루고 있어, 마치 수의보주隨意寶珠라도 품은 듯 무엇이든지 뜻한 대로 이루어지게 하는 법입니다. 멀리 천축天竺(인도)에서 三韓에 이르기까지 그 가르침을 따르고 숭경崇敬하지 않는 이가 없습니다. 삼가 근신近臣을 보내 전하오니, 온 나라에 유포해 부처님이 '나의 법이 동쪽으로 전해지리라'고 말씀한 바대로 이행코자 합니다."

천왕이 이에 크게 기뻐하면서 주위에 그 뜻을 물어보았다. 오오미大臣인 소가노이나메蘇我稻目는 이에 대해 긍정적으로 답했다.

"서방의 나라들은 하나같이 모두 경배하고 있으니, 어찌 우리 풍추豐秋(토요아키, 야마토의 미칭)만이 이를 외면하겠습니까?"

그러나 오무라지大連인 물부미여物部尾興 등은 이와는 다른 속내를 드러냈다.

"우리 천하를 다스리는 자는 언제나 천지 사직社稷의 180神께 춘하추동 제사를 올려 왔습니다. 이제 와서 처음으로 번신蕃神(부처)을 섬긴다면 국신國神의 노여움을 사게 될 것입니다."

논의 끝에 흠명천왕은 불교를 원하는 소가蘇我에게 시험 삼아 불상을 모셔 보도록 지시했다. 그는 오하리다小墾田의 집에 불상을 안치해 놓고 부지런히 불도를 닦는 한편, 무쿠하라向原의 집을 바쳐 절로 삼았다. 그런데 얼마 후 나라에 돌림병이 나돌기 시작하더니 젊은 나이에 죽은 사람들이 많이 나왔고, 오래도록 그치질 않아 치료할 방법이 없었다. 그러자 모노노베物部 등이 질병의 원인이 불상에 있을지도 모른다며, 이를 서둘러 내다 버리고 원래대로 되돌릴 것을 간했다.

천왕도 그 말을 따르기로 하여 불상을 나니와難波의 강물 속에 던져 넣고, 절도 불을 질러 태워 버리게 했다. 그러자 구름이나 바람도 없었는데, 갑자기 궁궐 대전에 화재가 났다고 했다. 이렇게 위덕왕이 정성 들여 보내 준 금동상이 어처구니없이 강물에 내던져지긴 했지만, 이것이 백제가 최초로 왜열도에 불교를 전해 준 시초였다고 한다.

이듬해 여름, 하내국의 오사카만 지누노우미茅渟海 인근에서 불교 음악 소리가 들린다는 보고가 들어왔다.

"그 울림이 천둥소리 같은데, 인근의 바닷속이 해처럼 아름답고 밝게 빛나고 있습니다."

천왕이 괴이하게 여겨 사람을 시켜 바닷속으로 들어가 찾게 했더니, 밝게 빛나는 장목樟木(녹나무)이 있어 그것을 건져 내왔다. 천왕이 이때 화공에게 명을 내려 불상 2구를 만들게 한 것이 오늘날까지 요시노노테라吉野寺에 남아 전해졌다고 한다.

그해 6월, 흠명천왕이 백제의 요청에 부응해 내신內臣을 보내 양마 2필과 목선 2척, 활 50장張과 화살 2,500발을 보냈다. 그러면서 조서에 쓰길 왕이 원하는 대로 사용하라고 했다니, 그저 생색내기에 급급한 모습이었다. 다만, 중요한 것은 그래도 야마토 천왕이 백제왕에게 무기류를 보내 주었다는 사실 자체였을 것이다. 그럼에도 천왕은 또 다른 칙서에서 백제왕에게 원하는 내용을 구체적으로 적시했다.

"의醫박사, 역易박사, 력曆박사들이 당번제에 따라 교대할 시기가 되었으니, 귀환할 사신에게 새로운 박사들을 딸려 보내 주도록 하시오. 또 복서卜書와 력본曆本, 각종 약물도 보내 주시오."

이에 대해 백제 위덕왕 또한 천왕에게 장차 고구려와 신라의 공격이 예상되는데, 군병軍兵과 궁마弓馬가 부족하다며 지원을 요청했다. 야마토는 한반도 백제를 통해 중원 등으로부터 전해지는 신기술과 고급문화를 받아들이려 했고, 백제는 야마토로부터 병력과 전쟁 물자를 지원받고자 했으니, 양국이 서로가 필요로 하는 것을 주고받는 사이였던 것이다.

그런 와중에 554년경 백제의 창틀태자(위덕왕)가 신라를 공격하면서 〈관산성전투〉가 벌어졌고, 이때 태자의 진영으로 향하던 성왕이 적병을 만나 피살당하고 말았다. 통한의 〈관산성전투〉에 이어 562년경 신라 진흥제는 이사부를 보내 마침내 5백 년을 지속해 온 가야연맹을 멸망시켜 버렸다. 이후 10년이 지난 571년, 흠명천왕 또한 다시금 임나를 일으키라는 유언을 비다쓰敏達천왕에게 남긴 채 세상을 뜨고 말았다.

흠명천왕의 둘째 아들인 민달천왕은 불법을 믿지 않았고, 문장文章과 사학史學을 존중했다. 즉위 원년인 572년 4월, 쿠다라百濟의 대정大井(오사카 인근)에 궁전을 세웠다. 모노노베모리야物部守屋를 오무라지大連에, 소가노이나메蘇我稲目의 아들 소가노우마코蘇我馬子를 새로이 오오미大臣로 삼았다.

그럼에도 백제의 위덕왕은 그 후로도 야마토大倭에 선진문물 및 특히 불교문화를 전해 주는 일을 게을리하지 않았다. 577년경에는 야마토로 귀국하는 오와케노오키미大別王 일행에게 여러 권의 경론經論과 함께 6인으로 이루어진 율사, 선사, 비구니, 주금사呪禁師, 조불공造佛工, 조사공造寺工을 딸려 보내 주었다. 이들은 나니와에 있던 대별왕의 절에 배치되었는데, 특히 조불공과 조사공은 각각 불상 제작과 사찰 건축을 담당했던 전문기술자들이었으니, 이때부터 야마토에 본격적으로 불상과 사찰이 조성되기 시작했던 것이다.

584년 가을에도, 위덕왕은 불상 1구와 미륵보살 석상 하나를 각각 야마토로 보내 주었다. 백제인들이 가져온 이 2개의 불상 모두가 소가노우마코蘇我馬子의 수중으로 들어갔는데, 그는 고구려 출신의 환속 승려 혜편惠便을 수소문해 불법의 스승으로 삼았다. 그리고는 홀로 불법에 귀의해 집 동쪽에 불전佛殿을 짓고 미륵보살 석상을 안치한 다음, 수시로 비구니들을 청해 법회를 열고 이들에게 공양을 했다. 어느 날 시메닷토司馬達等가 재식齋食(공양그릇) 위에서 불사리를 발견해 소가 대신大臣에게 바쳤다.

"흐음, 희한한 물건이로다. 어디 한번 시험을 해 보게 쇠망치를 가져오너라."

호기심이 발동한 소가대신이 사리를 모루 위에 얹고 쇠망치를 내리쳤더니, 망치와 모루는 깨져 나가고 사리는 멀쩡했다. 대신이 이번에는 불사리를 물속에 던져 넣어 보았다. 그랬더니 사리가 제멋대로 떠오르기도 하고 가라앉기도 했다. 도무지 상식을 뛰어넘는 신기한 현상에 비로소 소가대신 등이 탄복해 더욱 불법을 깊이 믿게 되었고, 이후로 수행을 게을리하지 않았다. 소가노우마코蘇我馬子는 이시카와石川의 집에도 불전을 지었는데, 이 무렵부터 야마토에서도 불법의 전파가 본격적으로 시작되었다고 했다.

이듬해에도 소가대신은 대야구大野丘 북쪽에 불탑을 세우고 법회를 열었는데, 탑의 기둥머리 속에는 시메가 찾아냈던 불사리를 넣어 두었다. 그런데 열흘쯤 지나자 소가대신이 병에 걸리고 말았다. 점술사의 말에 따라 부친이 모신 부처님을 더욱 정성스레 모시고 참배를 올렸으나, 역병이 퍼져 많은 사람들이 죽어 나갔다. 이에 급기야 모노노베대련大連이 간했다.

"선대인 흠명천왕에서 폐하의 代에 이르기까지 돌림병이 창궐해 사람들이 죽어 나가는 것은 오로지 소가씨가 불법을 퍼뜨린 탓임이 분명합니다."

이에 민달천왕이 당장 불법을 금하라는 명을 내렸다. 그러자 모노노베가 직접 절을 찾아가 그 앞에서 걸상에 책상다리를 하고 앉은 채로 지시를 내렸다.

"당장 탑을 무너뜨리고, 불상과 불전 모두를 하나도 남김없이 불태워 버리도록 하라!"

이어 타다 남은 불상을 모두 나니와難波의 굴강堀江에 내다 버리게 했는데, 갑자기 바람이 불고 구름도 없던 하늘에서 비가 내렸다. 성가시게 비옷을 입게 된 모모노베가 화가 나서 소가대신과 그를 따르던 승려들을 크게 나무라며 모욕을 주었다. 그뿐 아니라 관리들을 시켜 소가씨가 특별히 공양해 오던 3인의 비구니들을 불러 승복을 벗기고 매질까지 가하게 하니, 소가대신이 감히 명을 어기지 못해 탄식과 함께 눈물만을 흘렸다.

이처럼 숭불崇佛이냐 배불排佛이냐의 문제를 놓고 소가蘇我씨와 모노노베物部씨 두 가문이 크게 대립하면서, 서로가 깊은 원한을 품게 되었다. 안타깝게도 그해 민달천왕마저 두창(천연두)에 걸려 끝내 사망하고 말았다. 새로이 즉위한 요메이用明천왕은 흠명천왕의 넷째 아들로 불법을 믿는 동시에 신도神道를 존숭한 천왕이었다.

여기서 〈신도神道〉는 三韓 사람들이 신봉해 온 선도仙道에 야마토의 오랜 토속신앙이 가미된 것으로 보였다. 부여 계통의 나라 야마토에서도 이렇게 선도가 민족신앙으로 자리 잡고 있었으나, 새로이 불교가 들어오기 시작하면서 첨예하게 대립하게 되었던 것이다. 요메이천왕은 새로이 이와레磐余 땅에 궁을 지었는데, 여전히 소가노를 오오미大臣로 모노노베를 오무라지大連로 삼았다.

요메이用明 3년째 되던 588년 4월경, 천왕이 이와레 강가에서 햇곡식을 바치고 올리는 대제에 참석했다가 그만 병이 들고 말았다. 천왕이 궁으로 돌아와 군신들에게 말했다.

"나는 불佛, 법法, 승僧의 3보寶에 귀의코자 하니, 경들은 잘 논의해 보라."

오무라지大連 모노노베 등이 칙명에 반대한다는 의견을 말했다.

"어째서 나라의 신을 배신하고, 남의 나라 신을 숭배한단 말인가?"

그러나 소가노우마코도 강경하게 나서서 뜻을 굽히지 않았다.

"폐하의 분부에 따라 협력해야 하거늘, 어느 누가 다른 의견을 논할 수 있단 말이오?"

흠명천왕의 아들로 천왕의 자리를 넘보던 아나호베穴穂部 황자皇子가 신도神道의 지도자인 도요쿠니豐國 법사法師를 데리고 궁으로 들어가, 모노노베 편에 서서 거들었다. 기세가 오른 모노노베가 크게 화를 냈는데, 그때 누군가가 급히 찾아와 은밀하게 귀띔해 주었다.

"지금 군신들이 경을 함정에 빠뜨리려 하고 있소. 곧 경의 퇴로를 끊어 버리려 한단 말이오."

깜짝 놀란 모노노베大連가 서둘러 자신의 별장이 있는 가와치河內

로 물러나 사람들과 병사들을 모았다. 그리고는 소가蘇我대신에게 사람을 보내 뜻을 전했다.

"군신들이 나를 노리고 있다고 들었다. 그래서 이곳으로 물러난 것이다."

이에 소가 측도 즉시 무장을 하고 삼엄한 경계에 들어갔다. 그러는 와중에 요메이用明천왕이 재위 3년 만에 끝내 사망하고 말았다. 천왕의 부고에 야마토 조정이 후사 문제로 진영 간에 첨예한 대립이 시작되면서 요동치기 시작했다. 모노노베大連 측에서 다른 황자들을 제치고 아나호베穴穗部황자를 세우고자 세 번씩이나 군사를 일으켜 소란을 피웠다. 이에 대해 소가大臣 측에서는 민달천왕후인 취옥희존炊屋姬尊을 받들고, 흠명천왕의 열두 번째 아들이자 소가노이나메蘇我稻目의 딸 소자군小姉君의 아들인 하쓰세베泊瀨部황자를 제위에 올리려 들었다.

그해 6월, 끝내 소가蘇我씨와 모노노베物部씨 양측의 충돌이 시작되었다. 어느 날 한밤중에 소가씨의 병사들이 아나호베황자의 궁을 포위한 다음, 누각 위에 올라 저항하던 황자의 어깨를 맞혀 떨어뜨렸다. 누각 아래로 떨어진 황자는 겨우 옆방으로 달아나 숨었지만, 이내 등불을 든 병사들이 들이닥쳐 그를 주살해 버리고 말았다. 모노노베씨 측으로서는 커다란 지지 세력을 잃은 셈이었다. 다음 달 7월이 되자, 소가대신이 하쓰세베 등의 황자들과 군신들을 부추겼다.

"천왕의 자리를 채우려면 서둘러 모노노베오무라지大連를 토멸해야 합니다."

결국 이들이 힘을 합쳐 군사를 일으켜 모노노베의 집으로 향했다. 오무라지는 자식들과 사병들을 모아 집 안 가득 볏단으로 성채를 쌓아 놓고 활을 쏘며 대적했는데, 병사들의 수가 집 안을 가득 메우고도 남아 들판까지 넘칠 지경이었다. 그렇다 해도 황자들과 군신들이 이끄는 토벌군의 규모가 훨씬 컸으므로 곧바로 양측의 전투가 시작되었는데, 이때 모노노베軍의 맹렬한 저항에 막혀 토벌군이 3번이나 물러나야 했다. 우마야토廐戸황자와 소가대신이 전투를 독려하기 위해 병사들이 보는 앞에서 각자 맹세를 했다.

"모든 천왕과 대신왕大神王들이 저를 도와 이기게 해 주신다면, 반드시 사탑寺塔을 세우고 삼보三寶를 크게 펼치도록 하겠습니다."

그렇게 각오를 달리하고 진격을 개시해 맹공을 가한 끝에 마침내 모노노베가 화살을 맞아 쓰러졌고, 그 아들과 함께 전사하고 말았다. 이를 목격한 오무라지 측의 군사들이 저절로 무너졌고, 이들은 저마다 비천한 자들이 입는 검은 옷을 걸친 채 흩어져 달아나기 바빴다. 사실 모노노베대련의 아내는 소가대신의 누이로 두 사람은 처남매부지간이었으나, 권력다툼의 소용돌이 속에서 충돌을 피하지 못했던 것이다.

전투가 이렇게 숭불 세력의 승리로 끝나고 〈모노노베의 난〉이 평정된 후 8월이 되자, 야마토 조정에서는 취옥희炊屋姬왕후를 모시고 하쓰세배泊瀬部 황자를 천왕에 오르게 하니 그가 스슌崇峻천왕이었다. 천왕은 자신의 즉위를 돕는 데 1등 공신인 소가노우마코蘇我馬子를 그대로 오오미大臣로 삼았고, 구라하시倉梯에 새로이 궁을 지어 이거移居했다. 그 후 우마야토황자는 세스노쿠니攝津國에 사천왕사四天王寺를 지었고, 소가노오오미大臣도 아스카飛鳥 땅에 호코지法興寺를 세워 전투 중에 했던 맹세를 실행에 옮겼다.

법흥사의 찰주刹柱를 세우는 날 기념식이 열렸는데, 현장에 시마노 오오미嶋大臣를 비롯한 백여 명이 백제 식 의상을 입고 나타나니 사람들의 눈이 휘둥그레졌다.

"와아, 쿠다라(백제) 옷을 입고 나타났네, 짝짝짝!"

이것이 볼만한 구경거리가 되었던지, 참석자들과 구경꾼들 모두가 환호성을 지르고 박수를 치며 기뻐했다고 한다. 이들이 바로 대륙 요동 땅 서부여의 후예들이자, 한반도를 거쳐 갔던 부여백제의 후예들임이 명백하다는 증거였다. 그날 행사의 백미白眉highlight는 불사리를 찰주 안에 안치하는 것이었다.

그해에 새로운 야마토 천왕의 즉위 소식을 들은 백제의 위덕왕은 서둘러 축하 사절과 함께, 혜총惠總, 영근令斤, 혜식惠寔 등의 불교 승려 등을 야마토로 보내고 불사리를 헌상케 했다. 이어서 은솔恩率 수신首信 등 여러 명의 관료를 보내 공물을 바치고, 복수의 승려들과 함께 사원 건축공, 불탑 꼭대기를 장식하는 노반鑪盤박사, 와瓦(기와)박사, 화공 등 분야별 전문기술자들을 줄줄이 보내 주었다. 이때부터 야마토에서도 백제의 승려들에게 수계법을 전수받고 학문을 배워 오도록 백제로 유학생을 보내기 시작했고, 이후로 수많은 승려들이 본격적으로 배출되기에 이르렀다.

그러는 와중에 소가대신의 영향력이 갈수록 커지니, 어느 사이 천왕이 이를 경계하는 분위기로 변하고 말았다. 숭준천왕 즉위 5년째 되던 592년 겨울, 누군가가 멧돼지를 잡아 조정에 바쳤는데, 이때 천왕이 죽은 멧돼지를 보며 말했다.

"언젠가는 이 멧돼지 목을 따는 것처럼 내가 미워하는 자를 베고 싶구나……"

이 말을 전해 들은 소가대신은 숭준천왕이 자신을 증오하고 있다는 것을 깨닫고, 일족을 소집해 천왕 시해를 모의했다. 얼마 후 소가대신이 군신들에게 오늘 동국東國에서 공물을 바치러 올 것이라는 거짓말로 군신들의 눈을 다른 쪽으로 돌리게 하는 한편, 따로 측근을 보내 스슌崇峻천왕을 시해하고 말았다.

숭준천왕 암살에 성공한 소가대신은 백관을 동원해 민달천왕后였던 누카타베額田部황녀(취옥희炊屋姬)로 하여금 직접 천왕에 오르게 하니 스이코推古여왕이었고, 오진應神천왕 이래 처음으로 여성 천왕이 탄생한 셈이었다. 흠명천왕의 둘째 딸로 요메이用明천왕의 동복누이인 추고천왕은 용모가 단아하고 행동에 빈틈이 없었다니 당찬 성격의 소유자로 보였다. 군신들이 천왕의 상징인 거울과 칼을 바치니, 나라奈良의 도요우라궁豊浦宮에서 즉위했다.

그러나 그해 4월이 되자, 추고여왕은 용명천왕의 차남으로 자신의 친조카인 쇼토쿠聖德태자를 황태자로 세우고 정사를 모두 맡겼다. 태자는 태어난 지 얼마 지나지 않아 말을 했다고 하며, 탁월한 기억력과 성인과 같은 지혜를 지녀 한 번에 열 명의 호소를 들어도 정확하게 판별해 냈고, 앞일도 잘 내다보았다. 또 고구려 승려 혜자惠慈로부터 불법을, 백제 출신 각가覺哿박사에게 유교 경전을 배웠는데 모조리 통달했다고 한다.

이듬해인 594년 봄, 추고천왕이 황태자와 소가대신에게 명을 내려 장차 불교의 홍륭을 꾀하게 했다. 이에 많은 군신들이 앞을 다퉈 불사佛舍를 지었는데, 이를 〈테라寺〉라고 부르기 시작했다. 595년에는 혜자가 아예 야마토로 귀화를 하게 되었고, 이에 태자가 그를 스승으로 모셨다. 그해에 백제에서도 승려 혜총惠聰이 건너왔는데, 이 두 승려가 불법을 전파하는 데 앞장서니 비로소 야마토 삼보三寶의 중심이 되었다고 한다.

그다음 해인 596년 겨울에는 법흥사가 4년 공사 끝에 완성되어 소가대신의 장남인 젠토쿠善德를 사사寺司로 임명하는 한편, 혜자와 혜총 두 귀화승을 그곳에 머물게 했다. 597년에는 백제로부터 위덕왕의 아들 아좌阿佐태자가 들어와 조공을 바쳤다. 그러나 이듬해인 598년 12월, 무려 45년 동안이나 백제를 다스렸던 위덕왕이 끝내 가야와 한성 일대를 수복하지 못한 채 생을 마감하고 말았다.

위덕왕은 일찍이 태자 시절인 554년 〈관산성전투〉에서 신라에 패했고, 부친 성왕聖王이 피살당하는 일생일대의 굴욕을 당했다. 그런 와중에 절치부심해 나라를 보전하려 애썼으나, 562년경 신라가 5백 년 가야연맹을 병합시키는 것을 지켜보아야만 했다. 위덕왕은 끝내 평생의 숙적 진흥제를 꺾지 못했지만, 불교를 적극 수용해 백성들을 위무하고 부지런히 나라를 다스리는 데 힘썼다. 특히 야마토와 적극적으로 왕래하며, 불교와 유교 등의 선진문물을 전파하는 데 앞장섬으로써 야마토가 고대국가의 기틀을 다지는 데 크게 기여했다.

비록 위덕왕이 재위 초기에 신라에 번번이 패하는 굴욕을 당함으로써 주목받지 못하는 군주가 되었지만, 그것은 당대 최고의 정복군주로 신라 중흥을 이끌 정도로 워낙 강성했던 진흥제를 상대해야 했던 그의 불운 때문이었을 것이다. 위덕왕은 오히려 진흥제보다 20여 년을 더 오래 재위하면서 백제를 무난하게 다스린 데다, 바다 건너 중원의 남북조 왕조 및 통일제국 隋는 물론, 열도의 야마토와 부지런히 교류하면서 외교적 자산을 쌓고 나라의 안녕을 튼튼히 했다. 위덕왕의 이런 노력들은 그의 사후 후대에 빛을 발하게 되었으니, 그는 분명 위엄과 덕성을 갖춘 군주임이 틀림없었다.

그런데 공교롭게도 위덕왕의 뒤를 이은 것은 그의 자식들이 아니라, 성왕의 둘째 아들이자 위덕왕의 동생인 혜왕惠王이었다. 혜왕은 일찍이 〈관산성전투〉를 앞두고 왜국의 지원요청을 위해 야마토를 오갔던 인물이었다. 그런 혜왕이 왕위를 물려받기까지는 또 다른 사연이 숨어 있었다. 원래 위덕왕에게는 3명의 아들이 있었는데, 장남은 일찍 사망했고, 둘째가 아좌阿佐태자, 셋째가 임성琳聖왕자였다. 그런데 위덕왕이 사망하기 직전 연도인 597년에 이들 두 아들이 모두 야마토로 건너가고 말았다.

그 무렵 위덕왕과 혜왕 두 형제는 둘 다 칠십이 넘은 고령의 나이였는데, 혜왕에게도 효선孝宣(효순孝順)이라는 아들이 있었다. 위덕왕이 노쇠해 머지않아 왕위교체가 예상되자, 이들 왕족들끼리 권력다툼을 벌인 것으로 보였다. 그 결과 효선이 승리했고, 싸움에 밀린 위덕왕의 두 아들은 별수 없이 야마토로 떠나야 했던 것이다. 얼마 후 예상대로 위덕왕이 사망했으나, 직계 아들들이 야마토에 머물러 있었기에 왕의 아우였던 혜왕이 즉위했다.

그러나 혜왕 또한 이미 고령이라 즉위 1년 만인 이듬해 599년 사망하고 말았다. 결국 혜왕의 아들인 효선이 새로이 즉위하니 법왕法王이었다. 그는 살생을 금하고, 민가에서 기르는 매를 풀어 주게 하는 외에 어렵漁獵도구를 모두 태우라는 명까지 내렸다. 생명을 소중히 여기는 불가의 가르침을 철저히 따르려 했던 것이다. 이듬해인 600년에도 백제 왕실 사찰인 〈왕흥사王興寺〉를 세워 30인의 승려를 두게 하는 등 先王들의 예를 따라 불교의 진흥에 앞장서는 모습을 보였다.

그런데 법왕 역시 즉위 1년 만인 그해에 갑작스레 사망하고 말았다. 그것은 질병이나 전사와 같은 정상적인 죽음이 아니라, 또 다른 변고에 의한 것이어서 사람들을 크게 놀라게 했다. 바로 백제 조정에 내부반란이 일어난 것이었는데, 그렇다고 그 주인공이 야마토로 피했던 위덕왕의 아들들도 아니었다. 그는 바로 위덕왕의 서자庶子인 장璋이란 인물이었다. 그가 부친인 위덕왕 일가를 모두 내친 법왕에 대해 반감을 품고 있다가, 틈을 보아 왕을 해치고 스스로 임금의 자리에 오른 것이었다. 바로 이 제3의 인물이 백제의 무왕武王이었는데, 이렇게 극적으로 왕위에 오르기까지 그는 그야말로 풍운아 같은 삶을 살아야 했던 범상치 않은 인물이었다.

원래 무왕의 어머니는 남편을 일찍 여읜 과부였는데, 사비성의 남쪽 연못가에 살다가 위덕왕의 눈에 띄어 정을 통하고 아들을 낳았다. 그러나 혼외 왕자의 탄생을 경계하는 세력들에게 내쫓겨, 젖먹이 어린 아들을 데리고 사비성을 떠나 남쪽 멀리 떨어진 익산으로 거처를 옮겨 살아야 했다. 다행히 그녀의 아들은 영특하고 지혜로웠는데, 어려서부터 참마(서여薯蕷)를 캐서 팔아 생활해야 했기에 사람들이 그를 서동薯童이라 불렀다. 장성해서는 장璋이란 이름을 갖게 되었는데, 훌륭한 풍모를 지닌 데다 재주와 도량이 커서 헤아리기 어려울 정도였다고 한다.

왕자의 신분임에도 어려서부터 고생을 했기 때문인지 장(서동)에 관해서는 믿기 어려울 정도로 흥미로운 이야기들이 전해졌다. 장성한 장이 참마 장사를 위해 전국 곳곳을 다녔는데, 때로는 국경을 넘어 신라의 도성인 경도(경주)까지도 드나든 모양이었다. 그런데 그곳에서 신라 진평제의 셋째 딸인 선화善花공주가 천하의 미인이라는 소문을 듣게 되었다.

그 말에 이끌리게 된 장은 이내 선화공주를 자신의 아내로 만들 궁리를 하게 되었다. 자신도 엄연한 백제왕자의 신분인 데다, 워낙 비범한 성격이라 그런 용기를 낼 수 있었던 모양이었다. 어느 날 그가 돌연 중(승려)의 행색을 하고는 신라의 경도로 들어갔다. 그리고는 길거리에서 노는 아이들에게 참마를 내어 주면서 친해졌는데, 이때 노래를 하나 가르쳐 아이들에게 부르고 다니게 했다.

선화공주님은 남몰래 짝을 만들어 두었네,
밤이면 서동서방님을 맞이해 안고 간다네.

아름답기로 소문난 선화공주가 밤마다 연애질을 한다는 망측한 노래를 골목마다 어린아이들이 목청껏 부르고 다닌다니, 해괴하기 짝이 없는 소문은 금세 조정 대신들의 귀에도 들어가게 되었다. 백간들은 지체 없이 공주를 탄핵하고 나섰다.

"대왕폐하, 선화공주께서 이토록 무도한 행실을 일삼았다니 신라 왕실의 수치입니다. 마땅히 공주를 멀리 귀양 보내 왕실의 존엄을 세우셔야 합니다."

진평제 또한 그토록 아끼던 선화공주에게 배신을 당한 것이라며 크게 분노했다. 대왕은 영문을 자세히 따져 보지도 않은 채 항간에 떠도는 노래만을 듣고, 공주를 궁에서 내쫓아 버리는 강수를 두고 말았다. 억울하고도 야속한 마음에 한없이 울면서 떠나는 공주에게, 모친인 왕후는 여비용으로 쓸 순금 한 말을 내주며 눈물로 딸과의 생이별을 감내해야 했다.

그렇게 궁에서 쫓겨난 선화공주가 유배지에 도착할 즈음, 어디선가 낯선 청년이 나타나 공주에게 정중하게 절을 하더니, 자신이 공주를 모시고 가겠다고 했다. 공주는 그 청년으로부터 저잣거리에 나돌던 노래, 자신을 궁에서 쫓겨나게 한 소위 〈서동요薯童謠〉를 지은 장본인이라는 말을 듣고 크게 놀랐다.

"뭐라구요? 당신이 그 끔찍한 노래를 지은 사람이라구요? 나 원 참, 어이가 없네……"

처음 그 말을 들었을 때 공주는 그 악의적 행위에 화가 치밀어 올라 격렬하게 화를 냈다. 그러나 시간이 지날수록 청년이 자신을 얻고자 하는 간절한 마음에 노래를 지어 퍼뜨리게 했다는 놀라운 지혜와, 그것을 실천에 옮길 수 있었던 남다른 용기에 점점 마음이 누그러지기 시작했다. 게다가 청년의 잘생긴 풍모는 물론, 결정적으로 그가 백제대왕의 서자 장이라는 고백에 마음을 연 모양이었다.

결국 선화공주는 장璋을 따라 백제로 들어가 혼인을 하고 함께 살게 되었고, 이 동화 같은 이야기가 익산 용화산 사자사師子寺의 창건 실화와 어우러져 오늘날까지 전해졌다. 일설에는 후일 진평제가 장(서동)을 사위로 받아들이고, 특별히 기술자를 보내 미륵사彌勒寺(사자사) 창건을 돕게 했다고도 했다. 그러나 이토록 멋진 사랑 이야기를 만들어 냈던 두 사람의 혼인 생활은 불행히도 오래가지 못했다. 자세히는 알 수 없지만, 선화공주가 병이 들었는지, 남편인 장이 왕위에 오르는 것을 보지 못한 채 먼저 세상을 떠나 버린 것이었다.

어쨌든 죽기 전 선화공주의 도움 때문이었는지, 장은 익산에서 크게 성공한 인물이 되었고, 무시할 수 없는 세력을 형성한 것으로 보였다. 그럴 즈음에 부친인 위덕왕의 아들과 그 추종 세력들이 혜왕의 아들인 효선(법왕)과의 권력다툼에 힘없이 밀려나 야마토로 쫓겨나고 말았던 것이다. 당시 장이 무사할 수 있었던 것으로 미루어 그가 도성에서 떨어진 익산에 살다 보니, 위덕왕의 서자라는 사실이 널리 알려지지 않았고 그것이 오히려 그에게는 전화위복이 된 것으로 보였다.

얼마 후 위덕왕과 그 뒤를 이은 혜왕이 고령으로 차례로 숨지고 문제의 법왕이 왕위에 오르자, 장은 부친 위덕왕을 배신한 법왕에 대해 복수할 기회를 엿보며, 은밀하게 세력을 키워 나갔다. 권력을 장악하고 대왕에 오른 법왕은 백성들의 민심을 다독이고자 죄수들을 방면하고 사찰을 건립하는 등 불교 포교에 공을 들이는 모습을 보였다. 그러면서도 민가의 어렵 도구를 불태우게 했다니, 이는 민간에서의 무기 소지는 물론 사병私兵을 금지시키려는 조치로 보였다.

정적인 사촌왕자들을 야마토로 모두 내쫓아 버렸기에 더 이상의 반대 세력이 없다고 여긴 법왕이 이후로는 사찰에 가서 예불을 보는 등 경계를 푸는 모습을 보이기 시작했다. 그러던 법왕 2년인 600년 5월경, 마침내 위덕왕의 서자 장璋이 전격적으로 거사를 일으켜 법왕을 내치고, 스스로 왕위에 올랐으니 그가 바로 무왕武王이었던 것이다. 이로써 반세기에 걸친 위덕왕의 시대가 비로소 완전히 저물고, 새로운 무왕의 시대가 열리게 되었다. 성왕 이후로는 백제 조정의 정치 상황에 따라서 반도 출신의 왕이 5代째 반복해서 배출되는 현상이 굳어지는 모습이었다. 이미 백제 왕실에 대한 야마토大倭 천왕의 간섭이 더 이상 통하지 않는 시대였던 것이다.

16. 麗隋전쟁

영양제가 태왕에 올랐던 589년경, 고구려 조정은 4백 년 만에 다시 중원을 통일한 수隋의 등장에 촉각을 곤두세우지 않을 수 없었다. 생전의 평원제가 즉시 축하 사절을 보냈음에도, 수문제는 영양제 즉위 3년째인 591년에야 〈고구려왕〉이라는 관작을 보내왔다. 이후로도 고구려는 매년 〈수〉에 사신을 보내 조공을 바치고, 도성인 장안의 정보를 입수하기 바빴다. 동시에 병사들의 훈련을 강화하는 등 부지런히 군사력 증강에 힘썼다. 그러면서도 〈수〉나라가 홀대하던 〈동돌궐〉과도 화친을 맺어, 장차 있을지도 모를 사태에 대비하는 양면 외교에 주력했다.

隋문제는 일찍이 〈북주〉 시절부터 〈돌궐〉에 수모를 겪었던 터라, 돌궐의 잠재력에 대해 누구보다 잘 알고 있었다. 그런 상황에서 비록 중원 바깥에서 진행되는 일이라고는 하지만, 북방의 종주국인 고구려가 동돌궐과 손을 잡으려 하자 잔뜩 신경이 거슬리고 말았다. 사실 중원통일 이후 근 10년 동안 수문제가 누려 온 황제로서의 위상은 전과는 비교도 되지 않을 만큼 절대적인 것으로, 그 누구도 그의 말을 따르지 않을 수 없었을 것이다. 마침 그즈음 해마다 풍년이 들어 먹을 것이 풍족해진 데다, 한동안 커다란 전쟁이 없다 보니 군사들도 오래 쉬어 기운이 넘쳐났다.

영양제 8년째 되던 597년경, 고구려의 전쟁 준비가 심상치 않은 수준이라는 소식에 隋문제가 고구려를 도발하려 했다. 6년 전 태왕이 즉위하던 해에도 고구려를 강력하게 비난하는 소위 〈사탕賜湯새서〉 사건을 일으켜 평원제(고탕高湯)가 사망에 이르기까지 했는데, 文帝는 이번에도 변함없이 고구려를 번국 취급하면서 일일이 시비를 걸어 왔다. 고구려가 노弩를 다루는 隋나라의 무기 장인들을 빼돌렸다든지, 隋의 사신들을 공관에 가둔 채로 아무것도 보고 듣지 못하게 했다거나, 심지어 수시로 기병을 내보내 변방의 양민들을 죽였다며 힐난했다.

그러나 영양제가 다스리는 고구려는 그동안 크게 변해 있었다. 전쟁을 치른 것도 아니고 새서 사건 하나만으로도 부친이 사망하는 어처구니없는 상황을 지켜보았던 영양제가, 隋에 대한 앙갚음을 벼르고 있었던 것이다. 수문제의 굴욕적인 편지 한 장이 태왕을 비롯해 잠자던 고구려인들의 웅혼한 기상에 불을 지피고 말았던 것이다. 이후로 언제일지 모르는 隋의 도발에 착실하게 대비를 해 온 것은 물론이고, 그런 분위기 속에서 강성한 무인 기질을 지닌 장수들이 속속 등장했던 것이다. 그중 맹장 강이식姜以式 같은 이들은 고구려가 선비의 나라 隋에 강력히 대응할 것을 주장하기까지 했다.

"양견의 오만무례한 태도에는 붓으로 답할 것이 아니라, 응당 칼로 답을 해야 합니다!"

"그렇다……. 나도 그렇게 생각한다!"

그즈음 수문제의 겁박이 부쩍 심해지자 마침내 영양제가 기꺼이 개전開戰의 주장을 따르기로 했으니, 놀랍게도 통일제국 隋와 전쟁을 치르기로 결심한 것이었다.

이듬해인 598년 2월, 날이 풀리기 무섭게 영양제는 우선 1만의 예병濊兵(말갈)을 동원해 북경 아래 요서 지역을 타격하게 했다. 隋에 대한 선제공격으로 혼란을 야기함과 동시에 방어 능력을 시험해 보려는 대범한 도발이었다. 동시에 거란병 수천을 출동시켜 바다 건너 산동 일대를 치게 했다. 이렇게 고구려가 먼저 수륙 양면에서 隋나라를 선제타격하면서 마침내 역사적인 제1차 〈여수麗隋전쟁〉의 막이 오르게 되었다.

고구려의 갑작스러운 침공에 수나라 측에서는 하간河間 일대의 영주총관 위충韋冲이 나서서 고구려군을 막아 냈다. 隋문제는 고구려가 선제적으로 양면에서 침공을 해 왔다는 보고에 소스라치게 놀랐다.

"무엇이라? 진정 고원高元(영양제)이 먼저 우리를 공격해 왔다는 말이더냐? 허어, 과연 천하의 구려로구나……"

고구려의 결연한 대응에 분노한 隋문제가 가만히 있을 수 없었으니, 즉시 고구려 토벌에 나설 것을 명했다.

"한왕 양량과 장군 왕세적王世績을 나란히 행군원수元帥로 삼을 것이다. 수륙군 30만을 내줄 터이니, 반드시 구려를 토멸하도록 하라!"

漢王 양량楊諒은 양견의 다섯째 아들이었으니, 수문제는 왕세적으로 하여금 아들을 보좌케 해 양량을 시험에 들게 했던 것이다. 이어 6월이 되자 고구려 조정에 조서를 보내 영양제에게 보내 준 관작을 삭탈 조치했는데, 전시에 불필요하고도 구차스러운 행위였다.

〈고구려 원정〉이라는 결코 만만치 않은 중임을 맡게 된 양량은 먼저 30만에 이르는 隋나라 大軍을 이끌고 북진해, 요서 하간의 동쪽, 대성(유성柳城) 일원으로 보이는 임유관臨渝關으로 향했다. 영주총관 위충이 1차로 고구려군을 격퇴했다는 보고에 그쪽 방면을 지원하기 위한 것으로 보였다. 동시에 주라후周羅睺를 수군총관으로 삼았는데, 그가 이끄는 水軍은 산동의 동래東萊(연태)에서 출발해 곧장 고구려 도성인 (창려)평양으로 향할 것이라고 소문을 냈다. 그러나 실상은 군량을 싣고 발해(요해遼海)만을 끼고 돌아 임유관으로 들어간 양량의 대군에게 식량을 공수하는 것이 주목적이었다.

隋의 총공세가 본격적으로 이루어지자, 영양제는 즉시 강이식으로 하여금 병마를 총괄하는 원수元帥로 지위를 올려 주고 병력보강에 나섰다.

"임유관에 있는 병마원수에게 5만 정병을 추가로 보내고, 반드시 적을 섬멸하라는 명을 전하라!"

사실 그 직전에 있었던 위충과의 1차 전투 때 고구려군은 짐짓 패하는 척하면서 위충의 수군隋軍을 임유관 쪽으로 유도했었다. 동쪽 바로 인근이 발해만 근처다 보니 여러 강들이 흘러드는 데다 도처에 거대 습지와 광대한 개펄이 즐비해, 대군이 머물기 곤란하다는 지리적 이점을 활용하려는 것이었다.

우선 강이식은 水軍을 동원해 바다에서 隋나라의 군량 운반선을 맞이해 싸워 쳐부수게 했다. 이것은 전통적으로 고구려의 水軍이 해상전투에 강했다는 것을 시사하는 것이었다. 고구려는 그보다 백 년 전인 영락대제 때부터 반도에 해상작전을 펼칠 만큼 水軍이 강했으나, 초원과 사막을 누비던 선비족의 隋나라는 상대적으로 水軍에 취약했던 것이다.

즉, 隋나라의 병선이 주로 해안선을 따라 병마나 식량을 실어 나르는 수송선 수준에 불과한 반면, 고구려는 해상에서 더욱 빠른 속도로 나아갈 수 있는 선박 제조기술을 지닌 데다, 해상전투까지 가능한 구조로 설계된 전선을 보유했을 가능성이 컸다. 게다가 발해만 연안의 지형적 특성들, 즉 해안선이나 섬들의 분포, 수심이나 바람, 밀물과 썰물에 의한 조수간만의 차이와 해류의 변화 등에 대해서도 훨씬 더 잘 파악하고 있었을 테니, 隋軍에 비해 해상전투가 훨씬 유리할 수 있었던 것이다.

이에 반해 육지에서는 隋軍의 병력이 고구려군의 몇 배나 되는 大軍이라 상대하기 버거웠을 것이다. 원수 강이식은 水軍에게는 정면으로 부딪쳐 해상전을 펼칠 것을 주문했으나, 육군에게는 전혀 다른 명령을 내렸다.

"보루를 높이 쌓고 방어에만 주력하라. 내 명령 없이는 누구도 함부로 나가 싸워선 아니 될 것임을 명심하라!"

고구려군은 隋軍의 진격을 차단하고자 임유관에서 동쪽 요동으로 가는 길목에 보루를 높고 견고하게 쌓았는데, 강을 사이에 두고 있어 적의 접근 자체가 용이하지 않은 곳에 자릴 잡았다. 그리고는 일체의 싸움에 응하지 않고 수비에만 전념하게 했다.

그로부터 몇 달 후 천진 아래 발해만의 서안 깊숙한 해상 위로 과연 주라후가 이끄는 隋나라의 대규모 수송선단이 나타났다. 이를 기다려 왔던 고구려의 함대가 즉시 쫓아가 치고 빠지길 반복하면서 맹렬히 공격을 가함으로써, 隋軍 선단의 상륙을 저지시켰다. 때마침 한여름이라 일기가 불순한 데다 6월 장마에 심한 풍랑이 들이닥치니, 가뜩이나 고구려 水軍의 공격에 커다란 타격을 입었던 隋나라 병선들이 이리저리 표류하기 시작했다. 그 바람에 자기 선박들끼리 부딪히는 등, 隋나라의 수많은 수송선들이 육지에 닿기도 전에 침몰하기 시작했다. 크게 당황한 주라후가 배를 돌려 퇴각 명령을 내리고 말았다.

"퇴각하라! 서둘러 뱃머리를 돌려 퇴각하라! 둥둥둥!"

그러나 상황은 이미 걷잡을 수 없이 악화되었고, 그 결과 주라후는 상당수의 배를 잃고 풍랑에 떠밀려 표류하다가, 겨우 되돌아갈 수 있었다.

그 무렵 일찌감치 임유관에 당도해 식량과 지원군을 기다리던 양량의 隋軍은 주라후의 수송선이 나타나질 않으니, 제대로 된 진격을 해 보기도 전에 곤란한 지경에 빠지고 말았다. 결국 얼마 지나지 않아 隋軍은 진중陣中에 식량이 바닥나 굶주리기 시작했고, 엎친 데 덮친 격으로 장마 속에 역질(전염병)까지 나돌기 시작하면서 순식간에 사망자가 속출하게 되었다.

바로 그럴 즈음에 강이식의 고구려 육군이 나타나 매섭게 공격을 가하니, 隋軍이 크게 혼란에 빠진 나머지 남쪽으로 달아나기 바빴다. 고구려군이 隋軍을 추격하니, 달아나던 수많은 隋나라 병사들이 당하唐河(또는 역수易水)의 지류로 보이는 유하渝河 인근에서 장마로 불어난 강을 넘지 못하고 우왕좌왕하게 되었다. 맹장 강이식이 추상같은 명을 내렸다.

"적들이 강을 넘지 못해 꼼짝 못 하고 있구나. 질풍처럼 내달려 놈들을 한 놈도 살려 두지 마라. 공격하라, 전군은 총공격하라! 둥둥둥!"

강둑 사이에 갇힌 데다 굶주림과 역병에 기력을 잃은 隋軍은, 고구려군의 살기등등한 기세에 극도의 공포에 사로잡히고 말았다. 고구려군이 이미 전의를 상실한 隋군 진영을 향해 파죽지세로 달려드니, 우왕좌왕하던 수군들이 대규모로 떼죽음을 당하고 말았다. 승기를 잡은 고구려군이 사방으로 달아나기 바쁜 隋군을 쫓아 격살을 지속하는 가운데 또 다른 명령이 하달되었다.

"이제부터는 적들을 가능한 동쪽 바닷가 습지 쪽으로 몰아붙이도록 하라. 그러니 적들의 수급을 베느라 구태여 위험을 감수할 필요는 없다!"

그 바람에 고구려군에 내쫓기던 수많은 隋나라 패잔병들이 해안가의 광활한 갈대밭으로 숨어들기 시작했다. 그러나 대부분의 수군들이 바로 이 죽음의 습지에 갇힌 채 길을 잃고 헤매다가 차례대로 굶어 죽거나 들짐승의 먹이가 되었고, 운 좋게 살아남은 극소수의 병사들만이 자국으로 돌아갈 수 있었다. 〈隋〉나라 원정대는 반년 정도 치러진 〈임유관전투〉결과 고작 열에 한둘만 살아남았을 정도로 대참패를 당하고 말았다. 그때까지 고구려는 물론 韓민족 역사상 가장 규모가 컸던 전쟁에서, 원수 강이식이 이끄는 고구려군이 5배도 넘는 병력을 자랑하던 통일제국 隋軍을 물리치고 극적인 압승을 거둔 것이었다.

고구려가 민족의 명운이 달린 〈임유관전투〉에서 역사적인 대승을 이루기까지는, 뭐니 뭐니 해도 맹장 강이식 장군이 지휘하는 고구려군의 현란한 수륙 양면작전으로 隋나라 대군이 어마어마하게 희생당했기 때문이었다. 당시 제아무리 지독한 장마와 역병이 창궐했다손 치더라도, 30만이 넘는 대군의 7, 8할이 자연재해로만 희생될 수는 없는 일이었을 것이다. 자세한 내용이 전해지지 않았지만 고구려 수군이 발해만의 거대 습지와 하천 등 자연지형을 이용할 수 있는 곳으로, 隋나라의 선박들을 선제적으로 유인했을 공산이 커 보였다.

그렇게 지리적 이점을 활용해 먼저 해상에서 隋나라 水軍을 압도적으로 괴멸시킴으로써, 육상의 보기병에 대한 보급을 차단해 버리는 것이 1단계 목표였던 것이다. 다음으로는 철저한 농성 전략으로 적이 나태해지기를 기다렸다가, 일거에 육상공격을 전개하는 것이 2단계 작전이었다. 마지막으로 달아나는 수군을 추격하되, 발해만 가까이에 있던 요택 등 거대 습지로 내몰아 현지 지리에 어두운 隋군을 몰살시키는 것이 고구려의 핵심 전략이었던 것이다.

맹장 강이식이 이끄는 고구려군은 그렇게 〈임유관전투〉에서 사상 유례가 없는 대승을 거두고, 무수히 많은 군수물자와 병장기를 노획해 당당하게 개선했다. 이와는 반대로 장안의 수문제에게는 절망적인 소식이 전해졌다.

"무엇이라, 끝내 임유관에서 아군이 대참패를 당했다고? 오오, 어떻게 그럴 수가……"

양견은 그동안 평생을 바쳐 쌓아 올린 자신의 공적이 하루아침에 무너져 내리는 것 같은 좌절감을 맛보아야 했을 것이다. 대노한 隋문제가 30만 대군이 거의 전멸하다시피 한 책임을 물어, 총책임자인 양량은 물론 그를 도와 함께 출정했던 양광 두 아들에게 자결을 명했고, 이에 독고황후가 나서서 이를 뜯어말리기에 바빴다.

그럼에도 불구하고 1차 〈여수전쟁〉을 대승으로 이끈 맹장 강이식姜以式의 이름이 韓中 양국의 사서에 전혀 보이지 않고, 야사野史로만 전해졌다. 심지어 장군이 후일 진주晉州 강姜씨의 시조가 되었음에도, 그 후손들조차 장군의 이름을 역사에 올리지 못했다. 그럴 정도로 중국의 역사에서는 반드시 감추어야 할 참혹한 패배였고, 따라서 상세한 전투 내용도 알려지지 않았다. 그런 패배의 역사를 숨기고자 후대의 어느 왕조가 역사기록을 날조, 왜곡시킨 것이 틀림없었던 것이다. 게다가 이와 비슷한 사례는 이후로도 계속 반복되었다.

비록 30만 대군이 동원된 隋의 원정군에 고구려가 대승을 거두긴 했지만, 얼마 후 영양제는 장안에 사신을 보내 사과의 뜻을 표하고 피차간의 휴전을 제의했다. 영양제가 이때 표문에서 스스로를 낮춰 요동의 똥 덩어리 나라, 즉 '요동분토遼東糞土의 신臣'을 운운했다. 또 다른 싸움을 원치 않는 승자의 입장에서 복수만을 꿈꾸고 있을 상대를 달래는데, 무슨 말인들 할 수 없었겠는가?

무엇보다 국력이나 인구 면에서 워낙 압도적 우위에 있던 隋나라였기에, 장차 닥칠 수도 있는 보복 원정을 미연에 방지하려는 의지 때문이었을 것이다. 설령 그렇다 치더라도 그런 똥 덩어리 나라에게 참패한 隋나라는 무엇이고, 대륙을 통일했다고 큰소리치던 황제 양견의 체면은 또 어찌 되었단 말인가? 과거 우악스럽기 짝이 없는 〈사탕賜湯새서〉를 부친인 평원제에게 보냈던 양견에게, 영양제가 통쾌한 조롱으로 되갚아 준 것이 틀림없었던 것이다. 고구려와의 실전에서 돌이킬 수 없는 참패를 당한 양견으로서는, 그런 모욕을 알면서도 부득이 화친을 수용할 수밖에 없었을 것이다.

과연 그토록 당당했던 隋문제는 이제 고구려를 두려워해서 영양제의 제안에 슬그머니 동의해 주었고, 양국은 전과 같이 상품교역을 재개하기 시작했다. 이따금씩 반도의 백제와 신라가 사신을 보내 향도를 자처하면서 고구려 원정을 부추겼지만, 文帝는 더 이상 거들떠보지도 않았다. 북방민족의 종주국 고구려에 호되게 당한 隋文帝가 다시는 군대를 출동시킬 엄두를 내지 못했으니, 양국은 극도의 긴장 속에서도 이후로 10여 년간 별다른 충돌 없이 지낼 수 있었다. 그럼에도 隋나라 황실 인사들의 속마음은 전혀 달랐을 것이다.

비록 隋문제 양견이 1차 〈여수전쟁〉에 참패했지만, 그는 〈개황의 치〉를 이뤄 낸 행정의 달인이자, 4백 년 만에 중원을 재통일한 명군임이 틀림없었다. 통일제국 隋의 개국황제로서 무소불위의 권위를 자랑했을 법했지만, 그런 그가 오직 한 사람에게는 순한 양처럼 굴었으니, 그의 정궁황후였던 독고가라獨孤伽羅였다. 그녀는 〈북주〉의 명장 독고신의 7번째 딸로 일찍이 14살의 나이에 수국공隋國公 양충楊忠의 17살 난 적장자 양견에게 시집을 갔다. 그런데 특이하게도 첫날부터 새신랑에게 당돌하기 그지없는 서약을 받아 냈다고 한다.

"당신 이외의 여자에게서 절대로 자식을 낳지 않겠소."

일부다처의 시대였고 더구나 후일 황제에 오를 것을 알았다면 어린 신부의 황당한 요구에 응해 줄 리가 없었겠지만, 어쨌든 양견은 독고가라의 유별난 요구사항을 들어주겠다는 약속을 했다. 그리고 실제로 결혼 후에도 아내와의 약속을 이행하려 애썼으나, 그런 심리적 부담 때문이었는지 양견이 황제에 오르고 나서는 황족이나 공신들에게 가혹하게 굴고 의심이 많았다고 했다.

원래 독고씨는 북흉노의 귀족 가문으로 〈북위〉 공신 중 8大 성씨의 하나였다. 죽은 하내군공河內郡公 독고신은 여러 딸들을 두었는데, 장녀가 〈서위〉를 세운 우문태의 서장자로 〈북주〉의 2대 황제였던 우문육의 처 명경明敬황후였다. 그러나 황제의 장인이었던 독고신은 당시 황제의 사촌형으로 실권자였던 우문호와 충돌하다 557년경 끝내 자살을 강요당했고, 명제 우문육 또한 독살당하고 말았다. 이후 우문태의 4남인 무제 우문옹이 황제에 올랐으나, 그는 자기 앞 2명의 황제가 시해당하는 것을 보고 우문호를 두려워한 나머지 처음부터 호護에 기댄 채 좀처럼 목소리를 내지 않았다.

무제가 그렇게 죽은 듯이 10년이 넘는 세월을 보낸 결과 우문호가 경계를 풀기 시작했고, 그러던 572년, 기회를 엿보던 무제가 마침내 호를 제거하는 데 성공했다. 실권을 되찾은 무제가 이때부터 착실하게 국력을 쌓은 끝에 5년 뒤에는 숙적인 동쪽의 〈북제〉를 정복하고, 화북을 통일하는 위업을 달성했던 것이다. 무제는 황실을 위하다 죽은 독고신에게 마음의 빚을 느꼈던지, 명경황후의 여동생 독고가라의 딸 양려화楊麗華를 태자비로 맞아들였다.

다시 무제가 죽은 뒤에 태자인 우문윤이 황제에 오르니, 양견은 황후의 부친이자 황제의 장인으로서 승상의 자리에 오를 수 있었다. 그러나 폭정을 일삼던 선제 윤贇이 재위 1년도 안 되어 사망하는 바람에 그의 7살 어린 아들 우문천闡을 대신해 양견이 섭정을 했고, 이내 양위를 받아 〈隋〉를 열면서 건국 시조가 되었던 것이다. 이후 양견이 선정을 펼치고 중원 재통일이라는 4백 년만의 대업을 달성하기까지, 그의 평생의 반려자 독고황후의 내조와 정치적 영향력이 상당했다고 한다.

양견은 그때까지도 독고황후와의 약속을 철저하게 지켜 둘 사이에 아들딸 다섯 명씩을 두었는데, 장자 양용楊勇을 태자로 세웠다. 그런데 양용은 교만한 데다 사치스럽고 방탕한 구석이 있었다. 그의 모후인 독고황후가 첩을 밝히는 것을 극구 싫어하는 것을 알면서도, 그는 태자비인 원元씨를 두고도 다른 첩을 더 총애했다. 그러한 때 야심 가득한 문제의 차남 진왕晉王 양광楊廣은 이미 형이 차지하고 있던 태자 자리에 잔뜩 눈독을 들이고 있었는데, 그 또한 사치하고 방종하기가 형인 양용과 다를 바 없었다. 그럼에도 양광은 황실에서 가장 입김이 센 독고황후의 눈치를 보면서, 모후 앞에서만큼은 검소하고 여색을 밝히지 않는 것처럼 위선적으로 행동했다.

당시 文帝는 선화宣華부인이라는 후궁 진陳씨를 총애했는데, 그녀는 망국 〈陳〉황실의 공주로 독고황후도 그녀만큼은 관대하게 대했다. 이를 알던 양광은 선화부인에게 선물 공세를 펼치는 등 그녀의 환심을 사기에 바빴고, 그녀에게 장차 자신이 태자의 자리에 오를 수 있도록 모후의 마음을 움직여 줄 것을 요청했다. 물론 양광 자신도 사생활을 조심하고, 여자를 멀리하면서 모후의 신임을 얻으려 노력했다.

그러던 중 갑자기 태자비 원씨가 급사하는 사건이 터졌고, 가뜩이나 태자를 맘에 들어 하지 않던 독고황후는 아들인 양용을 의심했다. 그때 양광은 양주揚州총관으로 있으면서 강남의 난을 진압하고, 결정적으로 남조의 마지막 왕조 〈陳〉을 멸망에 이르게 한 공이 있었다. 황제 부부로부터 더할 나위 없는 신임을 받게 된 양광이 이때부터 권력에 대한 야욕을 드러내기 시작했다. 양광은 측근을 동원해 동궁의 관원들을 매수케 한 다음, 태자인 양용이 자신을 죽이려 든다며 무고하게 했다. 결국은 독고황후가 나서서 文帝를 다그치기 시작했다.

"황상, 태자 용勇이 정신을 차리지 못하고 여전히 방탕한 데다, 이제는 제 아우 광廣을 의심해 죽이려 들기까지 한다니, 더 이상 태자로 둘수 없는 일입니다. 큰일을 당하기 전에 서둘러 태자를 폐하시고 차라리 그 자리에 광을 앉히는 것이 옳을 것입니다."

독고황후의 재촉에 급기야 600년 10월경 오만하던 양용이 태자 자리에서 쫓겨나고 말았고, 그 1달 뒤에 양광이 오매불망하던 형의 빈자리를 차지했는데 32살의 나이였다.

그런데 그 후 2년이 지나서 독고황후가 먼저 세상을 떠나고 말았다. 생전에 그녀가 文帝에게 유독 정절을 요구한 데 대한 반발 때문이었는지, 공교롭게도 그때부터 황제가 절제를 잃고 여인들에게 빠져 지내다시피 했다. 양광이 공을 들였던 선화부인도 사실상 황후와 같은 지위를 누리게 되니, 황태자의 자리 또한 더더욱 공고해졌다. 그러나 그 후 2년이 지난 604년 이제 육십 중반의 나이가 된 문제가 병상에 눕게 되었고, 그러자 태자를 궁으로 불러 가까이 머물게 했다. 그러던 중 문제가 64세의 나이로 갑자기 세상을 떠나고 말았는데, 그의 죽음이 태자의 사주에 의한 암살이라는 흉흉한 소문이 파다했다.

문제가 사망하던 그날, 文帝를 돌보던 선화부인이 병상에서 나와 환복을 하고 있었는데, 갑자기 태자인 양광이 뒤에서 나타나 그녀에게 대들었다. 부인이 필사적으로 거절하는 바람에 겨우 욕을 면했으나, 결국 병환 중이던 문제가 그 사실을 알게 되어 대노하고 말았다.

"이토록 무도한 놈에게 어찌 나라를 맡길 수 있겠는가? 독고가 나를 그릇되게 한 것이다!"

그리고는 폐태자 양용을 급히 불러들이게 했다. 그러나 황제의 명령에 따라 양용을 부르러 가던 병부상서 유술柳述이 양광의 측근들에게 붙잡히고 말았다. 동시에 양광의 심복 장형張衡이 황제의 침전이 있던 대보전으로 들어가 후궁들을 몰아내 별실에 가두었는데, 얼마 후 비명 소리가 들리고 피가 솟구쳐 올라 병풍에 튀었다고 했다. 양광은 그것으로 그친 것이 아니라, 곧바로 자객을 형인 양용에게 보내 무자비하게 살해해 버렸다.

평소 文帝는 다섯 아들 모두가 한 어머니(독고황후) 소생임을 그토록 자랑했다고 했으나, 그 결과는 참혹한 것이었다. 한순간의 욕정도 참지 못할 정도로 교만했던 양광의 뒤틀린 심성이 시대의 영웅인 병든 아비의 죽음을 재촉했던 것이다. 이중인격에 위선으로 가득 찼던 양광은 내친김에 자신의 앞길에 방해가 될 인물들을 모두 제거하고 즉위를 앞당겨 버렸다. 양광이 이처럼 잔인한 방법으로 패륜을 저지르고 隋의 2代 황제에 오르니 그가 바로 隋양제煬帝였다.

양견楊堅은 서슬 퍼런 〈북주〉 황실 우문宇文씨들의 견제 속에서도 힘든 시절을 버틴 끝에 용케 〈隋〉를 건국했고, 과감한 개혁조치와 검소한 생활로 모범을 보이며 부지런히 나라를 다스렸다. 그 결과 꾸준히 국부가 늘고, 즉위 20년 만에 인구가 두 배나 되는 〈개황의 치〉를 이루어 낸 명군이었다. 아울러 북방의 떠오르던 신흥 강국 〈돌궐〉을 어우르는 한편, 남조의 마지막 〈陳〉왕조를 무너뜨리고, 약 4백 년 만에 드넓은 중국 전체를 재통일시키는 위업을 달성했다. 양견은 끝내 선비족을 중원의 주인이자 최후의 승자로 만들어 낸 북방민족의 영웅임이 틀림없었던 것이다.

오직 북방민족의 종주국인 〈고구려〉를 얕보다 참패를 당한 것이 결정적인 허물이었겠으나, 그마저도 서둘러 발을 빼는 노련함으로 더 이상의 화를 키우지는 않았다. 다만 말년에 제위를 후대에게 물려주는 과정에서 음흉한 양광에게 씻을 수 없는 수모를 당했으니, 하늘은

한 사람에게 모든 영광을 누리게 하지는 않는 모양이었다. 하늘 아래 제일이라던 진시황이 그랬고, 漢고조 유방이나, 漢무제를 포함해 수 많은 영웅 황제들이 비슷한 전철을 밟았다. 혈통 위주의 봉건 절대군 주 시대에는 후사後嗣를 잘 잇는 일이야말로 나라의 흥망을 좌우할 정 도로 실로 중요한 대사였던 것이다.

605년 수양제는 즉위와 함께 연호를 〈대업大業〉으로 하면서 나름 분위기를 일신하려 들었는데, 이를 위해 주위에 새로운 뜻을 전했다.
"장차 도성인 장안을 떠나 동도東都인 낙양을 새롭게 개조해 천도하고자 한다!"
그리하여 동도 재건설의 대역사가 당대 최고의 건축기술자인 우문 개宇文愷에게 맡겨졌다. 그해 3월에 착공을 시작한 동도 건설공사는 이 듬해 1월에 완성되었는데, 매월 약 2백만 명의 인부들이 동원되었다.
수많은 농민들이 고향을 떠나 낙수 양안에서 피땀을 흘려야 했고, 장강 이남에서 대규모 궁전에 사용될 좋은 목재를 운반해 왔는데, 목 재 1개당 2천 명의 인부가 동원되었다고 했다. 그렇게 공을 들여 새로 지은 낙양성은 외성의 둘레만 20km에 이를 정도였고, 호수는 물론 인 공 섬까지 조성한 정원에 정자와 진기한 수목, 화초와 돌, 새와 짐승들 로 궁 안을 가득 채웠다. 그러나 천도가 그리 간단한 것이 아니어서, 양 제가 동도 재건설과 함께 즉시 수도를 낙양으로 옮긴 것은 아니었다.
대신 낙양을 동도東都, 장강 하류의 건강(남경)을 마주하고 있는 양 주揚州를 강도江都라 하여, 수도인 장안(대흥大興)과 동급으로 취급했 다. 그사이 양제는 호사 생활에 흠뻑 빠진 채, 여색을 마음껏 탐하며 본래의 성품대로 돌아갔다. 그 와중에 양제가 동도 건설과 함께 대운 하 굴착 사업을 새롭게 진행시켰다. 당시 북쪽의 북경이나 천진에서

남쪽의 항주杭州에 이르는 중국의 동부 지역에는 해하海河와 황하, 회하, 장강, 전단강의 5대강이 이리저리 흘러 황해로 들어갔는데, 뭍으로는 각각의 지류들이 어지럽게 산재해 있었다. 따라서 이들 지류들의 물줄기를 서로 연결하고, 강 밑을 파내면 운하가 될 수 있었던 것이다.

그 이전에 장안에서 수로를 파 황하와 연결시키는 광통거廣通渠는 부친인 문제가 584년경에 마친 상태로 〈隋〉나라는 이미 운하를 파는 상당한 경험과 기술을 갖춘 상태였다. 그러나 양제는 그런 차원을 훨씬 넘어서서 대륙을 종縱으로 오르내리는 거대운하를 구상하고 있었다. 그는 우선 장안의 서원西苑에서 낙수洛水와 곡수穀水를 끌어들여 변수汴水에 흐르게 하고, 다시 변수를 쇄수洒水로 끌어들여 회수淮水와 연결시켰다. 동시에 산양(회안)과 강도를 잇는 간구邗溝를 깊게 파서 회수를 장강長江과 연결시켰다. 이로써 위로부터 황하와 회수, 장강을 잇게 되었으니, 서쪽 장안에서 동쪽 강도에 이르는 먼 길이 물길로 연결된 셈이었고, 이 거대한 운하를 〈통제거通濟渠〉라 명명했다.

운하의 양안에는 가로를 만들어 버드나무를 가로수로 심고, 장안에서 강도 사이에 무려 40여 개의 이궁離宮을 짓게 했다. 대운하의 조성으로 광활한 중국의 동서남북을 물길로 연결하는 획기적인 교통수단이 확보되면서, 특히 南北 간의 경제교류가 활발해지는 계기가 되었다. 여기에는 통일제국 〈수〉왕조의 지배를 공고히 하려는 양제의 원대한 야심 외에, 향락을 위한 황제의 끝없는 욕망도 함께 어우러져 있었다.

과거 진한秦漢시대에는 경제의 중심이 장안이나 낙양을 중심으로 하는 소위 〈中原〉에 있었으나, 사실 말로만 중원일 뿐이지 대륙의 서쪽에 치우쳐 있었다. 그러다가 3세기 이후 북방민족의 중원진출에 의

한 〈5호 16국〉의 남북 분열시대를 거치면서, 중원 漢族들이 대거 남방으로 밀려나기 시작한 것을 계기로 장강 이남의 개발이 본격화되었다.

양자강 주변의 광활한 곡창지대는 따뜻한 사계절에다 수량이 풍부해, 쌀농사에 더없는 최적의 조건을 갖추고 있었다. 그렇게 쌀농사가 활발히 진행되다 보니, 어느새 강남에 부富가 쌓이고 인구가 빠르게 늘고 있었다. 그 결과 통일제국 〈隋〉가 건국될 무렵에는 이미 경제의 중심이 남방으로 옮겨져 있었고, 후대인 〈당唐〉나라에 이르러서는 조세수입의 9할이 강남에서 나온다고 할 정도로 역전되었던 것이다. 이런 배경 아래 장안에 있던 隋나라 조정은 물자조달을 위해서라도 남북을 연결하는 대운하공사가 필요할 법했던 것이다.

여기까지 양제의 역할은 대단히 건설적인 측면이 있었다. 그러나 그의 불타는 과시욕과 향락을 추구하려는 욕망은 이것으로 멈춰지지 않았다. 양제는 건축기술자와 인부들을 대거 강남으로 보내, 황제가 탈 용선龍船과 유람선 등 수만 척에 이르는 배를 만들게 했다. 장안의 〈서원西苑〉은 둘레만 2백 리였는데 그 가운데 큰 호수와 3개의 인공산을 만들고 각종 정자와 누각을 들였다. 또 호수 북쪽에서 도랑을 파 굽이굽이 물이 흘러 호수로 들어가게 했는데, 그 사이에 16개의 어전御殿을 만들고, 각 어전마다 4품 부인을 두어 관리하게 했다. 달 뜨는 밤이면 수시로 궁녀들을 말에 태워 서원에서 노닐며 〈청야유淸夜遊〉라는 노래를 부르고 놀았다고 한다.

이듬해 양제가 강도를 순행했는데, 낙양의 현인궁에서 출발해 낙구에서 용선을 타고 운하를 따라 내려가니, 함께 띄운 유람선까지 노 젓는 데 동원된 사람만 8만 명에 달했고, 수미까지 이어진 행렬이 2백 리에 뻗쳐 강과 양안이 온통 오색찬란한 장광을 이뤘다고 한다. 양쪽

언덕에는 말 탄 호위무사들의 즐비하게 늘어서 따랐는데, 한낮에는 황금갑주에 반사된 햇빛이 곳곳에서 번쩍였고, 부대를 알리는 깃발이 나부껴 하늘을 가릴 정도였다. 또 5백 리 길에 마주치는 州縣마다 황제 일행이 먹을 음식을 진상케 했는데, 많은 곳에서는 1백 수레에 이르는 음식을 바쳤고, 남은 음식은 땅에 묻고 갔다.

양제의 대운하 역사는 608년에 낙양에서 유주幽州의 탁군涿郡(북경)을 잇는 〈영제거永濟渠〉로 이어졌고, 610년에도 경구에서 여항余杭(항주)에 이르는 〈강남하江南河〉를 추가로 건설했다. 이 대운하는 남북으로 2천여 km가 넘는 장거리로 그 규모 면에서 세계 역사상 유례를 찾을 수 없는 것이었다. 공사를 수행할 수많은 인부들과 물자를 댈 수 있는 경제력이 뒷받침되지 않으면 불가능한 대역사였던 것이다.

주목할 것은 탁군에 이르는 영제거의 건설이야말로 바로 북방민족의 종주 고구려 원정을 위한 사전포석이라는 점이었다. 양제가 10년 전인 598년 문제 시절에 대참패로 끝났던 1차 〈여수전쟁〉에 대한 악몽을 잊지 않고 있었던 것이다. 당시 〈임유관전투〉 참패의 최대 원인은 월등한 해상전투력을 지닌 고구려 水軍에 의해, 선박을 이용한 해상보급이 철저히 무너졌다는 데 있었다. 따라서 양제는 고구려 水軍과의 충돌을 원천적으로 피하기 위해, 대운하를 이용한 새로운 육상보급체계를 오래도록 구상해 왔던 것이다. 이제 양제의 야심은 그의 부친이 이룩해 낸 〈중원통일〉을 넘어서, 요동의 고구려를 겨냥하고 있음이 분명했다.

이와 함께 수양제는 북쪽으로 돌궐과 같은 사나운 북방민족의 침공에 대비해 장성長城을 잇는 축성공사를 개시하는 등 각종 노역에 수백만 인부를 동원했다. 그때마다 대형 공사에 희생된 시신들이 곳곳에 나뒹굴었고, 급기야 백성들이 이를 재난과 다름없는 것으로 여기기 시작했다. 대형 공사를 위한 징발로 농사지을 사람이 없다 보니 수 많은 전답이 황폐화된 채로 버려졌고, 남편을 잃은 여인들과 고아들 이 늘어만 갔다. 또 죽음과도 같은 노역을 피해 고의로 자신의 팔다리 를 자르는 소위 '복수복족福手福足'이 널리 유행했다.

그럼에도 양제의 끝없는 과시욕은 이것으로 그치지 않았다. 중원 의 백성들을 각종 노역에 시달리게 한 양제는 변경지대의 이민족에게 도 자신의 힘과 권위를 드러내고자 했다. 대업 3년인 607년에는 친히 갑주로 무장한 채 무려 50만 대군과 병마 1만 필을 동원해 장성 이북 의 순행에 나섰다. 이에 앞서 양제는 특별히 우문개를 불러 새로운 명 령을 내렸다.

"짐이 이번에 대군을 이끌고 장성 너머 북방을 순행하려 하는데 오 랜 시일이 걸릴 것 같아 마음이 쓰인다. 그러니 좁은 마차보다는 편히 쉬면서도 이동이 가능한 약식 궁전이라든가, 임시로 신속하게 쌓았 다 해체할 수 있는 조립식 성 같은 것이 있다면 좋겠다는 생각을 늘 해 왔다. 그대의 기술이 천하제일이라니, 어디 한번 솜씨를 발휘해 볼 수 있겠느냐?"

그리하여 우문개가 만들어 낸 것이 〈관풍행전觀風行殿〉과 〈육합성六 合城〉이었다. 관풍행전은 바퀴가 달린 거대한 이동식 가옥으로 한꺼번 에 백여 명이 드나들 정도의 크기였고, 육합성은 육면의 둘레가 십 리 나 되는 대형 조립식 城으로 무장한 병사들이 성벽 위를 오갈 수 있을 정도의 규모였다고 하니, 그야말로 상상하기도 어려운 이동식 간이궁 전과 임시 城을 갖추고 다닌 셈이었다. 다분히 과장된 기록이었다 할 지라도, 동서고금의 역사를 통틀어 이보다 더한 사례를 찾기란 실로 어려울 것이다.

인간의 역사에서 수많은 지도자들과 영웅들이 빠지기 쉬운 함정이 있으니, 서양에선 이를 휴브리스hubris라고 했다. 자신의 성공에 스스로 도취되어 도무지 남의 말을 들으려 하지 않고, 마치 신이라도 된 양 자기맹신과 오만에 빠지는 것을 경계하는 말이다. 고대 秦시황이 그랬고, 근현대에 이르러서는 독일의 히틀러가 대표적인 경우였을 것이다. 수양제야말로 바로 인류역사상 가장 고약스러운 '휴브리스의 덫'에 빠진 최악의 군주가 아닐 수 없었던 것이다.

어쨌든 하룻밤 사이에 드넓은 초원 위로 거대한 임시 城이 세워지고, 그 안에 작은 궁전까지 들어서는 것을 목격한 변경의 이민족 족장들이 경악을 금치 못했다. 〈돌궐〉의 가한조차도 멀리서 이 광경을 보고는 탄식을 했다고 한다.

"허어, 천신의 조화가 아니고서야 이것이 어찌 가능한 일이겠느냐?"

두려움을 느낀 이들은 육합성에서 십 리도 넘게 떨어진 곳에서부터 말에서 내려 걸어와 무릎을 꿇고는 앞다투어 소와 양, 낙타 등의 공물을 바쳐 왔고, 양제는 이들에게 많은 金과 비단을 내리고 후사했다고 한다. 이를 본 여러 신하들이 뒤에서 양제의 처사를 비난하며 수군거렸다.

"북방 순행을 위한 행차치고는 지나치게 사치스럽고, 돌궐족에게 과한 대우를 베푼 것도 실속 없는 허세일 뿐이다……"

그중에는 文帝의 오른팔이었던 고경高熲과 명장 하약필賀若弼 같은 이들도 있었는데, 나중에 이 사실을 알게 된 양제가 대노해 두 사람의 충신을 모두 죽여 버렸다. 그뿐이 아니었다. 양제는 隋의 국력과 부를 과시하기 위해 서역西域의 대상隊商들과 사절단을 낙양으로 유치해 성대한 환영식을 베풀었다. 마치 축제와 같은 분위기 속에서 한 달이나 지속된 이 기간 동안 이들 서역인들은 궐 밖의 요릿집에서도 돈 한 푼

내지 않고 음식과 술을 즐길 수 있었다니, 과도한 접대였고 낭비의 극치였다. 이처럼 양제의 지나친 사치와 과시욕이 날이 갈수록 더해만 가는 가운데, 뜻 있는 신하들과 백성들의 한숨은 더욱 깊어져만 갔다.

제8권 끝

제8권 후기

　백제 비유왕은 한성백제, 신라, 야마토계열의 后妃들로부터 여러 왕자를 두었다. 그러나 후계 지명을 미루다가 455년 왕후인 해씨 일족에게 피살되었고, 백제계 개로왕이 즉위했다. 신라의 자비왕은 삼년산성 등 축성에 주력하면서 장차 있을 전란에 대비했다. 〈북연〉의 멸망은 장수제의 고구려로 하여금 북방 종주국으로서의 위상을 되찾는 계기가 되게 했으니, 모용씨처럼 고구려를 도발하던 나라가 사라졌던 것이다. 하북 최강의 북위와 고구려가 요서 지역을 놓고 서로 눈치를 보는 사이, 대방을 떠난 지 약 150년 만에 서부여의 잔류세력들이 용케도 요서 〈백제郡〉을 일으켰다.

　471년 북위에서는 풍발의 손녀 풍태후의 섭정이 시작되었는데, 그녀는 죽을 때까지 장수제의 고구려와 화친으로 일관했다. 모처럼 하북이 평화롭던 시절이었으나, 人心思漢에 젖은 북위 조정은 중원화를 위한 〈태화개혁〉을 추진했다. 관작외교를 펼치던 〈유송〉도 60년 만에 멸망해, 소도성의 〈남제〉가 대신했고, 〈소량〉에 이어 557년 〈陳〉으로 이어졌지만, 남조의 왕조들은 겨우 명맥을 유지하기도 바쁜 수준이었다.

　475년 장수제의 한성 토벌로 백제 개로왕이 피살되었다. 요서백제군을 믿고 북위에 고구려 협공을 제안한 것이 화근이었다. 비상한 시국에 문주왕이 즉위해 남쪽 웅진으로 천도했고, 이듬해 고구려 풍옥태자, 백제 곤지왕자가 신라 금성에 모여 〈3국 협상〉을 진행한 결과, 고구려가 철수를 단행했다. 그러나 곤지와 문주왕은 해씨 일족에게 차례대로 피살당했고, 479년 倭에서 돌아온 곤지의 아들 모대가 즉위하니 동성왕이었다.

484년 북위가 요서백제군을 공략하면서 3차에 걸친 〈濟魏전쟁〉이 시작되었는데, 동성왕이 전격적인 해상작전으로 북위군을 깨뜨리고 요서와 진평 2郡을 두는 데 성공했다. 효문제가 수십만을 동원하고도 백제군에게 참패했는데, 풍태후 이래 국방을 소홀히 한 탓인 듯했다. 491년 장수제가 재위 79년 만에 98세의 나이로 세상을 떠났다. 〈5호 16국〉의 부침 속에서도 5백 년 역사를 간직한 유일 왕조로서, 고구려의 백 년 전성기를 맞이하는 만복을 누린 다음 북경 위 유서 깊은 黃山에 묻혔다.

효문제는 낙양 천도와 함께 성을 元씨로 바꾸는 등 과감한 漢化정책에 매달렸다. 동성대왕이 이복형 무령왕의 등장과 함께 의문의 피살을 당하자, 고구려는 비로소 요서백제군을 붕괴시켰다. 신라는 지증대제가 칭제를 했는데, 금관과 임나가 쇠퇴하는 대신 섬진강 중심의 〈대가야〉가 부상했다. 514년 법흥제가 즉위했으나 선도 무리에 지나치게 포섭된 나머지 유불교의 도입을 통해 개혁을 추진했다.

〈육진의 난〉을 계기로 관롱집단이 일어나더니 534년 마침내 〈북위〉가 멸망했고, 고환과 우문태의 東西魏로 분열되었다. 이내 〈북제〉와 〈북주〉가 동위와 서위를 대신했으나, 576년 북주의 우문옹이 북제를 멸망시키고 화북을 통일했다. 그러나 581년 양견이 북주정권을 빼앗고 〈隋〉를 건국했다. 589년 수문제가 〈陣〉마저 멸망시키면서 후한 멸망 이후 대략 4백 년 만에 중원대륙이 재차 통일되었고, 〈5호 16국〉시대도 막을 내렸다. 서쪽에서는 유연과 토곡혼, 돌궐, 해 등 선비계 소국들이 일어나던 또 다른 전환기였다.

요서백제군을 잃고 南先정책에 매달렸던 백제 무령왕이 치정으로 피살당한 뒤 그의 서자 성왕이 즉위했다. 538년 성왕은 사비 천도와 함께 국호를 〈남부여〉로 바꾸고, 조정을 22부제로 고쳐 왕권을 강화했다. 고구려는 장수제 이래 오랜 평화기를 거치는 동안 중원과 북방민족들로부터 최상의 예우를 받는 호사와 풍요를 누렸으나, 여인을 중용하고 무사안일에 빠지더니 양원제 이후로 급격히 쇠락해 갔다. 551년 돌궐의 침공을 계기로 백제와 신라가 협공에 나서 고구려를 대방 이북으로 밀어냈으나, 진흥제가 한성을 공취하면서 강고했던 〈나제동맹〉이 110여 년 만에 깨지고 말았다.

　三韓의 각축 속에 554년 〈관산성전투〉에서 성왕이 피살당했고, 이후로 신라와 백제 두 나라는 돌이킬 수 없는 원수지간으로 되돌아갔다. 위덕왕은 왜국에 불교를 전했고, 587년 숭불세력인 소아씨가 물부씨를 눌렀다. 화랑도를 인재의 요람으로 일으킨 진흥제는 함경도까지 강역을 넓히는 한편, 562년엔 이사부 등을 보내 〈대가야〉를 멸망시키고 가야권 전체를 복속시켰다. 5백 년을 이어 오던 가야가 비로소 사라진 셈이었다.

　6세기 말 고구려는 (창려)평양으로 천도한 데 이어 영양제가 즉위했으나, 통일제국 隋의 위협에 직면해 있었다. 선비의 나라 隋가 제아무리 중원의 맹주가 되었기로서니, 북방의 패권을 놓고 종주국인 고구려가 물러설 수는 없는 노릇이었다. 맹장 강이식장군의 선전으로 고구려가 〈임유관전투〉에서 수문제를 참패시켰지만, 1백 년 전쟁의 먹구름과 함께 가혹한 시절이 다가오고 있었다.

목차

古國 8

ⓒ 김이오, 2024

초판 1쇄 발행 2024년 12월 10일

지은이   김이오
펴낸이   이기봉
편집   좋은땅 편집팀
펴낸곳   도서출판 좋은땅
주소   서울특별시 마포구 양화로12길 26 지월드빌딩 (서교동 395-7)
전화   02)374-8616~7
팩스   02)374-8614
이메일   gworldbook@naver.com
홈페이지   www.g-world.co.kr

ISBN   979-11-388-3829-0 (03810)